AF598937

BELLADONNA

Adalyn Grace es la autora *best seller* #1 del *New York Times* y del USA Today, así como en el mercado internacional, de la trilogía *Belladonna* y la bilogía *El trono de las siete islas.*

Antes de convertirse en autora, Adalyn trabajó en el mundo del teatro durante cuatro años y después estudió Narrativa en las prácticas que hizo para la famosa serie de Nickelodeon Animation: *La leyenda de Korra.*

Actualmente vive en San Diego y, cuando no está escribiendo, pasa el tiempo viendo anime y jugando a videojuegos en compañía de sus dos perros.

Código BIC: FV | Código BISAC: FIC015000
Arte de cubierta: © 2022 Elena Masci
Imágenes de cubierta: Shutterstock
Diseño de cubierta: Jenny Kimura

BELLADONNA

ADALYN GRACE

Traducción de Sara Villar Zafra

Argentina · Chile · Colombia · España
Estados Unidos · México · Perú · Uruguay

Título original: *Belladonna*
Editor original: Little, Brown and Company
Traducción: Sara Villar Zafra

1.ª edición en **books4pocket** Enero 2025

Plaza de los Reyes Magos, 8, piso 1.º C y D – 28007 Madrid
www.umbrieleditores.com
www.books4pocket.com

ISBN: 978-84-19130-45-7
E-ISBN: 978-84-19413-45-1
Depósito legal: M-23.964-2024

Fotocomposición: Urano World Spain, S.A.U.
Impreso por Novoprint, S.A. – Energía 53 – Sant Andreu de la Barca (Barcelona)

Impreso en España – *Printed in Spain*

Existe una casa en el bosque en la que hay una mesa redonda
y una tabla de embutidos que nunca se acaba.
Esta historia es para aquellas personas con quienes me he
sentado a esa mesa y que hacen que escribir parezca magia.

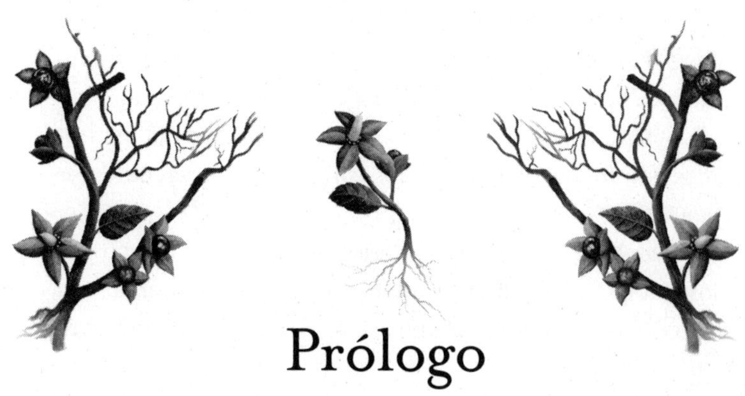

Prólogo

Empezó con el llanto de un bebé.

Signa Farrow, envuelta en un vestido carmesí llamativo como la sangre, era el bebé de dos meses más espectacular de la fiesta, y su madre pensaba demostrarlo.

—Miradla —canturreaba la madre mientras levantaba a la criatura inquieta para que todo el mundo la admirara—. ¿Acaso no es el bebé más perfecto que habéis visto jamás?

Rima Farrow resplandecía al dar vueltas con el bebé entre la multitud. Tenía todo el cuerpo cubierto de joyas elegantes; todas y cada una de ellas fueron regalos de su marido arquitecto. El vestido de seda que llevaba era de un tono cobalto muy intenso, y caía por encima de un miriñaque más ancho de lo que nadie se atrevería a lucir en su presencia.

La familia Farrow era una de las más ricas que había, y todos los que acudieron a aquella fiesta querían probar aunque fuera un poquito de su riqueza. Por eso lucían esas sonrisas que sabían que Rima ansiaba y le hacían gorgoritos al bebé que con tanto cariño sostenía en los brazos.

—Es preciosa —dijo una mujer con la piel sudada mirando a Rima más que a la niña mientras se abanicaba en protesta por el calor del verano.

—Perfecta —dijo otra, pasando por alto de manera intencionada la naricita torcida de Signa y su cuello arrugado.

—Será como su madre, estoy segura. En nada la tendremos dándose un festín con los corazones de pretendientes confiados.

Eso último lo dijo un hombre que ignoraba lo mucho que los ojos de Signa lo desconcertaban. Uno era azul invernal, y el otro como oro derretido; ambos eran demasiado atentos para una recién nacida.

Signa no dejó de llorar, estaba aquejada y tenía la piel húmeda y pegajosa. Todos los que la vieron pensaron que era normal, ya que el verano en Fiore era como echarse una manta calurosa y húmeda. Estuvieran dentro de casa o no, a la gente le relucía el cuerpo por el sudor, que les cubría la piel como si fuera un velo. Por esa razón, nadie se esperaba lo que el bebé ya sabía: Muerte había encontrado la manera de adentrarse en la casa solariega de Foxglove. Signa podía sentirlo a su alrededor como a una mosca que se ha acercado demasiado. Muerte era un zumbido sobre su piel que le erizaba el vello del cuello. Su presencia calmaba a Signa; la sosegaba el frío que florecía con su cercanía.

Pero nadie más experimentaba la misma sensación de confort, ya que Muerte solo acudía cuando lo llamaban. Y aquella noche lo llamaron para que se presentara en Foxglove, donde hasta la última gota de vino estaba envenenada.

Primero llegaron las toses. Los accesos de tos inundaron toda la fiesta, pero los invitados podían taparse la boca y toser sobre sus preciosos guantes blancos y excusarse pensando que sería por algo que habían comido. Rima fue una de las primeras en mostrar síntomas. Un sudor frío le recorrió las sienes y, al notar que su respiración se volvía débil, le pasó el bebé a una sirvienta que andaba cerca.

—Disculpadme —dijo llevándose la mano a la garganta y apretando con los dedos el sudor que se había formado en los huecos de la clavícula. Volvió a toser, y cuando alejó las manos de sus labios, vio que sus guantes de satén estaban manchados con sangre del mismo color que el vestido de su bebé.

Muerte se colocó entonces frente a Rima, y la niña lo vio ponerle la mano sobre el hombro. Con un último aliento, el cuerpo inerte de su madre cayó al suelo.

Muerte no se detuvo con Rima. Arrasó con la gran finca, y se cobró las pobres almas cuyos rostros se azulaban y cuyos pechos se agarrotaban porque no podían respirar bien. Avanzó rápidamente entre músicos y bailarines, y les arrebató la respiración con un solo toque gélido.

Algunos intentaron llegar hasta la puerta. Creían que había algo en el aire y que si llegaban hasta los jardines, se librarían. Fueron cayendo uno a uno, como las estrellas. Tan solo los pocos afortunados que aún no habían probado el vino pudieron escapar.

La sirvienta apenas consiguió llevar a Signa a su habitación antes de caer también, con los labios llenos de sangre como rubíes, mientras Muerte le ralentizaba el corazón y lanzaba su cuerpo contra el suelo.

Incluso siendo un bebé, Signa no se inmutaba por el hedor de la muerte. En vez de dejarse llevar por el pánico que había a su alrededor, el bebé se centró en lo que nadie más podía ver: el resplandor azulado de los espíritus traslúcidos que llenaban el lugar conforme Muerte los arrancaba de sus cuerpos. Algunos iban en paz y tomaban la mano de su pareja mientras aguardaban al séquito que los llevaría hacia el más allá. Otros intentaban volver a toda costa a sus cuerpos o escapar de una parca que no les daba caza.

En medio de todo aquello, una Rima muerta y resplandeciente permanecía en silencio en la habitación de Signa, que observó a Muerte con el ceño fruncido y una mirada ausente cruzar el umbral. Se acercó al bebé dando pasos silenciosos; su figura no era más que un conjunto de sombras en continuo movimiento. Pero Muerte no necesitaba que lo vieran; a él tenían que sentirlo. Era como un peso sobre el pecho o como un cuello de camisa demasiado apretado. Una caída en aguas gélidas y letales.

Muerte era asfixiante. Era hielo.

Y aun así, cuando llegó para llevarse a Signa, que estaba llena y sosegada por la leche envenenada de su madre, el bebé bostezó y se acurrucó contra el roce de las sombras de Muerte.

Muerte retrocedió y replegó sus sombras. De nuevo, intentó llevarse a la niña, pero al rozarla no vio instantes de la vida que aquella joven criatura había tenido, sino algo que no había visto hasta entonces: destellos de su futuro.

Un futuro brillante e imposible.

Con su tacto no podía matar al bebé alrededor del cual daba vueltas. Se sentía igual de confundido por ella que fascinado por lo que había visto.

Aunque Rima deseaba quedarse y esperar a que su hija se uniera a ella, Muerte dio un paso atrás y le ofreció la mano. Para sorpresa de Rima, se acercó y la tomó.

—No es su hora —dijo Muerte—, pero sí la tuya. Ven conmigo.

Había demasiadas almas que necesitaban ser transportadas como para que Muerte se quedara más tiempo, pero volvería. Volvería a encontrar a esa niña.

De la mano de Muerte, el espíritu de Rima lanzó una última mirada a la bebé que se quedaba atrás, sola, en una casa con la única compañía de los cadáveres. Rogó que alguien encontrara a Signa pronto y que la protegiera.

La noche había empezado con el llanto de un bebé y había terminado con otro. Pero en aquella ocasión, no hubo nadie que lo oyera.

Uno

Se dice que solo hacen falta cinco bayas de belladonna para matar a alguien.

Cinco bayas dulces, nada más, de la planta a la boca. O, como prefería Signa Farrow, machacadas y en una infusión de té.

A la joven se le quedaron las cejas oscuras pringadas de sudor cuando se inclinó sobre la taza de cobre humeante e inhaló el vapor. Desde luego, comerse las bayas directamente habría sido más fácil, pero aún estaba aprendiendo los efectos que la belladonna tenía sobre su cuerpo, y lo último que quería era que la tía Magda la encontrara desmayada en el jardín con la lengua morada y brillante.

Bueno, o que no la volviera a encontrar así.

Habían pasado semanas desde la última vez que Signa había visto a la parca. Lo único que lo sacaría de su escondite sería un último aliento, y nunca se marchaba con las manos vacías. Por lo menos, así era como se suponía que debía ser. Pero Signa Farrow era una chica que no podía morir.

La primera vez que Signa recordaba haber visto a la parca fue a los cinco años, cuando se cayó por las escaleras de la casa de su abuela. Se partió el cuello y se le había quedado torcido, ya que vio a Muerte de lado desde el suelo frío. Tenía la ligera idea de que su joven cuerpo no estaba preparado para soportar cosas así, y se preguntó si la parca habría venido para llevársela. Sin embargo, Muerte no dijo nada; vio que los huesos de Signa volvían a ponerse en su sitio y desapareció cuando la niña se recuperó de una caída que debería haberla matado.

Pasaron otros cinco años hasta que volvió a verlo. Signa estaba al lado de la cama de su abuela y desde ahí vio a Muerte tomar la mano de la mujer y liberar al espíritu de su cuerpo. Llevaba meses estando enferma, y sonrió y besó a Signa en la frente. Luego dejó que Muerte la guiara hacia un tranquilo más allá.

Signa suplicó a Muerte que volviera. Suplicó que trajera de vuelta a su abuela mientras sostenía la mano de su cadáver y lloraba hasta que no quedó nada más en su interior. Nadie más podía verlo a él ni a los espíritus que guiaba, y Signa se preguntaba si era culpa suya que hubiera ocurrido aquello. Si tenía la culpa por ser la niña que podía ver a Muerte.

No recordaba cuánto tiempo permaneció en aquella casa hasta que alguien olió el cuerpo, acudió al lugar y se la encontraron con el cabello enmarañado y apelmazado, la ropa sucia y hecha un ovillo al lado de la cama de su abuela. La sacaron de la casa y la llevaron con el primero de los muchos tutores que tendría.

Signa se pasó los siguientes años probando sus extrañas habilidades. Empezó pinchándose el dedo con una espina y viendo la sangre borbotear y luego desaparecer, como si no hubiera llegado a hacerse una herida en la piel. De ahí, sus experimentos pasaron a consistir en saltar desde rocas lo bastante altas como para romperse los huesos al caer. Signa se dio cuenta de que solo sentía un golpe seco y, minutos después, ya estaba bien como para dar un paseo por el acantilado.

Pero, en un principio, las bayas de belladonna no iba a ser ningún experimento. Simplemente eran algo que había arrancado del jardín descuidado de su tía cuando llegó a su casa unos meses antes, pensando que eran arándanos silvestres. No tenía ni idea de que fueran venenosas hasta que se cayó sobre los hierbajos con la vista nublada. En ese momento apareció Muerte y la observó desde detrás de un roble curvado. Aunque Signa no se hubiera recuperado lo bastante rápido para hablar con él, la tía Magda la distrajo demasiado. La mujer se la encontró en el jardín, aferrada a la belladonna y con la boca manchada de color morado. Casi le dio un ataque al corazón cuando Signa se puso en pie de un salto; en cuestión de minutos no quedaba ni rastro del veneno en su sistema.

Aquel día Signa había aprendido algo: cómo sacar a Muerte de las sombras. Y sabiendo aquello, se negó a dejar que se escondiera de ella por un momento más.

Signa se llevó el té a los labios, aunque apenas pudo notar el vapor cálido con la lengua, porque le dieron un golpe a la taza de cobre y se la tiraron de las manos. Trastabilló desde el banco de madera desvencijado sobre el que estaba posada y la taza repiqueteó en el suelo, lo que provocó que el té violeta se derramara en la piedra gris desgastada de la cocina.

Signa se giró y se encontró a la tía Magda con el ceño fruncido. Era una expresión que solía poner a menudo, aunque si alguien se fijara con más atención, vería que, en presencia de la joven, le temblaban el labio inferior y las manos curtidas; que tenía las pupilas dilatadas y una fina capa de sudor en la frente arrugada.

—¿Crees que no sé lo que tienes entre manos, hija del demonio? —La tía Magda recogió la taza. La olisqueó y echó un vistazo dentro, y puso mala cara al ver las bayas machacadas—. Eres una indecente, estás haciendo la obra del diablo.

La tía Magda le lanzó la taza a Signa, que se echó para atrás, pero no pudo esquivarla y le dio en el hombro. Quedaba suficiente líquido en la taza para quemarla y para que el jugo morado de las bayas manchara su abrigo gris favorito.

—Te advertí lo que ocurriría si traías tu brujería a mi casa.

Signa hizo caso omiso de su piel chamuscada y miró a su tía directamente a los ojos.

—Era té —dijo con una voz tan firme que cualquiera que no la conociera creería que Signa estaba diciendo la verdad. Por desgracia, la tía Magda sí que la conocía. Se creía una mujer demasiado inteligente y devota como para que la engañara una «bruja».

Por supuesto, Signa no creía de verdad que fuera una bruja. Pero le encantaba la botánica y muchas veces se descubrió deseando saber unos cuantos hechizos. Sería maravilloso contar con un hechizo para limpiar el polvo de su cuchitril o para alimentarse de algo que no fuera pan duro y el mejunje de turno que se le ocurriera cocinar con los escasos ingredientes que Magda le dejaba.

—Haz las maletas —refunfuñó la tía Magda mientras una corriente de aire otoñal siseaba por una abertura en la ventana de la cocina.

La mujer se ajustó el abrigo alrededor del cuerpo débil. Se le estaba envejeciendo la piel, y de vez en cuando el pecho se le agitaba con una tos de perros.

En un momento dado, Signa miró detrás de su tía, hacia las sombras, esperando a ver si Muerte venía a reclamar a la tía Magda, como había temido desde que la tos había empezado una semana antes.

—Esta noche dormirás en el cobertizo.

Las palabras de Magda sonaron tan frías que algo dentro de Signa se marchitó, y la joven deseó no haber tenido nunca la desgracia de que la acogiera aquella horrible mujer. Era una pena que tuviera tan pocas alternativas.

Debido a la herencia que Signa iba a recibir cuando cumpliera los veinte años y a la asignación que recibían sus cuidadores y que salía de ahí, en una ocasión sus potenciales tutores se enfrentaron por ella. Su abuela había ganado el primer enfrentamiento. No había sido por codicia, sino por amor. Cuando murió, mandaron a Signa a vivir con el hermano de su madre, un banquero joven y saludable que tenía una buena finca y una vida amorosa fructífera. Aunque a veces dejaba a Signa a solas y se las tenía que arreglar por su cuenta, la joven no detestaba los años que pasó con él. Incluso tuvo una amiga, una compañera de juegos en el bosque y de misiones de espionaje en el barrio: Charlotte Killinger.

No obstante, la vida amorosa de su tío resultó ser demasiado fructífera, y a los treinta años murió de una enfermedad que contrajo de alguna de sus múltiples parejas. Signa tuvo la esperanza de que, después de aquello, la acogiera la familia de Charlotte, pero descubrió que la madre de su amiga había fallecido por la misma enfermedad. Aquel escándalo resultó el fin de la amistad entre las niñas, y desde entonces Signa no había recibido ni una carta siquiera por parte de Charlotte.

A los doce años empezaron los susurros, y empeoraron cuando el tercer tutor de Signa murió en un trágico accidente de carruaje de camino a recogerla. Y cuando, después, su cuarta tutora se ahogó en su propia bañera tras haber tomado un sedante y demasiado alcohol.

«La niña está maldita por la muerte», decían algunos. «Es la bruja más malvada, la engendró el mismo diablo. Allá donde vaya, la parca la seguirá». Signa nunca decía nada para disuadirlos porque no estaba segura de que se equivocaran.

Fingía no poder ver los espíritus que se cruzaba por la calle o incluso con los que compartía su hogar. Tenía la esperanza de que, si no interactuaba con ellos, algún día desaparecerían por completo. Por desgracia, ignorar a los espíritus no era nada fácil. A veces Signa pensaba que los espíritus sabían que se estaba escondiendo de ellos, y aquello era peor, ya que se ponían a aullar por la casa o a embrujar los espejos en un intento por pescar a Signa por sorpresa y asustarla con sus travesuras.

Por suerte, no había espíritus viviendo en casa de Magda, aunque aquello no mejoró demasiado la situación de Signa. La tía Magda era el tipo de persona que se pasaba días perdida en salones de juego y que siempre volvía con los bolsillos vacíos. No se preocupaba por tonterías como tener la cocina bien provista o asegurarse de que Signa pudiera respirar sin dificultad en el cuchitril lleno de polvo que aseguraba ser un hogar. Lo único que le importaba era la asignación que recibía por acoger a Signa.

Signa entendía el miedo que le tenía su tía —hasta lo esperaba—, pero aquello convertía su vida en algo miserable. A unos meses de cumplir los veinte años, pronto recibiría su herencia y por fin construiría su propio hogar. Uno lleno de luz y calidez y, más importante aún, de gente. Desfilaría por aquella casa con un vestido precioso que llamaría la atención de una decena de apuestos pretendientes que proclamarían su amor por ella. Y Signa nunca volvería a estar sola.

Pero para tener ese futuro, tenía que enfrentarse a Muerte. Aquella misma noche, si fuera posible, antes de que él reclamara y siguiera condenando a Signa.

—Haz las maletas, niña —volvió a exigir la tía Magda, con las manos huesudas temblándole—. No te quiero en mi casa esta noche.

Signa se detuvo solo para recoger la taza del suelo y examinar la nueva muesca que había en el cobre, y luego salió corriendo de la cocina. La escalera, de madera y desvencijada, se quejó mientras subía por ella; la joven solo pensaba en el crujir del suelo de madera, que parecía ofendido por el peso de sus pasos, y en la mugre que cubría la casa desde los suelos hasta el tejado escarpado. Intentó pensar en la araña tejedora que vivía en una red que se conservaba perfectamente en una esquina del techo, fuera del alcance pero siempre a la vista; en cualquier cosa con tal de sacar los pensamientos oscuros de su cabeza, aquellos que le decían que algo en ella no iba bien, que era un monstruo. Que todo y a todos les iría mejor si fuera normal.

Magda creía que Signa llevaba al diablo dentro de su espíritu, y tal vez fuera verdad. Tal vez el diablo estuviera acurrucado cómodamente dentro de ella, y por eso le resultaba imposible morir. En cualquier caso, aquella idea no cambió lo que Signa sabía que tenía que hacer.

La tos de la tía Magda retumbó por toda la casa, y Signa se apresuró. Ya en su diminuto dormitorio en el ático, deslizó el baúl hacia la puerta para evitar que alguien pudiera entrar con facilidad y volvió de puntillas hacia el centro de la habitación. Se arremangó la falda y se sentó en el suelo, se quitó el abrigo y sacó las bayas de belladonna del bolsillo. Las puso delante de ella, luego sacó un cuchillo de cocina oxidado de otro bolsillo y rodeó su mango deslustrado con el dobladillo de la falda para tener un mejor agarre. Signa tomó cinco bayas, y aunque no sabría decir por qué, se alisó los oscuros mechones de pelo y se ajustó el cuello de la camisa para asegurarse de que estuviera presentable antes de dejar que el dulzor de los frutos explotara en la lengua.

El veneno empezó en el pecho; era como si alguien la hubiera abierto en canal con un hierro caliente y se hubiera apoderado de sus pulmones. Su piel parecía un grifo con goteras, por los poros le salían gotas gordas de sudor. Empezó a jadear al notar la quemazón de la bilis en la garganta y cerró los ojos ante las sombras que se arremolinaron frente ella y le provocaron extrañas alucinaciones.

Apenas unos instantes después, los efectos de la belladonna empezaron a desaparecer. Era una dosis que debería haber matado a una persona, pero de la que Signa se podía recuperar en unos minutos. Pero necesitaba quedarse en ese momento tanto como le fuera posible, porque era lo que estaba buscando. Era su oportunidad de atrapar a la parca y de detenerlo de una vez por todas.

Por fin empezaron a helársele las venas. Era una presencia familiar que la quemaba por dentro y exigía que se le hiciera caso. Abrió los ojos y ahí estaba Muerte frente a ella.

Observando.

Esperando.

Su presencia era embriagadora y familiar, y a Signa la tomó por sorpresa, como siempre. Eran sombras retorcidas en una forma humana imprecisa. Era tan oscuro y estaba tan desprovisto de luz que resultaba doloroso mirarlo. Aun así, fue todo cuanto Signa pudo hacer. Lo único que podía hacer. Se sentía atraída hacia él como una polilla a la luz. Y, al parecer, él también se sentía así de atraído hacia ella.

Muerte ya no estaba esperando a cierta distancia, sino que estaba inclinado sobre ella como un buitre ante su presa, con las sombras bailando a su alrededor. Signa levantó la mirada hacia el abismo infinito de oscuridad y, aunque le dolían los ojos, se negó a desviar la vista.

—Preferiría que no me invocaras cada vez que te diera la gana. —Su voz no era lo que Signa esperaba. No era como el hielo ni la grava, sino como el sonido del agua en una pradera deslizándose por su piel e invitándola a que se diera un baño a medianoche—. ¿Sabes? Soy un hombre ocupado.

Signa se quedó quieta, con la respiración entrecortada. Llevaba más de diecinueve años esperando a escuchar la voz de Muerte, ¿y aquello era lo primero que le decía? Rodeó la empuñadura del cuchillo con los dedos y frunció el ceño.

—Si tienes la intención de arruinarme la vida, ya va siendo hora de que me digas por qué.

Muerte se retiró y, al hacerlo, el calor la invadió y lo sintió en sus dedos entumecidos. Ni siquiera se había dado cuenta de que tenía frío.

—¿Es eso lo que crees que estoy haciendo, Signa? —La incredulidad que había en su voz reflejaba la de Signa—. ¿Arruinarte la vida?

Había algo inquietante en aquellas palabras. Algo excesivamente familiar que le provocaba escalofríos a Signa.

—No digas mi nombre —le dijo—. En boca de la muerte, suena como una maldición.

Muerte se rio. Fue un sonido bajo y melódico. Sus sombras se retorcían.

—Tu nombre no es ninguna maldición, pajarito. Me gusta el sabor que tiene.

Era raro lo que le provocaba la risa de Muerte a Signa. A pesar de que la joven se había pasado años preparando lo que diría en aquel momento, vio que no sabía qué decir. Y aunque lo supiera, ¿qué sentido tendría? No podía dejar que la afectaran unas palabras curiosas, no cuando lo único que había hecho Muerte era arruinarle la vida arrebatándole a todos los amigos, tutores y hogares que había tenido. Así que no se lo pensó más. Era el momento de aprovechar la oportunidad y ver si Muerte tenía algún punto débil.

Con las manos temblorosas, Signa agarró el cuchillo con fuerza, luchando contra la pesadez de sus extremidades para reunir toda la fuerza posible. Y entonces le dio de lleno en el pecho.

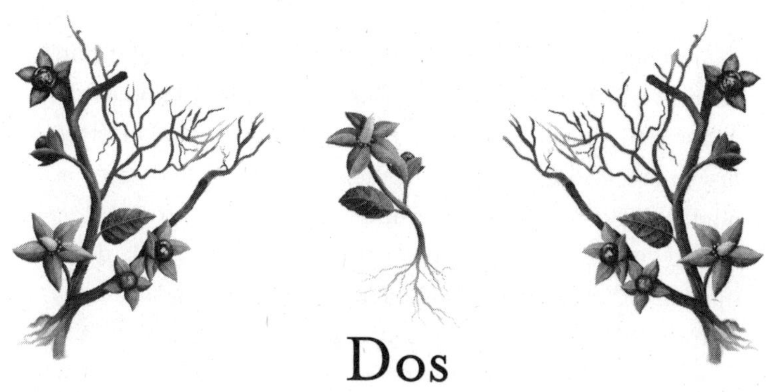

Dos

El filo del cuchillo atravesó las sombras y Signa blasfemó. Muerte se miró el pecho y las sombras se inclinaron como si estuviera ladeando la cabeza.

—Pero, bueno, ¡qué cosa más curiosa! No pensabas que una tontería así iba a funcionar conmigo, ¿no?

La sonrisa de Signa se volvió amarga ante el regocijo de Muerte y retiró el cuchillo. Esperaba que la cuchilla hiciera algo, que lo disuadiera o que le quedara claro que Signa iba en serio con lo de que se alejara de ella. Quería que Muerte la viera como una persona peligrosa, como alguien con quien era mejor no jugar. Pero, en vez de eso, se estaba riendo.

Y debido a aquello, Signa apenas se dio cuenta del repiqueteo persistente en la puerta de su dormitorio. Se quedó quieta solo cuando oyó el chirrido que hizo su baúl al deslizarse por el suelo de madera y los gritos de la tía Magda al entrar en la habitación echando pestes, pálida y con el miedo al diablo en la mirada. La mujer no perdió el tiempo y, temblando, agarró a Signa por el pelo y la levantó del suelo. Lanzó la mirada hacia la ventana, como si quisiera tirar a Signa por ella.

Al lado de la tía Magda, Muerte estaba encrespado y dejando sin aire la habitación. Signa empezó a sentir la piel helada al intentar deshacerse del agarre de su tía. Y aunque sabía que debería decirle a Muerte que parara, no lo hizo. La mirada de su tía estaba llena de odio, y cuando la mujer se abalanzó sobre su cuello, Signa apretó los dientes, tomó a su tía por los hombros y le hizo perder el equilibrio.

En cuanto la piel de Signa entró en contacto con la de la tía Magda sintió como si tuviera las venas incendiadas. Su tía retrocedió, parecía estar aturdida. Su respiración era aguda y entrecortada. El color se le desvaneció de la piel, como si Signa, al tocarla, se lo hubiera extraído todo. La tía Magda se tropezó con un canto del baúl, tambaleó de espaldas pegando un grito ahogado y se quedó sin aire en los pulmones.

Se cayó al suelo de golpe, en silencio, tal vez por primera vez en su vida.

Cuando Signa entendió lo que había ocurrido, ya era demasiado tarde para ayudar a la tía Magda, que tenía la mirada vidriosa y vacía dirigida al techo. Muerte se cernió sobre ella y se inclinó para inspeccionar su cuerpo.

—Bueno, es una manera de que se calle —dijo Muerte con un tono ligero y de alegría, como si todo fuera una broma.

Signa empezó a respirar de manera agitada por el pánico.

—¿Qué has hecho?

Solo entonces se irguió Muerte y reconoció el pánico que sentía Signa.

—¿Que qué he hecho yo? Me temo que te equivocas, pajarito. —Hablaba con la misma inflexión lenta que usaría alguien al dirigirse a un niño—. Respira y escúchame. No tenemos mucho tiempo...

Signa no escuchó nada de eso. Cuando se miró las manos, las tenía de un color azul muy pálido, tan traslúcidas como las de un espíritu. Se las puso detrás y soltó un gemido en voz baja.

—¡Aléjate de mí! —imploró—. Por favor, ¡aléjate!

—Como si no lo intentara —respondió Muerte con un tono de crispación en la voz, como la oscuridad amenazando en una pradera.

Muerte le dio la espalda a Signa, y ella solo pudo verlo atravesar el cadáver de su tía y arrancarle el espíritu del cuerpo.

Aquel espíritu echó una mirada a Signa, luego a Muerte. Y abrió los ojos de par en par al entenderlo todo:

«Bruja asquerosa».

Signa tuvo la sensación de que el suelo se estaba cayendo bajo sus pies. Ya tenía la mente arrastrándose sobre sí misma, y cuando bajó la mirada y vio sus manos temblorosas, se le puso la visión de túnel. Aquellas manos la habían traicionado. Habían arrebatado una vida.

—¿Qué he hecho? —susurró mientras se acurrucaba sobre sí misma. *Qué he hecho, qué he hecho, qué he hecho*, pensaba. Y luego, con un horror incipiente, dijo—: ¿Qué hago?

—Lo primero, respirar. —Por algún motivo, a Signa le calmaba los nervios oír hablar a Muerte y no a Magda, que estaba sentada y miraba fijamente su cuerpo traslúcido, impactada—. Te aseguro que no esperaba...

—¿Que me importa a mí lo que me asegures? ¡Eres el motivo por el que ha ocurrido esto! —Signa no sabía si reír o llorar, por lo que el sonido que se le escapó fue una mezcla de ambas cosas.

Las sombras de Muerte triplicaron su tamaño y la oscuridad envolvió la habitación.

—Eres tú quien me ha invocado. Yo no he hecho más que acudir adonde me han llamado. No soy tu enemigo...

—¿Que no eres mi enemigo? —Signa sabía que, al menos ante eso, podía reírse—. Eres como una nube constante en mi existencia. Eres el motivo por el que me he pasado la vida en lugares como este, con personas como ella, rodeada de espíritus. Eres el motivo por el que soy tan desdichada. Y mira lo que has hecho ahora. —Bajó la mirada hacia el cadáver que había frente a ella y enterró la cara en las manos traslúcidas; las lágrimas que le salían le ardían—. Me has condenado. Ahora nadie querrá casarse conmigo.

—¿Casarse? —Muerte se la quedó mirando con incredulidad—. ¿Por eso estás llorando?

Los sollozos de Signa se volvieron más audibles; aquellas palabras no hicieron nada por apaciguar su mente, que había entrado en una espiral.

Si hubiera estado mirando, Signa habría visto que las sombras de Muerte se debilitaban. Habría visto que le había tendido la mano, pero que la había retirado antes de que ella pudiera rechazársela. Habría visto a las sombras de Muerte abrazando la boca de Magda para que la mujer se callara antes de que pudiera decir otra cosa cruel.

—No era mi intención que ocurriera esto —dijo Muerte con una voz que parecía sincera—. El tiempo que tenemos es limitado, y sé que da igual lo que diga ahora, no querrás escucharme. Pero yo no soy tu enemigo. En dos días te lo demostraré. Prométeme que esperarás aquí hasta entonces.

Signa no le prometió tal cosa, pero tampoco tenía ningún lugar al que acudir. Aun así, no levantó la mirada hasta que Muerte se fue, la calidez volvió a la habitación y la joven recobró la sensación en los dedos de las manos y de los pies; volvía a tener vida en el cuerpo. Los efectos de la belladonna ya se habían pasado, y el único recuerdo que había quedado de la visita de Muerte era un dolor de cabeza pulsátil y el espíritu furioso de su tía.

Signa la miró con los ojos empañados y la tía Magda frunció el ceño.

«Siempre supe que tenías al diablo dentro de ti».

Signa no discutió, sino que volvió a caer sobre el suelo para regodearse en su miseria.

Más tarde, esa misma noche, Signa permaneció ante la puerta torcida de la casa de su tía fallecida, abrazándose mientras esperaba a que el forense terminara su trabajo.

El hombre se dio mucha prisa. No porque lo desconcertara aquel cuerpo, sino porque temía a Signa, con su cabello negro y sus ojos de colores extraños, y por la multitud de vecinos que observaban desde la distancia con una mirada cómplice.

—Tú nunca has querido que ocurriera esto —se susurró Signa a sí misma para fortalecer su ánimo frente a los mirones ansiosos—. Puede que lo hayas pensado, pero pensar no es lo mismo que hacer. Eres buena. Podrías llegar a gustar a la gente. Esto es culpa suya, de Muerte.

Culpa suya, culpa suya, culpa suya. Era su nuevo mantra.

Signa odiaba a Muerte incluso más que antes. Odiaba en lo que se había convertido, de alguna manera, a causa de él... Aunque no podía decir que estuviera triste por haberse librado de la tía Magda.

Bueno, casi.

«¿Vas a dejar que me lleven?», gruñó el espíritu de la tía Magda, que incluso muerta estaba enfadada. «Me lo debes, niña. ¿Vas a dejar que me metan en una bolsa de esa manera? ¡Haz algo, bruja! ¡Sé que puedes verme!».

—Por desgracia, también te puedo oír —se quejó Signa, dándose cuenta de que lo había dicho en voz alta cuando el hombre que estaba levantando la bolsa con el cuerpo de su tía para llevarlo a la parte trasera de un carruaje negro le dedicó una mirada sorprendida.

Signa no estaba segura de qué hacer, por lo que fijó la vista entre él y el espíritu de su tía, que flotaba en el ambiente, hasta que el hombre se puso incómodo y se excusó balbuceando algo sobre lo mucho que lo sentía por su pérdida y diciendo que estarían en contacto.

Durante todo ese rato, los vecinos sostuvieron con fuerza las cruces que llevaban alrededor del cuello, susurrando que siempre habían sabido que había algo malo en aquella chica y diciendo a todos los que pasaban por ahí que Signa era malvada y que Magda debería haberse imaginado que estaba invitando al diablo a entrar en su hogar. Entre ellos había hasta un espíritu. Llevaba una túnica holgada y blanca, y pasaba frente a ellos una y otra vez mientras los vecinos miraban fijamente a Signa con ojos hundidos y vacíos.

La joven intentó no fruncir el ceño. Daba igual que la molestaran aquellos cuchicheos, daba igual que hubiera dado cualquier cosa con tal de tener a una sola persona en quien confiar, porque no hacían mal al tener miedo de ella. Signa había utilizado los poderes de la parca.

Lo único que necesitaba era averiguar cómo había ocurrido.

A Signa se le erizó la piel al retroceder hacia la casa de Magda. Esperaba que ni sus vecinos ni su tía distraída —que estaba ocupada armando un escándalo por su cuerpo mientras el carruaje del forense iba bajando por la calle hasta desaparecer— la siguieran mientras se escabullía hacia el jardín.

El término «jardín», en aquel caso, era bastante impreciso. A lo largo de los años, la tierra había quedado adornada con hierbas y flores silvestres de las que Magda se había quejado con frecuencia y que Signa se había pasado horas cuidando lo mejor posible, teniendo en cuenta que no contaba con una pala ni con tijeras de podar. Lo único que echaría de menos del hogar de Magda era su jardín.

Se abrió paso bajo un sauce, haciendo a un lado el follaje excesivo para poder reclinarse sobre el tronco del árbol. Pero no estaba sola.

Bajo las hojas, cubierta de barro y tréboles, había una cría de pájaro. Llevaba tan poquito tiempo en aquel mundo que tenía los ojos bien cerrados, la piel de color rosa y carnosa, y ni una sola pluma.

Signa se agachó para inspeccionar a la pobre criatura, que estaba cubierta de tierra y hormigas hambrientas que tenían la intención de devorarla viva. Los insectos se habían apoderado de ella, tenían un empeño despiadado. Signa no pudo evitar simpatizar con la criatura. Era como ella: expulsada de su nido, se esperaba que se las arreglara por su cuenta. Pero no tenía la misma capacidad que Signa, ya que no podía engañar a la muerte. Para la criatura sería un acto de piedad que muriera rápidamente y que la libraran de aquella desgracia.

Pero la muerte de Magda había sido un accidente. Si Signa tomaba otra vida, y a propósito en aquella ocasión, ¿en qué la convertiría aquello?

No quería darle vueltas a ese pensamiento, pero sabía que necesitaba una respuesta antes de encontrarse cara a cara con alguien más a quien se arriesgara a dañar.

Con vacilación, se quitó los guantes y acarició con la punta de un dedo el lomo de la cría de pájaro, retirando algunas de las hormigas y los escombros que se habían juntado. Signa contuvo la respiración a la espera de ver si la muerte acudía. Curiosamente, la cría continuó retorciéndose en el suelo con el corazón latiéndole.

De nuevo, volvió a presionar el dedo sobre el pájaro, durante más tiempo en aquella ocasión. Cuando retiró la mano, la criatura seguía respirando.

Signa se recostó sobre el tronco del sauce con lágrimas de alivio en los ojos. No había matado al pobre pájaro al tocarlo. Su tacto no era mortal. A no ser... a no ser que hubiera algo más.

Se acordó de la belladonna que tenía en el bolsillo, y sacó cinco bayas con una mano temblorosa. Se aseguró de que la ocultara el follaje, para que no la pudiera ver nadie que pasara por ahí, y entonces se metió las bayas en la boca y dejó que explotaran sobre la lengua. Los síntomas no tardaron en aparecer —náuseas, visión borrosa— y de nuevo, frente a ella, estaba Muerte. Aunque sabía que iba a acudir, Signa se negó a reconocer su presencia y se alegró de que se quedara esperando a cierta distancia. Volvió a estirar la mano para acariciar con el dedo el lomo del pájaro, y en aquella ocasión el latido de su corazón cesó. Con una última respiración de alivio, el pájaro se quedó quieto.

Signa retiró la mano y se la apretó contra el pecho. No podía negarlo: con solo un toque, podía provocar la muerte. Pero, al parecer, solo podía hacerlo cuando la parca estaba en su presencia mientras Signa se encontraba en aquel extraño lugar, tambaleándose entre la vida y la muerte.

¡Tenía tantas preguntas! Y aun así no echó ni un solo vistazo a Muerte al levantarse del suelo con esfuerzo. Dejó a la cría de pájaro muerta en la tierra para que las hormigas la reclamaran y se fue dando traspiés hacia la casa.

Se alegraba de que, al menos, la cría ya no sintiera dolor. De que, si se iba a convertir en un monstruo, por lo menos pudiera procurar piedad.

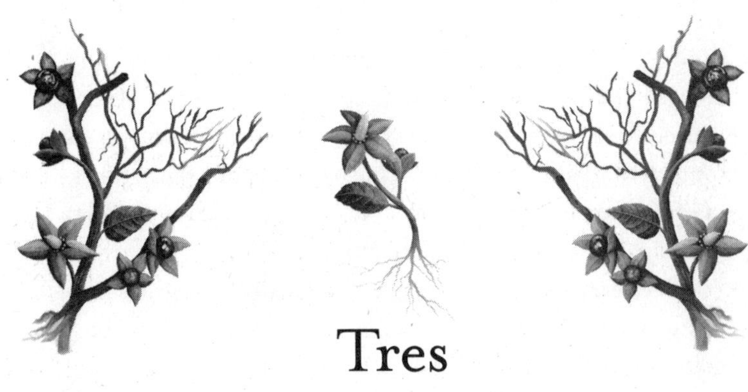

Tres

Dos días después llegó un elegante carruaje de color marfil.

Los ladridos de los sabuesos de un vecino señalaron su arribo, y a Signa se le tensó el pecho al echar un vistazo por la ventana de la cocina y ver aquel jaleo. Había estado prácticamente viviendo en el jardín desde la muerte de su tía, despidiéndose de las plantas y esperando a que pasaran los días mientras ignoraba al espíritu que iba de un lado para otro de la casa. La tía Magda era espantosa hasta en la muerte. Corría y descorría las cortinas y daba alaridos de frustración cuando no le decía a Signa lo fastidiosa que era o fisgoneaba a los vecinos.

El día anterior, Signa había recibido una carta. Estaba sellada con cera roja, la firmaba un tal Sr. Elijah Hawthorne y, en ella, la invitaba a su casa, Thorn Grove. Para su sorpresa, Signa reconoció aquel nombre: era el del marido de la nieta de Magda, Lillian. Signa había oído a la tía Magda quejarse de aquella mujer y contar historias sobre los acaudalados miembros de la alta sociedad que la habían dejado sin su asignación sin previo aviso.

La joven se había pasado todo el día y hasta bien entrado el amanecer del día siguiente mirando fijamente la carta. No estaba convencida de que no fuera producto de su imaginación. No quería imaginarse cómo se las debió arreglar Muerte, y aunque estuvo tentada de no aceptar aquella oferta, no era tonta. Irse a Thorn Grove era la mejor opción que tenía. No había más remedio que apartar el té, agarrar la carta de Elijah con fuerza y salir apresuradamente.

El carruaje no se combó al traquetear por las gruesas vides y el musgo húmedo que salía entre los adoquines rotos. Los dos caballos que tiraban de él tenían el pelaje negro oscuro y cubierto de sudor; el ollar les goteaba por el esfuerzo, pero tenían el cuerpo sano y los músculos fuertes. Signa no pudo más que pensar en sus muñecas huesudas y en sus piernas esqueléticas y sentir algo de celos por aquellos caballos, cuya dieta era sin duda superior a la de ella. Aquellos enormes sementales resoplaron al detenerse ante ella, y un cochero de avanzada edad bajó sacudiéndose. Era muy delgado, alto y de piel clara.

—Buenos días, señorita. —El cochero se quitó el sombrero de copa y y abrió la puerta del carruaje—. Supongo que es usted la muchacha a la que me han mandado recoger.

—Creo que sí.

Signa estaba temblando como un flan. Alguien la había ido a rescatar de verdad. A llevársela a una familia en una posición alta en la escala social, con la que podría lucir vestidos preciosos y tomar el té con otras mujeres, y disfrutar de la vida que anhelaba. Parecía demasiado bueno para ser cierto. La joven no dejaba de mirar hacia las sombras, esperando que apareciera Muerte y le dijera, entre risas, que todo era una farsa.

—Tengo la orden de conducirla sin demora —anunció el cochero—. Nos queda un buen viaje por delante. ¿Tiene alguna pertenencia?

—Solo un baúl, señor. Está ahí dentro. Puedo ir...

El conductor negó con la mano y con una sonrisa tan amplia que resultó alarmante. Signa era incapaz de recordar la última vez que había visto una sonrisa tan sincera.

—Tonterías, señorita. Será un placer.

Signa no estaba acostumbrada a aquella cortesía, así que lo único que pudo hacer fue asentir mientras el cochero iba hacia la casa y preguntarse si se suponía que debía quedarse ahí mismo o meterse en el carro.

No tuvo que esperar mucho tiempo para obtener una respuesta. Oyó una tos procedente del interior del carro que indicaba que el conductor no había venido solo. Un chico más joven de lo que esperaba —como mucho tendría algo más de veinte años— salió de ahí dentro. Iba vestido de manera espléndida, con una levita de un color negro muy intenso y botas de cuero a juego. Era alto como un pino y ancho como un roble, tenía el cabello negro como el betún y rizado detrás de las orejas. Tenía la piel bronceada por el sol y pecas espolvoreadas bajo los ojos; a Signa esos ojos le recordaban al humo, porque eran de un color gris tenue y pálido y tenían un halo de carbón oscuro alrededor del iris. Una pequeña cicatriz le atravesaba el arco de la ceja izquierda en diagonal.

«¡Pero mira el revestimiento de oro de ese carruaje! Desde luego, mi nieta, Lillian, tenía la necesidad de presumir de su riqueza. Esa desgraciada nunca pensó en ayudarme a mí. Menuda estúpida es. Como tú». Las palabras de Magda salieron con amargura mientras Signa rodeaba al chico, pero, por una vez, le dio igual.

Signa sabía dos normas sobre los espíritus. La primera era que Magda solo podría rondar por las tierras en las que había muerto. La segunda, que si incineraban su cuerpo, arrancarían a su espíritu de la tierra, quisiera ella o no.

Aquella primera norma aliviaba a Signa, ya que significaba que no tendría que volver a ver a su espantosa tía.

—Encantada de conocerlo, señor. Espero que el viaje fuera agradable. —Signa carraspeó y reunió toda la cortesía que pudo. Incluso intentó hacer una reverencia con el vestido grueso de fustán y el velo de plumas negras que llevaba, que le producía picores y parecía ser lo único que llevaba últimamente.

El joven no correspondió a la formalidad de Signa, sino que echó una mirada seria y cortante al porche marchitado y al jardín descuidado, que estaba demasiado abarrotado como para caminar por ahí sin pisar sobre las malas hierbas.

—Soy Sylas Thorly, y estoy aquí en nombre del señor Elijah Hawthorne para acompañar a la señorita Farrow a su finca, Thorn Grove. —Su voz era como el bajo estruendo de una tormenta avecinándose—. ¿Supongo que es usted?

Signa se esperaba a alguien de la familia Hawthorne, así que tomó nota de su nombre con interés.

—Sí.

—Maravilloso —dijo alargando la palabra; parecía más interesado en alisarse los guantes de cuero oscuro que le quedaban como una segunda piel que en ella—. Suba al carruaje. Como ha dicho Albert, nos queda un buen viaje por delante.

—Si necesita descansar, puedo preparar un té...

—Preferiría que no nos quedáramos en este cuchitril ni un segundo más de lo necesario —dijo Sylas ajustándose el pañuelo y sin hacerle mucho caso.

Signa apretó los dientes, pero continuó:

—¿Y qué pasa con los caballos? ¿Necesitan agua?

Sylas echó la cabeza hacia atrás y miró hacia el cielo con los ojos entornados. Tomó una larga bocanada de aire, y a Signa le dio la sensación de que estaba buscando en las nubes la paciencia que había perdido, sin encontrarla.

—Es usted muy amable, pero los caballos me han informado que ellos tampoco preferirían quedarse, ante el riesgo de pescar una enfermedad. Venga, señorita Farrow —Sylas indicó a Signa con un gesto que fuera hacia el carruaje y le ofreció una mano enguantada para ayudarla a entrar.

El carruaje era pequeño, y Signa, que estaba tensa, tuvo que mantenerse apretujada contra un lado para no chocarse por accidente con las rodillas de Sylas, que las tenía bien extendidas y estaba demasiado cómodo para lo estrecho que era el espacio. Un momento después, habiendo metido su baúl de viaje y estando Albert de vuelta en el carro, se oyó el chasquido de las riendas y los caballos partieron.

Los ojos penetrantes de Sylas se encontraron por un breve instante con los de Signa, pero luego tomó un periódico y lo desplegó sobre su regazo. Sin saber muy bien qué se suponía que debía hacer, Signa buscó otra copia o cualquier otra cosa que pudiera leer, pero no encontró nada.

—Entonces, ¿no es usted un Hawthorne? —preguntó la joven con la sensación de que era necesario decir algo estando con compañía. Por lo que había aprendido en un libro que su madre le había dejado, el *Manual para damas sobre la belleza y el protocolo*, que una mujer soltera estuviera a solas con un hombre era algo escandaloso. Aun así, dado lo majestuoso del carruaje y todo lo que había oído, no había duda de que los Hawthorne eran pudientes y pertenecían a la alta sociedad y, por tanto, debían ser bastante respetables. Tal vez, entonces, el manual de Signa había pasado de moda—. ¿Es que no ha podido venir a por mí el propio señor Hawthorne? ¿Ni Lillian?

Sylas soltó un soplo de aire silencioso y estiró las largas piernas lo mejor que pudo. Era demasiado alto para un espacio como aquel, por lo que tenía que sentarse encorvado como un cuervo encaramado a la rama de un árbol.

—Lillian ha fallecido y la hija del señor Hawthorne, Blythe, está enferma. Así que no, no han podido venir. —Signa se puso rígida. Al parecer, Muerte se había adelantado a ella en Thorn Grove—. Lamento que no hubiera nadie para despedirse de usted —continuó Sylas en un murmullo; parecía igual de incómodo con las conversaciones triviales que Signa.

—No pasa nada, estoy bastante acostumbrada a ir por mi cuenta.

Además, la única persona que podría haber estado ahí para ella era la tía Magda, a quien Signa preferiría no volver a ver. Todos los espíritus que caminaban por la tierra estaban atados al mundo por algún tipo de emoción intensa, como el enfado o el pesar. Signa había visto a mujeres llorando y mirando por la ventana, y a espíritus discutiendo y atascados en un bucle de ira. Se había acostumbrado a sus patrones y era hábil evitándolos, ya que los espíritus solían ir a los mismos lugares hasta que, al final, decidían abandonar aquel mundo.

Durante todos aquellos años, Signa solo supo de dos espíritus que hubieran abandonado el mundo. La mayoría, como la furiosa tía Magda, que estaba aporreando la puerta del carruaje y gritando «¡No te atrevas a largarte, bruja! ¡No te atrevas a dejarme aquí!», podía pasarse años deambulando por la tierra, alimentándose de sus emociones más acuciantes.

Pero ellos se marcharon por calles de adoquines en las que la brisa otoñal traía un olor a manzana y a canela. Signa suspiró de satisfacción en cuanto se alejaron lo suficiente de Magda como para que los pudiera seguir. De vez en cuando oía el sonido que hacía Sylas al pasar las páginas del periódico.

—Parece aliviada por marcharse —señaló Sylas después de un rato, con los ojos fijos en el periódico.

Signa resopló sin pensar, por lo certeras que eran aquellas palabras.

—Cualquier lugar es mejor que este —dijo inclinando la cabeza sobre una ventana y poniéndose cómoda.

No se dio cuenta de que los dedos de Sylas se habían quedado quietos sobre las páginas. No vio la mirada oscura que le cruzó el rostro mientras tensaba la mandíbula y se enterraba en la lectura.

Si lo hubiera hecho, tal vez se lo habría pensado dos veces antes de acudir a Thorn Grove, con todo lo que la aguardaba.

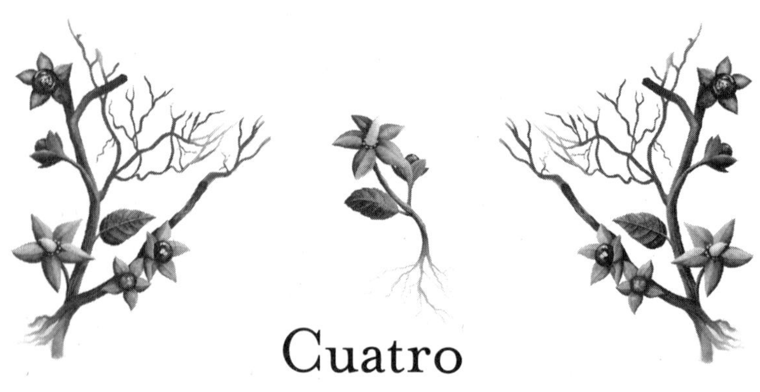

Cuatro

Signa no esperaba que fueran a necesitar un tren para llegar hasta Thorn Grove. Cuando olió por primera vez el humo en el aire, cerró las ventanas del carro pensando que ya se pasaría. Pero conforme el carruaje fue aminorando la marcha, Sylas le puso un billete fino y de color amarillo en la mano. Signa nunca había estado en un tren, aunque había leído en los periódicos lo rápidos que eran: la nueva manera de viajar, un lujo moderno. Sylas tuvo que carraspear para que Signa se diera cuenta de que tenía que centrarse y salir del carruaje. En cuanto tocó el suelo con los tacones de las botas, Signa se vio arrastrada a otro mundo.

La estación era un edificio enorme de color gris pizarra. Lo adornaba una esfera de reloj tan grande que la única manera de describirlo sería diciendo que era imponente. Dio la hora, y el sonido fue como un gong que reverberó por toda la estación.

Dentro, los suelos envejecidos estaban amarillentos. Sobre las papeleras había enjambres de moscas y en el ambiente se distinguía el inconfundible olor del almizcle de tantos cuerpos que iban a toda prisa. También había un espíritu presente. Era un hombre con un abrigo largo y negro, con agujeros desgastados en la parte de abajo; estaba sentado en un banco y observaba a los transeúntes con solemnidad. Signa desvió la mirada para evitar encontrarse con él.

Por muy sucia que estuviera la estación, había algo majestuoso en ella. Había hombres vestidos con trajes de negocios y que llevaban bastones de lo más lujosos, y mujeres con tocados y vestidos de día hechos de algodón que iban y venían; todos tenían algún lugar en el que estar. Algunos estaban en los bancos que había en cada plataforma, leyendo un periódico por encima o dando caladas a sus cigarros. Otros iban a toda prisa por la estación, aferrados a sus pertenencias mientras contemplaban el gigantesco reloj que los gobernaba.

Un caballero de edad avanzada y con el pecho henchido de orgullo acompañaba a una mujer con una gran sonrisa que no podía dejar de mirar el anillo que llevaba en el dedo. Impulsada por una costumbre que había formado al haber pasado tanto tiempo sola, Signa se montó su historia en la cabeza. Se imaginó que se acababan de casar y que se iban de luna de miel. Visualizó todos los vestidos preciosos que la mujer habría metido en su baúl, hechos de telas ligeras para que pudiera sentir el aire salado sobre su piel durante su viaje a la costa con su enamorado. El deseo se arremolinaba dentro de Signa. Era tan ferviente que se obligó a apartarse de aquella pareja. ¿Cómo sería ser una mujer como ella? ¿Que un hombre apuesto la acompañara a la otra punta del país, un hombre al que no podía dejar de sonreír de manera tonta por lo feliz que se sentía?

Al lado de ella, Sylas murmuró algo en voz baja. Signa asintió con la cabeza e hizo como si lo estuviera escuchando, pero estaba perdida en aquella ensoñación y en un mar de gente como no había visto nunca. Apenas pudo abrirse paso entre todos ellos cuando Sylas y ella atravesaron la estación con el auxilio de un joven que los condujo, que había echado un vistazo al billete de Signa y se había ofrecido a cargar con su baúl. Era macizo y pesado, pero Sylas no le ofreció ayuda al chico. De hecho, se quedó con una expresión imperturbable y en silencio, como poniendo empeño en no mirarlo.

—Tendrá el compartimento para usted sola, señorita —dijo el ayudante con la voz entrecortada por el esfuerzo de manejar el peso del equipaje—. El mejor del tren.

Signa nunca se había paseado por un lugar tan ajetreado y en el que todo a su alrededor parecía enorme y grandioso, donde parecía que se perdería para siempre si giraba por donde no tocaba. A pesar de que Sylas siempre tenía aspecto de haber chupado un limón, Signa se alegraba de tenerlo ahí con ella, por si acaso se perdía.

—¿Viaja a menudo? —preguntó Signa.

La respuesta vino por parte del chico, que estaba a su lado:

—No mucho, señorita. Me encantaría, si pudiera hacerlo con todo el trabajo, pero estoy bastante ocupado.

Signa se giró para echar un vistazo al último lugar en el que había visto a Sylas, pero se dio cuenta de que no estaba allí. Contuvo el aliento y escudriñó entre la multitud hasta que lo vio. Ahí estaba, justo enfrente, poniendo un pie dentro del tren.

Por un momento, entró en pánico. Se dio la vuelta hacia el ayudante y colocó las manos debajo del baúl que cargaba.

—Dame eso —le dijo—. Ya me encargo yo el resto del camino.

El muchacho se estremeció, pero agarró el baúl con más fuerza.

—De verdad, no es ninguna molestia, señorita. Es demasiado pesado para que lo lleve una dama...

Signa temía que no hubiera tiempo para discutir, así que le arrebató el baúl de los brazos. Efectivamente, pesaba muchísimo, ya que estaba hecho de caoba maciza y tenía cierres de hierro. Desde luego, no estaba hecho para que lo cargara una mujer en tacones y con ropa de luto, pero se las arreglaría. El peso que sentía en el pecho por la preocupación de no estar con la única persona que sabía a dónde se dirigía y que la podía ayudar en caso de perderse era mucho peor que el del baúl.

—Muchísimas gracias por tu tiempo. Puedo arreglármelas desde aquí.

Aquello fue todo cuanto Signa le dijo al ayudante antes de ir corriendo tras Sylas, intentando dar grandes pasos a pesar de que se le tambaleaba la espalda y le temblaban los brazos. Varias personas le ofrecieron ayuda, pero el conductor ya estaba haciendo la última llamada para que subieran al tren, y Signa solo podía centrarse en llegar con sus pertenencias adonde tenían que estar y no separarse del diablo que era Sylas Thorly. Cuando estuvo ante el tren, le brillaba la piel por el sudor y respiraba con tanta dificultad que nadie se dignó a mirarla a la cara.

Incluso cargando con el peso de sus pertenencias, Signa tuvo que tomarse un momento para admirar la belleza del tren. Era más bonito de lo que esperaba. Tenía un pasamanos de hierro negro y mesas de madera robusta con asientos de cuero rojo a cada lado.

Su billete indicaba una habitación privada en la que estaba esperando Sylas, sentado en un asiento mullido de terciopelo con los pies sobre los asientos de color granate que había frente a él. Echó un solo vistazo a Signa y arrugó la nariz.

—Dios mío, no sabía que una mujer pudiera sudar de esa manera.

Si de verdad Signa fuera una bruja, habría quemado vivo a Sylas.

—No estaría sudando si usted no hubiera decidido adelantarse dejándome atrás.

Sylas se mofó ante aquello. Fue un sonido grosero y repulsivo.

—Debería haber imaginado que no me estaba escuchando. Si no se hubiera distraído, me habría oído decir que me iba a adelantar para asegurarme de que no hubiera ningún problema con nuestro compartimento.

Signa se mordió la lengua. Al mencionárselo, sí, recordó que Sylas quizás había dicho algo y que ella había asentido con la cabeza. Aun así, debería haberlo dicho en voz más alta.

La joven prefirió no responder y se puso a guardar su equipaje en el compartimento superior. De lo pesado que era el baúl, cuando intentó levantarlo por encima de su cabeza le temblaron los brazos. Se sentía agradecida por tener una excusa por la que darle la espalda a Sylas, pero no podía terminar de hacer la maniobra. Le quemaban los músculos, y después de varios minutos enteros tratando de aguantar y de ignorar el dolor, terminaron por fallarle completamente.

Se tambaleó hacia atrás, convencida, por un momento, de que pronto estaría haciéndole otra visita a Muerte, después de que la aplastara el baúl de viaje. Pero antes de caer, Sylas se puso en pie y la abrazó desde atrás. Signa se ruborizó de pies a cabeza al sentir el pecho de Sylas contra su espalda. Nunca había estado tan cerca de un hombre.

No parecía que Sylas compartiera su sorpresa. Mientras Signa seguía centrada en lo firme que tenía el pecho, él dio un paso al lado, tomó el equipaje que Signa tenía en las manos y lo colocó en el compartimento superior.

—¿Por qué ha elegido llevar algo tan pesado? —preguntó—. De no haber estado aquí, el baúl podría haber caído sobre su rostro. ¿Qué habría hecho entonces?

—Supongo que me habría quedado sin cara —respondió Signa, indignada—. Y le repito, no habría necesitado llevarlo si no hubiera tenido que ir corriendo para alcanzarlo. Temía que fuera a dejarme.

Sylas se desplomó en el asiento con un bufido y extendió tanto las piernas que era inaguantable.

—Debería haberme dicho lo despacio que camina. De haberlo sabido, quizá se me habría ocurrido llevarla a usted.

Signa se sentó frente a él, preguntándose si su insoportable personalidad sería una especie de prueba de paciencia. Con las rodillas juntas para que no se golpearan contra las de él, y mirando con una sonrisa muy fina a su acompañante, le preguntó:

—¿Le importaría sentarse un poco más derecho, señor Thorly?

Sylas echó la vista hacia abajo.

—¿Estoy sentado de manera extraña?

Por Dios, cuánta fuerza iba a necesitar Signa para lidiar con aquel hombre. Con la punta del pie, la joven le dio un toquecito en una de las rodillas, luego en la otra. Estaban demasiado lejos.

—Está sentado como si fuera el único que viaja en este compartimento.

Sylas parpadeó de manera lenta, y aunque Signa sabía que lo había entendido, no se enderezó ni se disculpó. Lo único que hizo Sylas fue reírse y cerrar los ojos, como si fuera a echarse una siesta.

—Desde luego, es usted directa.

Signa intentó con todas sus fuerzas tener buenos modales, pero había algo exasperante en aquel hombre. Había algo en su actitud distante y en sus constantes miradas —como si ya hubiera establecido que Signa era un fastidio— que le hacía flaquear en sus buenos modales, por lo que se le escapaban duras palabras. Apenas pudo contenerse cuando se levantó el vestido hasta la altura de las rodillas, dejando suficiente espacio para poder separarlas como Sylas.

—Parece que mis modales son tan impecables como los suyos. Esperaba que alguien en su posición fuera más cortés.

—¿Y qué posición es esa, señorita Farrow?

—La posición de acompañar a una dama.

—¿Una dama? —Sylas abrió los ojos de par en par al ver la postura indecorosa y el vestido arremangado de Signa y luego volvió a cerrarlos—. Avíseme si nos encontramos con una y la acompañaré con gran gusto.

Ignóralo, pensó Signa forzando una sonrisa que podría quemar. *Vas a ser una dama. Sofisticada, elegante y recatada.* Puso una mano encima de la otra y se volvió a colocar bien el vestido.

Fingiendo calma, Signa inspeccionó el compartimento. Al lado de Sylas había un carrito lleno de dulces y productos horneados. Había caramelos dulces con sal marina, una caja de bollos cubiertos con una capa de sirope denso y nueces tostadas, pastitas que rezumaban mermelada de ciruela y muchas más cosas. Signa estaba tan ocupada comiendo con los ojos que casi dio un respingo cuando Sylas susurró:

—¿Quiere un pañuelo, señorita Farrow? Creo que se le está cayendo la baba.

Signa hizo todo cuanto pudo por no echarle una mirada de odio. Luego preguntó:

—¿Son para nosotros?

Sylas miró hacia el carrito, pero la mirada no se le iluminó. No hubo ningún deleite en sus labios ni un rugido de hambre en su estómago.

—Deben haber venido con el compartimento.

Aquello fue todo lo que dijo. Rotundo. Objetivo. Como si no hubiera un festín de dulces ante ellos. Signa se descubrió preguntándose si, tal vez, aquel hombre no fuera humano.

En el *Manual para damas sobre la belleza y el protocolo* se decía que había normas importantes a la hora de cenar frente a otros. Había ciertos tenedores que se debían usar y un orden particular a la hora de comer las cosas. Pero Signa tenía tantas ganas de comer aquellos dulces que su estómago protestó ante su resistencia. Con fuerza.

La joven se quedó paralizada, esperando horrorizada para asegurarse de que Sylas no lo hubiera oído. Sin embargo, la suerte rara vez estaba de su parte.

Sylas levantó una fina ceja a la vez que se inclinó hacia delante y tomó a Signa de la mano. Aunque llevaba los guantes puestos, se puso tiesa cuando Sylas le dejó un pañuelo en la palma.

—Parece que le duele algo —dijo Sylas con una voz coqueta.

Signa rodeó el pañuelo con fuerza en los dedos y pensó en un millón de cosas que le gustaría decir, ninguna de ellas formal ni amable. En lugar de eso, dijo:

—He desayunado mucho. Sería grosero por mi parte que me diera el gusto.

Sylas esbozó una sonrisa que pareció una guadaña. Una sonrisa sorprendente, cortante y escindida. Desapareció en un instante.

—Sería insultante desperdiciar tanta comida, señorita Farrow. Sobre todo cuando se la han comprado. Muestre algo de respeto por el señor Hawthorne y coma.

Después de todo, tal vez Sylas no fuera lo peor. Signa no necesitó que se lo dijeran dos veces, y atrajo el carrito hacia sí. Inmediatamente fue a por un pastelillo cubierto de crema y fresas con azúcar glas espolvoreado encima. Como no había platos ni cubiertos, Signa se quitó los guantes, los dejó a un lado y empezó a comer con las manos.

—Entonces, ¿va a ser usted maleducado con el señor Hawthorne? —desafió a Sylas entre bocados, haciendo todo cuanto podía por no gemir de lo delicioso que estaba el pastelillo. Hacía años que Signa no había comido algo tan dulce. Lo devoró en menos de un minuto, y enseguida pasó al bollo cubierto de sirope.

Sylas hizo caso omiso de los dulces, como si la idea de comerse uno no se le hubiera ocurrido nunca. Escudriñó el carrito y examinó todo lo que había. Luego eligió una pasta de té cubierta de mermelada de naranja. Mientras se la comía, fue relajando la postura y también el ceño fruncido. En cuanto terminó, volvió a echar un vistazo al carrito buscando otra.

—Cuénteme algo más sobre el trabajo que hace para la familia Hawthorne —dijo Signa mientras Sylas escogía una tartaleta de frutas.

Parecía un tema de conversación bastante simple, nada que fuera demasiado personal o agobiante. Aun así, Sylas vaciló antes de contestar.

—Antes trabajaba codo con codo con su mujer, pero me sorprendería que Elijah supiera que existo.

—Le ha mandado para que me acompañara —insistió Signa mientras intentaba no chuparse los dedos—. Desde luego, tiene que saber quién es usted.

Sylas pegó el que tal vez fuera el bocado más grande que había visto Signa en su vida. Luego dijo:

—Me mandó uno de sus empleados. La hija del señor Hawthorne se está muriendo de la misma enfermedad que se llevó a su mujer. Ahora mismo no está en condiciones de saberse el nombre de nadie.

Signa se alegró de tener un caramelo en la boca en aquel momento, así tenía una excusa mientras reflexionaba sobre cómo sería su futuro en Thorn Grove. Tal vez aquel viaje fuera poco más que una broma cruel; quizá Signa llegaría al lugar y se encontraría con que Muerte ya se había llevado a todos los que vivían ahí. Tal vez aquel fuera el siguiente movimiento de Muerte en una elaborada partida de ajedrez en la que Signa estaba atrapada jugando con un peón. O... tal vez Muerte estuviera intentando demostrarle de verdad lo que él valía.

—Me toca hacer una pregunta —dijo Sylas—. ¿Sabe usted en qué se está metiendo al acudir a Thorn Grove?

Signa no sabía gran cosa sobre aquel lugar, y aunque la pregunta fuera desconcertante, no hizo que cambiara su respuesta:

—Da lo mismo. No tengo ningún otro lugar al que ir.

Sylas miró por la ventana que tenía al lado, donde las calles pavimentadas daban paso al mar reluciente en la distancia. Aquello hizo que Signa se preguntara si habría algún mar cerca de Thorn Grove. Tal vez habría un bosque o nada más que colinas extensas y ondulantes.

—Lillian habría querido que usted fuera para allá —dijo al fin Sylas—. Sería incapaz de rechazar a una huérfana.

«Huérfana». Signa odiaba aquella palabra. Detestaba que, para la mayoría de la gente, aquella palabra definiera por completo quién era y en qué situación estaba.

—¿Qué tal la finca en sí? —preguntó la joven en un intento por cambiar rápidamente el tema de conversación—. ¿Lleva mucho tiempo construida?

—Thorn Grove es un lugar precioso. Por lo que sé, ha ido pasando de generación en generación durante mucho tiempo.

Signa intentó no hacer una mueca al zamparse un pastelillo. Era probable que un lugar tan antiguo estuviera atestado de los mismos espíritus que ella estaba intentando evitar.

—¿Y el señor Hawthorne es un hombre de negocios? —preguntó en vez de sumirse en sus pensamientos—. ¿Trabaja para la banca?

Se sorprendió al ver el esbozo de una sonrisa en los labios de Sylas.

—No, no para la banca. La familia Hawthorne es dueña del club de caballeros más famoso del país. Sus miembros son duques y condes. Incluso he oído que hay príncipes. Solo acuden los más ricos. Eso hace que sea un hombre ocupado.

Signa arrugó la nariz ante aquello. La idea de un club solo para caballeros acaudalados le parecía ridícula.

—¿Tienen también un club para las mujeres?

—¿Para mujeres? —Sylas arrugó la frente por la confusión—. Por supuesto que no.

—¿Y uno para todo el mundo?

Sylas arrugó la frente aún más.

—Tampoco tienen un club de esos.

—Qué pena. —Signa apoyó la cabeza contra la ventana—. Si fueran más inclusivos, la familia Hawthorne podría ser el doble de rica —dijo con facilidad, ya que estaba cómoda en aquel compartimento, incluso estando con Sylas. Era un hombre grosero, desde luego, pero no era cruel. Y durante la última hora, su actitud amenazante había mejorado bastante—. ¿A eso se dedica usted también, señor Thorly? ¿Al club?

Sylas desvió la mirada hacia el carrito y echó un vistazo a lo que quedaba.

—No. Yo trabajaba en el jardín, pero lo cerraron tras la muerte de la señora Hawthorne. Desde entonces he estado cuidando de los caballos.

Signa observó las botas de Sylas. Eran de cuero bueno y no estaban tan gastadas como cabría esperar de alguien que pasaba el tiempo en una caballeriza. Sus guantes de cuero también parecían nuevos, igual que su abrigo, con botones de plata pulida y gemelos de rubíes. No parecía tener ninguna razón por la que mentir, pero, aun así, a Signa le resultaba difícil de creer que el señor Hawthorne mandara a un mozo de cuadra a recogerla. Por el momento, Signa no hizo ningún comentario; creyó que era mejor no enrarecer el ambiente.

—¿Por qué cerraron el jardín? —Signa tomó otro caramelo del carrito y se recostó sobre el respaldo de terciopelo del asiento. Aunque la emoción le corría por las venas, el azúcar la estaba dejando cansada y se le cerraban los ojos cada vez que miraba hacia el mar.

—Porque ahí era donde la señora Hawthorne solía pasar el día. Está enterrada ahí, bajo las flores.

Había algo tranquilizante en la uniformidad de su voz. No había inflexiones sorpresivas, no se escapaba ninguna emoción. Tan solo era un arrullo constante con el que Signa vio que se relajaba.

—¿Fue una muerte agradable?

Así como lo dijo Signa, la pregunta sonó rara y enseguida deseó poder retirarla. «Agradable» era una palabra que poca gente asociaría con la muerte. Pero Sylas, por suerte, entendió lo que estaba preguntando.

—Supongo que habrá visto una flor marchitarse, ¿no, señorita Farrow? Con Lillian pasó lo mismo. Era como una flor preciosa, y todos los que la conocían la querían. Hasta la enfermedad la quiso. La quiso con tanta fuerza y para sí que no le dio ni un pequeño respiro, por lo que le arrebató la vida de repente.

—¿Y qué enfermedad fue aquella?

Sylas bajó las cejas.

—Fue tan misterioso que los médicos fueron incapaces de identificarla. Un día Lillian estaba bien, estaba sana, y al día siguiente empezó a vomitar sangre. Unos días más tarde perdió el habla. La enfermedad le provocó una infección en la boca y terminó perdiendo la lengua.

Signa volvió a girarse hacia la ventana, aunque podía ver a Sylas inquieto por el rabillo del ojo.

—Siento si la he ofendido. —Pareció sincero—. Estas conversaciones no son apropiadas. Mis disculpas.

Sylas no podía ver que Signa tenía las manos apretadas y enterradas bajo los pliegues de su vestido.

—No me ha ofendido, caballero —respondió la joven—. Lo que ocurre es que a veces me pregunto por qué la muerte es tan innecesariamente cruel.

Algo se torció en la frente arrugada de Sylas.

—Creo que, para alguien que estaba sufriendo tanto como ella, la muerte pudo haber sido un alivio.

Signa intentó encontrar la verdad en aquellas palabras, pero lo único que pudo ver fue la sangre en los labios de la tía Magda y el vacío en sus ojos al caer al suelo. Lo único en lo que pudo pensar fue en la manera en que el odio de su tía le había impedido ir al más allá y la había atado a la tierra durante vete a saber cuánto tiempo.

—Puede que sí —dijo Signa, su voz era apenas un susurro—, pero no creo que eso haga que la muerte sea menos cruel.

—¿Por qué dice eso?

Signa puso las manos una encima de la otra sobre el regazo, intentando no dejar que la amargura se le notara en la voz.

—Porque la muerte solo es un alivio para los muertos, señor Thorly. Poco le importan quienes se quedan atrás.

Cinco

Había algo extraño en las hojas de arce. Las que estaban esparcidas por el césped de Thorn Grove eran de un color más oscuro de lo que Signa hubiera visto alguna vez. Algunas eran intensas como el café, otras eran del color rojo bruñido de la sangre seca.

Los caminos llenos de baches por los que habían pasado con el segundo carruaje desde su llegada en tren se transformaron en adoquines bien cuidados, tan blancos y prístinos que parecía que alguien se hubiera puesto de rodillas para fregar cada una de las piedras. Había setos altos y bien podados a los lados del interminable tramo que conducía hacia la finca. Algunos de aquellos setos se retorcían en elegantes espirales o estaban podados con forma de caballos y de cisnes.

El exterior de Thorn Grove era majestuoso. Era una enorme mansión de piedra rojiza, como lo que Signa imaginaba que sus padres habrían tenido antiguamente, y estaba situada en lo alto de unas colinas ondulantes que estaban amarilleando dándole la bienvenida al otoño. Las ventanas eran tres veces más grandes que Signa, los tejados eran rojos y puntiagudos, y estaban protegidos por esculturas de bestias aladas. Por la entrada de hierro, cubierta de jazmín y hiedra, pasaban carruajes elegantes y esmaltados de los que tiraban caballos fuertes que iban al trote.

Había decenas de personas deambulando por el césped. Caballeros vestidos con sus mejores trajes y señoras con los polisones más llamativos, todos entrando y saliendo de la mansión entre risas y con copas de champán que sostenían con cuidado.

Desde luego, poco tenía que ver aquello con el hogar de la tía Magda. Allá donde mirara Signa, veía riqueza. El patio estaba rodeado de columnas de aspecto solemne con espirales de oro incrustadas. En la segunda planta de la mansión había un balcón donde relucían vidrieras de un millón de colores. Hasta la tierra parecía rica, y el césped lucía más silvestre y brillante que el que había más allá de la entrada. No había hierbajos a la vista, y a lo largo de las colinas habían brotado pequeñas flores silvestres amarillas y naranjas que se extendían hacia una densa arboleda que había en la distancia. Era el comienzo del bosque.

Ningún lugar había dejado sin aliento a Signa de aquella manera. La joven se descubrió pegada a la ventana del carruaje, empañando el cristal conforme el paisaje se iba dibujando ante ella. Se sentía como un pececillo en una charca de primavera, pequeña e insignificante ante una belleza así.

Cuando se detuvo el carruaje, Signa necesitó de todas sus fuerzas para recordar sus modales y no abrir la puerta de sopetón para poder salir corriendo y explorar el lugar. En cambio, esperó a que el cochero bajara y abriera la puerta por ella. Cuando lo hizo, el aire fresco del otoño le rozó los hombros; llevaba consigo el olor de la savia, de la tierra y de las hojas que revoloteaban a sus pies. Se coló entre sus oscuros mechones, y Signa respiró aquella bienvenida mientras se acercaba al camino que llevaba hacia la magnífica finca.

Esperando bajo el enorme pórtico había tres personas observando a Signa desde la distancia. Un hombre mayor corpulento, una mujer de aspecto dulce y un joven con la expresión más seria que había visto jamás. El joven estaba en el umbral de Thorn Grove y llevaba un traje de color azul marino que le quedaba como un guante. Tenía los hombros rectos y observaba a los invitados que iban llegando. Era demasiado joven como para ser el tutor de Signa, pero el orgullo que había en su porte indicaba lo cómodo que se sentía en la mansión.

A la joven no le iba a hacer ningún bien simplemente quedarse ahí, pero esperó un poco más, deseando, al mismo tiempo, tener un espejo. Se conformaría con un gran cuerpo de agua o con una piedra pulida, cualquier cosa con la que pudiera ver su reflejo para asegurarse de que estuviera presentable. Bregó con su vestido de luto y alisó la tela de fustán para que se viera mejor.

—Ese no puede ser el señor Hawthorne, ¿no? ¡Parece tan joven! Rápido, dígame si mi aspecto es correcto —dijo mirando a Sylas, que la miró por encima con aquellos ojos grises y ahumados una sola vez.

Ante la preocupación que Sylas encontró en la voz de Signa, suavizó un poco su actitud.

—No es Elijah —dijo—. Y va usted perfectamente. Dado que venimos desde lejos, estoy seguro de que no les importaría que llegara con mal aspecto.

Signa se preguntó si se suponía que aquello tenía que tranquilizarla.

—Le agradecería que pudiera presentarme, señor Thorly.

Pero Sylas se echó atrás con la cabeza baja.

—Créame cuando le digo que será mejor que no lo haga. El señor Hawthorne no avisó de su llegada a sus empleados, y no todos se tomarán a bien que hayan mandado a alguien de mi condición a acompañar a una señorita como usted. Me temo que tendrá que lidiar con las presentaciones usted misma.

No hubo tiempo para exigir más detalles, puesto que Sylas ya estaba bajando por la colina tras ella en dirección a las caballerizas. Ahí sola, entre hojas caídas de arce y con el pánico en el pecho, Signa tragó saliva e intentó aplacar sus preocupaciones recordando las primeras lecciones del libro sobre protocolo de su madre.

1. *Una mujer siempre debe sonreír.*
2. *Una mujer nunca debe apretar la mano que le ofrezcan, sino aceptarla con una presión cordial.*
3. *Para una mujer, se considera que la docilidad y la modestia son dos de las mejores virtudes. Deben practicarse en todo momento.*

A Signa le costaba creer que la tercera fuera una norma que tuviera que seguir alguien, aunque, por el bien de su futuro, lo intentaría. Con las faldas en la mano, Signa emprendió el camino hacia la mansión. La persiguieron ojos curiosos y susurros agudos, y, paso a paso, se descubrió deseando que hubiera un agujero lo bastante hondo en el que pudiera esconderse.

Era de mala educación dejarse ver vestida de luto durante una velada, pero ¿qué otra opción tenía? Parecía un mal día para que su nuevo tutor celebrara un evento así, aunque ella no estaba en la posición de hacer ningún comentario al respecto.

Cuando se acercó al joven que había en la puerta, Signa pudo ver, por lo suave que era su rostro y lo intensa que era su mirada, que era más joven de lo que se había imaginado. Tendría poco más de veinte años. De cerca, a Signa le recordaba a un zorro, con los ojos verdes y brillantes, amables pero demasiado entornados al mirarla. El sol le había arrebatado algo del color del pelo. No era pelirrojo, tampoco rubio, sino de un color extraño entremedias. Como el naranja de una cosecha, del color del latón y brillante. La inspeccionó con la mandíbula apretada en un claro intento por mostrar su desaprobación.

—¿Señorita Farrow? —preguntó el hombre mayor que estaba a su lado. Tenía una complexión robusta y olivácea, e iba vestido con un buen traje negro. A pesar de que bajo aquel bigote completamente negro asomaba una sonrisa, sus ojos eran oscuros y estaban cansados—. Bienvenida. Soy Charles Warwick, el mayordomo de Thorn Grove.

—Qué maravilla que hayas llegado —dijo el joven inspeccionándola con la barbilla inclinada—. Padre nos ha dicho que venías esta misma mañana. Bienvenida, prima. Soy Percy Hawthorne.

Signa le tendió la mano, y cuando su primo se la aceptó tras vacilar un momento, ella se la estrechó haciendo el mayor esfuerzo por aplicar una presión cordial. Percy apretó los labios hasta que su sonrisa se convirtió en una fina línea al retirar la mano y colocarla detrás de él. Tal vez había utilizado demasiada presión. ¿O no había sido lo bastante cordial? ¿O se trataba de una situación que requería una reverencia y no un apretón de manos? De verdad, el *Manual para damas sobre la belleza y el protocolo* tenía que ser más específico.

—Nos complace que se quede con nosotros, señorita Farrow —dijo la mujer, y Signa sintió un gran alivio al poder centrar su atención en ella. Era una mujer voluptuosa que tenía el pelo rubio y rizado y llevaba un vestido del color azul de los nomeolvides—. ¿No la acompaña nadie? —La mujer echó un vistazo detrás de Signa, como si estuviera esperando que apareciera alguien más. Cuando vio que no ocurría, tomó a la joven por el hombro—. No importa. Soy Marjorie Hargreaves, la institutriz de la hija del señor. Ahora también seré la suya. Su habitación ya está lista. —Su voz era suave como una canción—. Si necesita cualquier cosa, con mucho gusto... —Pegó un salto porque cerca de la entrada una copa se rompió en pedazos, a lo que siguió una risa que sonaba... ebria, por decirlo suave.

Hubo un destello en los ojos de Percy, aunque solo duró un momento; enseguida rectificó.

—Warwick se asegurará de que traigan tus pertenencias de inmediato. No deberías tener ningún problema a la hora de instalarte —dijo su primo.

Marjorie hizo un gesto para que Signa los siguiera a Thorn Grove y, una vez dentro, Signa supo que su primo estaba en lo cierto. La finca era más majestuosa de lo que se podría haber imaginado. Podrían haberla instalado en una cuadra con los caballos y habría estado perfectamente. Cualquier cosa era mejor que vivir en casa de la tía Magda, pero Thorn Grove estaba a otro nivel. Aun así, había muchísima gente.

—¿Está celebrando algo el señor Hawthorne? —preguntó Signa con la esperanza de que le dijeran que se trataba de un acontecimiento poco común.

Percy frunció el entrecejo y, aunque abrió la boca para responder, Warwick lo interrumpió con un rápido:

—No es nada a lo que haya que prestar atención ahora. Si tiene ganas de acudir, no se preocupe. Habrá multitud de veladas a las que pueda ir en el futuro, cuando esté preparada y tenga la vestimenta adecuada.

Signa se pasó una mano sudada sobre el vestido largo que llevaba.

—Venga —dijo Marjorie con una sonrisa amable—, debe estar cansada del viaje.

La institutriz volvió a pegar un salto al oír otra cosa que se rompía, a lo que siguieron risas aún más escandalosas en el salón que había enfrente, pero sin dejar de mirar a Signa en ningún momento.

Sin embargo, Percy estaba prestando atención a varias cosas a la vez.

—Tengo ganas de conocerte mejor, prima. Bienvenida a Thorn Grove.

Con el sombrero en las manos, le hizo una reverencia y luego dio media vuelta y se marchó hacia el lugar del que provenía el ruido de los cristales rotos. Warwick lo siguió. Y aunque la mente curiosa de Signa estaba entretenida, Marjorie no dejó tiempo para que le diera muchas vueltas a las cosas.

—Venga —volvió a decir Marjorie—, la llevaré a sus dependencias.

Marjorie subió con Signa por una de las dos escaleras majestuosas de caoba que conducían a la segunda planta de aquella enorme finca de tres alturas. La institutriz hizo algunas preguntas de cortesía, pero continuó con la mirada baja y girando el cuello para echar algún vistazo a hurtadillas a la fiesta que se estaba celebrando abajo. Estaba tan distraída que no se había fijado en el hombre que estaba inclinado sobre un pasamanos esculpido para que pareciera las ramas de un árbol con nudos y que se retorcía a lo largo de las dos escaleras.

Pero Signa sí que lo vio. Vio que tenía el pelo negro como el carbón, una nariz larga y puntiaguda y una mirada siniestra que solo prestaba atención a Marjorie. Cuando el desconocido se inclinó hacia delante para agarrarla de la mano, a Marjorie casi se le salió el corazón por la boca.

—¿Cómo es que es usted una mujer tan difícil de encontrar, señorita Hargreaves? —preguntó en voz baja, desagradable, como si estuviera hablando con algo que se le había atascado en la garganta. Aquel hombre llevaba unos zapatos hechos con el mejor cuero que había visto Signa en su vida, y su traje de color negro intenso parecía hecho a medida, con botones de plata fundida. En las manos sostenía un bastón al que se aferraba con fuerza, una asombrosa pieza de palisandro con una empuñadura de latón con la forma de la calavera de un pájaro—. La he estado buscando por todas partes.

—Vuelve a ponerme una mano encina y te tiraré por esta barandilla, Byron. —Marjorie retiró la mano de un tirón y la colocó sobre la espalda de Signa con algo de fuerza—. Venga, Signa. No haga caso a estos invitados. No tienen permiso para ir a las plantas superiores.

—No soy ningún invitado, señorita Hargreaves... —volvió a intentar el hombre, pero Marjorie no le concedió ni un segundo y subieron corriendo por las escaleras, para decepción de Signa.

A Signa no le gustaban demasiado los rompecabezas, porque tenía la mala costumbre de necesitar resolverlos. Para ella, la vida sería mucho más sencilla si contara con todas las respuestas de antemano.

Solo había pasado una hora desde su llegada y ya había un montón de cosas curiosas sobre Thorn Grove. A Signa le parecía raro que el señor Hawthorne celebrara una velada el mismo día en que llegaba ella, por no hablar del hecho de que había mandado a un mozo de cuadra para que la acompañara y que había mantenido su llegada en secreto hasta el último momento. Quería preguntar qué se estaba celebrando ahí abajo, tan temprano, con el eco de las risas y de los vasos rotos, pero viendo la tensión en el cuello de Marjorie, supo que no era el momento. No estaba en condiciones de exigir nada, y tenía que jugar con cuidado las pocas cartas con las que contaba.

Le picaba la piel, y se preguntó si todo aquello sería algún tipo de trampa, una astuta artimaña de Muerte. ¿Sabía que Elijah la invitaría a quedarse en su casa? ¿Fue Muerte quien había tirado de los hilos? Y de ser así, ¿cómo lo había hecho?

Pasaron un buen rato —parecieron años— recorriendo largos tramos de pasillos poco iluminados hasta que llegaron a la nueva habitación de Signa. Era un espacio del mismo tamaño casi que la casa entera de la tía Magda. Tenía una sala de estar, un dormitorio y un baño propio; todo en una misma dependencia. En la sala de estar, el papel de pared tenía una celosía preciosa en diferentes tonalidades de verde, y había unas cortinas de terciopelo y oro que cubrían unas puertas de cristal que se abrían a un balcón.

Los suelos de caoba intensa estaban cubiertos por una alfombra persa de gran tamaño, con detalles de esmeralda y oro. Lo único que quería Signa era clavar los dedos de los pies en ella. El techo era de un color blanco brillante y tenía molduras gruesas embellecidas con enredaderas y flores esculpidas con gran habilidad. Hacía conjunto con la chimenea, en cuya repisa había jarrones finos en los que habían florecido peonías de color amarillo. A su alrededor habían colocado con gran meticulosidad sillones afelpados, mientras que detrás, cerca de la ventana, había una delicada mesa de dibujo hecha con madera. La luz se filtraba por el hueco de las cortinas y se reflejaba sobre la mesa, de manera que parecía tener un halo cálido y acogedor.

A Signa se le encogió el corazón al asimilar todo aquello. Ese era el espacio más bonito que había visto en su vida, y de alguna manera le pertenecía.

—¿Podré conocer al señor Hawthorne esta noche? —preguntó—. Me gustaría darle las gracias por permitirme estar aquí.

—El señor es un hombre ocupado —dijo Marjorie mientras ayudaba a Signa, que estaba distraída, a quitarse el abrigo. La mujer se apartó para dejarlo en un armario, pero al ver la mancha de las bayas de belladonna al inspeccionar el abrigo con más ahínco, arrugó la nariz y se lo colocó sobre el brazo para llevarlo a lavar—. Pero hablaré con él sobre lo que tiene pensado para usted, y le aseguro que aquí estará bien cuidada. Por la mañana, después de sus clases, le tomarán las medidas para los vestidos nuevos.

Signa se dio la vuelta tan rápido para mirar directamente a Marjorie que el pelo la azotó en la cara. No hubo manera de contener la emoción que había en su voz:

—¿Mis clases?

Marjorie soltó una risa suave como la seda.

—Es usted una mujer joven, señorita Farrow, y yo soy la institutriz de esta finca. No estoy segura de qué educación ha recibido hasta el momento, pero mientras esté aquí, lo apropiado es que la ayude a prepararse para el matrimonio y para que algún día pueda administrar su propio hogar. Supongo que aún no ha hecho su presentación en sociedad, ¿verdad?

—Supone bien.

De nuevo, la esperanza. La emoción de que le ofrecieran precisamente lo que había anhelado: presentarse en sociedad, acudir a fiestas y que la cortejaran apuestos pretendientes, y luego, cotillear sobre ellos con amigas durante el té. La mera idea de todo aquello amenazaba con explotarle el corazón. Todo estaba ahora al alcance de su mano.

—Entonces tengo mucho que enseñarle y muy poco tiempo para hacerlo. —Marjorie se puso la mano que tenía libre sobre la cadera sin dejar de sonreír—. ¿Empezamos mañana?

Aun sabiendo lo cansada que estaba, Signa comenzaría en aquel mismo momento si Marjorie se lo permitiera. Tenía el corazón agitado, y aquello le hacía sentir impaciente y anhelante. Pero aún quedaban seis meses para que recibiera la herencia, y si quería durar en aquella finca —si quería conseguir la libertad de la vida que quería—, entonces tendría que asegurarse de que Muerte no pudiese echarle la mano encima a nadie en Thorn Grove. Por no mencionar que tendría que vigilar también sus propias manos.

Aunque sabía que no iba a hacer daño a nadie en aquel momento, Signa escondió las manos detrás de la espalda igualmente y sonrió.

—Mañana. Perfecto.

—Fantástico. —Marjorie recolocó el abrigo sobre el brazo—. Pues tómese el resto de la tarde para asentarse. Puede explorar cualquiera de las plantas superiores, pero, por favor, no baje mientras los invitados estén aquí. Esta noche le traerán la cena, así que relájese. Estoy segura de que estará agotada.

Lo estaba, pero cuando Marjorie salió de la habitación y dejó la puerta cerrada tras ella, Signa supo que no se relajaría mucho. En cuanto las pisadas de la institutriz desaparecieron a lo largo del pasillo, Signa volvió a entreabrir la puerta.

Al fin y al cabo, Marjorie le había sugerido que saliera a explorar.

Seis

Signa sabía muy bien cómo encontrar maneras para pasar el rato. Sola, sin mucho que hacer durante el día y con pocas personas con las que hablar, se había pasado muchas tardes mirando por la ventana o deambulando por el exterior, con cierta curiosidad por saber más cosas sobre los vecinos de la casa en la que estuviera viviendo. Algunos resultaban más interesantes que otros; había quienes se traían a alguien desconocido a hurtadillas mientras su pareja estaba fuera y quienes compartían los últimos cotilleos tomando el té con alguna amiga, algo que a veces Signa escuchaba por casualidad porque estaba dando un paseo cerca de alguna ventana abierta. Como nunca pasaba tiempo con personas así, no podía hacer gran cosa con la información que averiguaba. Pero su propósito siempre era rellenar los huecos que había en sus historias. Estaba decidida a resolver los rompecabezas que se había creado en la mente, y se montaba historias sobre personas con las que nunca había tenido relación.

Thorn Grove ya era un rompecabezas, y uno demasiado grande como para no investigarlo. Signa hizo una cuenta atrás desde sesenta y luego avanzó despacio por los pasillos poco iluminados, manteniéndose cerca de las paredes y confiando en que las sombras la ocultarían mientras iba de puntillas hacia la escalera. Técnicamente, no infringiría ninguna norma siempre y cuando se quedara en el descansillo.

Signa se puso en cuclillas y miró bajo el pasamanos —a través de las ramas esculpidas que lo adornaban— hacia la fiesta que había abajo. Desde aquel ángulo solo podía vislumbrar lo que estaba ocurriendo, y tuvo que esforzarse para oír las voces por encima del *crescendo* de un piano y un violín. Los detalles de aquella reunión le llegaron a trompicones, mediante luces brillantes y destellos dorados y plateados que provenían de las paredes y de las bandejas del servicio. Había copas de cristal llenas de champán burbujeante y tartas en miniatura cubiertas de oro que eran ofrecidas a mujeres con vestidos preciosos y a hombres con fracs formales. Los invitados que no estaban comiendo estaban ocupados bebiendo o bailando al son de la música que llenaba el salón. Su manera de bailar, no obstante, no era para nada lo que ella esperaba.

La abuela de Signa muchas veces le había contado historias de lo mucho que a su madre le gustaban las fiestas. Precisamente, Rima había conocido al padre de Signa en un baile, y su abuela siempre le prometía que tendría la misma suerte. Nunca mencionaron que fue el amor de Rima por las fiestas lo que, en última instancia, le arrebató la vida, sino que se centraron en idealizar el tiempo que estuvo con vida. Signa se pasó años escuchando historias sobre su madre; se las contaba su abuela con gran ternura mientras le cepillaba el pelo o la metía en la cama, como si contando aquellas historias consiguiera mantenerla viva. A Signa le encantaba oír esas historias e imaginarse que pronto seguiría los pasos de Rima, pero su corta vida no había ido como esperaba, y aquellas historias la llenaban de una profunda envidia por las mujeres ataviadas con ropa de seda y encaje, con delicados rizos y rubor en las mejillas. Le hacían preguntarse dónde estaría su apuesto desconocido, el hombre que la sacaría a bailar un vals (algo que, evidentemente, haría a la perfección, a pesar de que nunca hubiera bailado fuera de su dormitorio).

Pero teniendo en cuenta cómo debería ser una fiesta según el manual sobre protocolo de Rima, la que se estaba celebrando en Thorn Grove era del todo incorrecta. Se suponía que en las fiestas debía haber carnés de baile, música diferente para cada tipo de baile y una miríada de normas para cada uno. Las mujeres no debían beber más de una copa de champán, reírse de manera tan escandalosa ni bailar con tanta libertad. Aun así, en Thorn Grove a nadie le importaba el protocolo.

Había mujeres saliendo a trompicones del salón de baile para tomar aire fresco, coloradas, hipando y abanicándose. Utilizaban aquellos abanicos para apartar las manos impacientes de aquellos que intentaban bailar con ellas, y, en su lugar, ir a por las espléndidas tartas cubiertas de un glaseado rosado y brillantina dorada. Nadie parecía prestar atención a las dos mujeres que estaban escondidas en la esquina, con los cuerpos tan apretados que a Signa se le ruborizaron las mejillas. Nunca había visto a dos personas abrazándose de aquella manera.

O su manual sobre protocolo era más anticuado de lo que pensaba o aquello estaba lejos de ser de clase alta.

A Signa le llevó un rato darse cuenta de que había una cara conocida entre la multitud. Era Percy, que estaba fuera del salón de baile con una copa de champán bien agarrada mientras en el interior estallaban vítores. Como todo el mundo estaba distraído, Signa bajó el primer escalón para poder ver mejor. A duras penas podía ver al hombre que estaba encaramado a lo más alto del respaldo de un sillón, montando un espectáculo y haciendo equilibrios mientras la silla se inclinaba. El hombre aplaudió para pedir la atención de todo el mundo. Parecía estar pasándoselo muy bien, igual que los invitados a la fiesta parecían estar disfrutando del espectáculo.

Percy, sin embargo, echaba chipas por los ojos. También el hombre de edad avanzada con la nariz alargada que estaba a su lado, el que había tomado a Marjorie de la mano antes: Byron.

—Alguien tiene que parar esto —exigió Percy.

El joven tenía una expresión tan seria que Signa pensó en volver a la seguridad de su habitación, a sabiendas de que no debería verse envuelta en aquello. Pero nadie se había dado cuenta aún de que estaba ahí, y la curiosidad hizo que se quedara, apretujándose más hacia las sombras para observar.

—Será peor si alguno de nosotros monta un espectáculo —dijo el hombre apretando los labios cuando Percy se alejó de su alcance.

—¿Cuántos meses vamos a quedarnos aquí mirando? ¿Cuánto tiempo vamos a permitir que siga con esta fantasía? Mi padre no es ningún niño, ¡y esta casa no es ningún circo! Ya ha pasado medio año, tío.

Percy estaba apretando tanto la copa de champán que, si no la hubiera estampado contra el suelo en ese momento, podría haber estallado en su mano. El hombre de cabello oscuro soltó un suspiro y dio varios pasos atrás mientras que Percy los dio hacia delante, pidiendo la atención de todas las miradas curiosas que se giraron hacia él, incluyendo la del hombre sobre la silla; Signa comprendió que era Elijah Hawthorne.

El hombre tenía las mejillas sonrosadas y los ojos vidriosos, un porte esbelto y el cabello rubio y ondulado. Había cierta grandeza en él, un aire de exuberancia que indicaba que era alguien que podía abrirse paso en el mundo con su sonrisa. Alguien que se juntaba con condes y príncipes y que, de algún modo, parecía más distinguido que ellos.

—Dado el tiempo que han pasado en nuestra casa, me parece que es de buena educación que dediques algunas palabras a tus invitados, padre —dijo Percy con una fina sonrisa dirigiendo la mirada más allá de Elijah y hacia la sala llena de invitados, que tenían pinta de no tener el más mínimo interés en verse obligados a presenciar algo tan serio—. Quería tomar un momento para agradecerles a todos que hayan acudido a esta continua celebración de mi difunta madre.

Elijah se bajó de la silla cuando la música cesó; fijó la mirada en su hijo, que no vaciló ante los gritos de sorpresa ahogados.

—Dado que durante sus últimos días mi madre no pudo comer, bailar, estar alegre ni tan solo respirar, estoy seguro de que habría agradecido ver cómo lo hacen ustedes hasta la saciedad. —Percy cuadró los hombros—. Y gracias a mi padre por seguir ofreciendo estas veladas en su honor para que podamos continuar celebrando su muerte juntos —dijo levantando la copa de champán para el brindis.

Nadie se atrevió a moverse a la espera de que el lord de Thorn Grove dijera algo para reprender a su hijo por su arrebato o para arreglar de algún modo aquella situación embarazosa. En lugar de eso, Elijah vio un plato con una minitarta encima y lo agarró. Se quitó uno de los guantes, levantó el postre con los dedos y le pegó un bocado mientras se acercaba a su hijo. Ocurrió tan rápido que cualquiera que hubiera pestañeado se lo habría perdido, pero Elijah le estampó el resto de la tarta en la boca a Percy.

—Venga, Percy —se rio Elijah—. Estás demasiado tenso. ¿Sería para tanto que te relajaras una sola noche?

Una multitud que Signa no pudo ver soltó un grito ahogado cuando Percy dio un traspié, escupió la tarta y se retiró la cobertura rosa de azúcar de los labios con un gruñido. No pudo escuchar lo que Percy le dijo a su padre, solo pudo ver que movió la boca para escupir las palabras y que después se alejó a empujones de Elijah.

Las risas se alzaron ante el aturdimiento de Percy, y Elijah estiró la mano para alcanzar otra copa de champán.

—Y bien —dijo el hombre al volver a la silla; la música sonaba otra vez, como si no hubiera perdido el ritmo—, ¿por dónde íbamos?

Percy salió de la sala como un huracán, y se echó a correr hacia las escaleras incluso cuando Byron lo alcanzó. Fue tan rápido que Signa apenas tuvo tiempo de ponerse en pie, incapaz de refugiarse en las sombras antes de que él se diera cuenta de que estaba ahí. La mirada gélida de Percy se posó sobre la de Signa.

—Que alegría volver a verte, prima —dijo apretando los dientes, intentando que dejaran de temblarle los puños mientras observaba el vestido negro que Signa aún no se había cambiado—. ¿Vienes a disfrutar de la fiesta?

—Lo siento. Nunca había visto un baile y pensé... Pensé... Solo quería ver cómo era.

Signa no tuvo el valor de decirle a Percy que tenía cobertura de azúcar por la barbilla, apenas tenía voz. Le parecía que si decía cualquier cosa por encima de un susurro lo iba a destrozar.

Pero a Percy no le pasaba lo mismo. Su voz era como una pistola cargada y lista para disparar a cualquiera que hubiera en su camino.

—Bueno, pues ahora ya lo sabes. Mi madre murió hace unos meses, y mi padre lleva celebrando estas ridículas fiestas desde entonces. A veces duran días. U horas, si se pone de mal humor y echa a todos. Me preguntaría por qué la gente se sigue molestando en acudir si no fuera por el hecho de que estos trepas sociales no tienen nada mejor que hacer con su tiempo.

Signa no hubiera sabido decir si hablar lo estaba ayudando a desfogarse o, por el contrario, se estaba enfureciendo aún más. En cualquier caso, no creía que fuera adecuado detenerlo.

—Lo siento... —empezó a decir Signa, pero Percy la interrumpió levantando la mano.

—No pasa nada, prima. —Se retiró la cobertura de azúcar de la barbilla, pasó por delante de ella y subió por las escaleras—. Considéralo tu bienvenida a Thorn Grove.

Siete

Fue un alivio que Percy no se quedara ahí. Sin tener ni idea de cómo consolarlo, Signa se quedó observándolo subir por las escaleras y decir entre dientes que necesitaba despejarse la mente. Decidió que lo mejor era no entretenerse —no fuera que alguien más la sorprendiera husmeando— y se fue de su escondite entre las sombras. Tenía plena intención de volver a su habitación para intentar esclarecer la situación tan extraña que acababa de presenciar. Pero en cuanto puso un pie en el descansillo, vio un destello blanco brillante por el rabillo del ojo.

Se dio la vuelta sintiendo pavor en el pecho y parpadeó para poder ver con claridad. Cuando volvió a mirar, ahí no había nada.

Tal vez estuviera más agotada de lo que creía. Al fin y al cabo, había sido un largo viaje.

Por lo menos, aquello fue lo que se dijo mientras recorría los pasillos con problemas para encontrar su habitación en lo que parecía un laberinto sin fin. Thorn Grove era más espeluznante de lo que se había imaginado. Se frotó los brazos mientras iba poniendo a la fuerza un pie tras otro.

Aunque la mansión estaba a rebosar en la planta inferior, cuanto más se adentraba Signa en la segunda planta, más vacía y lúgubre se volvía la finca. No había tartas doradas a la vista ni se oía nada más que el débil murmullo de un violín distante. No había columnas de mármol blanco que ignoraran su reflejo al pasar por delante. En lugar de eso había apliques de hierro extraños que a Signa le recordaban a los nidos de los pájaros. Igual que las ramas que había a lo largo del pasamanos, tenían un diseño intrincado; de ellas salían varias piezas gruesas que parecían ramitas hechas de hierro, y en el centro de cada una de ellas se elevaba una vela con una débil llama.

Miró a sus espaldas y volvió a notar otro destello de color blanco justo fuera de su campo de visión. En aquella ocasión Signa habría jurado que había divisado una cara.

Se apartó enseguida, con la respiración contenida. Si era un espíritu, esperaba que no se hubiera dado cuenta de que lo había visto. Siguió adelante, con la determinación de ignorarlo y volver a encontrar su habitación. Pero era difícil ignorar el zumbido frío sobre su piel mientras avanzaba por paredes interminables llenas de cuadros que la doblaban en tamaño; todos tenían un marco dorado y mostraban a una persona que debió haber vivido en Thorn Grove en algún momento. Había tantos retratos que no era nada tranquilizador; seguro que aquella finca estaba atestada de espíritus.

Llegó hasta el retrato de un hombre muy condecorado que tenía el cabello casi tan naranja como Percy. Llevaba un fusil colgado del hombro, mientras que la otra mano descansaba sobre el lomo de un lebrel. El cuadro estaba colgado al lado de una gran habitación con dos sofás de cuero del color de la melaza quemada y estanterías llenas de libros anticuados que ocupaban toda la pared de la izquierda.

Signa atravesó la gruesa alfombra de color rojo hasta llegar a las estanterías y sacó uno de los volúmenes. Se llevó una decepción al ver que no era más que un libro sobre finanzas.

No se acordaba de la última vez que había estado rodeada de libros —¿cuando vivió con el único tío que le quedaba, tal vez?— y volvió a colocar el ejemplar en la estantería, malhumorada.

Luego examinó una gran mesa de palisandro en la que había tinteros y hojas de pergamino desperdigados. También había recortes de periódicos, algunos sobre el Club de Caballeros Grey, y el obituario de Lillian Rose Hawthorne. Signa lo tomó, pero cuando tocó el pergamino, salió musgo del papel y se le posó alrededor de la punta de los dedos. Jamás había soltado algo tan rápidamente.

Con una mano aferrada al pecho, Signa se maldijo en silencio por ser tan tonta. Si el espíritu aún no se había dado cuenta de que ella podía verlo, desde luego ya lo sabía. Tenía que ir con más cuidado.

Determinó que aquella sala, con escritorios y libros de contabilidad, debía ser el lugar en el que trabajaba Elijah, por lo que Signa se marchó de ahí sin tocar nada más. En cuanto puso un pie en el pasillo volvió a tener esa sensación de hormigueo, como el zumbido de una mosca sobre la piel, y cuando pasó por delante del siguiente retrato, habría jurado que sus ojos siguieron cada uno de los pasos que dio. Era una sensación que ya conocía y de la que no quería saber nada, sobre todo teniendo la posibilidad de alcanzar la normalidad tan cerca. Resuelta a conseguirla, se apresuró. Pero daba igual por donde girara, los pasillos seguían alargándose. Cuanto más se adentraba en ellos, más se le ponía la piel de gallina. Se volvía rápidamente para mirar detrás de ella, pero se encontraba con que no había nadie. No había personas. No había espíritus. Ni siquiera estaba la parca.

Está en tu cabeza, se dijo a sí misma. *Lo que pasa es que no estás acostumbrada a una mansión tan grande.*

Signa había visto muchos espíritus a lo largo de su vida —demasiados, de hecho— y sabía que estar en su presencia le provocaba cansancio y un frío que ni siquiera el fuego le podía quitar. Era el mismo frío que estaba penetrando en sus huesos en ese momento.

Un frío que procedía de la habitación de al lado, que la estaba esperando.

El cuadro que había al lado de la puerta era el de una mujer con la piel pálida y un cabello rubio como los rayos del sol. Tenía una sonrisa cálida e intensa, aunque eran sus ojos los que hicieron que a Signa le resultara imposible apartar la mirada. Uno era de color azul, el otro de color miel. Eran tan parecidos a los suyos que Signa se descubrió aguantando la respiración. Nunca había visto a nadie que tuviera los ojos como los suyos. Ni siquiera creía que fuera posible.

La joven alargó la mano hacia el pomo de la puerta, pero en cuanto tocó el metal, oyó una espantosa tos en una habitación tras ella. Se giró hacia allá e, inmediatamente, el frío de su cuerpo se desvaneció. Se rompió el hechizo. Su piel volvió a entrar en calor, pero aun así, Signa se estremeció. Se preguntó quién más estaría todavía en las plantas superiores, como ella, en vez de en la fiesta que se estaba celebrando abajo. La curiosidad pudo más que la fuerza de los muertos, por lo que Signa fue hasta la puerta de donde provenía el sonido y la abrió sin llamar.

Aparte de la pintura, aquella dependencia era un fiel reflejo de la suya. Tenía una sala de lectura preciosa en tonos azul pálido y plateado, bañada por el resplandor del fuego que crepitaba en la chimenea, sobre la que había una repisa de marfil pulido. El espacio era encantador, aunque quizás un poco frío. Tampoco parecía que hubiera nadie viviendo ahí. No había libros en la mesa de lectura ni plumas ni pergaminos esparcidos por el escritorio. Signa cruzó la sala de manera lenta, yendo con cuidado al acercarse al dormitorio contiguo. La puerta estaba abierta, y por mucho que intentara andar en silencio, quien fuera que estuviera ahí dentro la oyó.

—¿Quién anda ahí?

Signa se quedó en el umbral entre ambas habitaciones. Había una chica muy delgaducha en la cama, parecía casi un esqueleto. Tenía la piel tan traslúcida que daba la sensación de no haber visto el sol en su vida. Su pelo era del mismo amarillo pálido que la paja seca, como si le hubieran extraído el color. Y los ojos parecían desprovistos de vida, como si se los hubieran hundido hasta convertirlos en algo vacío e insondable. Al arrugar el entrecejo, toda la forma de su cráneo quedó a la vista.

—¿Quién eres? —preguntó con el ceño fruncido y los labios de un tono rosado de lo más pálido, como una rosa desteñida en invierno.

—Tú debes ser la hija de Elijah. —Signa entró en la habitación y cerró la puerta, contenta de tener una excusa para abandonar aquel pasillo espeluznante y al espíritu que la estaba esperando—. He oído que estás enferma. —Pero no se había dado cuenta de lo grave que era la situación.

—Tengo nombre —dijo la chica con una risa quebradiza—. Me llamo Blythe. —No parecía tener la energía suficiente para incorporarse en la cama, aunque su mirada no se cansó—. ¿Qué haces en mi habitación? Los sirvientes tienen prohibida la entrada sin permiso.

—Mis disculpas, pero no soy ninguna sirvienta. Soy tu prima, Signa Farrow.

La joven sabía que no sería difícil inventarse una excusa para escabullirse. A Blythe no parecía que le faltara nada para estar llamando a las puertas de Muerte, y Signa se negaba a formar parte de ello. Aun así, había algo en ella que mantenía a

Signa con los pies pegados al suelo. Tal vez fuera porque hacía años desde la última vez que había hablado con una chica de edad parecida, cuando era amiga de Charlotte Killinger. O tal vez fuera la desesperación que había en los ojos de Blythe y el hecho de que parecía tan privada de compañía como Signa. Fuera cual fuere la razón, Signa se quedó ahí.

—Qué lúgubre es esto —dijo Signa, parando para revisar las sombras por si había alguna señal de Muerte. Como no lo vio, se relajó, satisfecha—. ¿Abro una ventana?

—¿Te crees que no puedo abrir una ventana yo misma?

Aunque Blythe no intentó echar a Signa, cada una de sus palabras sonó tan entrecortada y mortífera como el veneno. Signa se imaginó que si le pedía a su prima que cantara un himno religioso, de alguna manera terminaría siendo como un arma arrojadiza.

Signa no tenía nada que decir al respecto. Bastaba una respiración mal tomada para que le arrancaran la cabeza del cuello y la tiraran por la ventana. En vez de contestar, se sentó en el borde de la cama de cuatro postes. Para ella, la curiosidad era como el nerviosismo que se siente al tomar café, y no dejaba de mover los dedos y de enredarlos en el dobladillo del vestido. Signa echó un vistazo a su prima y examinó su estado. Tenía la piel pálida, los ojos melancólicos, el cuerpo frágil... Pero Blythe no olía a muerte. No olía a la dulzura podrida de la putrefacción y la enfermedad. Tenía las uñas quebradizas, pero no estaban de color amarillo ni gris. Y sus ojos azules y enormes, a pesar del veneno que contenían y del cansancio que los ensombrecía, no estaban empañados.

—¿De qué estás enferma? —preguntó Signa.

—Qué atrevida eres —se mofó Blythe—. Si lo supiéramos, quizá no estaría atrapada en esta cama todo el día. —Dejó caer la cabeza sobre una almohada y suspiró—: Dios me libre de que me manden a alguien fácil de aguantar para que me haga compañía.

Signa tenía la vaga impresión de que Blythe sabía que nadie la había mandado y simplemente quería criticarla, pero la ignoró y desvió la mirada hacia la puerta, pensando en el retrato de la mujer con los ojos de colores distintos, como los suyos.

—Nunca imaginé que un lugar así de grande pudiera dar la sensación de estar tan vacío, incluso habiendo tanta gente de visita —dijo Signa distraída—. ¿Quién más vive en esta planta? Creo que he oído a alguien en la habitación que hay frente a la tuya.

El aire se volvió tan frío que Signa deseó no haber dejado que Marjorie se llevara su abrigo. Los ojos de Blythe parecían témpanos a punto de atravesar a alguien.

—Imposible —susurró Blythe—. Es la habitación de mi madre. Hace mucho tiempo que nadie entra ahí.

—Querrás decir que era, ¿no? —preguntó Signa antes de pararse a pensar en lo que podían significar aquellas palabras para alguien que no tuviera una relación tan estrecha con Muerte como ella—. ¿Tu madre era Lillian Hawthorne?

Aquello bastó para que Blythe se derritiera y se ahogara. Sin rastro de aquella gelidez, se quedó blanca como un fantasma; hasta sus labios palidecieron. Abrió la boca como para decir algo, pero la sorpresa impidió que salieran las palabras. A Signa le llevó demasiado tiempo darse cuenta de que había dicho una estupidez.

—Ay, Blythe, no quería decir...

En medio de la disculpa, Blythe echó a Signa de la cama a patadas —literalmente— y le clavó el talón en el muslo.

—¡Vete! —soltó—. Mala pécora, ¡sal de mi habitación!

Signa se levantó con dificultad de la cama maldiciéndose por su falta de sensibilidad.

—¡Lo siento! —Estiró el brazo para poner la mano sobre el hombro de Blythe—. No pretendía...

Volvió a quedar interrumpida, pero en aquella ocasión fue por tomar una repentina bocanada de aire. En el momento en que puso la mano encima de Blythe, todo cuanto pudo ver fue a ella, y todo cuanto pudo sentir... Bueno, no sabía cómo describirlo. Era algo que no se parecía a nada de lo que hubiera experimentado, una especie de sensación que lo abarcaba todo y que la retenía ahí y la dejaba con la respiración entrecortada.

Sin importar lo que fuera, Blythe no parecía compartir aquella sensación.

—Sal de aquí —gruñó—. Sal, estúpida...

Blythe abrió los ojos de par en par y se dobló sobre sí misma sin decir nada; un arrebato violento de tos se apoderó de su cuerpo. Estaba temblando y sufría sacudidas en el pecho. Se cubrió la boca con las sábanas y las manchó con un color carmesí intenso. Con cada tos, las sábanas se volvían más oscuras.

Una sensación de frío inundó la habitación y a Signa se le erizó el vello de la nuca. Sabía perfectamente lo que traía ese frío —a quién traía— y dentro de ella estalló el enfado.

—Ni se te ocurra —refunfuñó Signa a modo de advertencia.

Tal vez fuera una ingenua por haber acudido ahí. Tal vez fuera verdad que todo aquello no era más que una treta para hacerle más daño aún. En cualquier caso, Signa no se quedó para confirmar la llegada de Muerte. En vez de eso, dio media vuelta y salió corriendo tan rápido como le permitieron las piernas. Atravesó el pasillo, bajó las escaleras y fue a por el primer sirviente que encontrara, a por cualquier persona que tuviera la posibilidad de salvar a Blythe y detener a Muerte.

Solo tenía que aguantar seis meses. Seis meses. Y sin embargo no duró ni un día sin traer a Muerte a Thorn Grove.

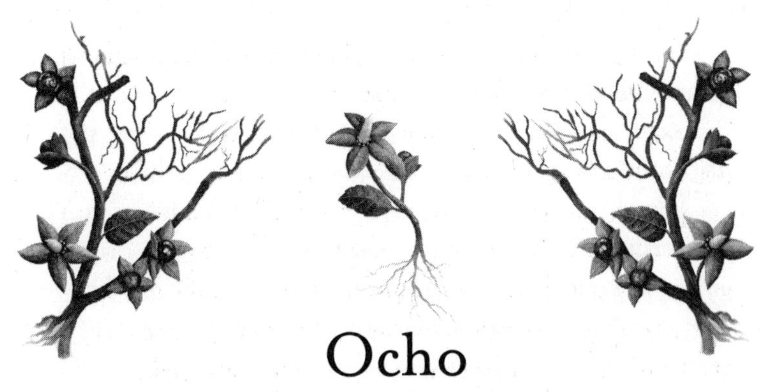

Ocho

Por suerte, Signa Farrow no mató a nadie aquella noche. Tras horas de gente entrando y saliendo de la habitación de Blythe, las cosas empezaron a calmarse. Signa observó aquello a través de la rendija de la puerta de su dormitorio, sorprendida de ver que su habitación estaba justo al final del pasillo donde estaba la habitación de Blythe. Los espíritus o su propia paranoia debieron haber jugado con ella antes para que se perdiera.

Cuando se asomó al pasillo, solo pudo ver un puñado de siluetas a la luz de las velas a la entrada de la habitación de Blythe. Entrecerró los ojos para ver si Muerte estaba entre ellas y sintió un gran alivio al ver que no andaba por ahí. No obstante, había alguien a quien Signa tenía cada vez más curiosidad por conocer: Elijah Hawthorne. Estaba de espaldas a ella, pero Signa pudo verlo mejor que antes. Era sumamente alto y flaco, y su cabello rubio era el más brillante de todos. Tal vez más brillante que la luz de las estrellas.

Signa dio un paso largo para atravesar la entrada de su habitación y poder ver mejor, y en cuanto puso un pie sobre el suelo de madera, hubo un crujido tan fuerte que Elijah y los sirvientes se quedaron en silencio y se giraron para buscar el origen del ruido. Signa se quedó paralizada. Apenas podía respirar cuando todos aquellos ojos se posaron sobre ella. Solo hizo falta que Elijah diera cuatro pasos para que la joven pudiera ver su rostro con claridad.

Era un rostro severo, cansado, en el que no había ni rastro de la exuberancia que había presenciado antes Signa. Era difícil de creer que aquel fuera el mismo hombre.

—¿Quién es esta? —preguntó con voz fuerte a sus sirvientes; había una pizca de desprecio en el tono. Luego se volvió hacia Signa y preguntó—: ¿Quién eres?

—Es Signa Farrow, su nueva tutelada —respondió Marjorie saliendo de detrás del señor Hawthorne y tomándolo firmemente por el hombro.

Había cierta familiaridad en la manera en que Marjorie lo estaba tocando. Cierta comodidad. Signa se dio cuenta de que aquello no tenía cabida entre una institutriz y su patrón.

—¿Mi tutelada?

Elijah se recostó sobre la pared porque se estaba tambaleando. Marjorie soltó un suspiro y le echó una mirada a Signa pidiendo disculpas.

—Sí, señor. Su tutelada. Ha llegado esta mañana con la carta que le escribió. ¿Lo recuerda?

—Ah, sí, la tutelada.

Elijah se separó de la pared y recorrió el espacio que había entre él y Signa, que permanecía tan alta como podía, con el pecho tan tenso que creía que le iba a explotar.

—Hola, señor —dijo con una voz más dócil de lo que pretendía, más débil incluso de lo que exigía el protocolo, por lo que lo intentó en voz un poco más alta—: Gracias por su hospitalidad.

Elijah hizo una mueca y cerró los ojos mientras se apretaba la sien con la palma.

—Silencio, niña. ¿Es que pretendes despertar a los muertos?

—Al... al contrario, señor —tartamudeó Signa, que apenas tenía respuesta para una pregunta tan ridícula—. Prefiero que se queden dormidos.

Elijah se acercó otro paso más para poder echar un vistazo a Signa. En cuanto lo hizo, se retiró soltando un bufido.

—Dios mío, tus ojos.

Signa se estremeció y se llevó una mano a la mejilla, justo debajo del ojo dorado. Era una reacción bastante típica, estaba acostumbrada a la sorpresa. Pero Elijah no parecía sorprendido, sino casi asustado.

—Me los puedo cubrir si le molestan, señor —dijo la joven, preparándose para darse la vuelta y buscar una especie de pañuelo de tela, cualquier cosa que pudiera ponerse alrededor de los ojos.

—¿Estás aquí para mostrarme mis pecados, joven? —preguntó Elijah agarrando a Signa por la muñeca antes de que pudiera retirarse a su habitación para buscar el pañuelo—. ¿Eres mi pasado que ha venido a perseguirme? ¿Eres un fantasma que ha venido a recordarme lo que he hecho? —dijo sin respirar.

Inmediatamente, Signa se acordó del retrato que había en el pasillo y comprendió que aquella mujer era Lillian. Pero ¿qué había del espíritu que la había llamado para que fuera a aquella habitación? El que la había perseguido. ¿Habría sido también Lillian?

Detrás de Elijah, Marjorie se encogió de hombros.

—Deja a la chica, Elijah. No es ningún fantasma, apenas comparte la sangre de tu mujer.

Entonces, el rostro de Elijah se volvió más frío, y todas sus arrugas quedaron bien marcadas. Poco a poco fue soltando a

Signa. Se tomó otro momento para examinar a la joven y observó su cabello —mucho más oscuro que los rizos dorados de Lillian— y su piel, mucho más cetrina.

—Perdóname —dijo, aunque su tono estaba muy alejado de pedir perdón—. Puede que haya bebido demasiado. Por un momento he creído que eras alguien a quien conocí en su día. Pero si es cierto que eres mi tutelada, supongo que es mi deber regañarte por estar levantada a estas horas.

A Signa le resultaba imposible tragarse el nudo que tenía en la garganta, pero de algún modo consiguió decir:

—No podía dormir. Quería asegurarme de que Blythe estuviera... —¿Sana? ¿Viva?—. Bien. Para pasar la noche.

A Elijah se le tensó la mandíbula.

—¿Has estado con mi hija?

Aquella pregunta también pareció sorprender a Marjorie, que entornó los ojos.

—Solo ha sido un momento, señor. Oí a alguien toser y fui a ver cómo estaba.

—Entonces fuiste tú quien consiguió ayuda.

Aunque tal vez no fuera lo más sincero, Signa asintió con la cabeza y obvió la parte en la que el ataque de tos de Blythe había sido por su culpa.

—Entonces asegúrate de volver a hacerlo en caso de que oigas algo. —Elijah ya no la miraba—. Ahora a la cama, joven. Ya casi es la hora de los fantasmas.

Signa se estremeció.

—Sí, señor.

Elijah volvió a apoyarse en la pared al salir de ahí, y la firme mirada que le echó Marjorie a Signa le indicó que debería hacer lo mismo. La joven giró el pomo de su habitación y desapareció en su interior. Por raro que pareciera, no fue el recuerdo de Elijah agarrándola o la manera en que reaccionó al ver sus ojos en lo que se quedó pensando Signa al atravesar la suave alfombra de la sala de estar hasta llegar al dormitorio, sino en las últimas palabras que había dicho: «la hora de los fantasmas».

Se sentó al borde de la cama de cuatro postes. Al lado estaba su baúl de viaje, aún sin abrir. Después de tanto tiempo con sus pertenencias guardadas bajo llave, lo único que quería hacer era sacarlas de ahí. Pero por más que lo intentara, Signa no conseguía convencerse ni siquiera para abrir el baúl. Después de aquella noche, no le quedaban dudas de que iba a pasar menos tiempo del esperado en Thorn Grove. Había una constante en la que Signa podía confiar, y era que daba igual dónde estuviera, Muerte la encontraría. No sabía cómo ni por qué, ni si todo aquello era un juego muy elaborado para alargar su tortura mientras él la observaba, se reía y disfrutaba del espectáculo.

Pero lo iba a descubrir. Y aunque fuera lo último que hiciera, lo iba a detener.

Era tarde, bien entrada la hora de las brujas, y Signa se despertó con el sonido de un llanto y el crujido de las hojas de arce entrando por la ventana. No recordaba haberla dejado abierta, pero así estaba, y por ella se colaba el olor de la lluvia y del suelo mojado.

Signa salió de la calidez de su cama para echar un vistazo a la noche. Al ver que pasaban los minutos y que no volvía a oír el llanto, cerró la ventana y volvió a la cama. Pero se dio cuenta, por el rabillo del ojo, de que al pasar por delante del tocador, su reflejo en el espejo se había quedado quieto. Con un cosquilleo en el cuello, se detuvo para examinar el espejo, con la esperanza de que la imagen fuera un truco de la luz. Pero al ver que su reflejo le devolvía la mirada, que tenía los bordes borrosos y que se le estaba posando una sonrisa en los labios que Signa no tenía, supo que no se trataba de ningún truco.

Signa ahogó un grito y se apartó del tocador, de donde se escapó una ráfaga de luz blanca que atravesó la puerta por debajo. Inmediatamente supo que era el espíritu de antes, y que en aquella ocasión no podía negar haberlo visto.

La joven no se molestó en ponerse el abrigo o las botas, no quería perder el tiempo; abrió la puerta y persiguió la luz a lo largo del pasillo. El espíritu había confirmado que podían verlo, así que a Signa no le quedaba otra que hacerle frente. Si no lo hacía, no podría saber si aquella cosa espantosa la iba a dejar en paz.

Thorn Grove no crujió ni un poco por el peso de sus pasos al bajar corriendo las escaleras, y las bisagras no hicieron ruido al abrir la puerta principal hacia la fría noche. Inmediatamente se puso los brazos alrededor del cuerpo, ya que el camisón, blanco y ligero, no hacía nada por detener el frío que se extendía por su piel.

—¿Hola? ¿Hay alguien ahí?

Paso a paso, Signa se obligó a avanzar con los pies entumecidos en dirección a los gritos que le devoraban la piel y le roían los huesos. Cuanto más fuerte oía el llanto, más se marchitaba el mundo bajo Signa. El musgo que había alrededor de un arce se secó hasta quedarse de un color marrón oscuro, y las hojas se marchitaron y cayeron desperdigadas por un viento repentino. Era como si la propia tierra estuviera advirtiendo a Signa de lo que le esperaba y que debería dar la vuelta. Pero Signa no dejó de moverse hasta que vio el origen del sonido.

Una mujer con la piel traslúcida y el cabello de un color blanco suave que seguía de cerca a Signa como si fuera la personificación del viento se sentó debajo de un árbol doblado; llevaba un vestido de color plateado como la luna baja. Los llantos del espíritu cesaron cuando Signa se fue acercando y levantó la cabeza para mirarla. La joven se tambaleó al pisar la zarza muerta y el espíritu observó su cuerpo. Estaba estudiándola con la mirada. Signa intentó no mostrar que el miedo se estaba apoderando de ella y le imploraba que saliera corriendo.

El espíritu se deslizó hacia delante sin aviso, sin hacer ruido, y cuando Signa trató de retroceder, salieron raíces muertas de la tierra y se le enrollaron en los tobillos para agarrarla bien. Cayó de espaldas, se estremeció y maldijo su suerte. Mientras tanto, el espíritu se cernía sobre ella.

El espíritu era una preciosidad, tenía la piel suave y el cabello claro, con ondas sueltas. Pero cuanto más lo miraba Signa, más gris se volvía; los labios se le quedaron de un color negro azulado y las uñas a juego. Sin embargo, eran sus ojos lo que Signa no podía dejar de mirar. Uno era azul, el otro de color miel. Eran de dos colores diferentes, como los suyos. Como los de la mujer del retrato que había visto Signa aquel mismo día.

Lillian Hawthorne.

Desde tan cerca, Signa podía sentir que la boca del espíritu parecía salida de una pesadilla. Estaba llena de pus y de llagas sangrantes que supuraban en las encías. Su lengua era una masa morada inservible, como si se hubiera consumido. Lillian intentó hablar, pero lo único que consiguió fue soltar un gemido, y cuanto más alto chillaba Signa para que se fuera, más alto jadeaba aquel monstruo.

Lillian estiró el brazo para intentar agarrar a Signa, pero la joven metió los dedos en las raíces para arrancarlas y quitárselas de los tobillos. Hecha una furia, Lillian chilló mientras Signa sacaba los pies con dificultad.

—¡Aléjate de mí! —gruñó Signa.

El espíritu se estremeció al oír su voz, que sonaba como el acero. Pero aquella pausa duró poco, ya que Lillian frunció el entrecejo y se volvió a poner en marcha.

Signa se agachó para agarrar un puñado de tierra y lanzársela al espíritu en la cara.

—Me da igual quién seas, ¡déjame en paz! —Con tal de no despertar a todo Thorn Grove, tuvo que decir aquello entre siseos en vez de a los gritos, como quería, y también odiaba al espíritu por aquello—. Déjame en paz o encontraré tu cuerpo y lo quemaré hasta que no seas más que un montón de cenizas.

Mientras Lillian se quitaba la tierra de encima, torció los labios ennegrecidos hasta que se convirtieron en lo que Signa creyó que era una mueca. Pero la amenaza la mantuvo a raya.

—¿Qué quieres? —se quejó Signa—. ¿Por qué me has traído aquí?

Signa no quería tener nada que ver con Lillian. Aun así, la mujer había muerto de una manera que, había que admitir, le resultaba más que curioso. Y la curiosidad era algo hambriento y persistente.

El espíritu de Lillian vaciló, luego señaló sus propios labios negros.

—¿No puedes hablar? —preguntó Signa.

El espíritu sacudió el cabello ondulado claro y soltó un gruñido. No era la primera vez que Signa veía a un espíritu que no podía hablar. Había calles llenas de soldados o de guerreros de antiguas batallas que a Signa le resultaban indiferentes, y muchos de ellos tenían el pecho o la cara llenos de agujeros.

—Sé quién eres —dijo Signa dando unos pasos atrás por su propia seguridad—. Sé que eras tú quien estaba esperándome dentro de la casa antes. ¿Qué quieres de mí?

Los espíritus no necesitaban respirar, pero parecía que aquella mujer estaba dando un largo suspiro en un intento por acumular paciencia. No se acercó a Signa, sino que arrancó una rama frágil de un árbol. Por un momento, Signa pensó en salir corriendo, pero Lillian, en vez de atravesar a la joven con la rama, se agachó, despejó un trozo del suelo con los pies y utilizó la rama para escribir algo sobre la tierra. Cuando terminó, Lillian tiró la rama y señaló lo que había hecho.

Aunque Signa sabía que algún día su entrometimiento le supondría la perdición, accedió a leer lo que había escrito. El estómago le dio un vuelco en cuanto lo hizo, y miró a Lillian buscando una explicación. Las extremidades del cuerpo del espíritu destelleaban como volutas de humo. Durante todos los años que llevaba viendo espíritus, Signa había aprendido algo sobre ellos, y era que no podían vagar libremente. Cuanto más se alejaran del lugar en el que habían muerto, más les costaría quedarse en la Tierra.

Estaba claro que el espíritu de Lillian estaba lejos del lugar en el que había fallecido y que se estaba quedando sin tiempo. Se retiró hacia el bosque en las inmediaciones de la propiedad hasta que el único rastro que quedó de ella fueron las palabras que había escrito en la tierra: «Ven a mi jardín y sálvala».

Signa supo de inmediato que Lillian se refería a Blythe.

A Blythe. Y Muerte había demostrado que iba tras ella.

Blythe, a quien Signa se había sentido atada por razones imposibles de explicar.

Blythe, cuya muerte haría que surgieran rumores. Cuya muerte haría que, seguramente, Signa tuviera que marcharse de otro hogar más, algo que no podía permitirse.

Entonces entendió algo: si pudiera evitar que Blythe muriera, detendría a Muerte. Le ganaría. Y si consiguiera aquello, quizá la dejaría por fin en paz y le permitiría tener la vida que tanto anhelaba. Una vida fuera de las sombras, donde nunca tuviera que volver a lidiar con él ni con aquellos horribles espíritus. Una vida con gente, fiestas y compañía en la que simplemente pudiera existir.

Por muy insensato que fuera meterse en un trato con un espíritu, si aquello quería decir ganarle a Muerte, Signa haría lo que hiciera falta.

Nueve

Tal y como había dicho Marjorie, la ropa de luto de Signa pronto sería cosa del pasado.

La modista llegó al amanecer y trajo consigo un baúl lleno de telas a las dependencias de Signa.

Apenas había dormido nada y, dado que los días previos había estado viajando y que se había pasado la noche anterior perseguida por un fantasma, no había mucho que quisiera hacer más que acurrucarse en la cama durante el resto del día.

Hasta que se acordó de que aquel día se iniciaban sus clases.

—Venga, Signa. Solo los muertos duermen hasta estas horas —dijo Marjorie entre suspiros mientras seguía de cerca a la modista—. El señor no permitirá que vayas por ahí con la misma pinta que la parca. Ya va siendo hora de que añadamos algo de color a tu armario y te preparemos para la temporada.

Signa se despertó como un muerto resucitado; sentía pesadez en los brazos y las piernas, y le escocían los ojos por la luz del sol del amanecer. Parecía que solo habían pasado unos minutos desde que se metiera en la cama, desde que tuviera la desgracia de encontrarse con el espíritu de Lillian. Aun así, consiguió despertarse ante la promesa de ropa nueva, y fue arrastrando los pies hasta la sala de estar. Una joven agradable a quien Marjorie presentó como Elaine —la nueva doncella de Signa— se puso a peinarla y a retirarle las oscuras ondas del rostro mientras la modista trajinaba por su cintura con una cinta de medir.

La modista era mayor y tenía la cara marcada con tantas arrugas como años había vivido. Tenía los ojos pequeños, brillantes y de color marrón, y llevaba gafas redondas, aunque no parecían ser de gran ayuda, dado lo cerca que se inclinaba hacia Signa y lo que se encorvaba para poder leer los números en la cinta.

—Estás demasiado delgada, jovencita —chasqueó la mujer—. No eres más que una ramita con pechos.

Signa se giró hacia la ventana para que no pudieran ver la vergüenza reflejada en su rostro. El camisón que llevaba era tan fino que no hacía nada por esconder sus costillas, y se las frotó de manera angustiada con las manos. Marjorie también echó un vistazo a esos huesos que sobresalían de su piel. Signa hizo lo que pudo mientras vivía con Magda, pero era demasiado joven como para acceder a su herencia por su cuenta, y la pequeña asignación que le concedían a Magda iba directamente a las casas de apuestas. Seguramente, si Signa hubiera muerto de hambre, aquella mujer habría sido feliz. Su única preocupación —lo único que parecía haberles preocupado a todos sus tutores— era cómo quedarse con una parte de la fortuna de Signa.

—Deja espacio en los vestidos —le dijo Marjorie a la costurera desviando la mirada de las costillas de Signa y haciendo como que estaba ocupada ayudando a Elaine a peinarla—. Ganará peso enseguida.

La costurera emitió un gruñido, satisfecha. En cuanto hubo apuntado las medidas de Signa en una libreta de bolsillo con las solapas de cuero, le acercó varias muestras de tela en una amplia gama de colores y se las puso en la cara. Se encontraban frente a un espejo ornamentado de color plateado en el que Signa se echaba vistazos a sí misma, medio esperando que su reflejo empezara a moverse por su cuenta, como había ocurrido la noche anterior. Todavía tenía tierra bajo las uñas, igual que en las plantas de los pies. Fue todo cuanto pudo hacer para fingir ignorancia cuando la modista la inspeccionó con el ceño fruncido.

Aunque Signa no sabía cuánto costaba que le hicieran todo un armario, se lo imaginaba. Y era mucho más de lo que un tutor se había gastado en ella. Sin duda, Elijah quería que Signa se quitara aquella ropa de luto. Mientras que Marjorie suspiraba por los tonos apagados como el rosa empolvado, el champán y el de la hierba doncella, a Signa se le iban los ojos hacia los verdes oscuros como el bosque y los rojos intensos como la sangre. Pero no dijo nada sobre lo que pensaba, porque ¿qué sabía ella sobre la moda? Si quería encajar en la alta sociedad, no cabía duda de que debería confiar en las decisiones que tomara Marjorie y conformarse con los colores sosos sin decir nada.

La modista dejó un vestido cuando se marchó. Era un atuendo de día de color amarillo claro con lazos de color azul y encaje blanco. Signa quiso resistirse ante lo vulgar que le parecía aquello, pero levantó los brazos cuando Elaine la ayudó a ponérselo. Si aquel era el estilo que se llevaba, daba igual si creía que le quedaba bien o no, o lo cómodo que fuera.

—Te tendrá que valer con esto por ahora —dijo Marjorie mientras Elaine le abrochaba el corsé—. Al menos, hasta que te hagan los tuyos.

La palabra más amable que se le ocurría a Signa para describir el vestido era «espantoso». Además, era demasiado alegre dado el estado en el que se encontraba Thorn Grove. Pero daba igual que pareciera un plátano andante, Signa se mordió la lengua y no se quejó en cuanto lo tuvo puesto. Lo único que preguntó fue cuándo estarían listos los otros vestidos.

Marjorie soltó una risa cortés y recatada, un ejemplo perfecto de lo que decía el *Manual para damas sobre la belleza y el protocolo*. Signa tomó nota mentalmente para practicar cómo hacerlo más tarde.

—La modista trabaja rápido. Pero venga, es hora de las clases. El señor pediría mi cabeza si nos viera perdiendo el tiempo.

Por lo que había visto Signa sobre Elijah, lo dudaba mucho. En cualquier caso, salió de la habitación detrás de Marjorie y avanzó por el pasillo, intentando ignorar que se le estaba erizando la piel por la sensación de tener los ojos de decenas de retratos siguiéndola.

Dejó de experimentar aquella sensación en cuanto llegaron a la planta más baja, y sintió un gran alivio al ver que Thorn Grove parecía un nuevo lugar aquella mañana. Ya no quedaba rastro de la música ni de los trajes de baile que habían llenado las salas, ni de las risas que se desprendieron de ellas. Aquello quedó remplazado por el barrido silencioso de una escoba sobre el mármol.

—Recuerda, no hay que perder el tiempo. —Marjorie le dio un codazo a Signa al ver que la joven se quedaba rezagada en la escalera durante demasiado tiempo, estudiando la extraña decoración que predominaba en toda la finca: la escalera que parecía como si la hubieran esculpido en un árbol, los apliques de hierro y con forma de nidos de pájaros. Signa siguió mirando y vio otro con la forma de la cabeza de un zorro y una lámpara de araña cuyos brazos parecían pinchos.

Quienquiera que hubiera diseñado aquel lugar era un alma extraña. Un alma, determinó Signa, que había suplicado que la casa estuviera encantada.

Desde luego, su deseo se había cumplido.

Al seguir a Marjorie hacia el salón, Signa todavía podía sentir el peso del cansancio en su cuerpo por lo que había ocurrido la noche anterior. Era una sala tan majestuosa como las otras, pero tal vez la iluminación fuera mejor gracias a los dos ventanales que había. Las paredes eran de un color amarillo suave, más vivo aún que el espantoso vestido de Signa, y capturaban la luz a la perfección. La habitación estaba decorada con toques femeninos, algo que distaba mucho de la segunda planta, más masculina. Había molduras con espirales elegantes, una alfombra con un diseño llamativo y cojines con delicados motivos florales y ribetes de encaje. Percy y Blythe estaban sentados sobre aquellos cojines, tomando una taza de té humeante.

Blythe no tenía mejor aspecto que la noche anterior. Seguía con la piel cetrina y la complexión hundida, pero había cierta mordacidad en su mirada: una voluntad de sentarse en el sofá y tomar el té en vez de estar sola en su habitación, a pesar de que le temblaban las manos cada vez que se llevaba la taza a los labios.

—Mi querida hermana ha dicho que se ha levantado sintiéndose rejuvenecida —dijo Percy en cuanto Marjorie posó la mirada sorprendida sobre Blythe—. He pensado que tal vez el aire fresco y la compañía le vendrían bien.

Marjorie apretó los labios, pero en vez de discutir, se dio la vuelta y abrió las ventanas para dejar que corriera el aire fresco.

—Pues muy bien. Puede que tengas razón.

Signa permaneció más erguida en presencia de sus primos. Llevaba un solo día en Thorn Grove y ya sentía que les había dado una primera impresión horrorosa a ambos. Quería mostrar su valía ante ellos, aunque era difícil hacerlo entre que se le cerraban los ojos y que tenía muchas ganas de bostezar.

¡Malditos y tercos espíritus! Signa no quería pensar en Lillian ni en los muertos ni en nada que no fueran sus clases y la nueva familia con la que estaba viviendo. Quería estudiar, impresionarlos y mostrar que estaba lista para entrar en la siguiente fase de su vida, una en la que esperaba tener muchas más conexiones con los vivos y muchas menos con los muertos.

La joven se ahuecó el pelo detrás de los hombros, volvió a centrarse y sonrió mirando a sus primos.

—Me alegro de ver que ambos estáis bien esta mañana.

—Lo mismo digo —dijo Percy mientras Blythe dejaba la taza de té sobre el platillo y lo mantenía en equilibrio en el regazo.

—¿Ha tenido una institutriz con anterioridad, señorita Farrow? —preguntó Marjorie al sentarse sobre un puf redondo y pequeño frente a Signa.

—Dados sus modales, yo diría que no —dijo Blythe entre dientes. Luego tomó otro sorbo de té cuando Marjorie le lanzó una mirada.

—¿Estás diciendo que los tuyos son mejores? —preguntó la institutriz.

Blythe arrugó la cara al mismo tiempo que Signa sentía un arrebato de vergüenza ardiente y abrasador. Pero ni loca dejaría que Blythe viera que sus palabras se le habían quedado clavadas.

—He tenido tenido una institutriz en el pasado —les dijo Signa—. De vez en cuando.

Marjorie no reveló lo que pensaba de aquella respuesta.

—¿Y clases?

En vez de admitir cuánto tiempo había pasado desde que recibiera una clase en condiciones, Signa dijo:

—Sé leer y escribir. También aritmética. —Solo lo básico, dado que nadie había pasado el tiempo suficiente con ella como para enseñarle algo más que eso.

Marjorie dibujó una sonrisa en los labios que daba envidia.

—¿Y música?

Signa no quería añadir más leña al fuego para que sus primos pudieran mofarse de ella admitiendo que apenas había tocado nada, por lo que dijo:

—Se podría decir que se me da muy bien escuchar.

Blythe se atragantó con la bebida, mientras que Percy le dio un codazo diciéndole que se callara entre risillas.

Marjorie ignoró a los hermanos Hawthorne.

—Tomo nota. ¿Por qué no empezamos por ahí, con lectura a primera vista y lecciones de piano?

Por muy frustrante que fuera, se habían mofado tanto de Signa a lo largo de su vida que ignoró a sus primos. Asintió con la cabeza y se imaginó en la casa solariega que tendría algún día, sentada en el banco de un pianoforte y tocando con gran elegancia. Sin embargo, su ensoñación duró poco, ya que le sobrevino una ráfaga de frío por la espalda.

—¿Señorita Farrow? —dijo Marjorie con una voz distante.

Signa no podía ver a Lillian, pero podía oír un llanto débil que luchaba por captar su atención.

Nada de espíritus, se dijo Signa a sí misma, haciendo como que no había oído nada. *Piensa en tu futuro. En lo que te tienes que esforzar para tu presentación en sociedad. La gente normal no habla con los muertos, Signa.*

Pero no podía dejar de escucharlo. Parecía que los demás también oían aquello, ya que Blythe se había quedado quieta, como si estuviera muerta. La taza de porcelana se le resbaló de las manos y cayó sobre su regazo; el té caliente le dejó una mancha en el vestido. Percy se incorporó de un salto, igual que Marjorie.

—¡Cielos, señorita Hawthorne! —La institutriz le hizo un gesto a Percy—. Ayuda a tu hermana a volver a su habitación y ve a buscar a Elaine. Blythe tiene que cambiarse el vestido. Y ya que estás, encuentra algo mejor que hacer con tu tiempo, Percy. Ambos causáis demasiada distracción.

Marjorie esperó a que Percy ayudara a su hermana, que seguía con la mirada aturdida e inquieta, a que saliera de la habitación. Luego se giró hacia Signa.

—Y bien, no hagas caso de nada de eso ni prestes atención a ese sonido. No es más que el viento. —Tomó a Signa de la mano y la dirigió hacia la impecable banqueta negra que había frente a un gran piano que probablemente costara tanto como la casa entera de la tía Magda, si no más. No había ni una sola mota de polvo encima—. A estas alturas del año siempre se oye más. Suena como si el mismo diablo estuviera dando fuertes pisotones ahí fuera.

Signa sabía perfectamente que el viento no tenía nada que ver con aquel sonido, aunque no le quedó otra opción que la de asentir con la cabeza. Se sentó y luchó contra la necesidad de empequeñecerse en el asiento mientras Marjorie le erguía la espalda, le alargaba el cuello y le colocaba las manos en la primera posición sobre las teclas.

—Venga —dijo Marjorie—, vamos a empezar practicando las escalas.

Los huesos de Signa protestaron al tener que mantener una postura tan rígida que ya le hacía daño. Pero si aquello era lo que necesitaba para que su visión se hiciera realidad y pudiera asegurarse un lugar en la sociedad, lo haría. Signa apretó la primera tecla y tuvo que aguantarse una mueca cuando, al retirar el dedo, lo notó mojado. Cada centímetro de su cuerpo se puso tenso y se le agarrotaron los músculos, ya que no había nada sobre el piano. Pero al levantar el dedo, vio que había barro endurecido sobre él y pequeños gusanos que brotaban entre las teclas.

—Las escalas, Signa —insistió Marjorie sin dar ninguna señal de que pudiera ver lo que estaba ocurriendo bajo los dedos de su discípula.

Marjorie no veía que los pies de Signa se estaban hundiendo en un barro que no existía o que sus dedos se habían convertido en un lugar al que los gusanos podían encaramarse.

El mensaje de Lillian era tan claro como el día: Signa tenía que darse prisa y encontrar el jardín. De lo contrario, su espíritu no descansaría nunca.

Pero hasta entonces, Signa se hizo la dura y apretó las teclas embarradas. Se negaba a dejar de tocar.

Diez

Pasaron horas hasta que Signa pudo ir al exterior y estirar la espalda, que le dolía, mientras el viento la azotaba. El aire era fresco, pero nada que pudiera contra una bufanda y una tripa llena de té calentito. Su cuerpo recibía de buena gana aquel fresco después de haber pasado tantas horas con las lecciones de piano.

En un día solo, había olvidado prácticamente el fuerte contraste entre el interior de la finca y su exterior. Ahí, rodeada de páramos infinitos de hierba amarillenta, flores silvestres saliendo de la tierra y un manto dorado de hojas esparcidas por el suelo, estaba en un lugar fantástico. La tarde era tranquila, no había cuerpos entrando y saliendo de la casa. No había desconocidos vestidos con sus mejores galas. Signa no sabía qué estaban horneando en la cocina, pero había un olor dulce y a masa que caldeaba el aire a su alrededor. Y le rugía el estómago, a pesar de que Marjorie le había dado más bollitos de los que había podido comer.

Pero ya habría tiempo de comer dulces más tarde, cuando no tuviera las manos embarradas con lodo, gusanos y tierra que, en realidad, no existían.

«Ven a mi jardín y sálvala».

Signa iría al jardín, pero antes tenía que encontrarlo.

Tras la finca había páramos interminables y escarpados; antes de llegar a ellos, setos podados y una arboleda de arces. Y mucho más allá de Thorn Grove, una línea de árboles que marcaba el inicio del bosque. No había ni un solo jardín a la vista.

Signa habría pensado que estaban jugando con ella de no haber sido por la conversación que tuvo con Sylas dos días antes, en la que le dijo que había trabajado en el jardín con Lillian. Aunque la joven detestaba la idea de pedirle ayuda, era la opción más segura. Con la diferencia de clase tan marcada que había entre ellos, desde luego no se atrevería a dar parte de su conducta por meter las narices donde no debía.

Y así, Signa se arremangó aquel vestido amarillo espantoso y atravesó el césped podado hacia las caballerizas. Se agarró las faldas con más fuerza al ir acercándose a las bestias que resoplaban y daban patadas con los cascos. Los caballos de Thorn Grove eran criaturas enormes y todos tenían pelajes lustrosos de una amplia gama de colores: negro sólido, blanco puro, castaño intenso. Parecían estar cómodos en aquellas cuadras espaciosas, pero Signa no confiaba mucho en las barreras de madera que los confinaban. Si aquellas bestias querían salir, eran lo bastante listas como para liberarse.

Signa echó una ojeada a las cuadras mientras iba de puntillas por la caballeriza, rodeada de caballos que estiraban el cuello hacia ella en un intento por llamarle la atención. Uno de ellos llegó a darle un mordisco en el hombro, y Signa dio un paso atrás para propinarle un golpecito en la nariz.

—¡Nada de eso! —le reprimió, alisándose el hombro del vestido—. Ponerse sobón con una mujer no es manera de llamarle la atención.

El caballo soltó un bufido, indignado. Era más pequeño que los otros, aunque no parecía ser más joven. Mientras que los otros tenían un pelaje reluciente, el suyo era de un color marrón apagado, como el caramelo quemado. En comparación con el resto, era larguirucho y extraño.

—Pero bueno —dijo Signa con las manos sobre las caderas observándolo—, menudo tontorrón.

Como respuesta, el caballo estiró el cuello para mordisquearle el hombro una vez más. Signa seguía avanzando, pero dio un traspié al intentar quitarle el trozo de tela al caballo de la boca y alguien se rio. Fue un sonido intenso que le provocó suaves escalofríos. Lo reconoció al instante.

Signa se giró, no había oído a Sylas acercarse. El joven era tan alto e inquietante como siempre, y llevaba el pelo oscuro hacia atrás, lo que dejaba ver sus preciosas facciones. A pesar del frío aire del otoño, Sylas solo se había puesto unos pantalones y una túnica de manga larga de algodón. Llevaba el cuello abierto y las mangas subidas sobre aquellos brazos tan fuertes, que parecían haber estado trabajando, aunque no había ni una mancha de suciedad en sus botas ni en sus guantes oscuros. Eran de un cuero muy fino y estaban en unas condiciones muy buenas para un mozo de cuadra.

Sylas apoyó los antebrazos sobre una pila de balas de heno. A su lado había sentado un sabueso grande y gris, alerta, con las orejas levantadas y la cabeza ladeada.

—No sabía que la familia Hawthorne tuviera un perro —dijo Signa por no saber qué más decir.

Signa no soportaba sentirse paralizada e incompetente al hablar teniendo a aquel joven cerca. Por muy maleducado que fuera, el hecho de que Signa no hubiera disfrutado de la compañía de ningún hombre en su rango de edad... nunca... hacía que se quedara sin saber qué decir más de lo que le gustaría admitir.

—Ah, sí —dijo Sylas—. Además, es una bestia. Está adiestrado para matar a cualquiera que se cuele en la propiedad.

Signa dio un paso atrás, nerviosa, pero en cuanto lo hizo, el perro sacó la lengua fuera y dio la vuelta sobre su espalda, feliz. Signa le lanzó una mirada a Sylas.

—He dicho que lo han adiestrado —empezó Sylas—, no que hiciera caso. Y es mío, no de la familia Hawthorne. Se llama Gundry.

Signa se agachó para rascarle la tripa a Gundry, que se había ofrecido a ello. La joven se rio al ver que el sabueso jadeaba y se retorcía para chuparle la mano. Siempre había querido tener una mascota, cualquier tipo le valía. Soñaba con tener un gato o un sabueso. Hasta una rata le habría bastado, siempre y cuando le hiciera compañía. Pero teniendo en cuenta la frecuencia con que se mudaba, temía pedir una por miedo a que le pasara algo o que alguno de sus tutores se negara a que se llevara la mascota a su nuevo hogar. Nunca había considerado un caballo, dado el tamaño del animal, pero suponía que sería una compañía igualmente maravillosa.

—¿Usted monta a caballo, señorita Farrow? —la fastidió Sylas con una voz fría como la corriente de aire que había a su alrededor mientras ella apartaba de un manotazo al molesto caballo de su cabello—. Parece tener un talento natural.

—Ah, ya, se me había olvidado lo asombrosos que son sus modales —dijo Signa mientras se pasaba la mano por el cabello para alisarlo y asegurarse de que estuviera bien recogido—. Hace mucho tiempo desde la última vez que estuve cerca de caballos. Mi difunto tío tenía unos cuantos, pero los vendieron cuando murió, y nunca le hizo gracia que yo los montara. Aunque los suyos no eran tan grandes.

—Montar a caballo era una pasión que compartían los señores. —Sylas fue hasta el caballo que estaba jugueteando con Signa y le puso una mano sobre el hocico. Enseguida se calmó y soltó un bufido satisfecho—. El señor Hawthorne rara vez viene a verlos últimamente, pero es el responsable de estos caballos. Siempre le han gustado las cosas bonitas.

Signa echó una mirada al caballo más pequeño y molesto, y Sylas se rio.

—Ese es Balwin, hermoso por naturaleza. Se dice que, en su día, Lillian quedó encantada con él. Lo compraron en una posada a la que fueron de visita durante unas vacaciones de verano. Es un caballo bastante entretenido, pero es caprichoso. Hace lo que quiere.

Sylas Thorly, el hombre que había atemorizado a Signa durante un día entero con sus excentricidades, le tenía cariño a un caballo curioso y a un gran sabueso que parecía ser medio lobo. No lo habría adivinado jamás.

—He venido a montar —dijo Signa, resuelta—. Quiero ver el jardín de Lillian.

Un destello de sorpresa atravesó el rostro de Sylas. Luego asintió.

—Pues escoja un caballo. A Balwin, no. Ya le toca que lo monten, pero le gusta poner a prueba a sus jinetes.

—¿Y ese? —Signa apuntó a un semental negro enorme cuyo pelaje era tan reluciente que brillaba como si estuviera mojado.

—¿Y si probamos con una de las yeguas mayores? Como la blanca de ahí, a la derecha —Sylas señaló un caballo de color blanco sólido, pero a Signa se le fueron los ojos hacia la yegua dorada magnífica que había a su lado. Era un poco más alta y tenía unos ojos mucho más alegres. La yegua resopló y dio patadas con los cascos en un simpático saludo, como si estuviera invitando a Signa a que se montara y la saludara.

—¿Y esa? —preguntó Signa, complaciendo al caballo y ofreciéndole la palma de la mano para que la oliera y chupara.

Sylas hundió la barbilla.

—Es... una yegua amable, pero hace un tiempo que no sale. Mejor escoja otra. Señorita Farrow, ¿qué está haciendo?

—Quiero esta.

Signa ya estaba abriendo la cerradura de la cuadra y estaba entrando para llevarse a la yegua dorada; no se sentía atraída por el resto de los caballos como sí hacia ella. La yegua parpadeó con sus ojos de color chocolate en dirección a Signa y resolló, luego hundió la cabeza como si se la estuviera ofreciendo. Signa aceptó aquel ofrecimiento, le pasó los dedos por el cuello aterciopelado y le rascó detrás de las orejas.

—¿Le pasa algo malo a esta? —preguntó Signa, y la yegua miró a Sylas como si estuviera exigiendo una respuesta cordial.

—Claro que no. —Sylas suspiró y recogió el equipamiento que había en un rincón de la cuadra; después fue tras Signa para ensillar a la yegua—. Lo que pasa es que Mitra era la yegua de Lillian. Aunque ya va siendo hora de que te den una buena vuelta, ¿eh, chica? —dijo Sylas mientras acariciaba el cuello de la yegua con más suavidad de la que esperaba Signa.

Signa se sorprendió mirando fijamente aquella escena. La suavidad en el tono de voz de Sylas le resultó muy afable.

—Espere fuera. —La voz de Sylas no tenía nada de aquella dulzura cuando se dirigió a Signa, que se estremeció—. Voy a prepararla.

Once

Cuando Sylas salió de las caballerizas quince minutos después, llevaba una capa de color azul marino y no un caballo, sino dos, y un sabueso jadeante a su lado. Junto a su belleza dorada estaba Balwin, el semental molesto de color castaño que estaba empecinado en intentar comerse el pelo de Sylas.

—¿Me ha traído otra opción? —Fue lo único que se le ocurrió preguntar a Signa.

—Voy con usted —contestó Sylas bufando mientras le daba palmaditas a Balwin—. El jardín de Lillian está en el bosque. Está claro que lleva un tiempo sin montar a caballo, y si dejara que fuera cabalgando sin un acompañante, el señor Hawthorne pediría mi cabeza.

Signa se aguantó las ganas que tenía de apretar la mandíbula. Como si sintiera que la joven estaba molesta, Mitra cubrió el espacio que había entre ellas y le dio un golpecito con el hombro. Signa, a su vez, pasó los dedos alrededor del cuello de la yegua y le acarició el pelo suave. Podía sentir el intenso pulso de la vida bajo las manos, la rapidez del corazón de la yegua y sus respiraciones irregulares e impacientes.

Hacían buena pareja, ya que ambas tenían las mismas ganas de liberarse y deambular. Pero cuando Signa fue a montarse, vaciló. Por muy alta que fuera, los estribos estaban fuera de su alcance. Puso los brazos alrededor del cuello de Mitra e intentó elevarse, pero la yegua emitió un gemido y se la quitó de encima.

—¿Necesita ayuda? —preguntó Sylas tras ella con cierta alegría en la voz.

Con la cabeza bien alta, Signa lo ignoró y lo volvió a intentar, aferrándose a la yegua como si la vida le fuera en ello mientras trataba de meter un pie en el estribo. Mitra arrastró las patas por el suelo con Signa colgada de ella, escurriéndose y negándose a admitir su derrota.

—Dios mío, sí que es usted tozuda.

En aquella ocasión, Sylas no preguntó antes de poner las manos sobre la cintura de la joven y subirla a la yegua. Lo hizo en un solo movimiento continuo, como si Signa fuera tan ligera como una pluma. A ella empezó a palpitarle el corazón, pero Sylas pareció hacer caso omiso de lo íntimo que había sido aquel gesto; le dio una palmada a Mitra en la grupa, se aseguró de que Signa tuviera los pies bien colocados y se subió sobre Balwin.

Bajo Signa, Mitra se estremecía por la anticipación. No esperó a recibir órdenes y empezó a trotar de manera tan agitada que Signa comenzó a escurrirse de la silla de montar. Agarró las riendas y se inclinó hacia delante, por la cintura, para estabilizarse. Entonces Sylas se puso a su lado y arreó a Mitra con una vara. Signa quería gruñirle, ya que su zurriagazo provocó que la yegua relinchara y se moviera más rápido, aunque las sacudidas cesaron en cuestión de segundos.

Signa se irguió en el asiento y le lanzó una mirada a Sylas, a quien se le intuía cierta travesura en los ojos mientras atravesaban a la carrera los páramos, las colinas onduladas de flores silvestres y los pantanos que aminoraban el paso de sus corceles. Cada vez estaban más cerca del bosque al que se dirigían, hasta que a Signa le ardió el pecho con el deseo de alcanzarlo.

«Ven a mi jardín». El espíritu de Lillian tiraba de ella y la guiaba.

«Ven a mi jardín».

A Signa se le pusieron los brazos y las piernas con la piel de gallina. Nunca había visto a un espíritu tan enfadado, y lo último que quería era que la aterrorizara Lillian Hawthorne. Pero más que eso —aunque no tenía ningunas ganas de admitirlo en voz alta—, Signa podía sentir la curiosidad hundiendo sus garras en ella. Era como tener un montón de piezas desordenadas de un rompecabezas que deseaba resolver.

Tenía que saber qué quería el espíritu de ella y cómo una mujer tan joven y hermosa había muerto en un jardín secreto escondido en el bosque muy por detrás de Thorn Grove.

Signa le dio a Mitra un suave empujoncito en el costado, y la yegua respondió de inmediato. Al fin y al cabo, había sido el caballo de Lillian. Tal vez también sintiera aquel tirón.

Sylas se quedó atrás, con tanta prisa que iban, y se puso a gritar para evitar que se precipitaran y entraran de cabeza al bosque. Aunque Mitra se las arregló perfectamente en los páramos y nunca vaciló en su camino, Sylas tuvo problemas para que el rebelde de Balwin siguiera adelante. Su voz sonó queda a oídos de Signa, y sus protestas se desvanecieron con la distancia. Signa no esperó. No podía hacerlo. El bosque la llamaba, y por lo que se adentró en la boca del lobo y dejó que cerrara la quijada sobre ella y se la tragara entera.

El bosque la consumió. La abrazó con tanta intensidad que los gritos frustrados de Sylas y las patadas de Balwin dejaron de oírse, y solo quedó el suave sonido de los susurros de los árboles otoñales, con sus hojas toda una mezcla de rojo anaranjado y verde medianoche.

La hierba amarillenta no tardó mucho en enredarse entre las cañas blancas de Mitra. El bosque tiraba de las faldas de Signa y de la crin de Mitra; las arañaba y les rasgaba la piel, ávido de sangre. Signa intentó cubrir a la yegua lo mejor que pudo, pero las ramas eran bajas y salvajes, y le arañaban el costado.

Por el rabillo del ojo, Signa pudo ver un destello de color blanco tan breve que se lo habría perdido si hubiera pestañeado. Volvió a verlo unos segundos después, pero desapareció de repente hacia el lado derecho, donde los árboles se habían partido por la mitad o los habían talado. Signa siguió a lo que estaba segura de que era el espíritu de Lillian, y aquello la condujo hacia un claro y un muro de piedra erosionada con una verja de hierro. Empujó la verja y vio que había una cerradura en el centro. Estaba cubierta de hiedra y vides.

Se alegraba de que no hubiera nadie cerca que pudiera escuchar las palabrotas impropias de una señorita que soltó al mirar el muro del jardín y ver que era tres veces su altura e imposible de trepar aunque se pusiera de pie sobre el lomo de Mitra. Intentó forzar el candado, cada vez más frustrada al ver que no cedía ni un poco.

¿Cómo se suponía que iba a encontrar la llave de un jardín que claramente llevaba meses abandonado? No se la podía pedir a Elijah, y Sylas seguramente ya supiera que aquel lugar estaba cerrado y la había llevado en aquella búsqueda inútil para reírse de ella. Bien aferrada a las riendas, Signa estaba a punto de darse la vuelta para ir a buscar a Sylas y decirle cuatro cosas cuando vio otro destello de color blanco por el rabillo del ojo.

Lillian estaba ahí, observando, escondida entre las sombras de la verja de hierro. Su cabello era pálido como la mantequilla y tenía la cara cubierta de musgo. Donde debería tener la boca, había un agujero por el que salían vides podridas. Unos ojos hundidos observaban entre las hojas de hiedra, pero no miraban a Signa, sino detrás de ella, hacia el suelo.

Signa se giró y vio las ya conocidas bayas pequeñas de color negro —la belladonna— y lo entendió tan bien que sintió que el pecho se le iba a partir en dos.

La noche en que había comido belladonna por última vez —la noche en que habló con Muerte— había utilizado los poderes de él como si fueran suyos. ¿Y si pudiera volver a hacerlo? Signa lo había visto atravesar paredes, desaparecer entre las sombras y volver a tomar forma a voluntad. ¿Sería posible que ella también pudiera hacerlo?

Signa se bajó del caballo apretando los dientes al ver las bayas de belladonna que aguardaban a sus pies. No quería volver a acercarse a Muerte hasta que tuviera una manera de destrozarlo y acabar con su condenada maldición. Pero si quería que Lillian la dejara en paz, no parecía haber otra opción.

Con la tripa revuelta por el miedo, se agachó, arrancó las bayas y se llenó las manos y los bolsillos.

Muerte amenazaba en el aire como una tormenta a punto de caer, oscura y fuerte. Signa sintió el peso de él ahogándola, advirtiéndola. Hasta el sonido del viento lo sintió tan cortante como un cuchillo cuando el mundo se volvió más lento a su alrededor, como si el tiempo se estuviera paralizando.

Pero Muerte no iba a tocarla. Nunca lo hacía.

Signa se puso cinco bayas en la lengua y esperó mientras le quemaba la sangre y le recorrían escalofríos por la espalda. No tuvo que esperar demasiado para que el veneno la apretara por dentro, para que se le nublara la vista y viera la imagen del bosque como si fuera un túnel a su alrededor; para que se formara dentro de ella un poder sin igual que la llamaba para que acudiera y lo probara.

Muerte había llegado.

Doce

La presencia de Muerte era como escarcha que quemaba a Signa en los huesos, como un lago helado al que se había metido de cabeza. Pero en vez de dejar que saliera a por aire, Muerte la había abrazado en aquellas aguas gélidas y no tenía ninguna intención de soltarla.

—Hola, pajarito. ¿Has venido para apuñalarme otra vez?

Su voz fue como un bálsamo para la carne de gallina que se le había puesto a Signa, y a la joven se le removieron los interiores porque le fastidiaba la manera en que su cuerpo respondía ante él. No era enfado ni miedo, sino una curiosidad profunda y supurante que no parecía que Signa pudiera sacudirse.

—Dime si puedo utilizar aún más tus poderes —exigió. Si Muerte no iba a vacilar, ella tampoco.

Signa levantó la barbilla y se giró para mirarlo directamente. O, por lo menos, creyó estar mirándolo directamente. Era difícil de saber, dada la forma que tenía. Muerte era poco más que las sombras de los árboles; la oscuridad que se cernía en las esquinas, donde la luz no terminaba de llegar. Estaba en todas partes y en ninguna, hasta que poco a poco sus sombras empezaron a encogerse a lo largo del suelo, consumieron la superficie del bosque y se bañaron en su oscuridad. Y llegó hasta ahí. No tenía cara, no tenía boca, pero sí la forma de un hombre que se alzaba imponente sobre ella.

—Dime, Signa —empezó Muerte ignorando la pregunta de la joven—, ¿te doy miedo? —Sus sombras se acercaron hasta tener una forma más pequeña y menos imponente—. La mayoría de la gente teme a la muerte. La temen durante toda su vida, aunque no llegan a verme hasta el último aliento. Por supuesto, hay unos cuantos humanos que tienen mejor ojo. Son los que se pasan la vida intentando cubrir el espacio entre los vivos y los muertos, y que vislumbran algo tras el velo. Pero cuando me planto ante ellos, hasta ellos son lo bastante sensatos como para temerme. Aun así, tú me has llamado una y otra vez. Me has cuestionado. Incluso has llegado a cometer un intento de asesinato.

A pesar de que eran palabras oscuras, Signa captó el toque de humor que había en ellas. El interior le ardió con una fuerza atroz.

—¿Le parezco graciosa, señor? —Apretó los dientes mientras las sombras danzaban entre los árboles.

—A veces. —La voz de Muerte fue poco más que un susurro entre el viento ensordecedor, pero Signa la oyó con tanta claridad como si procediera de sus propios pensamientos—. Y a veces eres un incordio sin fin. Pero siempre eres una fascinación.

Hablar con Muerte era como estar escuchando un acertijo. Signa apenas podía aguantarse las ganas de poner los ojos en blanco ante su prolijidad y tuvo que ponerse dos bayas más en la lengua.

—Dime si puedo hacer algo más con tus poderes —dijo Signa, aquella vez más firme, pero con la voz aún baja, por si acaso Sylas se encontraba cerca—. Aquella noche dijiste que me lo podrías explicar, así que hazlo. Ya.

Si Muerte tenía ojos, Signa imaginó que le estaría echando una mirada feroz.

Los árboles se quedaron en silencio cuando Muerte dijo:

—Aquí, en este espacio entre los vivos y los muertos, parece que eres capaz de hacer algo más que molestarme, pajarito. No sé hasta dónde llegan tus habilidades, pero creo que apenas has rascado la superficie.

Signa se tragó el miedo postrado en la garganta; se habían confirmado sus sospechas.

—¿Cómo es posible? ¿Qué me has hecho? —La tierra tembló bajo sus pies, y Signa entendió que había hecho la pregunta equivocada.

—Dado lo poco que tardas en echarme la culpa —dijo Muerte—, debes saber que yo no he hecho nada. No soy el responsable de tu don. No soy el responsable de lo que le pasó a tu tía, aunque a veces me gustaría haberlo sido. Las cosas por las que te hizo pasar... Si no la hubieras querido con vida, tal vez me la habría llevado hace tiempo.

—Que yo quisiera a alguien con vida no te detuvo en otras ocasiones. —El cuerpo de Signa parecía un muelle tenso a punto de saltar—. ¿Se supone que tengo que creerme que no has tenido nada que ver con las muertes que me han seguido allá donde he ido? ¿Que solo yo soy la responsable de ellas?

Muerte avanzó y se hizo más de noche.

—La responsabilidad de aquellas muertes no recae sobre ti, en absoluto. La primera vida que arrebataste fue la de Magda. Ni siquiera yo me lo esperaba.

Si lo que decía era cierto, y ni siquiera él se había esperado que ocurriera aquello...

—¿¡Cómo!?

El viento pareció susurrar la respuesta:

—Existe un motivo por el que puedes ver a los espíritus, Signa. Existe un motivo por el que puedes cruzar el velo entre la vida y la muerte. Aunque no he podido confirmar por qué, parece que tus sospechas son correctas. Cuando estás aquí, cuando atraviesas el velo y puedes verme, parece que tienes acceso a un arsenal de habilidades parecidas a las mías.

Qué extraña era la mezcla de alivio y pavor que sentía Signa. La garganta se le llenó de bilis al confirmar lo que había hecho. Ninguna de las otras muertes habían sido culpa de ella, lo cual, desde luego, era un alivio. Pero la muerte de Magda, sí. Su tía había muerto a manos de Signa, y la mera idea de aquello bastó para que quisiera hacerse un ovillo contra el árbol más cercano y vomitar.

—Escucha —susurró Muerte—. Aquella noche se infringieron reglas importantes. La vida y la muerte consisten en un juego de equilibrios. Es un equilibrio que se debe mantener siempre. De lo contrario, traerás el caos al mundo. Magda no tenía que morir aquella noche. Cuando se arrebata una vida, hay que perdonar a otra. ¿Lo entiendes?

Sí, Signa entendía aquellas palabras, pero apenas podía comprender lo que él en realidad quería decir. El suspiro de Muerte rozó a Signa en las mejillas al rodearla con sus sombras.

—Cuando mataste a Magda —explicó con una voz cansina—, tuve que otorgarle vida a otra persona que se suponía que debía morir aquella misma noche. Elegí a Blythe.

Signa alzó la vista.

—¿Blythe habría muerto?

Aunque habían estado poco tiempo juntas, Signa pudo ver lo feroz que ardía el alma de Blythe. Era demasiado joven e inocente, y tenía una voluntad enorme; no podía morir antes de tener la oportunidad de vivir verdaderamente. Aunque Signa sabía que no debería ser así —que no era lo correcto—, saber que la muerte de la tía Magda había salvado a Blythe hacía que se sintiera... mejor.

Como algo que volvería a hacer si le dieran la oportunidad.

—¿Tú salvaste a Blythe?

—No, tú salvaste a Blythe —la corrigió Muerte—. Aunque mataste a otra persona para hacerlo. ¿Entiendes lo que te estoy diciendo, Signa? Todo tiene un coste.

Signa estuvo un buen rato sin poder sacarse aquello de la cabeza, por lo que no pudo decir nada.

Había salvado a Blythe.

No había condenado a Blythe a una muerte repentina. No le había echado una maldición ni la había matado. Tampoco era la razón que había detrás de su sufrimiento. En vez de eso, por primera vez en su vida, Signa había salvado a alguien.

Con la mente dándole vueltas, se llevó las manos al pecho, que le retumbaba, como para que se le calmara el corazón. En aquel espacio entre la vida y la muerte, tenía los poderes de la parca. Si era verdad y podía tomar y otorgar vida, ¿qué más podría hacer con poderes así? Algo se estaba cociendo en su interior, una idea, pero necesitaba más información antes de poder hacer nada.

—Lillian contactó conmigo anoche —admitió Signa de repente, susurrando por si acaso el espíritu la podía oír.

—No me sorprende —dijo Muerte—. Tus acciones ya han salvado a su hija en una ocasión. Ahora Blythe y tú estáis conectadas.

—¿Tú sabías que ocurriría esto? —preguntó Signa, más valiente de lo que se había sentido jamás al escudriñar la profundidad de sus sombras—. ¿Sabías que terminaría aquí, en Thorn Grove?

—Sabía que Blythe iba a morir aquella noche, igual que sabía que la familia Hawthorne era la última que te quedaba. Le salvé la vida para que te recibieran aquí, aunque no puedo curarle la enfermedad.

Tal vez fuera imprudente desafiar a Muerte, pero a Signa le dio igual y dijo:

—¿De verdad soy bienvenida o eres tú el motivo por el que estoy aquí? ¿Qué clase de brujería has hecho sobre la familia Hawthorne para que me aceptasen?

—Nada de brujería —le dijo Muerte—. Apenas ayudé a agilizar el proceso con una carta. A pesar de lo que pienses de mí, quiero que estés bien y en un hogar estable. Si no hubiera elegido a Blythe, habríamos perdido esa oportunidad.

Signa asimiló la información sin estar segura de qué creer. No parecía estar mintiendo, pero se trataba de Muerte. Seguramente él fuera el inventor del engaño.

—Lillian me está esperando —anunció Signa volviéndose hacia la verja del jardín—. Ahí, dentro del jardín.

El jardín que estaba cerrado con llave.

—¿Y cómo piensas entrar? —preguntó Muerte con una diversión de lo más molesta en la voz—. ¿Vas a trepar por la hiedra? Creo que sería digno de ver.

Signa lo ignoró. Si era cierto lo que decía y Signa de verdad podía poseer los poderes de él, entonces había una manera de hacerlo. Si Muerte podía volverse incorpóreo —si podía convertirse en las propias sombras—, ¿qué la detenía a ella? Lo único que le hacía dudar era que no estaba del todo segura de cómo utilizar tales poderes. La noche en que mató a la tía Magda no había tenido la intención de hacerle nada a aquella mujer, solo quería mantenerla alejada.

—¿Puedes atravesar las paredes? —preguntó la joven, aunque creía que ya sabía la respuesta.

—Puedo atravesar cualquier cosa —respondió Muerte con la voz alzándose con intriga.

—Entonces, si quisiera atravesar la verja del jardín...

—Simplemente tendrías que invocar el poder, tener la intención clara y hacerlo.

—¿Y qué pasa con mi cuerpo? —preguntó—. ¿Seguiré estando entera o me convertiré en un espíritu?

Muerte soltó una risita, un ruido sordo que sacudió el suelo.

—Seguirás siendo tú misma, entera. Solo necesitas estar aquí conmigo, al otro lado del velo. ¿Por qué no lo intentas?

Tampoco tenía otra opción.

Signa inspiró profundamente a través de la nariz e intentó convocar sus poderes, algo que le pareció ridículo, dado que no podía sentir nada y que seguía creyendo que todo aquello era una mentira hábilmente inventada, y fue corriendo hacia los gruesos barrotes de hierro de la verja del jardín.

Para sorpresa de la joven, no se estampó de cabeza contra la verja. Pero tampoco la atravesó. Al menos, no del todo.

La risa de Muerte provocó que se agitaran los árboles y que se estremeciera la tierra, igual que Signa, que sintió un escalofrío recorriéndole los huesos. Ni siquiera sabía que Muerte fuera capaz de producir un sonido así, pero, al oírlo, sintió que las mejillas se le enrojecían. Estaba atascada en la verja del jardín, con la mitad delantera del cuerpo dentro y la mitad trasera todavía con Muerte.

Tenía la sensación de que había algo duro dentro de ella. Un metal frío y cortante que la rallaba por dentro. Le temblaban las manos ante lo mal que iba todo aquello, como si la hubieran cortado en dos partes con una sierra.

—Se me ha olvidado decirte —añadió Muerte con aquella voz suya, clara como una pradera— que, si tus poderes son los mismos que los míos, nuestra habilidad se basa en la intención. Puedes hacer lo que quieras, pero si dudas de ti misma por un segundo... Bueno.

Se volvió a reír, y Signa no pudo sino darse cuenta de que las estrellas habían centelleado con el sonido, como si ellas también creyeran que era una ridícula.

Signa se preguntaba cuánto poder tendría realmente Muerte. Y cuánto poder tendría ella.

La joven se apresuró a meterse unas cuantas bayas más en la boca, no quería descubrir lo que ocurriría si volviera a ser enteramente corpórea estando de aquella manera, o —tal vez peor— si la descubriera Sylas.

—¿Me vas a ayudar? —siseó Signa—. ¿O te vas a quedar ahí sin más y vas a seguir riéndote, pedazo de montón de sombras inútil?

Poco a poco, la risa de Muerte fue cesando.

—Venga, venga, pajarito. Solo tienes que pedir ayuda y se te concederá.

A Signa le hervía la sangre, no podía más.

—Sácame de aquí antes de que...

—¿ ... antes de que disminuya el efecto de las bayas y vuelvas a ser totalmente mortal? ¿O antes de que ese muchacho te encuentre de trasero? —Aunque Signa no podía verlo, se quedó quieta al sentir el roce de las sombras, que le dejaron la piel fría—. Nadie se ha atrevido a hablarme de la manera en que tú lo haces. ¿Por qué eres tan educada con los demás? ¡Tan dulce y recatada, pero tan obstinada cuando hablamos! Pídemelo con amabilidad, Signa Farrow.

Signa puso los ojos en blanco.

—Puede que sea porque cada vez que estás por aquí, alguien termina muriendo.

Pero era algo más que eso. Puede que fuera porque Muerte no podía existir. Porque no debería existir. Y Signa no estaba del todo convencida de que no fuera parte de su propia imaginación. Alguien a quien había hecho que se manifestara durante su soledad como modo de explicar las cosas raras que ocurrían a su alrededor.

O puede que fuera porque Muerte era real y Signa se encontraba demasiado cómoda a su lado. Al haber desaparecido toda pretensión, sus palabras se habían vuelto más agudas y malignas. Era probable que se debiera a que no tenía ninguna necesidad de impresionarlo. No tenía ninguna necesidad de mostrar sus modales y dudar de todo lo que hacía y pensaba. Con él no tenía que fingir nada. Tal vez aquella fuera su manera de ser.

—¿Me has estado observando? —preguntó Signa.

—Haces que el tiempo pase más rápido. De lo contrario, me aburro y canso. Además, ¿de quién más me puedo mofar?

Aquella respuesta sorprendió a Signa. Fue muy descarada y directa. Detestaba lo confundida que le hacía sentir.

—Ya que te parezco tan fascinante, lo mejor será que me ayudes a salir de aquí antes de que me solidifique y tenga un sangrado interno por los barrotes de hierro que están atravesándome los órganos.

Muerte se quedó esperando, quieto, paciente y mucho más divertido de lo que debería, hasta que Signa añadió a regañadientes un seco «por favor».

—Mucho mejor. Me alegro de ver que estás aprendiendo.

Entonces se colocó delante de Signa, con las sombras acercándose a ella. Le estaba ofreciendo... ¿la mano? Jamás había visto nada remotamente humano sobre Muerte, pero no había duda de que aquello era una mano envuelta en sombras. Una mano que vaciló en el aire por un momento, antes de que sus dedos se posaran alrededor de los de ella. La vida en torno a ellos se quedó quieta, tomándose un respiro.

Y el mundo soltó la respiración cuando Muerte tiró de ella hacia el jardín.

Trece

El jardín no estaba tan muerto como Signa esperaba.

Lo primero que oyó al entrar fue el silencioso correr del agua, al que se había unido un coro de ranas croando. La tierra era fértil y estaba lista para el otoño, albergaba abundantes matalobos, crisantemos rojos y naranjas olorosas, pensamientos de un color morado intenso que se diluía en el amarillo de sus pétalos, hamamelis en flor y decenas de plantas llamativas que Signa nunca había visto. Frente a ellas había hileras de hierbas sin recolectar y que se estaban volviendo de color marrón, y más allá, arbustos de hierba mora. Aun sin estar cuidado, el jardín no daba la sensación de estar tan desatendido como el de la tía Magda. El sol poniente hacía que todo resplandeciera, por lo que el jardín parecía estar vivo y lleno de magia.

Signa intentó imaginar qué aspecto tendría durante un día caluroso de verano, la manera en que Lillian habría disfrutado de él con los pájaros cantando y el suave zumbido de los insectos mientras ella, tumbada en el césped, tomaba el sol. O merendaba al aire libre.

«Lillian, Lillian, Lillian». El nombre zumbaba por el aire como si el jardín estuviera preparando el terreno para ella, haciendo que Signa avanzara.

—¿Fue una muerte tranquila?

La pregunta fue parecida a la que Signa le había hecho a Sylas. En aquella ocasión, no obstante, la joven se dirigió directamente a la fuente.

Muerte permanecía a su lado y la tensión se notaba en el ambiente.

—A pesar de lo que parece que piensas de mí, no soy ningún monstruo. Aunque no siempre se puede evitar el dolor, intento hacer que la muerte sea tranquila siempre que puedo. No puedo llevarme a todo el mundo cuando más felices están, pero lo intento.

Para sorpresa de Signa, lo creyó.

—Entonces, ¿qué pasó con Lillian?

—No recuerdo todas las vidas, pajarito. Son demasiadas. Y no puedo decirte gran cosa. Lo que sí sé es que este era su lugar favorito en el mundo y que está enterrada en la parte de atrás, cerca del estanque. ¿Te llevo hasta donde ella?

Signa se estremeció.

—Por favor.

Muerte condujo a Signa a través del jardín como si hubiera hecho aquel recorrido cien veces. La joven lo siguió y se preguntó cuánto tiempo habría estado enferma Lillian. Cuántas veces habría estado tan cerca de las puertas de Muerte que él se había sentado con ella en el jardín, esperando a ver si al final lo llamaba.

El estanque estaba rebosante de vida, a pesar del color verde que tenía por las algas que lo cubrían. Era tranquilo, estaba lleno de hojas de arce caídas y de lirios brotando en la orilla. Había ranas pequeñas y marrones metidas en la tierra húmeda o escondidas entre los guijarros que había encima. En el agua había pececillos y, frente al estanque, dos bancos de roble cubiertos de musgo. Tras los bancos, metida hacia la parte de atrás, estaba la tumba, tapada por un ramo de flores marchitadas y más musgo.

—Ve con cuidado cuando hables con Lillian. —La voz de Muerte había perdido toda traza de divertimento—. A los espíritus les cuesta mucha energía, por lo que no se comunican a menudo con los vivos. No obstante, si un espíritu está lo bastante enfadado, intentará poseerte.

Signa ni siquiera sabía que aquello fuera posible. Por otra parte, nunca había conocido a un espíritu tan malévolo como Lillian. Tuvo que tranquilizarse, y para ello se tomó un par de momentos antes de cubrir el espacio que había entre ella y la tumba. Durante el camino, arrancó uno de los lirios del tallo y lo colocó con cautela al lado del ramo marchitado.

—Me has dicho que viniera —susurró Signa, dando un golpecito con la mano sobre la tierra—. Aquí estoy, Lillian. Ven y dime lo que quieres.

El frío le inundó la piel, era como si le estuvieran clavando mil agujas, y se le paró el corazón. Sintió un ardor en la garganta, iba a vomitar.

Cuando levantó la vista, Lillian estaba flotando sobre los márgenes del agua.

Su boca ya no era un enorme agujero negro. Ahora sus labios eran carnosos y tenían forma de corazón. Los tenía cubiertos de llagas y ampollas, y Signa estaba segura de que, si la mujer tratara de hablar, su lengua seguiría siendo una masa pulposa de carne podrida. Pero, en el fondo, tenía un aspecto más humano.

Siempre y cuando los humanos pudieran volverse de color blanco azulado y cernirse sobre el suelo.

Muerte dio un paso al frente y le ofreció la mano al espíritu, pero ella se alejó de su alcance como si fuera veneno; se resistió a su llamada, a su promesa de un más allá.

—¿No puedes llevártela y ya está? —preguntó Signa, y Muerte se irguió, como si la mera sugerencia fuera vergonzosa.

—No haré tal cosa en contra de su voluntad. Vendrá cuando esté lista. —Agachó la cabeza, y con ello se retiró a las sombras.

Cuando solo quedaron ellas dos, Lillian dibujó una fina sonrisa con los labios, pero los tenía demasiado agrietados y en carne viva como para poder llevar a cabo aquel gesto, y una de las llagas se le abrió; empezó a salirle sangre y a caer por la barbilla. Si el espíritu se dio cuenta, le dio igual.

Signa se alegraba de que nadie en la familia Hawthorne pudiera ver a Lillian en ese estado. Todo en ella era un recordatorio de que los muertos no pertenecían al mundo de los vivos. Lillian aterrorizaría hasta a quienes más la querían.

—Lillian —susurró Signa. Si el espíritu no podía utilizar palabras, tendrían que hacer las cosas sencillas—, ¿te das cuenta de que estás muerta?

Por lo que había visto Signa, muchos espíritus no reconocían aquel hecho y continuaban actuando como si aún estuvieran vivos. Pero para su sorpresa, Lillian asintió con la cabeza.

Bien. Era un buen comienzo.

—Los médicos dijeron que fue una enfermedad. ¿Estuviste enferma mucho tiempo?

El espíritu retorció la cara y hubo un cambio oscuro en su comportamiento. Fue flotando hacia su tumba y se agachó para recoger con las manos un poco de la hiedra que cubría el suelo. Miró hacia Signa tras unas pestañas iridiscentes y no parpadeó siquiera al hacerla pedazos, hasta que a Signa se le tensaron los músculos de la garganta.

—Muerte —lo llamó Signa, aunque sin quitar los ojos de encima de Lillian—. ¿Tú sabes cómo murió Lillian? ¿Viste la enfermedad?

Muerte tomó forma, se reclinó contra un árbol y respondió con un tono que no reveló nada:

—Me temo que no sé nada más que ella.

Menuda ayuda era. Signa emitió un gemido intentando que se le apaciguara el corazón, que le iba a mil, mientras Lillian continuaba destrozando la hiedra. Luego, de repente, el espíritu se puso en pie de una sacudida al ver que había un guijarro al lado de su tumba. Fue a por él y, con las manos temblorosas, dibujó una palabra en la tierra. La letra era tan mala que apenas si se podía leer: «matar».

Aquella palabra fue tan contundente que a Signa le llevó toda su determinación mantenerse con los pies en la tierra aunque la mente le imploraba que saliera corriendo.

—¿Tú... mataste a alguien? —preguntó, ante lo cual Lillian frunció el entrecejo.

El espíritu señaló las llagas que tenía en los labios, luego se señaló a sí misma, y Signa soltó un grito ahogado cuando se dio cuenta de lo que quería decir.

Si Lillian estaba diciendo lo que Signa creía... la situación iba a cambiar demasiado y a ser mucho más complicada como para que Signa quisiera tener algo que ver con todo eso. Una parte de ella deseaba darse la vuelta y escapar antes de ir más lejos. Antes de enterarse de un secreto que no quería saber.

Pero la joven no pudo alejarse. No pudo mover los pies, aunque hubiese querido que lo hicieran. Así que en vez de huir, se obligó a preguntar:

—Lillian, ¿estás intentando decirme que te mataron?

Lillian tiró el guijarro y se giró hacia Signa asintiendo de manera ferviente con la cabeza. De inmediato, Signa empezó a atar todos los cabos. La muerte repentina, las visitas fallidas de los médicos, el espíritu enfadado, y entonces...

—Blythe. Está volviendo a ocurrir, ¿verdad? Lo que fuera, ¡quien fuera!, que te haya matado ha vuelto a por tu hija. ¿Es así?

Lillian se alejó en un abrir y cerrar de ojos, pero volvió a aparecer al lado de un arbusto pequeño de bayas que había al otro lado del jardín.

Signa fue corriendo hacia ella y abrió el puño, donde aún tenía un montoncito de las bayas, que estaban medio machacadas en las palmas. Estiró el brazo hacia Lillian, cuyos ojos se volvieron negros cuando la joven preguntó:

—¿Veneno? ¿Crees que te envenenaron?

El espíritu de Lillian se sacudió de manera violenta.

—¿Fue alguien en Thorn Grove? —se atrevió a añadir Signa sofocando sus temblores.

Otra sacudida violenta. Las llagas que tenía Lillian en los labios empezaron a supurar, y pasaron de ser de un color morado a uno muy negro; luego se le abrieron y empezó a salirle sangre que le cayó desde los labios y por la barbilla hasta manchar la parte de arriba de su vestido. Tenía espasmos en el cuerpo y asintió con sacudidas de cabeza violentas y terroríficas.

—¿Quién? —inquirió Signa mientras se le iluminaban los ojos a Lillian, que resplandecía—. ¿Fue una de las cocineras? ¿Una sirvienta? ¿El tutor? ¿Alguien en quien confiabas?

—¡Ya basta! —Muerte estaba al lado de Signa, sus sombras la consumían y le hacían retroceder—. No presiones a los muertos, Signa. No lo sabe.

El aviso llegó demasiado tarde. Al espíritu se le torció y rompió el cuello al sacudirlo de un lado a otro mientras temblaba, asentía y se retorcía. Le salía sangre por la boca, y la luz de la luna captó la masa que era su lengua destrozada al echar la cabeza atrás y soltar un chillido tan agudo e insoportable que Signa cayó de rodillas. El viento azotaba el agua del estanque y lanzó a las ranas croando hacia los árboles, que mancharon las ramas con su sangre.

Muerte estaba ante ella; sus sombras eran como una armadura que la bloqueaba frente a aquella carnicería.

—¿Qué está ocurriendo? —gritó Signa entre dientes con las manos bien apretadas sobre las orejas mientras intentaba ver alrededor de él.

—Has insistido demasiado. —La oscuridad se expandió alrededor de ellos y creó una barrera—. Se supone que los espíritus rebeldes no deben recordar sus últimos momentos. Nunca se sabe cómo reaccionarán.

Signa se asomó a las sombras y vio a Lillian bajar la mano por su propia garganta y agarrar el asqueroso montón de su lengua. Se clavó las uñas mugrientas y llenas de tierra y se arrancó cachos de carne. Tiró los trozos ensangrentados al suelo y luego fue a por otro cacho, como si estuviera intentando arrancarse la lengua por completo.

Pero luego el viento se calmó y Lillian volvió a girar el cuello hasta ponerlo en el lugar que tocaba. Miró de manera repentina a Signa, a los cachos de lengua destrozada que ya se estaban desvaneciendo, a los árboles con manchas de sangre en los que había ranas espachurradas.

Entonces miró a Muerte y los ojos se le inundaron con lágrimas negras y sangrientas.

Luego Lillian desapareció, igual que las interferencias en el aire.

Muerte retiró las sombras que había alrededor de Signa y la joven se agarró del árbol más cercano y vomitó. Había algo glacial en su cuerpo que no podía quitarse de encima, y las manos le temblaban incluso apretándolas contra el tronco del árbol para estabilizarse. Fuera del jardín, Mitra relinchó ante el sonido de otro par de cascos en la distancia.

—Es hora de irse —dijo Muerte asiendo a Signa por el hombro para tirar de sus pies y atravesar de vuelta el jardín.

—¿Sabes quién lo hizo? —Las palabras salieron corriendo de Signa un poco mal articuladas.

—Si lo supiera, te lo diría. No lo sé todo, Signa. Cuando toco a una persona, veo destellos de la vida que ha tenido. Pero solo sé lo que ellos saben, y aunque Lillian sospecha que hubo juego sucio, no sabe quién está detrás.

Gundry hacía ruidos con las patas detrás de la puerta. Dejó de husmear de inmediato y levantó la mirada, con la lengua sacada, cuando vio que Signa salía dando traspiés por la verja. También miró a Muerte y empezó a sacudir la cola.

—¿Te puede ver?

Después de todo lo que había visto Signa aquel día, no estaba segura de por qué se sorprendía tanto. Ya había visto a espíritus interactuando con animales, pero siempre tuvo la sensación de que Muerte estaba un paso más allá. Como alguien que ni siquiera debería ser real.

—Todos los animales pueden verme —dijo Muerte dando golpecitos al sabueso en la cabeza.

Signa casi llegó a pensar que podía ver el atisbo de una sonrisa saliendo de sus sombras, pero al parpadear de nuevo, Muerte ya se había ido.

¡Eran tantas las cosas que desconocía, que estaban ocurriendo y que Signa apenas podía procesar!

Tenía los poderes de Muerte.

A Lillian la habían asesinado.

Y ahora, para poder salvar a Blythe, estaba en manos de Signa descubrir quién lo había hecho.

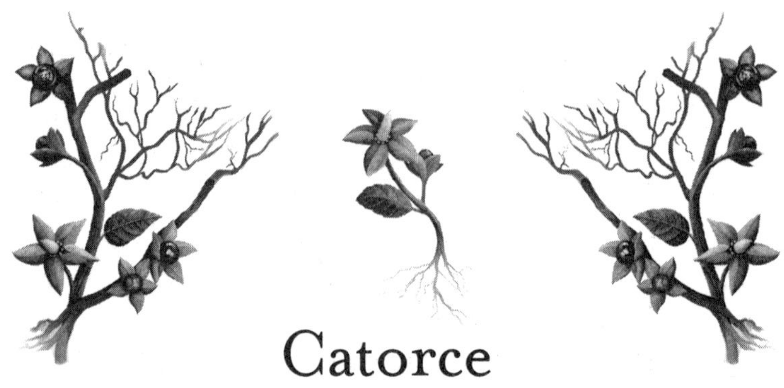

Catorce

Para cuando Sylas encontró a Signa, la joven estaba apoyada contra Mitra, agarrando las riendas para mantenerse en pie. Sylas tenía el pelo alborotado y lleno de ramitas, como si hubiera tropezado entre los arbustos. Tras él, Balwin parecía estar encantado y para nada le faltaba el aliento.

—¡Señorita Farrow! —Sylas soltó una respiración de alivio—. ¡No debería haberse marchado así!

—No es culpa mía que no pudiera mantener mi ritmo —consiguió decir.

Signa se limpió la boca con el antebrazo e inhaló grandes bocanadas de aquel aire frío con el que se llenó los pulmones y se refrescó la piel. Hasta ese momento no se había dado cuenta de que interactuar con un espíritu le causaba un efecto tan grave. Pero así era, y casi ni podía levantar las manos. Ya no podía sentir a Mitra a su lado, manteniéndola en pie. Ya no podía sentir nada.

—¿Signa? —preguntó Sylas con una voz tenue—. ¿Está usted mala?

—Bastante —consiguió decir—. Creo... creo que he comido algo en mal estado.

La joven no podía dejar de tiritar ni conseguía que la presión fría que sentía en lo más profundo de sus huesos cesara. No podía pensar en otra cosa que no fuera que tenían que irse de ahí a toda prisa porque el asesino de Blythe andaba suelto en algún lugar de Thorn Grove.

Signa soltó un quejido cuando Sylas la puso encima de Balwin. Estuvo tentada de protestar al ver que le ponía los brazos alrededor de la cintura para asegurarla frente a él en la montura, pero así como estaba, apenas podía ver con claridad. Intentó no estremecerse cuando la tocó. Intentó aceptar su ayuda y recordar que no podía hacer daño a nadie porque ya no le quedaba belladonna en la sangre.

—Si va a vomitar —la advirtió—, asegúrese de no hacerlo sobre mis botas.

Signa no prometió nada. Tenía la sensación de que alguien había agarrado un bate de críquet y le había aporreado en la sien. El estómago la amenazaba con vaciarse en cualquier momento, y aunque Sylas se había quitado la capa y se la había echado por encima, la joven no podía dejar de tiritar.

—¿Qué le ha ocurrido? —Por muy amables que fueran los actos de Sylas, hubo un fuerte tono de crispación en su voz—. ¿Se pone así de mala a menudo o solo cuando desaparece para retozar en el bosque?

—Yo no llamaría «retozar» a eso —respondió Signa, agarrándose la capa prestada—. Y no, esto no me pasa a menudo. Creo que he visto algo en el bosque. —Decidió dejar caer una parte de la verdad en lo siguiente que iba a decir, lo suficiente como para sonar algo perpleja—: Tenía la sensación de que había algo en el bosque que me estaba llamando.

Con el pecho de Sylas contra su espalda, Signa podía sentir el cuerpo del joven poniéndose tenso contra el suyo. Sintió calor en las mejillas e intentó no pensar en lo inapropiada que era aquella situación o en lo fuertes que parecían los muslos de Sylas alrededor de ella. En vez de eso, pensó en que parecía que Sylas no estaba respirando.

—¿Ocurre algo? —preguntó la joven.

—Nada de lo que deba preocuparse...

—Eso lo decidiré yo —lo interrumpió Signa; se sentía atrevida de un modo que no le ocurría a menudo estando con Sylas—. Sea lo que fuere, dígamelo.

Hubo un momento en el que el único sonido que hubo fue el del crujido de las hojas bajo los cascos de los caballos. Signa se giró para mirarlo, y cuando los ojos grises de Sylas se encontraron con los de ella en la tenue luz de la luna, a Signa se le quedó la boca seca.

Todo sobre aquel hombre había puesto de los nervios a Signa la primera vez que se vieron. Pero ahora las cosas eran lo contrario, para frustración de la joven, que prestó atención a la túnica que Sylas llevaba arremangada en los brazos, a sus hombros anchos, al profundo escote que revelaba un atisbo de su pecho... Y luego apartó la mirada como la joven correcta y formal que era e hizo como si Sylas no le provocara, al mismo tiempo, una sensación de calor en la piel y ganas de darle un porrazo.

Sylas, por suerte, no pareció advertir nada de aquello.

—Corren rumores sobre Thorn Grove —dijo en un susurro tan desconcertante como el bosque oscuro que los rodeaba—. Rumores que quería contarle el día en que la recogí, pero no sabía cómo hacerlo. Si hubiera tenido algún otro lugar al que acudir, a lo mejor se lo habría dicho.

Tuvieron que agachar la cabeza bajo las ramas porque los arañaban, y cuando una de ellas amenazó con desgarrar la manga de la capa prestada de Signa, Sylas se detuvo para ayudarla a desengancharla con una mano hábil. En cuanto

Signa se liberó, se echó hacia delante en la montura y carraspeó.

—Perdón, ¿qué decía? —Signa tan solo esperaba no haberse sonrojado.

Sylas frunció un poco el entrecejo, pero continuó:

—Decía que, por la noche, los sirvientes aseguran que pueden oír a una mujer llorando. Algunos se niegan a ir por los pasillos después del anochecer, porque se oyen los susurros de un fantasma. Una mujer rubia con un vestido blanco, que en un momento los está mirando y al otro se ha ido. Y el señor Hawthorne... es el que peor está. Creo que él también la oye. Creo que por eso no duerme, no come y ya no hace gran cosa.

—Más que celebrar veladas —añadió Signa. Las más suntuosas y subidas de tono que había visto jamás.

—Supongo que para ahogar el sonido de esos llantos —defendió Sylas—. Para mantener a esa mujer a raya y para olvidar. Conozco a la familia Hawthorne desde hace mucho tiempo, y le aseguro que no siempre ha sido así.

Entonces sabían lo del espíritu de Lillian. Tal vez no habían podido verla, pero sabían que estaba ahí. A Signa se le aflojó el cuerpo contra el de Sylas al exhalar. Se sentía tan aliviada que, de haber tenido la energía suficiente, habría abrazado a Balwin y le habría dado un beso entre los ojos. Muerte le había dicho que había gente que podía ver destellos detrás del velo de los vivos. Seguramente ellos no podían ver a Lillian igual que Signa, pero sabían que había un fantasma. Si alguien sospechaba que Signa podía ver el espíritu de Lillian, ni se inmutarían. Parecía que la suerte, al fin, había decidido hacerle algún favor.

—¿Y usted? —Signa empezaba a encontrarse demasiado cómoda desplomada sobre Sylas, pero no podía hacer nada contra ello, ya que estaba cansada hasta los huesos—. ¿Cree usted en fantasmas, señor Thorly?

—No me tome por tonto, señorita Farrow. En un lugar como Thorn Grove, ¿cómo no iba a creer en ellos?

Aquellas palabras sonaron como música celestial. Signa nunca había oído algo tan dulce.

—Entonces me entenderá si le digo que esta noche me han obligado a salir de la finca y adentrarme en el bosque.

—Da igual el motivo que tuviera, tiene que ir con más cuidado. No ha dejado de tiritar desde que la he encontrado —le ajustó la capa que le había puesto por encima para dar énfasis—. Si se descubre que ha ocurrido esto y que yo no he dicho nada, perderé mi trabajo. No le debo lealtad a usted, sino a mi patrón. Así que si quiere que me arriesgue de esta manera, tendrá que darme un buen motivo.

Signa se estrujó el cerebro para inventarse una historia tan creíble y bien contada con la que pudiera escaquearse de la situación sin que Sylas se diera cuenta, pero le dolían las sienes y le quemaba la boca con el deseo de simplemente decirlo. De decirle a alguien más lo que estaba ocurriendo para que no tuviera que hacer aquello sola. Había algo en Sylas y en su manera de hablar —tan objetivo y directo— que a Signa le daba la sensación de que quizá la creería. Por aquella misma razón, estando con él, sus pétalos se abrían un poco. Había podido decirle lo que pensaba sin que él saliera corriendo. Por no mencionar que Sylas ya había admitido creer que el espíritu de Lillian rondaba por la finca de los Hawthorne.

Signa respiró de manera tan fuerte que Mitra aleteó las orejas.

—Si se lo cuento —susurró—, debe jurarme que no se lo va a decir a nadie.

A Sylas, al parecer, lo movía la curiosidad tanto como a Signa. Con una sonrisa en la voz, se inclinó hacia ella y dijo:

—Lo prometo.

—A nadie. Aunque crea que estoy siendo ridícula.

—Ya creo que lo está siendo —rumió. Luego Signa se giró y le lanzó una mirada feroz—. Está bien. De acuerdo, no le diré a nadie en este mundo lo que sea que tenga que decirme. Venga, ¿va a seguir con este suspense? Suéltelo.

—Quería encontrar su tumba.

Sylas se la quedó mirando de manera insulsa.

—¿Le fascina lo macabro, señorita Farrow?

No existía una manera sencilla de decirlo. Signa hizo lo único que pudo. Se puso recta y dijo:

—Tengo motivos para creer que Lillian no murió por causas naturales. Que la asesinaron. Y si no averiguamos quién lo hizo, Blythe también morirá.

Durante un buen rato, lo único que obtuvo por respuesta fue el ulular de un búho. Signa se acurrucó al escuchar aquello; se esperaba que cuando cruzaran el páramo, Sylas huyera de ahí hacia el médico más cercano para pedirle que se la llevaran. Para su sorpresa, no obstante, lo primero que dijo fue:

—¿«Averiguamos»?

Signa pasó los dedos por la crin de Balwin. Su intención no fue decir aquello, pero como le había salido así... Cada vez estaba más claro que se trataba de una situación mucho más grande de lo que podría manejar ella sola. Necesitaba ayuda, y Sylas conocía Thorn Grove. Conocía a la familia Hawthorne y podía acceder a su personal de una manera que a ella le resultaba imposible. Sylas podía ayudar.

Signa pudo ahorrarse una respuesta hasta que llegaron a las caballerizas. Mientras Sylas la ayudaba a bajar de Balwin, ella lo tomó de la mano. Sylas pegó un bote, y por un momento

Signa se temió que la belladonna siguiera siendo eficaz, que todavía tuviera acceso a sus poderes y le hubiera arrebatado la vida. Pero ambos llevaban guantes, y Sylas pestañeó mirándola con esos ojos oscuros y curiosos.

—Necesito que me diga todo lo que sabe acerca de los Hawthorne —lo instó Signa, dándose cuenta de que había alzado la voz por la emoción cuando Sylas se inclinó hacia delante para ponerle un dedo sobre los labios. Aquel gesto fue lo bastante íntimo como para que se le quedara la boca seca.

—Señorita Farrow, trabajo en las caballerizas. —Miró detrás de ella para asegurarse de que nadie pudiera verlos y la llevó hacia dentro—. No me corresponde chismorrear sobre la gente que me paga...

—He visto sus botas, señor Thorly. He visto la manera en que viste, y es evidente para cualquiera que lo mire que quiere ser más que un mozo de cuadra. —Hubo un destello en los ojos de Sylas, algo a lo que Signa se aferró y contra lo que presionó—. Imagine lo que podría ocurrir si salvara a Blythe, si pusiera fin a los tormentos de Lillian y le trajera la tranquilidad a Elijah. Si después de eso pone un pie en las caballerizas, será para montar su propio caballo. Nunca tendrá que volver a trabajar.

Sylas desató las bridas y las sillas de montar de los caballos, y por lo apretada que tenía la frente, Signa supo las vueltas que le estaba dando la cabeza.

—Si por algún motivo lo descubrieran y lo echaran —añadió Signa para hacer más atractivo el trato—, yo misma le daré un trabajo cuando reciba mi herencia. Use su posición para ayudarme, señor Thorly. Sea mi confidente, mis orejas, y su futuro será mucho más que trabajar en las caballerizas.

—Es usted lista con las palabras —respondió. Con los caballos de vuelta en las cuadras y el equipamiento guardado,

Sylas se apoyó encima de una bala de heno y preguntó—: ¿Me pagaría de su propio bolsillo para ayudarla a investigar un asesinato para una familia a la que acaba de conocer?

—La familia Hawthorne ha sido amable conmigo —dijo Signa a pesar del escrutinio de Sylas, mirando la pequeña cicatriz que tenía en la ceja—. Además, no es que me falte el dinero.

Sylas soltó una risa que fue poco más que un resoplido desconcertado.

—Supongo que tiene razón. Pues muy bien. Trato hecho, señorita Farrow.

Signa intentó que no se notara la sorpresa que sintió. Siempre supo que el dinero tenía poder, que lo era todo en el mundo. Pero aquel fue el primer momento en el que experimentó por ella misma cuánta influencia tenía. Se tomó un brevísimo momento para relajar los hombros y disfrutar del alivio que suponía que ya no fuera a estar sola en todo aquello. Sabía demasiado poco sobre los Hawthorne y tenía demasiado poco tiempo para lidiar con aquello sola. Necesitaba a alguien como Sylas, y él también tenía mucho que ganar. El dinero siempre fue lo que la gente quería de Signa, y si con aquello iba a conseguir la ayuda de Sylas, que así fuera.

—Dígame todo lo que sabe —lo volvió a instar Signa—. ¿Hay alguien a quien no le gustara Lillian?

—Había una sociedad entera a la que no le gustaba Lillian —se alisó el pelo, oscuro como la noche, con la mano—. Usted misma ha visto la riqueza que tiene esa familia. Y apuesto a que ha visto lo que los celos y la codicia pueden hacer a la gente. La gente no necesitaba conocerla para que no les gustara.

Con gran amargura, Signa pensó en lo que había ocurrido con sus padres y en cómo la habían tratado luego todos sus tutores a lo largo de los años. Aunque recordaba con cariño el tiempo pasado con su tío por su amiga Charlotte, cuanto más crecía, más pensaba en lo mucho que su tío la había dejado sola, en la manera en que se gastaba el dinero que debía ir a su cuidado en telas importadas y regalos generosos para sus amantes. Signa se pasó la mayoría de las noches encerrada en su habitación, intentando ahogar los ruidos extraños de las invitadas a quienes nunca le permitían conocer.

La única que de verdad quiso a Signa fue su abuela; los demás solo querían su fortuna. Algunos de ellos fueron lo bastante decentes como para proporcionarle comida y cobijo, pero Signa nunca había sentido que fuera una persona para ellos. Nunca se sintió más que una chica invisible que arrastraba una cuantiosa suma a sus espaldas.

Al ver la respuesta en su cara, Sylas asintió.

—Lillian era una mujer maravillosa, pero los Hawthorne siempre serán un objetivo, da igual lo amables que sean. Hay gente que mataría por dinero, Signa. Gente que dice mentiras entre dulces palabras y entre sonrisas aún más dulces. Le vendría bien recordar eso.

Signa no creía que aquello fuera a suponerle un problema. Hubo momentos en su vida en los que los desconocidos le mostraron amabilidad, desde luego. Hasta que la vieron hablar con un espíritu u oyeron rumores y luego salieron huyendo. No podía imaginarse que aquello fuera a cambiar, ni siquiera cuando tuviera la herencia, a no ser que se asegurara un buen marido y se hiciera un nombre en la sociedad.

¿O sí?

—Si lo que dice es verdad —dijo Signa—, entonces, ¿por qué debería confiar en usted? Ha aceptado mi dinero muy rápido.

Sylas le dio una respuesta sencilla y firme:

—No debería confiar en nadie más que en usted misma, señorita Farrow. Pero por el bien de Blythe, la voy a ayudar. Lo primero es lo primero: tiene que volver a Thorn Grove sin levantar sospechas. —Se puso en pie y le ofreció la mano enguantada.

Con los hombros tensos, Signa aceptó. Sylas la condujo a una cuadra en la que su sabueso, Gundry, estaba tumbado hecho un ovillo en el heno. El sabueso soltó un gruñido cuando Sylas lo echó a un lado y se inclinó para quitar varias balas de heno de en medio. Signa no pudo evitar fijarse en los músculos contraídos de su espalda mientras hacía el trabajo, y tomó aquella distracción como una oportunidad para observar el físico masculino. Descubrió que cada vez le suscitaba más interés.

—Ponga la mano contra ese panel. —Había una pared de piedra escondida detrás de donde había estado el heno. Signa siguió sus órdenes y apretó la piedra. Hizo un chasquido y se movió bajo su mano—. Ahora dele la vuelta —dijo.

Al hacerlo, la pared se abrió de golpe y dejó al descubierto un camino bañado por la oscuridad. No había luz, no se oía ningún sonido; solo se notaba una corriente y había un laberinto interminable frente a ellos.

Sylas agarró una lámpara de aceite que había en uno de los bancos de trabajo de la caballeriza. Gundry se levantó, se estiró dando un bostezo y fue caminando lentamente hacia el costado de su amo.

—¿Le ha enseñado alguien los túneles para entrar en Thorn Grove?

Sylas tenía la lámpara en alto y Signa escudriñó la nada que había ante ella. El vello de los brazos se le puso de punta.

—Nunca. ¿A dónde conducen?

—¿Estos? A la despensa de la cocina —respondió Sylas—. Aunque estoy seguro de que hay una decena más de caminos, yo solo conozco algunos. No creo que se sigan utilizando, pero este se suponía que era una ruta de escape para los sirvientes en caso de que hubiera un incendio en la cocina. Hay otros que los sirvientes utilizaban para mantenerse fuera de la vista de quienes vivían en la mansión. Los túneles son oscuros, pero con ellos puede entrar en la finca sin que la descubran. Si alguien la encuentra saliendo de la cocina, dígale que andaba deambulando por el inmueble y que se ha perdido. Y que le han entrado ganas de tomar un tentempié antes de dormir, ya que se ha saltado la cena. Bueno —agachó la cabeza en la entrada y entró en el túnel extendiéndole una mano—, ¿confía en mí para que la acompañe?

Aquellas palabras parecían una trampa. Sylas había advertido a Signa que no confiara en él. Que no confiara en nadie. Y aun así, la joven alargó el brazo hacia él, entusiasmada por sentir el roce de su mano sobre ella una vez más.

—Ni un poquito.

—Muy bien, señorita Farrow. Vamos allá —entrelazó los dedos con los de Signa y la adentró en los túneles.

Según Sylas, las fiestas en Thorn Grove no eran ninguna rareza.

—Pocas cosas le gustaban más que tener compañía y un motivo por el que celebrar —dijo mientras atravesaban los túneles con pasos lentos y cautelosos.

Por la manera en que Sylas hablaba sobre Lillian, Signa se imaginaba a una persona mucho más distinguida que el espíritu fantasmal con el que se había encontrado. Le hacía pensar en el modo en que se había imaginado a su propia madre: en alguien a quien le gustaba ser el centro de atención. El tipo de mujer que se sentía viva bajo las luces deslumbrantes y la música. Una mujer cuyo cuerpo estaba hecho para llevar trajes de baile y cuya sonrisa encantaba a quienes la contemplaran.

Por eso le resultó fácil creer a Sylas cuando dijo que todos los que conocían a Lillian se enamoraban de ella, y que Elijah no fue ninguna excepción.

—Corren rumores de que no siempre había sido tan caballeroso ni que había sido un hombre que estuviera con una sola mujer —susurró—. Aquello cambió cuando conoció a Lillian.

—¿Y si la asesina fuera una de sus examantes hastiadas? —Signa echó una mirada de reojo, utilizando el brillo tenue de la lámpara que tenía Sylas para ver por dónde iba.

—Puede. —Levantó la lámpara más alto en un intento por esparcir mejor su luz—. He oído que al hermano de Elijah también le gustaba mucho Lillian, aunque era raro encontrar a alguien que no lo hiciera. Lillian siempre decía que Thorn Grove era un lugar demasiado espléndido como para no compartirlo. Siempre había invitados entrando y saliendo.

Signa asintió con la cabeza, aunque en el fondo sabía que había algo más. Lillian murió envenenada, sola, en el jardín. Signa sabía algo sobre la belladonna, y era que la muerte llegaba rápidamente si se consumía lo suficiente. Pero Lillian se pasó meses enferma, lo cual quería decir que alguien le estuvo administrando el veneno en pequeñas dosis, con la suficiente habilidad como para causarle una muerte lenta y dolorosa. No estaban buscando a cualquiera que pasara por ahí a quien no le gustaran los Hawthorne, sino a alguien que tuviera tiempo para la precisión. Alguien que accediera con frecuencia a la finca.

—¿Había alguien entre el personal que le guardara rencor a Lillian? —preguntó Signa reorganizando las piezas del rompecabezas en la mente.

—No —respondió Sylas con seguridad—. Todos los que trabajaban en Thorn Grove cuando Lillian estaba con vida la querían.

Signa no estaba segura de creer que podían querer y admirar tanto a una persona. Sin duda, debió existir algo de hostilidad entre aquella mujer y alguien.

—¿Y qué hay de Elijah?

Sylas sacudió la cabeza y reflexionó sobre aquello.

—Él no caía tan bien. No era que no gustara, Elijah siempre fue un hombre de negocios primero, y todo lo demás, después. Se pasaba la mayor parte del tiempo en su despacho o en el club de caballeros.

Signa se acordó de una persona a la que claramente no le desagradaba Elijah. A Signa no se le había pasado por alto la manera en que Marjorie le había acariciado el brazo, o cómo le había hablado con una familiaridad indecorosa viniendo de alguien del personal. Pero aquello no demostraba nada. Si había algo entre Marjorie y Elijah, podía ser un nuevo acontecimiento.

Signa puso una mano sobre la pared del túnel para mantener el equilibrio. Los pensamientos iban demasiado rápido como para poder prestar atención a los pasos que daba.

—Hábleme más de su trabajo.

—El Grey es un negocio familiar —respondió—. Creo que la familia Hawthorne está tan metida en el negocio más que nada por orgullo. Lo empezó el bisabuelo de Elijah, Grey Hawthorne, y lleva en la familia generaciones. Eso les ha permitido tener acceso a algunas de las personas más acaudaladas dentro y fuera del país. Al ser el hermano mayor, Elijah heredó el negocio de su padre. Lo lleva junto con su hermano, Byron, y un día pasará a ser de Percy.

A Signa le llevó un momento ubicar ese nombre y acordarse del hombre que las había parado a ella y a Marjorie en las escaleras durante la primera noche en Thorn Grove. El que provocó que Marjorie contestara de manera tan cortante. Byron. Era el hermano de Elijah el hombre con el que Percy estaba hablando aquella noche. El mismo hermano al que le gustaba Lillian.

—¿Byron no tiene hijos?

—Aunque los tuviera, Percy es el hijo mayor de Elijah y todo irá para él —dijo Sylas—. Pero no. No se ha casado.

Cada vez había más piezas del rompecabezas revolviéndose en la mente de Signa, y no había ni un solo par que encajara. Había algo más en todo aquello, algo que la joven no veía. Por suerte, aquella era solo su segunda noche. Como había aceptado la tarea de Lillian, tal vez tuviera la oportunidad de dormir sin que la molestara el espíritu; de pensar y comprobar cómo estaba Blythe para averiguar cómo le estaban administrando el veneno.

—Conocí a Byron la primera noche que pasé aquí —mencionó Signa—. Parecía enfadado, aunque no llegué a descubrir por qué.

Sylas agarró a Signa por la parte trasera de la capa prestada y la hizo a un lado antes de que pudiera tropezar con una pequeña fosa. No le llevó ningún esfuerzo, y Signa se alegró de que, estando a oscuras, no pudiera ver lo avergonzada que se sentía. Miró hacia el lado, hacia el cabello negro de Sylas que se esparcía como un halo oscuro, y se volvió a dar cuenta de lo grande que era. Lo cierto era que parecía un tronco andante. Un tronco con músculos. Algo asombroso.

—Elijah no ha vuelto al club desde que murió Lillian —dijo Sylas; la comisura de los labios se le alzó cuando sorprendió a Signa mirándolo—. Se dice que ya no está capacitado para dirigirlo, pero él es el único propietario y se niega a que Byron tome el relevo.

Si lo que decía Sylas era verdad, tal vez ese fuera el motivo por el que Byron había estado en Thorn Grove, hablando con Percy, la noche en que ella llegó. ¿Sería su relación con Percy una manera de tomar el control del negocio? Signa estaba a punto de hacer la pregunta en voz alta cuando se le enganchó la puntera de la bota en el borde de otro hoyo en el suelo. Debería haberse tropezado —sintió que se iba a caer y se preparó para recibir el impacto—, pero Sylas, frente ella, la agarró por los hombros con la mano libre al estamparse de cara contra su pecho.

Signa se quedó helada en aquella posición durante un largo rato, considerando si eran las condiciones adecuadas para fingir su propia muerte y evitar más humillaciones. Al final determinó que valía la pena pasar aquella vergüenza y levantó la mirada hacia él lentamente, pero entonces se le paralizaron todos los huesos del cuerpo al ver que Sylas la estaba escudriñando con aquellos ojos grises y humeantes.

—¿Es que nunca mira por dónde va? —preguntó Sylas en voz baja y brusca—. Se podría haber hecho daño.

—Me encuentro bien, gracias.

Estando así de cerca, Signa no pudo evitar mirar las pequitas que tenía esparcidas bajo los ojos.

—Entonces, ¿le importaría soltarme? Ya estamos aquí.

Signa no se había dado cuenta de que tenía las manos agarradas a su camisa, pero las soltó enseguida. El hecho de que no se hubiera derretido sin más en el suelo por pura vergüenza fue una prueba irrefutable de su incapacidad para morir.

—Gracias por haberme acompañado, señor Thorly —dijo Signa mientras daba un paso atrás y se alisaba el vestido—. Intentaré visitar a Blythe mañana y veré qué puedo averiguar.

—Y yo buscaré en la cocina esta noche y hablaré con las cocineras. —Inclinó la cabeza hacia ella, en la mejilla derecha lucía un hoyuelo en el que Signa no se había fijado hasta ese momento—. Si encuentro algo, me pondré en contacto con usted. —Había una puerta frente a ellos; era pequeña y estaba incrustada en la pared—. Ese pasillo la llevará hasta la despensa —dijo—. Que duerma bien, señorita Farrow. Le aseguro que llegaremos al fondo de lo que está ocurriendo en Thorn Grove.

Quince

Signa empujó un saco de patatas que era casi del mismo tamaño que ella para pasar agachada por la pequeña abertura que daba paso a la despensa. Al ponerlo a un lado, se volcó, y casi una decena de patatas rodaron por el suelo. En el silencio de la noche, aquello fue bastante ruidoso como para sacudir a todo Thorn Grove. Signa maldijo su mala suerte mientras colocaba todas las cosas en su sitio y cerraba la puerta del túnel a la despensa. Se quitó los guantes, se los metió en el canesú e intentó parecer como si estuviera mínimamente lista para ir a dormir, en caso de que alguien fuera a buscarla. Al ver que no ocurría, Signa se arremangó las faldas, salió de puntillas por la cocina y pasó por el salón. Había llegado al borde las escaleras cuando una voz ronca dijo:

—¿Qué demonios haces levantada a estas horas?

Signa se dio la vuelta y encontró a Elijah Hawthorne mirándola fijamente a través de la puerta que daba al salón, que estaba abierta. Llevaba el pijama puesto, aunque el cansancio que se le veía en la cara dejaba claro que no había dormido. Tal vez llevara días sin hacerlo, dada la sombra que tenía bajo los ojos.

La joven se ciñó la capa prestada, dando las gracias a las sombras por esconderla. Si Elijah veía las faldas llenas de barro, se daría cuenta de que Signa aún no se había ido a la cama.

—Buenas noches, señor. —Repasó a toda prisa una lista con todas las excusas posibles, pero no conseguía decir nada—. Me estaba costando dormir.

—Así que te pusiste a deambular.

Elijah parpadeó y clavó su mirada inteligente tras ella, hacia la cocina, y a Signa se le heló la sangre: lo sabía. O, por lo menos, lo sospechaba. Al fin y al cabo, aquella era su casa. Era probable que conociera todos y cada uno de los túneles. Aun así, si Elijah se había dado cuenta, no dijo nada. En vez de eso, le hizo una señal con la mano a Signa para que acudiera adonde estaba sentado, en una mesa redonda pequeña ante las paredes de color amarillo suave. Aunque Signa detestaba aquel color, tenía que admitir que, en general, la habitación era acogedora, lo cual decía mucho, dado que era capaz de admirarlo incluso bajo el peso de la severidad de Elijah.

—Ven y siéntate, joven. —Frente a él había un tablero de damas, y mientras Signa se acercaba, Elijah colocó las fichas—. ¿Juegas?

—Sí —contestó sin especificar que solo había jugado contra sí misma. Tenía la sensación de que había una respuesta correcta, y no quería arriesgarse a perder una oportunidad de hablar con el hombre por el que más curiosidad sentía. Así que fue a por las fichas negras, con cuidado de mantener las faldas bajo la capa.

—Entiendo que no puedas dormir. —Elijah dejó que Signa moviera primero; no la miraba, ya que observaba el tablero—. Me temo que no es una casa acogedora. Aunque debo advertirte que no salgas a explorar, sobre todo a estas horas, tan tarde. Las noches en esta mansión no suelen ser aptas para cardíacos.

Signa esperó a que Elijah moviera su ficha hacia el centro del tablero, luego movió la suya y respondió:

—Soy consciente de los rumores, pero le aseguro que no tengo ningún problema cardíaco. ¿Usted también está levantado por los fantasmas?

Hubo un tic en la mandíbula de Elijah. Fue tan rápido que Signa se lo habría perdido si no lo hubiera estado observando tan de cerca.

—¿Tú también la oyes, joven? —Saltó una de las fichas de Signa y capturó el centro del tablero—. ¿La oyes llorar?

Por mucho que se empeñara, Signa no podía oír ni un susurro en Thorn Grove.

—No oigo a nadie, señor. No por ahora.

Elijah estaba como si nada mientras Signa intentaba rodear sus fichas.

—O sea, que ves el problema. No puedo dormir cuando la oigo deambular y aparecerse por los pasillos, pero tampoco puedo cerrar los ojos siquiera en su ausencia, ya que me pregunto si volveré a oírla alguna vez.

Elijah capturó otra ficha de Signa mientras estaba distraída, ya que en la oscuridad de las sombras por fin pudo ver con quién estaba lidiando. No era un estúpido, como le había parecido cuando lo vio por primera vez; tampoco era un borracho, sino un hombre que se estaba deshilachando por las costuras. Un hombre que apenas podía mantener la compostura. Elijah se pasó una mano por la cara; sus canas sobre el cogote eran demasiado largas y descuidadas para los estándares sociales.

Signa se dio cuenta demasiado tarde de que, incluso estando como estaba, Elijah era quien dirigía la conversación.

—Si hubiera sentido que tenía otra opción, no habría acogido a otra tutelada —dijo sin mirarla a ella, sino a las fichas que había frente a él, como si estuviera solucionando su propio rompecabezas.

A Signa la tomó por sorpresa el pinchazo amargo que sintió al oír aquellas palabras. Tenía sentido que Elijah no la hubiera querido ahí, ya que venía con mucho bagaje. Y para alguien con tanta riqueza, a Thorn Grove no le beneficiaba en absoluto acogerla. Aun así, oírlo en voz alta le dolió más de lo que le gustaría admitir.

—Tienes una mirada astuta, muchacha —dijo Elijah—. No te va a costar darte cuenta de que soy un hombre que no se acordaría de ponerse un abrigo encima si no tuviera a alguien que lo hiciera por mí. Estoy seguro de que con un día aquí te basta para saber que mi mujer se ha ido y a mi hija no le queda mucho. Y mi hijo... Dios, mi hijo. He fallado a ese pobre muchacho de tantas maneras... Aun así, si mi Lillian hubiera conocido tu situación cuando murió tu abuela, habría exigido que te acogiéramos. Fue una desgracia que no lo supiéramos hasta hace poco, ya que te habría dado una vida maravillosa. Así hacía las cosas ella, que Dios la tenga en su gloria. Lillian acogía a todo el mundo y los amaba. En su honor, no me quedaba otra opción que traerte aquí.

Elijah cerró la mandíbula de repente, como si hubiera determinado que había hablado demasiado sobre el tema. Una sombra cruzó por su rostro, y dejó que Signa capturara dos de sus fichas.

—He estado diecinueve años sin padres, señor —le dijo la joven—. No tengo el más mínimo interés en tener uno ahora. Estoy agradecida por lo que me ha proporcionado, y eso es suficiente para mí. Se me da bastante bien andar por mi cuenta.

Para sorpresa de Signa, Elijah se rio. Fue un sonido débil, poco más que un silbido.

—Yo también creía eso antes.

Signa no tuvo oportunidad de decir nada más, ya que Elijah limpió el tablero con un movimiento final. La joven se quedó con la boca abierta cuando Elijah capturó todas las fichas que le quedaban en una sola jugada fluida.

—Quienes juegan a la defensiva en las damas siempre pierden. —Elijah no esperó a que Signa se levantara. Tampoco le ofreció la mano para que lo hiciera—. Buenas noches, Signa. Espero que podamos dormir bien y que no nos volvamos a encontrar aquí mañana por la noche.

A Signa le pareció que, si iba a volver a quedar con Sylas tan tarde, tendría que buscar otro túnel. Eso, o terminar aprendiendo a atravesar las paredes. La joven se quedó esperando, observó el tablero y revisó sus movimientos hasta que dejó de oír el sonido de los pasos de Elijah. Entonces, se dirigió hacia las escaleras.

Para sorpresa de su pobre corazón, descubrió que no estaba sola. Percy estaba sentado en el último escalón. Si su cabello no fuera tan brillante como una llama, Signa se habría tropezado con él en la oscuridad.

—¡Percy! —Se agarró el pecho—. ¿Qué haces?

—No era mi intención asustarte —contestó en un susurro bajo—. Iba a bajar a beber algo, pero os he oído a los dos y... Perdóname por haberme quedado escuchando. Hace mucho tiempo que no tengo una conversación de verdad con mi padre. Casi había olvidado que era capaz de hacerlo. —Los hombros se le echaron hacia delante como una flor marchita—. ¿Sabes? Ese era el lugar favorito de ella en la casa. Es el motivo por el que mi padre va tanto ahí. Esta casa siempre ha sido muy extraña e inhóspita, y ella quería un espacio que sintiera enteramente propio. Padre se peleó con ella por el color durante mucho tiempo, no le gustaba nada aquel amarillo. Pero mi madre siempre conseguía salirse con la suya. A veces lo veo ahí mirando las paredes, sin más, recordando.

Signa casi podía imaginar a Lillian deslizándose por los pasillos, tomando el té en el salón y pensando en la decoración. Parecía llevar una vida mucho más diferente —y tener una familia mucho más diferente— que la que Signa estaba empezando a conocer.

—¿Sueles hablar con él? —preguntó Signa apesadumbrada. Le parecía que, aunque lo negara, Elijah estaba muy necesitado de compañía.

A Percy se le avinagró la cara.

—Mi padre no solía estar presente. Marjorie me daba clases y el tío Byron me enseñó a ser un caballero. Mi padre y yo solo hablábamos de dos cosas: del negocio que algún día heredaría y de la obligación que tenía de mantener las apariencias y el estatus de la familia. Aquella fue nuestra relación durante veintidós años. Y ahora la ha cortado sin ninguna explicación. Por lo que no, ya no hablamos. Ni siquiera nos conocemos.

A Signa le llevó un rato poder contestar. Al tener una experiencia distinta y bastante frustrante con la muerte, escogía sus palabras con muchísimo cuidado.

—El duelo es algo extraño, Percy, ya que no hay dos personas que lo vivan de la misma manera.

Qué raro le resultaba a Signa tener que consolar a alguien. Alargó el brazo y puso la mano sobre la de Percy sin saber si lo que estaba haciendo era correcto. Tan solo sabía que aquello era lo que siempre había querido para sí misma: que alguien se sentara a su lado, le tomara la mano y le dijera que estaba ahí para ella.

Percy necesitaba a alguien —estaba claro por la manera en que miraba al suelo y lo desplomados que tenía los hombros—, y Signa se alegraba de ser esa persona para él. Se sentó a su lado y le dio suaves toquecitos sobre la mano a la vez que le dijo:

—Siento mucho por lo que estás pasando. Parece que él quiso a tu madre con locura.

Percy bajó la mirada hacia la mano de Signa con el ceño fruncido.

—Más que a nada o a nadie. Pero eso no es excusa para desaparecer cuando el resto seguimos necesitándolo.

Signa entendía aquello demasiado bien. Se había pasado años viendo cómo todos aquellos a los que quería se convertían en fantasmas, incluso los que seguían con vida.

—No lo es —reconoció Signa—. Pero es un hombre inteligente, y confío en que encontrará la manera de volver a ti. Puede que simplemente necesite más tiempo.

—Gracias, prima —dijo Percy volviendo a poner la mano entre las de Signa—. Por el bien de esta familia, espero que tengas razón.

Percy se puso en pie y le ofreció la mano a Signa para ayudarla a levantarse también. Pero al hacerlo, vio las faldas llenas de barro de su prima saliendo de debajo de la capa. Aunque no dijo nada, Percy arrugó la frente al poner la mano sobre la región lumbar de la joven y conducirla hacia dentro de la casa, como si, de lo contrario, fuera a escaparse.

—Ven, prima —presionó—. Cualquier problema al que tengamos que enfrentarnos seguirá estando aquí después de una noche de descanso.

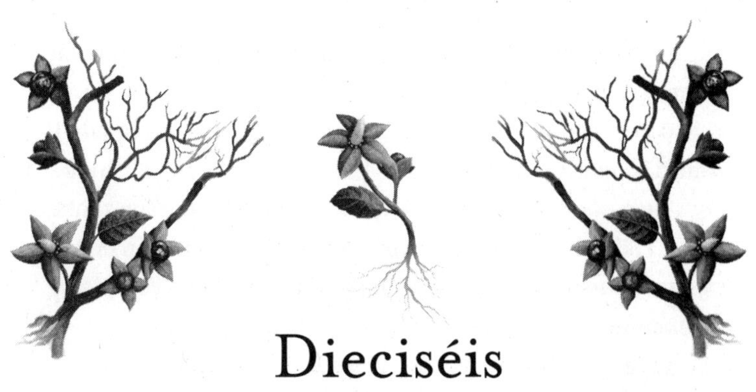

Dieciséis

Blythe se había pasado las últimas semanas en aislamiento, y las únicas personas que la habían visitado fueron Elijah y el médico que la estaba atendiendo. Cada día, Signa intentaba entrar en la habitación de su prima sin que nadie se diera cuenta para ver cómo estaba, pero siempre se encontraba con una puerta cerrada con llave, con que estaba ocupada con las clases o con la mirada escudriñadora de Elijah, que se pasaba las noches al lado de la cama de Blythe asegurándose de que no le ocurriera nada mientras dormía.

Aquella mañana en particular, los planes de Signa se vieron frustrados cuando Marjorie irrumpió en su habitación con los brazos llenos de vestidos. Algunos eran para llevar durante el día —vestidos para tomar el té o viajar— y otros, con volantes y hechos con telas más gruesas, eran para asistir a las fiestas. Eran mucho mejores que el vestido amarillo que había tenido que ponerse tan a menudo, pero Signa no podía dejar de sentir tristeza por los colores sosos y apagados que tenían.

—Date prisa y prepárate —Marjorie le pasó a Signa un vestido para tomar el té con un delicado estampado de flores violetas—. Tienes compañía, y no tardará en llegar.

Aquello despertó a Signa enseguida. ¿Cómo podía tener compañía si no conocía a nadie?

—He organizado un té para ti con señoritas de tu edad —dijo Marjorie—. He pensado que te gustaría tener amigas aquí después de haber tenido que dejar a las otras con tanta prisa. Todas estas chicas son amigas de Blythe y vienen de familias acaudaladas. Todas están solteras y son una compañía estupenda.

A Signa no le cabía la menor duda de que lo fueran, pero, aun así, preguntó:

—¿Y tienen que venir de visita ahora?

Marjorie mostró una expresión severa.

—¿Qué quieres decir con «ahora»? Tenía la impresión de que era lo que querías.

—¡Sí! —dijo Signa precipitadamente. Por supuesto que era lo que quería. Lo único que había querido era compañía y asegurarse una posición en la alta sociedad, pero habría preferido que hubiera sido cualquier otro día—. Lo que quería decir era que esperaba poder ver a Blythe hoy.

Aquello pareció satisfacer a Marjorie, que sonrió de manera compasiva.

—Ya veo. Por desgracia, el médico está con la señorita Hawthorne. Podrás ir a visitarla esta tarde, después de las clases.

Signa quería exigir que le permitieran hacer una visita rápida a su prima, pero cuando llegó Elaine para ayudarla a vestirse rápidamente, se dio cuenta de que ese esfuerzo sería en vano. Blythe tendría que esperar un poco más.

El vestido caía sobre la piel de Signa como la seda. Estaba hecho con telas importadas, y no habían escatimado en gastos. Era de un color que iba a conjunto con el salón en el que tomarían el té y llevaba cordones en la espalda, de manera que

Signa tenía espacio para llenarlo con una dieta más adecuada. Por el momento le iba un poco suelto, por lo que era una de las piezas más cómodas que se había puesto en la vida, ya que no había que llevar corsé debajo de un vestido para el té.

Cuando Signa terminó de prepararse, parecía una persona de bien, sin duda; pero la joven no dejaba de contemplar todas las maneras en que podría llevarse el *Manual para damas sobre la belleza y el protocolo* al té sin que nadie se diera cuenta. El libro estaba sobre el escritorio, y Signa pasó un dedo de manera delicada por su lomo inmaculado. ¿Estaría orgullosa su madre al verla así? ¿La habría vestido de manera parecida? ¿Le habría recogido los mechones de cabello oscuro de la misma manera que Marjorie para mostrar su delicado rostro y su esbelto cuello?

—Ya deben estar aquí —la reprendió Marjorie—. Ven.

Signa quitó la mano del libro. Se sabía el contenido de memoria, había estudiado aquellas páginas de arriba abajo más veces de las que podía contar. Había llegado el momento de poner sus consejos en práctica.

La joven siguió a Marjorie y bajó por las escaleras, pasando entre sirvientas apuradas que la esquivaban mientras preparaban Thorn Grove para otra fiesta. El corazón le golpeteaba con cada paso. No se iba a permitir cometer ningún desliz, como le había ocurrido con Blythe. No iba a descuidar su lengua ni por un momento.

Había tres mujeres jóvenes esperándola en el salón, sentadas a una mesa circular que parecía ridículamente pequeña e íntima. Marjorie las presentó: lady Diana Blackwater, una chica bastante sencilla y de piel pálida, cabello pardusco y ojos pequeños y brillantes, como de rata; lady Eliza Wakefield, con un rostro alargado del tono del alabastro y tirabuzones dorados, y...

Signa no confiaba en que sus piernas fueran a aguantar cuando vio los ojos de color miel que la estaban mirando fijamente. Charlotte Killinger llevaba un vestido de día de rayas azules y blancas, tenía los hombros echados hacia atrás y el cuello largo y delicado. Su vieja amiga era incluso más hermosa de lo que Signa recordaba: su piel era de un ocre intenso, cálida y radiante, y tenía las mejillas sonrosadas con un ligerísimo toque de rubor. Era más alta y tenía menos cara de niña, pero seguía siendo la chica que Signa había conocido; la amiga en la que Signa seguía pensando, pero con quien no había hablado desde el escándalo que hubo entre su tío y la madre de Charlotte tantos años atrás.

Charlotte se quedó con la boca entreabierta y los ojos como platos. Luego inclinó la cabeza con elegancia.

—Gracias por invitarnos, has sido muy amable.

—¡Desde luego! Teníamos mucha curiosidad por la nueva tutelada de los Hawthorne —dijo Diana después de inclinar la cabeza de manera brusca.

La voz de Diana era estridente, pero Signa no le prestó demasiada atención, ya que estaba ocupada con el corazón yéndole a mil por hora. ¡Había deseado durante tanto tiempo volver a ver a Charlotte! Pero ¿por qué tenía que ser precisamente en aquel momento, cuando por fin empezaba a creer que podría comenzar de nuevo en un lugar en el que los rumores sobre su pasado no atormentaran todos y cada uno de sus pasos?

Signa dio un traspié, paralizadas como tenía las piernas, cuando Marjorie la empujó suavemente para que fuera hacia la silla. Una de las sirvientas echó té ardiendo en las tazas mientras otra sacaba dulces y pastitas de té. Charlotte les dio las gracias, pero las otras dos chicas ignoraron a las sirvientas. Solo sentían fascinación por Signa, y les chispearon los ojos en cuanto Marjorie salió por la puerta.

Eliza sonrió mirando hacia Signa desde el otro lado de la mesa.

—Pero ¡qué pequeña eres! —Era imposible decir si se trataba de un cumplido o de un insulto. Eliza se inclinó tanto hacia delante que rozó el mantel con sus largos tirabuzones—. ¿Cómo lo estás pasando con la familia Hawthorne? Sin duda, son una familia de lo más interesante.

—¿Interesante? —repitió Signa con la garganta tan seca que le dolía—. ¿A qué te refieres?

—Para empezar, por las fiestas —se rio Eliza, como si la pregunta fuera ridícula—. Por no mencionar su riqueza, los rumores, el misterio. Supongo que no tendrías ni idea, teniendo en cuenta que acabas de llegar, pero la familia con la que estás es la comidilla del pueblo.

Signa se atrevió a mirar de reojo a Charlotte, que estaba sentada de manera erguida y sorbía el té sin decir nada. No había dicho ni una sola palabra y estaba entretenida mirando el paisaje, un jardín precioso de primavera.

El *Manual para damas sobre la belleza y el protocolo* era muy claro en cuanto a los cotilleos: «No hables por hablar». Signa estaba de acuerdo con ello, no quería cotillear sobre las personas que le habían mostrado tanta cortesía. Pero Eliza tenía una mirada llena de alegría y la lengua lista para echar veneno, por lo que, para que Signa consiguiera la información que andaba buscando, mordió el anzuelo. Fue a por un bollito con arándanos y se inclinó hacia delante inhalando de manera silenciosa.

—¿Rumores? —preguntó Signa en un tono que expresaba que jamás había imaginado que algo tan atroz fuera posible—. ¿Estás segura? ¿Qué clase de rumores son?

—De todo tipo —dijo Diana—. Que hay fantasmas merodeando por Thorn Grove. Que la señora Hawthorne, ¡pobrecita!, decidió terminar con su propia vida al descubrir que su marido había tenido una serie de aventuras tórridas y demasiados hijos ilegítimos para ocuparse de ellos. Incluso dicen que los sirvientes están compinchados para enfrentarse a la familia.

Aquellas acusaciones no parecían más que habladurías, pero Signa se guardó aquella información como más piezas para el rompecabezas que tendría que revisar en otro momento.

—La familia Hawthorne es curiosa —dijo Signa, escogiendo las palabras con cuidado. Nada le aseguraba que lo que dijera no fuera a salir de ahí o que no fueran a tacharla de cotilla—, pero es también muy generosa al haberme recibido en su hogar después de haber sufrido una pérdida tan grande.

Diana hizo un ruido con la garganta.

—Estoy segura de que tu fortuna ha ayudado. —Se recostó y examinó sus guantes blancos con adornos—. Mi padre dice que al señor Hawthorne no le va bien el negocio y que tú vas a heredar una fortuna mayor que la suya.

Signa no se mostró tímida con la mantequilla que esparció por encima del bollito. El corazón le latía con tanta fuerza que estaba empezando a sudar hasta por el cuello. Las veces que se había imaginado aquella conversación, había sido mucho más informativa y relajada.

Charlotte se puso de su parte:

—Acaba de llegar, Diana —dijo en un tono de voz suave entre sorbos de té—. Dudo de que sepa mucho sobre la familia Hawthorne.

Eliza tensó los labios y Signa se sirvió otro bollito. Pensó que, si no sabía qué decir, y siempre y cuando tuviera la boca llena, podía esperar pacientemente y que hablaran las otras.

Pero aquello fue antes de que llegara un aire frío y recorriera la habitación.

—¿Hay alguna ventana abierta? —Eliza estaba tiritando—. No pensaba que fuera a necesitar un abrigo durante el té.

Signa sabía perfectamente lo que significaba aquella corriente de aire y se atragantó con la comida. Intentó ser discreta y giró la cabeza hasta que vio a Muerte a su lado, sentado en unas sombras con forma de silla junto a Diana. Había cruzado una pierna tenebrosa sobre otra, y en las manos tenía una taza de té imaginaria hecha a base de más sombras. La alzó hacia Signa a modo de saludo.

«Lo siento, he olvidado traer el vestido y los guantes».

La joven no oyó aquellas palabras, sino que parecieron reverberar dentro de su cabeza.

Él estaba en su cabeza.

Signa se agarró las faldas con la respiración acelerada. *No. No, no, no. No.* Nada de aquello estaba saliendo según lo planeado.

Primero, Charlotte. Y luego... No. Signa no había comido belladonna. No había ido hasta el lugar entre los vivos y los muertos para acceder a él. Durante toda su vida, solo había podido ver a Muerte cuando existía una razón, cuando alguien cerca de ella se estaba muriendo. Antes intentaría volver a matar a Muerte que dejar que se llevara a alguna de aquellas chicas, y procuró transmitirle todo aquello en la mirada furiosa que le dirigió. Él parecía estar pasándoselo bien, Signa sentía el ruido de una risita en la cabeza y el pecho.

«Relájate, pajarito. Solo he venido a cotillear un poco».

Diana tomó un delicado bocado del bollito ignorando al monstruo que fingía estar tomando un té humeante a su lado. Un toque, simplemente el roce de sus sombras, y esas chicas estarían muertas. Signa estaba demasiado tensa como para poder tragar el trozo de bollito que se le había quedado atascado en la garganta. Se estaba atragantando; agarró el té y se metió media taza de una sola vez.

Aunque Charlotte se empeñó en no mirar, Diana se rio.

—Dios mío, ¿me vas a decir que no te dan de comer aquí? Comes como si llevaras toda la semana en ayunas. Y esas clavículas que tienes... se te marcan mucho.

Signa se desplomó de hombros. Desde luego, era más sensata. Sabía que tenía que tomarse su tiempo, dar bocados pequeños, fingir que no le parecía que la comida estuviera deliciosa y que no estaba desesperada por devorarlo todo y, en vez de eso, simular que era una persona delicada que apenas sabía lo que era la comida.

A su lado, Muerte dejó su taza de té.

«¿Qué te parece esta mujer? Tal vez podría infectarla con la peste, algo suave. O podríamos hacer que se contagiara viruela. Una piel llena de manchas le vendría muy bien para su orgullo».

Al reconocer la frivolidad con que dijo todo aquello, Signa le echó una mirada breve y enfadada, ante lo cual Muerte suspiró.

«Vale, ya me has aguado la fiesta».

Entre Charlotte sentada a un lado y Muerte al otro, era un esfuerzo inútil intentar concentrarse. Diana y Eliza estaban dominando la conversación, y cuando se dieron cuenta de que Signa llevaba un rato sin responder a ningún cotilleo, ni siquiera con un murmullo, Eliza desvió su mirada de ojos marrones sin brillo hacia ella para husmear:

—¿Ya tiene algún pretendiente, señorita Farrow?

Muerte se puso en pie y revoloteó sobre Eliza. Se acercó tanto a ella que a Signa se le hizo un nudo en la garganta.

«Por mí, no te cortes», dijo. «Venga, contesta. ¿Le has echado el ojo a alguien, pajarito?».

Signa apretó los puños. Quería pedirle, con todo su ser, que se marchara, pero no tenía manera de transmitir aquello teniendo a las otras escudriñándola. Al darse cuenta de ello, Muerte dijo:

«¿Sabes que deberías poder responderme? Si me oyes, apuesto que puedes contestar».

Signa lo intentó, ansiosa por decirle que la dejara en paz el tiempo suficiente para averiguar información sobre los Hawthorne o, por lo menos, encontrar la manera de hablar con Charlotte en privado. Pero por mucho que se esforzara por enviarle aquellas palabras, Muerte no reaccionó como si pudiera oírla.

—¿Tiene la intención de presentarse en sociedad aquí, señorita Farrow? —preguntó Charlotte con un dejo precavido en la voz.

Signa sostuvo la taza de porcelana con ambas manos y fijó la mirada sobre su amiga. A pesar de los nervios, a pesar de lo que sabía Charlotte y de lo que podía hacer por minarla... Signa seguía sintiéndose aliviada por el hecho de que Charlotte estuviera presente. Por el hecho de haber vuelto a encontrar a su vieja amiga, por fin, y poder ver de primera mano que estaba bien, sana y preciosa.

—Sí, espero hacerlo esta temporada —le dijo Signa, a quien le gustó la sensación que le dio el anuncio al decirlo en voz alta.

Eliza aplaudió.

—¡Tienes que hacer una fiesta para celebrarlo! Invítanos y nos aseguraremos de que lo sepas todo acerca de los hombres del lugar... —Se echó las manos a la garganta y dejó de respirar durante un momento, cuando Muerte dio pasos a su alrededor.

«¿Me vas a invitar a tu fiesta? Me encanta un buen baile».

Signa no lo iba a invitar a nada, y aunque deseó poder decírselo, mantuvo la sonrisa y le preguntó a Eliza:

—¿Qué hombres creéis que van a estar esta temporada?

El alboroto en la mesa fue inmediato. Eliza se inclinó hacia delante, blandiendo el tenedor al hablar.

—Creo que deberías echarle el ojo a mi primo, lord Everett Wakefield.

Charlotte se animó al oír ese nombre y se le iluminó la mirada.

—¿Ha llegado? —preguntó, ante lo cual Eliza asintió con la cabeza.

—Hace tres días. Pasará el verano con nosotros para ver si puede encontrar a una esposa adecuada. Yo también me pregunto a quién buscará su primo Percy, señorita Farrow. Ya sabe que va a heredar el negocio familiar y su fortuna.

Eliza estaba en lo cierto, siempre y cuando Elijah no arruinara su futuro. Signa volvió a pensar en lo ocurrido dos noches antes, cuando vio a Elijah estamparle una tarta en la boca a su hijo. No podía imaginarse el bochorno que habría sentido Percy, lo que debía sentir al ver a su padre tan perdido pasando el duelo.

Los Hawthorne se estaban deshilachando por las costuras. Un solo tirón y se desharían por completo.

Cuando Signa fue a tomar otro bollito Diana apartó el plato con una sonrisa, por lo que Signa pegó un respingo. Puso la espalda recta y retiró la mano entre dudas.

«Cómetelo». Dijo Muerte de manera fría. «Si tienes hambre, cómete el bollito».

Pero Muerte no estaba arraigado en la sociedad, no sabía cómo funcionaba ni participaba en su política.

No bebas ni comas demasiado o demasiado poco. Solo la cantidad justa. Aquellas eran las cosas que enseñaba su manual sobre protocolo, pero Signa no sabía qué se consideraba «demasiado». Entonces supo que eran tres bollitos. Así que, a pesar de la insistencia de Muerte, no agarró otro. Ni siquiera cuando Diana empezó a husmear otra vez sobre los negocios de los Hawthorne, buscando cotilleos que luego, sin duda, difundiría. No había espacio para relajarse en aquella conversación. Signa estaba más en guardia que nunca y juzgaba cada parte de su cuerpo, desde dónde colocaba el dedo meñique hasta lo rápido que respiraba. ¿Estaría tomando los sorbos demasiado rápido? ¿Sería apropiada la cantidad de azúcar que había añadido al té?

Podía notar el peso del cansancio en los hombros. Acostumbrarse a socializar iba a llevarle más tiempo de lo que había anticipado.

Signa había esperado tanto tiempo aquel día. El día en el que se sentara a charlar con sus amigas como parte de la alta sociedad, en que otros mostraran interés en ella y tal vez por fin tuviera la compañía que tantos años se había pasado anhelando. Aun así, cuando Marjorie regresó al salón, tuvo la sensación de que había pasado una eternidad, y todo cuanto Signa quería era estar libre y echarse una buena siesta.

Charlotte fue la última en marcharse, y para sorpresa de Signa, rechazó quedarse más tiempo. Charlotte repasó con la mirada a Signa mientras soltaba un rápido «me alegro de que estés bien»; luego se agarró las faldas y siguió a Marjorie hasta salir por la puerta.

A Signa le ardían los ojos por las lágrimas. Charlotte la había reconocido. La había reconocido y, aun así... Aquello no quería decir nada. Quizá todo el tiempo que pasaron juntas —la amistad que tuvieron— hubiera significado más para Signa que para Charlotte.

La joven se había olvidado de que Muerte permanecía tras ella hasta que se quejó:

—Esas dos chicas se comportan como si les acabaran de retirar el arnés.

Signa se dio la vuelta hacia él frotándose los ojos:

—¿Qué haces aquí todavía?

De nuevo, las sombras que había a su alrededor cambiaron y se convirtieron en una mesa sobre la que pudo poner los pies.

—Buenos días para ti también. He venido para ver cómo te estabas adaptando.

—Preferiría que no lo hicieras. —Signa se giró y caminó a lo largo del salón, no quería que la viera tan agitada—. ¿Cómo es que estás aquí?

Muerte se quedó pensando en ello, inclinándose hacia atrás en su silla tenebrosa.

—Has salvado a Blythe por ahora, pero eso no significa que esté curada. —Dejó la silla quieta y miró a Signa—. Estoy aquí porque todavía se está tambaleando en el puente entre los vivos y los muertos. Por eso, cuando ambos estamos lo bastante cerca de ella, parece que puedes verme. Hasta hoy no estaba seguro de que fuera así.

¡Maldita conexión la que tenían! ¡Qué inoportuna! Qué no daría Signa por cubrir el velo que había hacia el más allá y no volver a verlo nunca más.

—¿Y por qué puedo oír tu voz dentro de mi cabeza?

—Por la misma razón por la que puedes oír mi voz cuando hablo en voz alta, supongo.

Si fuera corpóreo, Signa lo habría zarandeado. Pero como no era así, dio media vuelta y fue caminando hacia él con una cólera que alimentaba su cuerpo entero.

—¿No te diste cuenta de que estaba ocupada? —gruñó—. Esto era importante para mí.

Muerte se dio la vuelta, como si pudiera ver a las chicas a través de las paredes.

—¿Por qué? Pensaba que las criaturas así solo les importaban a sus madres. ¿No te ha parecido raro que dos de ellas solo te hayan preguntado por tu fortuna y tu familia? Han querido saber muy poco sobre ti.

Por cierto que fuera, lo último que quería Signa era darle la razón, por lo que dijo de manera obstinada:

—Van a ser mis amigas.

—¿Tus amigas? —Se puso en pie, y la mesa y la silla que había creado volvieron a convertirse en sombras—. ¿Por qué? Nunca te he visto tan...

—¿Tan habladora? —presionó Signa—. ¿Nunca me has visto con compañía?

Estaban casi pecho contra pecho, metafóricamente hablando. Estando tan cerca de él Signa sentía un hormigueo en la piel, no por el miedo, sino por el poder. La determinación. Él era Muerte, y por eso Signa no tenía la necesidad de filtrar lo que decía. No tenía la necesidad de impresionarlo.

Muerte se inclinó de manera que su rostro ensombrecido quedó frente al de ella; solo los separaba una respiración.

—Nunca te he visto tan recatada ni tan asquerosamente reprimida. —Un bollito voló en dirección a Signa y terminó dándole fuerte en el pecho. La joven lo atrapó por poco antes de que cayera al suelo—. Querías esto, ¿no? ¿Por qué ibas a dejar que la opinión de una persona te impidiera comértelo?

Signa rodeó la corteza del bollito con los dedos.

—Estaba siendo educada. Hay normas sobre estas cosas...

—Lo que estabas era pasando hambre. Y si tienes hambre, deberías comer. Que les zurzan a tus normas.

Había algo oscuro en su tono de voz. Una decepción agria que, para frustración de Signa, la carcomía.

—¿Y a ti qué te importa?

La pregunta prendió una furia en los ojos de Muerte. Un incendio que lo volvió a colocar frente a ella y que ahogó el aire de la habitación.

—Me importa porque tú eres mejor que todo eso. No has venido aquí para ser dócil ni insuficiente. Si aceptaras quién eres, imagina el poder que tendrías. Imagina las cosas que podrías hacer.

—¿Te refieres a las vidas que podría arrebatar? —Signa se acercó un paso más—. ¿Que imagine los espíritus con los que podría hablar? ¿Lo que podría hacer por los muertos? No necesito imaginarlo, ya lo vivo. Esa vida me consume, y no es algo que quiera.

—¿Cómo lo sabes? —exigió—. Lo único que haces es salir corriendo, ¿cómo sabes qué es lo que quieres? ¿Preferirías pasarte la vida fingiendo ser lo que sea que fuiste con esas chicas?

Signa le lanzó el bollito y, para su sorpresa, no lo atravesó como había hecho el cuchillo cuando se lo clavó. Muerte lo agarró.

—Vete —dijo Signa en cuanto consiguió reprimir la sorpresa que sentía—. No me conoces y nunca lo harás. Como dijiste en alguna ocasión, ambos somos personas muy ocupadas, y tú no eres más que una distracción.

Muerte se burló. Fue un sonido muy humano. Muy masculino.

—He venido para ofrecerte ayuda. Me imagino que un asesinato sería mucho más fácil de resolver si supieras cómo utilizar tus habilidades.

—No me hace falta —dijo Signa, sin querer considerar la oferta—. Ya puedo hablar con los espíritus...

—Entonces, ¿no tiene ningún valor que puedas atravesar las paredes? —preguntó Muerte—. ¿Alterar tu cuerpo para que otros no puedan verte? ¿Convertirte en la noche misma y sumergirte en las sombras? Piensa en todo lo que podrías espiar.

Sin duda, serían poderes útiles, pero ceder ante aquello significaría aceptar su ayuda, y Signa no tenía ningún deseo de seguir lidiando con él ni con su ego más de lo necesario.

—Durante toda mi vida, no he querido nada más que librarme de ti. —Signa se puso derecha ante las sombras que surgieron encima de ella—. Supliqué, noche tras noche, muerte tras muerte, que me dejaras en paz. ¿Y ahora quieres ofrecerme ayuda? —No existían las palabras suficientes ni era lo bastante bruta para decirle lo que pensaba sobre aquello—. Te odio a ti y a todo lo que me has hecho. Resolveré esto, y lo haré sin ti.

A su alrededor, el día se apagó. Muerte se hizo más grande y la oscuridad lo absorbió todo; su enfado era tan palpable que ahogó la habitación. Encima de ellos, la lámpara de araña tembló y las luces parpadearon como si fuera una tormenta que se avecinaba. Los rayos de sol que se filtraban por las ventanas se apagaron como una vela.

—Ya no tienes opción. —La voz de Muerte hizo que retumbaran las paredes y cayeran dos tazas de té de porcelana al suelo—. Estos juegos me cansan. Te conozco mejor de lo que crees, de la misma manera que sé que nunca te librarás de mí, pajarito. Igual que yo nunca me libraré de ti.

Los temblores cesaron y la luz del día volvió a penetrar en el salón cuando Muerte se retiró a sus sombras.

—Nuestras lecciones empiezan a medianoche. Te veo entonces.

Signa estaba a punto de gritar que no hacía falta que se molestara. Pero en cuanto abrió la boca para hablar, un bollito salió volando desde la mesa hasta dentro de su boca y ahogó la protesta que Muerte se negaba a oír.

Diecisiete

Signa estaba aguantando un libro en equilibrio sobre la cabeza; era tan pesado que le estaba dando migraña.

—Mantén el equilibrio, Signa —le ordenaba Marjorie—. Elegancia. Tienes que caminar con elegancia.

En la esquina, sentado de manera cómoda sobre un sofá de terciopelo verde, Percy se reía. Dado que no se le había perdido nada ahí, Marjorie le lanzó una rápida mirada, pero él ni se inmutó. Había hecho hincapié en anunciar que iría simplemente para ver cómo su prima intentaba aprender modales —y en que se estaba divirtiendo muchísimo viendo esos intentos—. Sin embargo, había algo de preocupación en su ceño fruncido y en la manera en que lanzaba miradas a las sirvientas que iban apresuradas por los pasillos para preparar la fiesta que comenzaría aquella tarde.

Tanto él como Marjorie fingieron no darse cuenta de que andaban por ahí, por lo que Signa hizo lo mismo; entendía que la fiesta pudiera resultarle dolorosa a Percy.

—Elegancia, Signa —repitió Percy, alargando la palabra con un tono demasiado ligero.

Signa no tenía ningún hermano, pero se imaginaba que si lo tuviera, sería igual de molesto que Percy. Era como si supiera que los buenos modales de Signa eran una farsa. Como si pudiera vérselo en la cara y estuviera tratando de sacarle la verdad. Signa hizo todo cuanto pudo por ignorarlo, con la esperanza de mantener la ilusión de que era una joven respetable.

Aunque después de su encontronazo con Elijah la noche anterior, no parecía probable que al señor de Thorn Grove le importara lo que hiciera Signa o cómo se comportara. Siempre y cuando no le pegara fuego a la mansión, la joven dudaba de que Elijah se inmutara siquiera ante sus comportamientos extraños.

Se acordó de cuando vio a Percy en las escaleras, esperando y observando a su padre con tanto anhelo. ¡Era tan diferente a como lo veía en aquel momento! Un Percy relajado con un comportamiento despreocupado; un joven caballero correcto, sin ningún problema.

¿Qué quiso decir Elijah con lo de que había fallado a su hijo en demasiadas ocasiones? Signa estaba tan distraída por el torrente de pensamientos que se tropezó con la alfombra persa y vio la enciclopedia caerse desde su cabeza hasta el suelo. Soltó algunas palabrotas entre dientes, sin darse cuenta de que lo había hecho en voz alta hasta que Percy se dobló de la risa y Marjorie lanzó las manos al aire en señal de frustración.

—¡Esa boca, Signa! De verdad, hoy estáis imposibles vosotros dos.

Aunque Signa tuvo la decencia de sonrojarse y bajar la cabeza a modo de disculpa, Percy sonrió con frescura a la institutriz. Era demasiado carismático para su propio bien. Signa se aguantó las ganas de poner los ojos en blanco cuando la resolución de Marjorie se desmoronó ante la sonrisa burlona del chico. La institutriz soltó un suspiro y recogió el libro del suelo.

—No sé qué mosca te ha picado hoy, Signa, pero no tienes remedio. —Aquel comentario era un hecho, nada más; no tenía la intención de ser desagradable—. Y tú, Percy. Creo que ayer te dije que encontraras algo útil que hacer con tu tiempo.

El joven escondió las manos tras él con la barbilla alta.

—Mis disculpas, señorita Hargreaves. Solo quería asegurarme de que mi querida prima se sintiera bien recibida.

Cuanto más fulminaba con la mirada Marjorie a Percy, más se suavizaba su expresión. Al final, terminó ablandándose.

—Bueno, vale. Está claro que no avanzaremos con la lección, así que puedes ir a visitar a tu prima en su cuarto, Signa.

Percy se animó.

—¿Vas a visitar a Blythe? ¿Puedo ir contigo?

—Claro que deberías hacerlo —decidió Marjorie por ambos—. Llevaos algunas pastas del desayuno para ella. Estoy segura de que se pondrá contenta.

Signa rezó para que Marjorie tuviera razón. Iba a necesitar una ofrenda de paz después de cómo había resultado su primera visita con Blythe.

Percy siguió el ritmo de Signa, tenía tantas ganas de ver a su hermana como ella.

—Si resulta que tiene la misma enfermedad que se llevó a mi madre, lo último que necesita es que la metan en su cuarto y la dejen ahí —dijo mientras subían por las escaleras de dos en dos—. Todo el mundo le dice que descanse. Estoy seguro de que está aburrida como una ostra.

Signa no necesitaba imaginarse el aburrimiento o la soledad que debía conllevar aquello. Si la visita iba bien, tal vez Blythe le permitiera ir más veces.

—¿Tiene los mismos síntomas que tu madre? —preguntó Signa en voz baja.

—Sí, exactamente los mismos. Aunque a Blythe la lengua aún no se le ha empezado a llenar de llagas, y las alucinaciones que tiene son más suaves que las de mi madre.

El tono de Percy había pasado a ser algo más frío, algo afligido, y Signa sabía que era mejor no insistir, por mucho que quisiera. Era capaz de sentir empatía ante el hecho de que no todo el mundo se sintiera igual de cómodo que ella al hablar sobre los muertos, lo cual pensó que era prueba de cuánto había crecido.

Signa escuchó a Percy cambiar de tema y divagar sobre los retratos por delante de los que pasaban, señalando a los antepasados que habían estado a cargo de Thorn Grove antes que su padre. Se le llenaba el pecho de orgullo al hablar, estaba derecho y seguro de sí mismo.

—Fueron unos hombres extraordinarios al construir un imperio así.

Signa no creyó que mereciera la pena mencionar que un club de caballeros no ofrecía nada distinto a lo que había vivido aquella mañana durante el té con aquellas chicas: comida, bebida y cotilleos sobre gente de un estatus social similar. La única diferencia era que ella no había pagado una cuota de socia para participar. A pesar de todo, entendía el orgullo que había en la mirada de Percy. A los Hawthorne les había ido muy bien con el Grey, y el joven iba a continuar con su legado.

Después de haber pasado por delante de lo que debió ser una decena de retratos de hombres ceñudos vestidos con trajes, llamaron de manera suave a la puerta de Blythe y esperaron a que les diera permiso para entrar. En la sala de estar de Blythe, nada se había movido lo más mínimo. El aire era embriagador, lo sintieron pesado al entrar y pasar por la alfombra mullida. Blythe seguía con vida, pero su habitación parecía la de un fantasma.

La presión que sentía Signa en el pecho cesó cuando vio a Blythe sentada derecha en la cama, apoyada sobre el cabecero. Aunque estaba enferma, no le frunció el ceño a Signa como había hecho la última vez. En vez de eso, miró a su hermano y sonrió satisfecha.

—¡Percy! ¿Dónde has estado? Casi empiezo a contar los hilos de las cortinas, ¡qué aburrida estoy! ¿Qué tienes ahí?

Su sonrisa se hizo más amplia cuando el joven blandió un bollito y ella sacó de repente la mano para agarrarlo.

—Dios, qué ganas tenía de que volvieran a preparar los de limón. —Le dio un bocado y emitió un gemido, como si fuera lo primero que comía en toda la semana.

Percy dejó el resto de las pastas en la mesilla y despeinó la melena rubia de Blythe. Luego sacó una silla pequeña de hierro para sentarse a su lado.

—Diré en la cocina que los preparen más a menudo si tanto te gustan.

Signa estaba esperando en el umbral del dormitorio de Blythe con las manos cruzadas delante de ella. Se quedó ahí mientras Percy se acomodaba, y observó cómo le subía y bajaba la nuez de la garganta al observar a su hermana: el cuerpo pálido y huesudo, el pelo seco y muerto; las ojeras. Y unos labios tan pálidos como las migas que se estaba limpiando de la boca. Percy la tomó de la mano, muy frágil, y Signa se dio cuenta por primera vez del fuerte contraste que había entre ambos. Percy tenía la piel llena de pecas, mientras que la de Blythe era como de porcelana; el pelo de Percy ardía como un incendio en verano, mientras que el de Blythe estaba desprovisto de color. Lo que sí tenían en común era la boca severa de su padre y los ojos entornados y serios; era como si siempre estuvieran contemplando algo, en el caso de Percy, o continuamente enfadados, en el de Blythe. Por muy diferentes que fueran, estando lado a lado no se podía negar que fueran de la misma sangre.

—¿Va a entrar o se va a quedar ahí parada y va a dejar que se cuele la corriente de aire? —preguntó Blythe a su hermano.

Percy se inclinó hacia su hermana con complicidad, aunque habló en voz lo bastante alta como para que Signa pudiera oírlo:

—Cuidado, Bee. Recuerda que debes hablar en voz baja cuando hay cervatillos asustadizos alrededor. No queremos pegarles un susto.

Signa se puso derecha y entró en la habitación caminando con la barbilla bien alta.

—No soy ningún cervatillo.

Blythe se giró hacia ella con una sonrisa que casi le arrebató el aire de los pulmones. Fue una sensación parecida a la que tuvo cuando vio por primera vez a Blythe, como si ambas estuvieran conectadas por una cuerda irrompible. Aquella debía ser la conexión que Muerte decía que se produjo cuando Signa le salvó la vida a Blythe sin darse cuenta.

Apenas conocía a aquella chica enfermiza a la que le costaba salir de la cama, pero que podía atravesar a una persona con la mirada. De todas formas, Signa sentía una obligación hacia ella. No sabía qué quería decir o por qué tenía aquellas habilidades; lo que sí sabía era que haría todo cuanto estuviera en su mano por salvarle la vida a Blythe, y aquello empezaba por averiguar el origen del veneno.

—Quiero disculparme por lo de la otra noche. Fue... grosero por mi parte decir lo que dije. Nunca se me han dado bien las palabras. —Signa mantuvo el equilibrio encima de la esquina del fondo de la cama, frente a Percy. Estaba lista para volver a levantarse y huir en cualquier momento.

La mirada gélida de Blythe se derritió al chupar el resto del azúcar que le quedaba en la punta de los dedos.

—Tienes que trabajar en ello. —La lengua de Blythe era de un tono rosado muy pálido, casi blanco.

A Signa se le puso la carne de gallina en los brazos, parecía que había arañas recorriéndoselos, y el estómago le dio un vuelco antes de darse cuenta de que el frío que había en la habitación se debía a que había una ventana abierta, y no a que Muerte estuviera rondando por ahí cerca. Aquella ausencia podría haberle dado esperanzas a Signa, de no haber sabido que Blythe estaba en el tiempo de descuento con un asesino que aún andaba a la caza.

—No te voy a dar las gracias por haberme salvado el otro día, ya que lo que me ocurrió fue por tu culpa. —Las palabras de Blythe fueron tan cortantes como Signa las recordaba, cada una un cuchillo—. Pero tampoco rechazaré tu compañía, porque nunca he tenido una prima. ¿Te quedarás mucho tiempo con nosotros?

—Padre mandó que la modista le preparara un armario para la temporada —contestó Percy.

A Blythe se le ensombreció el rostro.

—Supongo que debería alegrarme de que alguien esté recibiendo su atención. Aunque si te hacen falta vestidos, podrías haberte llevado los míos. Yo ya no los voy a usar, y muchos se quedarán sin estrenar.

—Blythe...

—Cállate, Percy. No me refiero a eso. Ya no me van bien, y dudo de que mi cuerpo vuelva a ser como antes. —Con cada palabra, la mordacidad de su voz se iba rebajando—. Háblame del trabajo. ¿Alguna novedad?

Percy apretó con más fuerza la mano de Blythe, y a Signa le dio la impresión de que había algo más en aquel intercambio de palabras entre hermanos, algo que iba más allá de lo que ella podía entender.

—El tío está de camino ahora mismo para hacer que el hombre entre en razón, pero me temo que padre cree que no le pueden reprochar nada.

Blythe chasqueó la lengua en señal de desaprobación.

—Seguro que un día de estos dará su brazo a torcer. Debes seguir intentándolo.

—No lo ha doblado desde el día en que te pusiste enferma, Blythe...

—¿Y cuándo fue eso exactamente? —se apresuró a preguntar Signa, intentando no encogerse bajo el peso de las miradas que se cernieron sobre ella con sorpresa—. Lo pregunto por curiosidad. ¿Cuándo te pusiste enferma?

Blythe fingió un grito ahogado.

—¿Que estoy enferma? Santo cielo, me sorprende que te hayas dado cuenta. Nadie se atreve a hablar de ello delante de mí. —Soltó un murmullo divertido y ahogado, luego apoyó la cabeza sobre las almohadas—. Más o menos un mes después de que muriera mi madre.

Quienquiera que estuviera detrás de aquello, no había perdido el tiempo. Signa miró detenidamente un pequeño montón de chocolatinas que había en la mesilla de noche de Blythe, al lado de una taza de té. Cruzó hasta llegar ahí, tomó una de las chocolatinas y le dio un bocado intentando ser discreta. Signa no sabría decir si se sentía aliviada o decepcionada al descubrir que no era nada más que chocolate normal, pero le dio otro bocado. Después fijó la mirada en el té y fue a por él antes de poder inventarse una excusa.

—¡Ni te atrevas! —disparó Blythe de manera letal—. Es mi medicamento.

Cuando Blythe estiró la mano para aferrar la taza de porcelana delicada, Signa se apartó de su alcance y tomó un tímido sorbo. Entonces lo saboreó. Era poco más que el dejo de la baya amarga, apenas perceptible para quien no estuviera acostumbrado a su sabor.

Era eso. Eso era con lo que alguien mantenía a Blythe enferma.

La taza seguía prácticamente llena, su contenido estaba frío.

—¿Cuánto tiempo llevas tomando este medicamento?

—Desde el día en que me puse enferma —respondió Blythe, con la mirada llena de odio—. Me cae mal al estómago si me lo bebo demasiado rápido. Déjalo en su sitio.

Signa no lo hizo. En vez de eso, fue caminando hacia la ventana y tiró el té por ella.

—¿¡Estás loca!? —Percy arrebató la taza de porcelana de las manos de Signa—. Hasta donde sabemos, eso podría ser perfectamente lo que permite que Blythe siga con vida.

—Al contrario. Eso podría ser perfectamente lo que está haciendo que siga enferma. —Signa no quería decir que sabía lo que estaba ocurriendo para que el asesino no se enterara y probara otras tácticas—. ¿Quién te lo ha dado?

Blythe curvó los labios hacia abajo y frunció el ceño.

—Mi criada me lo trae cada mañana.

—¿Y cómo se llama?

—Elaine. Aunque no veo que...

Signa reconoció el nombre de inmediato, era la sirvienta que la había ayudado con el vestido.

—¿Quién te mandó esto?

—Uno de los médicos. —Percy se cruzó de brazos—. Y me atrevería a decir que alguien más competente que tú.

Hasta Signa sabía que ningún doctor mandaría tomar nada con belladonna. Alguien la estaba colando. Tal vez no en todas las tazas, pero sí en muchas.

—Sé que esto puede sonar raro —empezó a decir Signa de manera tímida—, pero, Blythe, no creo que estés sufriendo ninguna enfermedad.

Percy agarró con fuerza a Signa por las muñecas, se las apretó tanto que la joven se estremeció, segura de que le saldrían moratones.

—No le metas ideas ridículas a mi hermana en la cabeza. Es la misma enfermedad que se llevó a nuestra madre...

Signa consiguió soltarse el brazo y miró a Percy fijamente.

—Esto no es ningún medicamento. Lo sé porque ya lo he probado con anterioridad. Es belladonna. Proviene de las bayas que crecen en el bosque cerca de aquí. Alguien la está envenenando.

Blythe estuvo un largo rato sin moverse, con la boca medio abierta.

—Percy —empezó, y su hermano lo único que hizo fue sacudir la cabeza.

—Alguno de los médicos ya se habría dado cuenta si fuera veneno. —Se mantuvo firme en aquella creencia y marcó cada una de las palabras—. Lo que dice Signa solo son conjeturas.

—No lo son —dijo la joven con toda la convicción que pudo reunir—. Reconozco ese sabor. Y si no me crees, puedes verlo por ti mismo. Blythe, la próxima vez que te traigan el medicamento, no te lo bebas. Pero tampoco lo rechaces, porque alguien podría darse cuenta de tus sospechas. Espera a que no haya nadie, y entonces busca un lugar seguro en el que tirarlo. Percy, tú también deberías ir con cuidado. ¿Quién dice que no vayas a ser tú el siguiente?

Percy seguía escéptico, era evidente por las arrugas que tenía entre las cejas.

—¿Debería consultarlo con el médico? —Había cierta fragilidad en la voz de Blythe, pero aparte de eso, lo estaba manejando mejor de lo que Signa esperaba—. ¿Y padre? Se merece saberlo, ¿no? Si existe la posibilidad de que lo que le ocurrió a madre no fuera un accidente...

Signa se acordó de que Elijah le había estampado una tarta en la cara a su hijo, de las ojeras que tenía, de que lo perseguían los fantasmas y no podía dormir. Su comportamiento era de lo más irregular e imprevisible. No sería seguro confiar en él. Signa tampoco creía que fuese acertado que alguien más supiera de lo que se habían enterado, ni siquiera el médico actual de Blythe. Por no mencionar lo sospechoso que era que ninguno de los médicos de Blythe se hubiera dado cuenta de lo que estaba ocurriendo.

—Lo mejor que podemos hacer para ayudar a vuestro padre es protegeros a ambos —dijo Signa—. Eso quiere decir que, por ahora, este secreto se queda entre nosotros. Cuidado con las comidas. Nada de mermelada. Nada de reducciones de bayas en los asados. Bébete el té, pero tíralo si encuentras algo raro en el sabor. Debéis comer, los dos, y no podéis levantar sospechas. Pero tomad precauciones extra. —No se atrevió a mencionar que Sylas también conocía el secreto. No le pareció acertado decir nada sobre él, y a Signa todavía le venía bien utilizar su ayuda y la conexión que tenía con los sirvientes de Thorn Grove, sobre todo ahora que tenían una pista.

Elaine.

Blythe suspiró, dejó que la cabeza se hundiera en las almohadas y se acurrucó entre las sábanas como intentando empequeñecerse.

—Averiguaremos qué está ocurriendo —prometió Signa, poniendo tanto entusiasmo como pudo en esas palabras, intentando convencerse también a sí misma—. Vamos a detener esto y te pondrás bien. No dejaré que mueras, Blythe.

Lo decía en serio. A Blythe le dieron una segunda oportunidad por un motivo. Signa se había unido al destino de Blythe y haría todo cuanto estuviera en su mano por derrotar a Muerte de una vez por todas.

Dieciocho

Más tarde, esa misma noche, con la tripa llena por la cena y la cabeza a punto de estallarle por lo que había ocurrido aquel día, Signa se sintió aliviada al encontrar a Elaine esperando en la sala de estar para ayudarla a prepararse para ir a la cama.

—Buenas noches, Elaine —le dijo a la joven, que tal vez sería solo unos años mayor que ella.

—Buenas noches, señorita —dijo la criada, con los ojos alicaídos, la barbilla baja e inclinando la cabeza mínimamente.

Elaine había sacado una camisola de algodón para Signa, que estiró los brazos para que la criada le quitara los guantes de seda blancos y la ayudara a ponerse la ropa para dormir, como había hecho cada noche.

A Signa le ardía la lengua con mil preguntas, pero tenía que hilar fino para conseguir la información que andaba buscando. El *Manual para damas sobre la belleza y el protocolo* no le fue de mucha ayuda para saber qué tipo de interacciones breves con el personal era considerado aceptable, seguramente porque cualquiera que estuviera en la posición de leer ese manual ya debía saberlo. Su tío había empleado a un puñado de sirvientes y hablaba con ellos muy poco, pero Signa no confiaba en su táctica de echar los hombros hacia atrás y mostrarse soberbio, porque ¿de qué le iba a servir si lo que quería era que Elaine se relajara y se mostrara abierta a ella?

—¿Llevas mucho tiempo con la familia Hawthorne? —preguntó Signa de camino hacia el tocador, ofreciendo una sonrisa amigable mientras Elaine tomaba un peine de marfil y se ponía a cepillar el pelo de la joven.

—No mucho, señorita. —La tensión que había en los hombros de Elaine señalaba que la criada vacilaba tanto como Signa por si decía algo incorrecto. Signa carraspeó y esperó con un silencio incómodo hasta que Elaine añadió—: La señora Lillian me contrató hace poco más de un año, que Dios la tenga en su gloria. —Dejó de cepillarle el pelo para santiguarse.

—¿Como su doncella? —Signa esperaba que su voz sonara con verdadera curiosidad, lo suficiente como para calmar los nervios de aquella mujer. Teniendo en cuenta lo doloroso que resultaba sacarle información a Elaine, parecía que los sirvientes y los inquilinos de Thorn Grove no conversaban a menudo.

—No, no la suya —aclaró Elaine—, sino la de la joven señorita, Blythe. La doncella anterior se marchó para jubilarse al lado del mar.

—Thorn Grove es un lugar bastante lúgubre, ¿no? —rumió Signa—. Puedo entender que el mar le resultara atractivo.

—Sí, señorita —dijo Elaine con una voz baja y grave—. Dicen que en esta casa hay fantasmas.

Por fin estaban llegando a algún lugar.

—La casa de mi familia estaba junto al mar —le contó Signa sin tener que fingir el anhelo en su voz—. Se llama Foxglove. No me acuerdo mucho del lugar, ya que era pequeña cuando iba por ahí. Tengo ganas de heredarla, aunque debo admitir que la idea de mantener un hogar tan grande suena bastante abrumadora. Me imagino que me llevará mucho tiempo contratar a todo el personal.

La mano de Elaine vaciló durante un solo momento, pero luego volvió a cepillarle el pelo, y Signa supo que sus palabras habían funcionado. ¿Quién iba a elegir un lugar sombrío como Thorn Grove antes que un lugar junto al mar como Foxglove? Si cabía la posibilidad de conseguir un puesto ahí, Elaine lo querría. Y aquello quería decir que Signa tendría a otra persona de su parte, tanto si Elaine se daba cuenta de ello como si no.

—Tú tienes buena mano —añadió Signa—. Qué maravilla que tengas tiempo tanto para mí como para la señorita Hawthorne. Estoy segura de que no es nada fácil.

En aquella ocasión, Elaine no vaciló:

—Gracias, señorita. Aunque debo admitir que la joven señorita Hawthorne no necesita gran cosa últimamente.

Signa buscó el rostro de la criada en el espejo del tocador. Entre sus cejas atisbó una minúscula arruga de preocupación. Su tristeza parecía verdadera, y Signa se dio cuenta de que durante todo el tiempo en que Elaine la estuvo atendiendo, en ninguna ocasión creyó estar hablando con una asesina en potencia.

—No —dijo Signa en un suspiro; sentía que la pista ya se le estaba escapando entre los dedos—. Supongo que no. Necesitará ayuda para vestirse y tomarse los medicamentos, ¿no?

Elaine asintió.

—Es bastante fácil dejarla lista. En la cocina preparan su comida y el té, y yo simplemente se lo llevo. Así que no se preocupe, señorita. Nunca carecerá de mi tiempo.

Aunque aquello no consolaba gran cosa a Signa, sonrió y preguntó:

—He oído los rumores sobre la difunta señora Hawthorne. Pero dime, Elaine, ¿hay rumores de que haya otros fantasmas en Thorn Grove? —Fue un pensamiento pasajero, pero estaba ganando intensidad cuanto más se lo guardaba. ¿Por qué no habría de haber más espíritus en Thorn Grove si la familia Hawthorne llevaba generaciones ahí?

Cuando Elaine se encogió y dejó el cepillo sobre el tocador, Signa sintió que sus sospechas se confirmaban.

—Las sirvientas dicen que han visto a un hombre en la biblioteca —dijo—. Dicen que los libros caen solos de las estanterías, pero nunca he entrado para verlo por mí misma.

Signa ni siquiera sabía que hubiera una biblioteca en Thorn Grove. Pero si había otro espíritu en el lugar, tal vez uno que pudiera hablar, podría merecer la pena ir de visita.

En cuanto Signa estuvo lista para irse a la cama, Elaine fue hacia la sala de estar para llevar una bandeja con una tetera llena de té bien caliente, un tarrito de miel y una galletita. Cuando Signa fue a por el té, un cuadrado oscuro se deslizó por debajo de la puerta.

Elaine arrugó la frente al agacharse para recogerlo, y blandió un sobre negro con un sello precioso de cera dorada.

—Tal vez sea de parte de uno de sus primos —adivinó Elaine.

Signa lo tomó y pasó el dedo por encima del delicado papel. De algún modo, ya sabía que aquello estaba mal.

—O puede que sea de parte de la señorita Hargreaves, con todos los detalles sobre las lecciones de mañana.

Tampoco le pareció que fuera aquello, pero fue suficiente como para que Elaine asintiera con la cabeza, satisfecha.

A pesar de que Signa lo único que ansiaba era abrir la carta de manera violenta, dejó el sobre sobre el regazo y, como por casualidad, estiró el brazo para alcanzar la miel.

—Gracias, Elaine. —Su tono seguía siendo relajado y amable, pero esperaba que fuera obvio que le estaba dando permiso para retirarse.

—Que pase una buena noche, señorita Farrow.

Echando un último vistazo al sobre, Elaine inclinó la cabeza y salió de la habitación.

En cuanto se cerró la puerta, Signa abrió violentamente la carta. Sobre el grueso papel había tres líneas escritas con la letra más bonita que había visto en su vida:

Nos vemos en las caballerizas a las once horas esta noche, ven con ropa abrigada.

Cabalgaremos hasta el Grey.

S.

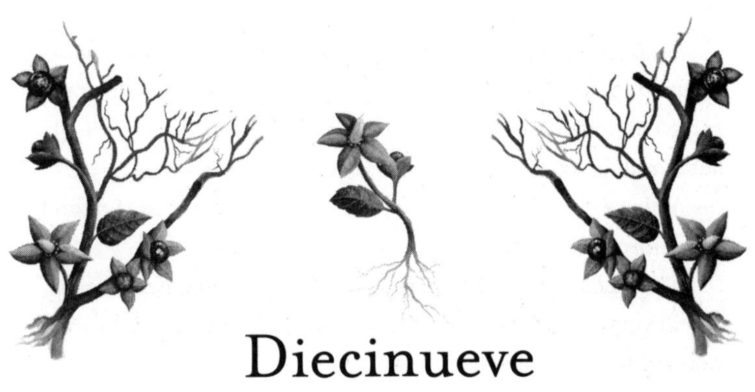

Diecinueve

Aquella noche, la fiesta estaba a todo volumen. La música del salón de baile y el sonido de un gran piano reverberaban contra las paredes. El ambiente estaba igual de animado que cuando Signa llegó a Thorn Grove, los vestidos que se veían eran tan deslumbrantes como aquella noche, y los dulces que circulaban en bandejas de plata eran igual de magníficos.

Signa solo pudo ver atisbos de las celebraciones. El vestido de lana gruesa que se había puesto —a excepción del corsé, que fue incapaz de desabrocharse ella sola— estaba lejos de ser como las telas importadas de terciopelo y seda con que se había ataviado la gente a su alrededor. La joven pasó a hurtadillas entre las criadas, desplazándose fuera del campo de visión de quienes pudieran cuestionarla. Muerte tenía razón: aquello habría sido mucho más fácil si hubiera sido capaz de recurrir a sus malditos poderes.

Pero si se ponía en ese estado, lo convocaría, y después de lo que le había dicho aquella tarde, era la última persona a la que Signa quería ver.

Tenía muchos motivos por los que odiar a Muerte. Muchos motivos por los que estar enfadada y decírselo. Entonces, ¿por qué se sentía tan culpable?

Signa mantuvo la cabeza agachada al bajar por las escaleras. Ya casi estaba fuera de la casa cuando se chocó de cara contra el pecho de alguien. Dio un traspié hacia atrás y vio el bastón de palisandro que tenía aquel hombre bien agarrado, y luego se encogió bajo el peso de la mirada de Byron Hawthorne.

El hombre torció el morro al echarle un vistazo a Signa y detenerse en su mirada. Rápidamente se quedó sin respiración y la palidez se apoderó de su piel.

—¿Lillian? —Fue como si las palabras se le escaparan antes de poder detenerse y sacudió la cabeza—. No, eres la chica que estaba con Marjorie, ¿no? La nueva tutelada de mi hermano. ¿Dónde crees que vas así vestida?

Signa sabía que si decía lo que no debía, aquel hombre la mandaría de vuelta por las escaleras. Pensó detenidamente en la mentira que iba a decir y creyó que lo mejor sería desempeñar el papel que él esperaba de ella: el de una niña tonta.

—Es que... quería ver la fiesta, señor.

Tragó saliva, porque aunque estaba fingiendo, la incomodidad que sentía ante el hombre era real. Él soltó un gruñido lleno de desdén y la aferró por la muñeca, como si intentara llevársela escaleras arriba. No habían dado más que un paso cuando algo al fondo del pasillo llamó la atención de Byron. Signa siguió la mirada del hombre y vio que estaba viendo la melena rubia de Marjorie escaparse de la fiesta y dirigirse hacia la cocina.

Byron soltó la mano de Signa.

—Vuelve a tu habitación —exigió el hombre, aunque ya no la estaba mirando—. Este no es lugar para niñas.

—Por supuesto, señor —asintió, pero en cuanto Byron se dio la vuelta para seguir a Marjorie, Signa aprovechó la oportunidad para escaparse hacia la noche, sin atreverse a mirar atrás para ver si alguien la había descubierto. Cualquiera que la viera salir a escondidas para encontrarse con un joven a esa hora solo pensaría en una cosa, y si su manual sobre protocolo estaba en lo cierto, aquello supondría la ruina social.

Sylas esperaba en las caballerizas con los caballos listos. Mitra volvía a ser para Signa, y para él, un semental tan oscuro como el cielo que tenían sobre ellos, uno que a Signa le recordaba a las bestias preciosas que la habían recogido en casa de la tía Magda. Gundry estaba sentado a los pies de Sylas; tenía los ojos de un color ámbar intenso, la nariz levantada y la mirada alerta, asegurándose de que nadie osara acercarse demasiado.

—Te ha costado llegar. —Sylas echó un vistazo al vestido de lana de la joven y de inmediato se desató la capa negra que llevaba y se la puso alrededor sin esperar a que le diera permiso—. ¿Te has parado a por bollitos de camino aquí?

—Ojalá tuviera esa suerte —dijo Signa cerrando el puño alrededor de la capa, demasiado avergonzada como para darle las gracias mientras él le colocaba las riendas de Mitra en las manos. Puso un pie en el estribo e intentó subirse y colocarse encima de la yegua.

Sylas no estaba de humor como para perder el tiempo, por lo que agarró a Signa por la cintura y la alzó. Luego comprobó que estuviera segura en la silla de montar. En aquella ocasión, Signa se esforzó por no estremecerse al contacto con él.

—Es un trayecto de media hora. —Sylas se subió a su propio semental con una elegancia admirable—. Mantente cerca de Mitra para estar calentita, no vamos a hacer ninguna parada.

—¿Y puedo preguntar por qué vamos al Grey?

Solo quedaba una hora para su encuentro con Muerte. A pesar de que no tenía un interés particular en verlo, tampoco tenía ningún deseo de descubrir qué haría si llegaba tarde a cualquier ridícula «lección» que hubiera planificado.

—Estaba con los caballos esta tarde y he oído por casualidad a tu institutriz hablando con Byron Hawthorne —le dijo Sylas de manera enérgica—. Esta noche cerrarán el Grey para hacer alguna reparación, y se van a ver ahí. Hay algo que Byron quiere enseñarle... Algo que, según él, la va a «persuadir». Si llegamos antes que ellos, puede que averigüemos lo que es.

Aquello explicaría el ansia que había en la mirada de Byron cuando vio a Marjorie.

—Los he visto dentro, de camino a la cocina —dijo Signa.

Sylas apretó la mandíbula.

—Seguramente aprovecharán la distracción de la fiesta para tomar el carruaje de Byron. Deberíamos darnos prisa.

Gundry andaba alrededor de las patas del semental, tenía los ojos chispeantes y el cuerpo tenso por la anticipación. Signa se preguntó si sería más perro o lobo. Empezaba a sospechar que lo último.

—¿El sabueso viene con nosotros?

—Claro. Si nos encontramos con alguien, él nos avisará antes de que puedan vernos. Venga, vámonos.

Aunque Signa tenía más preguntas —principalmente, cuán grande sería el lío en el que se meterían si los pescaban—, no tuvo oportunidad de hacerlas, ya que Sylas arreó suavemente a su corcel y partió. Mitra no esperó a que le dieran permiso para seguirlo. El viento azotaba a Signa en las mejillas y se puso la capucha de la capa que él le había prestado. Estando envuelta en ella, se sorprendió al ver que no olía a heno ni a estiércol, sino a los bosques de invierno, frescos y llenos de pino.

Se apretó más la capa mientras seguía a Sylas, que parecía estar a gusto bajo la noche estrellada. No estaba tiritando, como Signa, sino que tenía la cabeza echada hacia atrás para ver el cielo. Su melena negra volaba al viento, indomable y libre, igual que su manera de cabalgar. A su lado, Gundry corría a toda velocidad, resollando por el esfuerzo y con la lengua fuera; estaba disfrutando cada momento del trayecto. Sylas llamó la atención del sabueso, por lo que el dueño sonrió de manera traviesa. Inclinó la cabeza hacia atrás y aulló hacia la noche. Gundry hizo lo mismo. Fue un sonido precioso y evocador que resonó por todo el páramo.

Viendo así a Sylas, Signa se ablandó. Parecía que cada día descubría una nueva parte de él. Hasta el momento, aquella era su favorita.

Cabalgaron en silencio durante un buen rato después de aquello, los únicos sonidos que había eran los de las bestias a su alrededor: los resoplidos de los caballos, el intenso batir de sus cascos mientras echaban una carrera a través del páramo; el jadeo de Gundry, que no bajó el ritmo ni siquiera cuando el terreno cambió bajo sus patas y la hierba se convirtió en escombros y luego en adoquines.

Sylas fue aligerando el paso sobre el caballo hasta que paró, y Signa hizo lo mismo. Cuando desmontaron, Sylas ató las riendas, aunque sin apretarlas, alrededor del tronco de un árbol.

—Iremos a pie a partir de ahora. Déjate puesta la capa.

Envuelta en la fragancia del bosque que emanaba de la tela, Signa no protestó.

Gundry se adelantó a ellos para olisquear las calles. A los lados había tiendas de sombreros, modistas e incluso una pequeña botica; todos los edificios estaban bien cerrados, pero las luces de un pub que había al final de la calle brillaban con fuerza, y era mejor no arriesgarse.

—Byron y Marjorie. ¿Crees que alguno de ellos podría estar detrás del asesinato? —El susurro de Signa reverberó a lo largo de la calle adoquinada y vacía. Era una sensación muy rara la de andar fuera a aquellas horas, o la de andar por la calle, sin más. Pero Signa no sentía ningún miedo. Había pasado demasiado tiempo con la noche como para tener miedo.

Y al parecer, también Sylas. Aunque, dado su enorme tamaño, parecía más probable que la noche tuviera miedo de él. Sylas andaba con seguridad, con el cuerpo estirado y la barbilla levantada.

—No estoy seguro. Pero si alguien tiene la vista puesta en la familia Hawthorne, tiene que haber un motivo. Byron, desde luego, tiene uno: el Grey es lo que les da de comer a los Hawthorne. Es su legado. En cuanto a Marjorie...

—Hay algo entre ella y Elijah —dijo Signa, lo que provocó que Sylas parpadeara con sorpresa. Al notarlo, Signa levantó una ceja y preguntó—: ¿Te crees que eres el único que puede averiguar cosas?

Sylas le puso una mano sobre el hombro y llevó a Signa hacia el lado de la calle para que se arrimaran a los edificios.

—Mantente en las sombras, sabuesa. Si te ve alguien a estas horas, pensará que tienes algo que vender.

—Pero no tengo nada que... Oh —se ruborizó—. ¿Y no pensaría lo mismo de ti?

—Le parecería un escándalo, pero a ti te tacharía de algo mucho peor que a mí. Si yo fuera de una clase social más alta, se esperaría que me casara contigo. Pero eres una afortunada en el mundo, señorita Farrow. Tú cuentas con los recursos para cuidar de ti misma, sin importar lo que la sociedad considere de ti. La mayoría de la gente no tiene esa suerte. —Pasó el brazo por el de Signa y la llevó hacia un edificio de piedra gris. Era el más alto de la calle, tenía una enorme ventana saliente cerca de la entrada principal.

Signa no pudo mirar con más detenimiento el edificio, ya que le ardía toda la cara. Un gesto así no era socialmente aceptable, en absoluto. Desde la diferencia de clase que había entre ellos hasta el hecho de que no tenían ninguna relación de parentesco, aquella conexión íntima era casi tan escandalosa como venderse a sí misma en las calles. Daba igual que tuviera dinero, no quería comprar el afecto de la gente. Quería gustarles y que la respetaran de verdad. Aun así... No sabía que el brazo de un hombre pudiera ser tan firme, que pudiera sentir sus hombros tan sólidos y las manos tan fuertes.

Probablemente, Sylas fuera una de las personas más irritantes en aquel mundo, y aun así, Signa no podía apartar la mirada de él.

Sylas no perdió el tiempo y se agachó ante las cerraduras del Grey. Sin importar del tipo que fueran, se puso a forzarlas con una tranquilidad desconcertante. Entró al club a zancadas, metiéndose las manos enguantadas en los bolsillos.

—Tengo práctica —dijo al darse cuenta de que Signa se había alejado de él y se lo había quedado mirando con incredulidad—. Los candados en las cuadras se atascan todo el rato, y no es que podamos dejar a los caballos encerrados dentro.

Signa asintió con la cabeza al cruzar el umbral, aunque tenía la sensación de que se le habían bloqueado los huesos. Qué tonta había sido al ir ahí, al aceptar salir a media hora de su casa en mitad de la noche con un hombre que era prácticamente un desconocido. Un hombre que había desmontado una cerradura como si fuera una mera sugerencia.

¿Dónde había aprendido algo así? ¿Y en cuánto peligro estaba Signa? Tal vez fuera una tonta por confiar en Sylas, aunque suponía que no debería preocuparse demasiado. Si él intentaba hacer cualquier cosa, lo único que tenía que hacer Signa era invocar sus poderes, invocar a Muerte y terminar con la vida de Sylas. Se echó la mano instintivamente a los bolsillos, pero los tenía vacíos.

Se había dejado las bayas de belladonna en los bolsillos de su vestido de día.

Empezó a sudarle la frente y la respiración se le entrecortó cuando el gemido repentino de Gundry desgarró la noche y se unió al sonido hueco de los cascos y de las ruedas de un carruaje sobre el adoquín. Sin perder el aliento, Sylas cerró la puerta y agarró a Signa por la mano. No hubo tiempo de preguntar qué estaba haciendo —de ver qué estaba ocurriendo—, porque Sylas metió a Signa en un armario para abrigos y entró a trompicones tras ella. Se golpeó la cabeza contra algo que Signa no podía ver en la oscuridad, y el joven siseó:

—¡Hazme sitio!

Signa se recogió más las faldas, pero no había mucho sitio que dejar. Sylas se apretujó y quedaron prácticamente uno encima de la otra. El joven intentó pegarse contra la pared, pero con el cuero de sus guantes rozó la cintura de Signa. La joven ahogó un grito y le dio una patada a una de sus botas.

—¿Por quién me toma, señorita Farrow? —siseó Sylas—. Si estuviera intentando seducirte, utilizaría métodos más agudos.

Sus palabras quedaron interrumpidas porque la puerta que había enfrente de la que habían utilizado para entrar hizo un ruido. Sylas le echó una mirada furibunda a Signa para indicarle en silencio que se comportara y cerró la puerta del armario con cuidado.

Signa estaba convencida de que no había ninguna parte de su cuerpo que Sylas no estuviera tocando, y de que no había ninguna parte del cuerpo de Sylas en la que ella no estuviera intentando con todas sus fuerzas no pensar. El hecho de que se hubiera atrevido a salir sin corsé hacía que la situación fuera más intensa, ya que cada roce contra su cuerpo era mucho más estremecedor y la presión del cuerpo de Sylas, tanto más peligrosa. Era un momento inoportuno para que un sentimiento tan ferviente despertara en ella, pero así lo hizo. Se le aceleró el pulso y su mente se puso a divagar. Se preguntó cómo sería pasar los dedos entre su cabello de color betún o cómo sentiría los labios de Sylas contra los suyos. Cómo sentiría su cuerpo bajo todas esas capas...

—Hay alguien aquí —susurró Sylas, y Signa por poco volvió a darle una patada.

—Evidentemente.

Saliendo de su estupor, Signa intentó mirar entre las tablillas de madera de la puerta. Aunque estaba demasiado oscuro para poder verle los ojos, habría jurado que Sylas la estaba mirando antes de inclinarse y ponerse a observar por las tablillas de encima, como ella.

El pomo de la puerta hizo un ruido y Signa contuvo la respiración. Temía que si emitía el más mínimo sonido, fueran a encontrarlos. Qué tonta había sido al dejar arrastrarse hasta ahí por Sylas y esconderse en un armario de abrigos ni más ni menos.

Las dos sombras entraron sin hacer ningún ruido. La más grande se agachó para encender una de las lámparas de aceite, y su rostro quedó bañado por un tenue resplandor ámbar. A través de las pequeñas franjas, Signa pudo ver que los suelos del Grey estaban hechos de roca obsidiana, igual que la barra de bar que recorría toda una pared. Había mesas de cristal esparcidas por el lugar, con sillones de cuero a su alrededor. Al otro lado de la habitación había una chimenea —la más grande que había visto Signa en su vida— rodeada por sofás de cuero.

—Tendremos que darnos prisa —se quejó Byron con una voz ronca, como un carruaje desplomándose sobre un camino de gravilla—. Si descubren que han dejado entrar a una mujer, tendremos un quebradero de cabeza más grande del que ya tenemos.

—¿O sea que primero me ruegas que venga y luego te quejas en cuanto entro? —Marjorie sonaba más altanera de lo que Signa la había oído jamás—. Estaré más que contenta quedándome fuera y compartiendo nuestra discusión con el mundo si mis artimañas femeninas te ofenden. O quizá podríamos llevar la discusión al carruaje y así podría volver a casa.

Signa no terminó de entender la respuesta de Byron, pero creyó que era algo que tenía que ver con Marjorie y su necesidad de ver el lugar con sus propios ojos para entender qué era lo que Byron estaba intentando salvar. El hombre se sentó a una de las mesas y deslizó algo en dirección a Marjorie. Eran papeles.

—Mira esto y verás que llevamos semanas sin pedir alcohol. Y esto, que muestra que no tendríamos comida para los invitados si no me hubiera dado cuenta de que el pedido iba con retraso. Elijah no ha contratado nada para el entretenimiento y han dejado de importar nuestros puros. Y aun así, es él quien lleva el libro de contabilidad, quien se niega a que la compañía gane dinero, quien se niega a pasarme el trabajo a mí e, incluso peor, ¡a Percy! Ese muchacho ha estado aquí cada día suplicando que le diéramos trabajo, Marjorie, y me estoy quedando sin excusas para darle.

Signa deseó poder verle la cara a Marjorie. Deseó poder ver cualquier cosa cuando respondió:

—He hecho todo lo que estaba en mi mano, Byron. Pero incluso estando muerta, su alma pertenece a Lillian. No puedo abrirle los ojos.

—Pues cambia eso.

Había tanto resentimiento en el tono de Byron que Signa se estremeció, y por una vez se puso contenta de que el cuerpo de Sylas estuviera ahí para sujetarla. Él la agarró por la cintura con una mano y se inclinó sobre ella para ver cómo se desarrollaba la escena. Al notar la mano, Signa no pudo desviar la atención de todos los movimientos de sus dedos y de los cambios en su cuerpo para atender a lo que estaba ocurriendo fuera del armario.

—¿Es que has perdido todo tu encanto, mujer? —Byron puso las manos sobre la mesa e inclinó el cuerpo hacia delante—. Si Elijah deja que el negocio fracase, Percy se quedará sin nada. Se convertirá en un hazmerreír y no tendrá ningún futuro. No puedo ver cómo ocurre eso, y sé que tú te sientes igual. Elijah tiene hijos. Dos. Da igual lo que piense. Tenemos que hacer que se dé cuenta antes de que sea demasiado tarde y ya no pueda arreglar este desastre.

—¿Así de fácil te has olvidado de Lillian? —Hubo algo frío en la voz de Marjorie que arrebató el calor de la habitación y dejó a Byron en silencio—. Sé que no. El pueblo entero sabía que sentías algo por ella.

—A Lillian no se la puede olvidar. —La voz de Byron había bajado tanto que Signa tuvo que apretar la oreja contra la puerta para oírlo—. Aun así, no podemos permitir que mi hermano lo eche todo por la borda y ande tras ella.

—Tiene que pasar por el duelo...

—¡Ya lo ha hecho! Es hora de que se sobreponga antes de que condene a esta familia. No hay mucho que yo pueda hacer si se niega a ofrecer hasta su firma. Si no le quiere traspasar el negocio a Percy, convéncelo para que me lo traspase a mí. De todos modos, yo cuidaría mejor de él, igual que habría cuidado mejor de ella.

Todos los músculos en el cuerpo de Signa empezaron a estremecerse ante el silencio pesado que se hizo en el aire. La nuca se le llenó de sudor que le bajaba hasta la espalda, pero no le hizo mucho caso.

—¿Qué me estás pidiendo? —inquirió Marjorie al fin.

—Mi hermano está muy solo, Marjorie —respondió Byron sin vacilar lo más mínimo—. Y los hombres que están así de solos son... vulnerables. Sobre todo ante las artimañas de una mujer.

—¿Qué estás queriendo decir? —Puso los dedos alrededor del borde de la mesa—. Sé directo conmigo, Byron.

Byron se pasó el dedo índice y el pulgar por el bigote oscuro, tomándose su tiempo para reflexionar sobre lo que iba a decir.

—Mi hermano y tú habéis tenido relaciones en el pasado. Pensaba que aprovecharías cualquier oportunidad para estar con él. Podría arreglarte la vida.

Marjorie se puso en pie y la silla soltó un chirrido contra el suelo de roca obsidiana.

—¿Cómo te atreves? Puede que te hayas pasado la vida aferrado a un amor perdido, Byron, pero yo no voy a degradarme a semejante humillación.

—Perdón si te he ofendido...

—¿Ofenderme? —Marjorie soltó un risa como el disparo de una pistola: agudo e imposible de detener—. Has puesto en duda mi honra. Has querido decir que no soy más que una ramera, y que Elijah es un títere con el que jugar. Usted ha hecho más que ofenderme, señor. Por el bien de los niños, seguiré intentando hablar con Elijah, pero no será para ayudarte a ti. Quiero que te alejes de Percy.

Byron también se levantó.

—No haré tal cosa. Si te preocupas por el muchacho, entonces harás lo que te he pedido. Existe más de una manera de arruinarlo, señorita Hargreaves.

Marjorie se tomó un momento antes de responder.

—Percy no ha hecho nada malo —dijo con voz temblorosa.

Byron echó los hombros hacia atrás, enorgullecido por su victoria.

—No permitiré que el legado de mi familia caiga por la muerte de una mujer. Elijah tiene que dejar de eludir sus responsabilidades.

—Qué despiadado te has vuelto, Byron. Dios, ojalá pudiera verte Lillian ahora.

El bofetón fue tan ruidoso que Sylas le cubrió la boca a Signa y la apretó contra su pecho al ver que ahogaba un grito de sorpresa. Signa no pudo más que imaginar lo mucho que debió dolerle, y quiso con todo su ser abrir la puerta del armario e ir a por Byron y hacerle daño por haberle hecho daño a Marjorie.

Con pies temblorosos, Marjorie se puso una mano sobre la mejilla y con la otra agarró el abrigo.

—Es hora de que crezcas y dejes de competir con tu hermano. Por muy perdido que esté, siempre será el mejor de los dos. —Escupió en el suelo y se marchó.

Signa deseó con todas sus fuerzas que Marjorie tomara el carruaje y dejara a Byron colgado, pero el hombre la siguió echando pestes y cerró la puerta de golpe tras él.

Signa estaba tan aturdida por la sorpresa que no podía moverse y el silencio se asentó en sus huesos. ¿Marjorie y Elijah habían estado juntos antes? Eso explicaría la familiaridad que había entre ellos. Daba igual si había ocurrido antes de que Elijah se hubiera casado o después, era un escándalo. Aun así, Signa empezaba a entender la seducción de una atracción ilícita. Tras un momento, volvió a pensar en la firmeza del cuerpo de Sylas contra el suyo, y a imaginarse cosas que no debía, sobre todo cuando ya hacía un calor tan infernal en aquel armario minúsculo.

Por suerte, en cuanto oyeron el traqueteo del carruaje bajando por la calle, Sylas abrió la puerta del armario de los abrigos y Signa salió de sopetón. Necesitaba aire fresco de manera desesperada. No había nada que deseara más que deshacerse de su ropa, empapada como estaba de sudor, pero se conformó con quitarse la capa y lanzársela a Sylas. Signa nunca se había sentido tan agradecida por estar a oscuras; al mismo tiempo, se preguntaba si Sylas estaría pensando en su cuerpo tanto como ella pensaba en el de él.

—Creo que hemos congeniado mucho ahí dentro —dijo el joven en tono burlón, confirmando las sospechas de Signa—. Me atrevería a decir que ahora te conozco mejor de lo que he conocido a nadie. —Y entonces se quedó quieto, como dándose cuenta de que había soltado una información que no pretendía dar, y se dio la vuelta carraspeando.

—Le ha pegado —susurró Signa, aturdida y con ganas de cambiar de tema.

Sylas asintió con la cabeza mientras se ajustaba los guantes.

—Sí.

—¿Crees que estará bien?

—Para ser sincero, creo que más nos vale preocuparnos por el bienestar de Byron que por la señorita Hargreaves. Creo que no hay nada más terrorífico que una mujer menospreciada. ¿Has visto su cara? De asesina, sin duda. Pero, bueno —extendió la mano—, ya es suficiente. Ya que estamos aquí, vamos a ver qué otros secretos guarda este lugar.

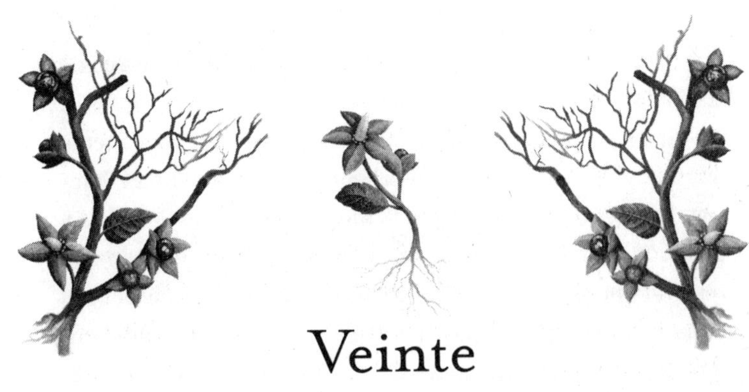

Veinte

A pesar de la situación en la que estaban —o tal vez precisamente por ello—, Signa no pudo detener la emoción que le recorrió el cuerpo cuando Sylas le agarró la mano y la llevó más adentro del Grey. Aquella mañana, sin ir más lejos, había estado tomando té, viviendo su sueño de participar en la alta sociedad. Esperaba que aquella reunión llenara el vacío que había dentro de ella. Sin embargo, aquello solo le sirvió para darse cuenta de lo mucho que se iba a tener que esforzar y lo mucho que le quedaba por aprender y amoldarse para ser alguien aceptable. Pero con Sylas, por fin tenía los hombros relajados y el cuerpo rebosante de vida.

Con él, a Signa no le preocupaba que alguien estuviera escudriñando todos y cada uno de sus movimientos. Podía existir, y ya.

La noche que pasaron juntos fue como un nuevo comienzo. Como dar una respiración honda con la que llenarse los pulmones. En un intento por asentar el tamborileo de su corazón, Signa dejó que Sylas fuera delante y los condujera hacia el despacho con una lámpara de aceite. Necesitaba gobernarse, porque además de la diferencia de clase que había entre ellos, Signa apenas conocía a Sylas. Necesitaba centrarse en la tarea que tenía entre manos y no dejar que la mente imaginara cosas con hombres jóvenes y apuestos.

El despacho de Elijah en el Grey era parecido al que tenía montado en Thorn Grove. En el centro, encima de una alfombra de color rojo bruñido, había un gran escritorio de caoba y un sillón. La habitación estaba diseñada para que el ambiente respirara masculinidad, con un sofá de cuero colocado frente a unas estanterías llenas de libros que ocupaban una pared entera. Aunque supuestamente Elijah llevaba un tiempo sin pasar por ahí, no había ni una mota de polvo en los estantes, y los libros de contabilidad, encuadernados en cuero negro, estaban colocados encima del escritorio de manera ordenada.

A primera vista, no parecía que hubiera nada raro en aquel despacho. Pero algo le dijo a Signa que mirara con más atención. Sylas parecía querer hacer lo mismo, ya que se sentó detrás del escritorio e intentó abrir el cajón de arriba. No se movió.

—¿Crees que puedes abrirlo? —preguntó Signa recordando la facilidad con la que había forzado la cerradura de la entrada al Grey.

—Puedo intentarlo, pero estas cosas son más fastidiosas. Es difícil esconder que se las ha estado toqueteando. Por eso... —Se puso en pie y cruzó hasta la estantería para inspeccionar los lomos de los viejos libros de cuero y los diferentes objetos. Incluso cambió de lugar algunos muebles hasta que descubrió que detrás de una lámpara habían escondido una llave de plata ornamentada—. Preferiría encontrar una cosa así.

Si a Sylas no se le hubiera subido ya a la cabeza, Signa habría admitido que se sentía impresionada. Desde luego, Sylas esperaba esos elogios, y se mofó cuando lo único que hizo Signa fue asentir con la cabeza para que abriera el cajón.

Lo que había ahí dentro era mucho menos emocionante de lo que esperaban. Hallaron antiguas facturas de alcohol y puros importados desperdigadas por todo el cajón, además de cartas que habían dejado los clientes. «Al inefable Sr. Elijah Hawthorne», comenzaba una de ellas, vomitando tonterías a lo largo de dos páginas en las que decía lo contento que estaba por tener la oportunidad de ser miembro del Grey y lo mucho que valoraba las cualidades de un caballero. Elijah debió quedarse con la carta para reírse. Había más cartas por el estilo, una decena o así, y todas eran igual de indulgentes. Las habían escrito con la esperanza de congraciarse con Elijah y solicitar la membresía.

Signa dejó las cartas de lado y empezó a rebuscar otra ver por el cajón hasta que sacó un puñado de fotografías.

—Cuidado. No somos más que fantasmas pasando por aquí. No podemos dejar rastro —protestó Sylas en un siseo.

Signa lo ignoró. Elijah no era más que una sombra del hombre que había sido en aquellas fotografías de él y su familia. Aunque no era más que un momento capturado en el tiempo, la risa que mostraba en la primera fotografía del montón era contagiosa. El hombre relucía como una estrella y tenía el brazo alrededor de la cintura de una mujer preciosa. La mujer era el sol en persona, radiante, con las ondas del cabello —muy rubio— que le caían como una cascada hasta la cintura.

Lillian. No se parecía en nada al espíritu encantado que conocía Signa. Aún no era una mujer atormentada por la muerte y desesperada por cambiar el destino de su hija.

Frente a ellos había dos niños de pie: Percy, que tendría unos diez años en la foto, y una joven Blythe delante de él. Blythe era igual que su madre, aunque su expresión era más linda. En aquel retrato en miniatura, Lillian tenía la mano puesta sobre el hombro de Percy, y el niño miraba directamente a la cámara. Su expresión era grave y tenía las manos sobre las solapas de su chaqueta de traje, como para asegurarse de que su aspecto fuera correcto y formal. Parecía que no había cambiado gran cosa a lo largo de los años.

A Signa le habría gustado robar la fotografía para molestar a su primo, pero no quiso arriesgarse a que los descubrieran. Al ir a dejar la foto dentro del cajón, rozó un borde fino en la parte trasera con el pulgar: había algo pegado. Usando la punta de la uña consiguió despegar un trozo de papel de la parte trasera de la fotografía. Estaba amarilleado con manchas de café, y la tinta negra estaba borrosa porque se había derramado algún líquido.

—Es una carta —le dijo a Sylas, que estaba ahí mismo.

Te ruego, Elijah, que pienses en nuestro hijo.

Da igual lo que sientas por el Grey, es lo único que él conoce.

Entiendo que la relación que tienes con ese lugar sea tensa, pero debemos recordar que nuestro hijo no es tú. Da igual las dudas que tengas, no puedes echárselas en cara al niño. Percy nació para heredar el legado de la familia Hawthorne. Es lo único que quiere, Elijah. Por favor, no dejes que tu dolor —tu egoísmo— se interponga en su camino.

Había más palabras, pero estaban tan emborronadas y manchadas que no se podían leer. No quedaba duda de que lo había escrito Lillian antes de morir. Durante todo ese tiempo, Signa había tenido la sensación de que Elijah le arrebató el Grey a Percy después de la muerte de su esposa. Pero según la carta, Elijah llevaba tiempo con dudas sobre dejar que Percy heredara el Grey.

Otra pieza del rompecabezas. Otra información que poner a buen recaudo.

Sylas se inclinó sobre el hombro de Signa para leer la carta. Se acercó tanto que resultó incómodo.

—Pobre bastardo. Parece que Elijah va en serio con esto de llevar este lugar hasta la ruina.

Signa volvió a colocar la carta en la parte trasera de la foto y la devolvió al cajón. Luego dijo algo que se le pasó por la cabeza en voz alta:

—¿Qué pudo hacer que cambiara de opinión tan de repente? ¿Qué pudo hacer que quisiera renunciar al legado de su familia? Creía que era su manera de pasar por el duelo.

—Eso es lo que parece creer todo el mundo. —Sylas echó un vistazo por la ventana hacia el cielo oscuro. Ya debía ser bien pasada la medianoche—. No creo que vayamos a encontrar nada más esta noche, señorita Farrow. Deberíamos volver, deprisa, antes de que alguien se dé cuenta de tu ausencia.

Dada la fiesta que había, Signa dudaba de que alguien fuera a darse cuenta. Aun así, no era muy sensato arriesgarse a que la descubrieran entrando a hurtadillas por segunda noche consecutiva. Transigió, barrió con la mirada el lugar para asegurarse de que todo estuviera en su sitio y se alejó del escritorio.

—No somos más que fantasmas revoloteando por aquí —dijo Signa, sin timidez alguna al pasar el brazo por el de Sylas, que se lo había ofrecido.

El contacto con Sylas había despertado algo en Signa que no pretendía sofocar. Una curiosidad persistente por experimentar lo que era tocar a un hombre con la punta de los dedos.

Estaba descubriendo que era una sensación que disfrutaba bastante.

Veintiuno

Una hora después de que Sylas hubiera dejado a Signa en los túneles, con la indicación de que tomara la primera desviación a la derecha, la segunda a la izquierda y que siguiera recto hasta llegar a la despensa, Signa seguía deambulando sola, con la mano derecha pegada a la pared para guiarse. Después de cada giro se encontraba con la oscuridad y con un laberinto que parecía cambiar y menguar bajo ella.

La música de la fiesta de Elijah era un canturreo distante que rebotaba contra las paredes del túnel. Signa seguía ese sonido y se aferraba a él en la oscuridad, pero por más que lo hiciera, no había ningún final a la vista. Giro tras giro, túnel tras túnel, la presión que sentía en el pecho iba en aumento. Era como el día en el que llegó a Thorn Grove, cuando deambuló por los pasillos que parecían no tener fin, con los retratos de todos los que habían vivido anteriormente ahí mofándose de ella.

Alguien o algo estaba jugando con ella, pero el hecho de que fuera consciente de aquello no la ayudó a que su respiración volviera a la normalidad. Cada uno de los pasos que daba era más desesperado, cada respiración más entrecortada, hasta que se tropezó con otro callejón sin salida.

Aporreó la pared de pura frustración.

—¿Quién anda ahí? No tengo tiempo para juegos.

Una voz salió de la oscuridad, era baja y burlona:

—Al contrario, pajarito, creo que deberías jugar más a menudo.

Signa nunca había sentido tanto alivio al oír esa voz. Se dio la vuelta para verlo de frente. Podía ver a Muerte en los túneles, ya que sus sombras eran más oscuras que la noche en sí. Parecía más grande de lo habitual.

—Llegas tarde —dijo sin suavidad alguna—. Esperaba que intentaras caminar a través de las paredes en vez de seguir las reglas del juego de este túnel, pero eres más tozuda de lo que imaginaba.

—Y tú eres un estúpido arrogante. —Signa no se había olvidado de que le había prometido que recibiría lecciones a medianoche, pero jamás se habría imaginado que se rebajaría a juegos tan mezquinos como castigo—. No llevo bayas encima, ridículo montón de sombras.

La oscuridad la envolvió.

—¿O sea que soy un ridículo montón de sombras? Bueno, señorita Farrow, me temo que este montón de sombras es la única ayuda que tiene por el momento, y le iría bien recordar eso. Sobre todo si quieres salvar a tu prima.

A pesar del miedo que sentía, de los nervios y del enfado que le hervían la sangre, Signa echó la cabeza hacia atrás y se rio. Fue un sonido amargo y poco natural.

—¿Y se supone que debo confiar en ti?

El aire que Muerte soltó al suspirar se convirtió en un viento que rozó el cabello de Signa.

—¿Qué hace falta para que aceptes que no soy tu enemigo?

—Podrías empezar por no matar a todos los que me rodean. —Signa se puso derecha—. Y también podrías contestar mis preguntas, sin acertijos.

A pesar de que continuaba sin tener cara y de que no era más que líneas de sombras y la purga de la noche, la oscuridad se encogió hasta que Muerte se convirtió en la forma tenebrosa de un hombre que se inclinó hacia ella.

—Entonces, pregúntame y te contestaré.

Signa endureció su expresión, con cuidado de no mostrar la sorpresa que sentía. Aunque Muerte no hizo ningún comentario sobre las vidas que se había llevado, Signa sabía que era mejor no dejar pasar esa oportunidad.

—Si tengo los poderes que dices, ¿por qué me fallaron cuando me quedé atascada en la verja?

Las sombras de Muerte se acercaron tanto a ella que casi le rozaron la piel cuando contestó sin vacilar:

—Porque les tienes miedo. Porque tienes miedo de mí y de mi mundo. Y temes que, de algún modo, te estés convirtiendo en parte de él.

Signa se mordió la mejilla por dentro sin revelar nada.

—Yo no pertenezco a ese mundo.

—¿No? Entonces, ¿por qué nunca he conocido a otra alma que tenga el mismo poder que yo? —Las sombras dieron vueltas alrededor de Signa—. Desde la creación de la vida misma ha existido la muerte para mantener el equilibrio. Y durante todo este tiempo, nunca, ni una sola vez, he podido comunicarme de manera tan clara con otra alma en vida.

Signa no le quitó la vista de encima a la parca, pero sí que intentó ver a través de las sombras que lo protegían. ¿Qué aspecto tendría si le quitaran las sombras? ¿Tendría cara? ¿Un cuerpo? ¡Lo que daría por sorprender a Muerte sonrojándose! ¡Por sorprenderlo sintiéndose tan pequeño y desprotegido como ella!

—¿Cómo te sentiste —preguntó de repente— al utilizar mis poderes anoche? ¿Te gustó sentir su quemazón contra la piel? ¿Te sentiste cómoda en las sombras y la oscuridad?

Lo cierto era que sí, pero no quería admitirlo ni siquiera ante sí misma. Llevaba toda la vida odiando a Muerte y, aun así, se había pasado los años persiguiéndolo como una polilla a la luz. Con lo difícil que había sido su vida por su culpa, debería despreciarlo. Entonces, ¿por qué cada vez que estaba con él había algo que ardía dentro de ella?

Debería temblar ante Muerte. Debería tener miedo. Pero cuanto más tiempo pasaba con él, más empezaba a desvanecerse aquel miedo y, en su ausencia, surgía la curiosidad.

No odiaba a Muerte, la verdad era que no. En menuda tonta la convertía aquello, ¡Dios!

Las sombras de Muerte se inclinaron y la rodearon. Al hacerlo, el aire de los túneles se volvió más denso y cargado, y Signa dejó que convirtiera sus dedos en hielo y sus pulmones en escarcha. Pero el frío tenía un límite. Si se pasaba, quemaba.

Y por mucho que fingiera que no era así, Signa anhelaba esa quemazón.

—Claro —susurró Muerte en la noche—, eso pensaba yo. Tengo el poder de ayudarte, pero no te voy a obligar a nada. Debe salir de ti. Mi tacto es mortal, pajarito. Un simple roce de la piel y volverás a estar detrás del velo y podrás acceder a tus poderes hasta que tu cuerpo se arregle por sí mismo. —Extendió la mano—. Basta de fingir, quiero enseñarte nuestro mundo. Dame permiso y esta noche te enseñaré a acceder a tu poder sin la belladonna.

Entonces surgió el recuerdo del rato que habían pasado en el jardín de Lillian, y Signa se acordó de la fría verja de metal atravesándole el cuerpo, de la presión sobre los pulmones, inmóviles por estar congelados en el tiempo. Hubo otra cosa de la que también se acordó: de la libertad. Del poder.

Pero ¿qué implicaría que actuara con la ira de Muerte? Si Signa se permitía utilizar su poder, ¿en qué la convertiría aquello? Había una oscuridad que estaba esperando a abrazarla, a ahogarla. Era esa parte suya contra la que había luchado a brazo partido, ya que, si cedía a esos deseos y abrazaba los poderes que contenía en su interior, ¿en qué se transformaría?

—¿Sabes cuál es el túnel que conduce hasta Thorn Grove? —preguntó la joven.

—Sí —respondió Muerte de manera fría.

—¿Y me puedes llevar hasta ahí?

—No lo haré. —A Signa le molestaron las palabras que había elegido—. Tienes habilidades desconocidas, Signa Farrow. No eres una persona normal y corriente, y ya va siendo hora de que dejes de actuar como si lo fueras. Si abrazaras el poder que veo en ti...

—¡Da igual lo que tú veas! —dijo en voz tan alta que se desgarró sus propios oídos—. ¿Y si yo quiero ser una persona normal y corriente? Estoy cansada de que me sigas allá donde vaya. Estoy cansada de que la gente se muera.

Aunque Signa no veía que tuviera nariz, le pareció que Muerte se estaba apretando el puente con los dedos.

—Si me dejaras mostrarte lo que podrías ser, el poder que podrías ejercer, tal vez cambiarías de opinión. Puede que ahora pienses que te gustaría llevar una vida ordinaria, pero ¿qué pasará cuando eso ya no sea suficiente? ¿Cuando haya un vacío que no puedas llenar con té y cotilleos?

»He intentado dejarte en paz —continuó—, que no me importe. He intentado no involucrarme. Pero tú y yo estamos conectados. Nuestros destinos...

—¡El destino puede irse a la porra! —A Signa le palpitaban las sienes con un dolor de cabeza incipiente—. Puedo establecer mi propio destino sin tu ayuda.

—Si vuelvo a ver a Destino, le diré lo que piensas —dijo Muerte con una sonrisa en la voz.

Signa se quedó quieta, aunque aquello no debería haberla sorprendido. Si Muerte era real, ¿por qué no iba a serlo Destino?

Muerte se fijó en la curiosidad de la joven.

—Dime, ¿de verdad quieres que desaparezca? Porque he procurado alejarme de ti, pero cada vez que lo hago, parece que encuentras un motivo por el que volver a atraerme. Dame permiso y volveré a intentarlo, si es lo que quieres.

Muerte se alejó un paso y Signa alargó el brazo de manera instintiva para detenerlo.

—¡Espera! —Muerte se quedó quieto sin vacilar. Signa sintió que la tensión en el pecho disminuía algo y continuó—: Preferiría que no murieran todos los que están a mi alrededor, claro... Pero no quiero quedarme aquí sola.

—Mi oferta sigue en pie —dijo Muerte estirando el brazo de nuevo—, pero tienes que tomar una decisión. Recuerda, soy un hombre ocupado.

—Sí, estoy segura de que estoy evitando que haya una decena de muertes en estos momentos.

Muerte se burló.

—Las almas no tienen paciencia. Tanto si acudo a ellas como si no, me terminarán encontrando.

Signa puso los ojos en blanco, pero sabía que no iba a hacerle cambiar de opinión.

—Está bien —dijo la joven apretando los dientes—. Prométeme algo y jugaré a tu juego.

—No hago promesas que no pueda cumplir —dijo Muerte cerrando con fuerza la mano vacía que estaba esperando.

—Bien. Entonces, prométeme que dejarás en paz a todos los que están en Thorn Grove. Estoy cansada de crear vínculos y que luego me los arrebates.

El aire se volvió incluso más tenso y los pulmones de Signa, más fríos. Cuando Muerte volvió a hablar, había desaparecido todo rastro de diversión y curiosidad:

—Tuviste un tío que te ignoraba, que robaba dinero de tu fortuna y te dejaba encerrada en una habitación para poder llevarse a todo el pueblo a su cama. Tuviste una tía que abusó de ti, y otro tutor a quien nunca debiste conocer porque no se le podía dejar solo con chicas jóvenes, Signa. ¿Y la que murió en la bañera? Tenía un plan para que te casaras con el hijo de una amiga suya, para que pudiera quedarse con tu fortuna y las ayudara a conseguir riqueza.

»Siempre esperaba que la siguiente persona fuera mejor que la anterior —continuó—, pero la avaricia convierte a la gente en monstruos. ¿De verdad fue tan malo que te libraras de todos ellos?

Signa jamás había pensado en su vida y en todo lo que había ocurrido desde ese punto de vista. Era muy joven y había estado en demasiadas situaciones extrañas como para saber lo que era normal y lo que no. Muerte tenía razón al decir que todos sus tutores habían sido crueles con ella. Todos menos uno.

—Tuve una abuela que no hizo nada de eso —sostuvo Signa—. ¿Qué pasó con ella?

Las sombras que había alrededor de Muerte se sacudieron, furiosas.

—Todos los que viven tienen que morir, pajarito. Sabes tan bien como yo que le llegó la hora. Fui a por ella cuando todavía conservaba su dignidad.

Signa rechinó los dientes, quería con todas sus fuerzas que su frustración se hiciera más grande, no que menguara.

—Por tu culpa he vivido aislada. Atravesé una miseria tras otra porque todos los que estaban a mi alrededor creían que estaba maldita.

Muerte resopló.

—No es culpa mía que hayas estado rodeada de buitres moralizantes...

—Buitres o no, al menos habría disfrutado de algo de compañía de vez en cuando. Tú mismo has dicho que la vida y la muerte se tienen que mantener en equilibrio, pero parece que no estás haciendo un buen trabajo a la hora de seguir esa regla. ¿Me equivoco o no me has dicho lo importante que es que reconozca mis poderes y no vaya por ahí matando a gente sin querer para que podamos mantener un equilibrio precario entre la vida y la muerte?

Las sombras se quedaron quietas, y Signa se descubrió mirando hacia ese hombre extraño —a la muerte en persona, a la purga de la noche— con el corazón en la garganta.

—Puede que fuera más egoísta por mi parte de lo que pensaba, pero no podía quedarme ahí y ver cómo te trataban —dijo con una voz bajita y agitada, como el sonido de los cascos sobre los adoquines.

Muerte había dejado a Signa sin habla. No estuvo bien lo que hizo. Todas esas personas, por muy malas que hubieran sido, no se merecían morir. Con todo, Signa no pudo evitar que el estómago le diera un vuelco ante aquello.

—¿Te... te los llevaste para intentar ayudarme? —Signa no quería creer que algo así pudiera ser verdad. Nadie había dado la cara por ella antes. Nadie había intentado protegerla. ¿Por qué él sí?

—¡Pues claro, tonta! —Puso las manos en un puño y respiró como intentando reunir paciencia—. ¿Satisfecha?

A Signa le llevó un momento recomponerse, apenas entendía lo que quería decir. Porque... no. No se había dado cuenta de lo insatisfecha que podía estar. No se había dado cuenta de que podía sentir un hormigueo en los labios o dolor en el estómago por un deseo que sabía que no debía existir.

Debería odiarlo, pero saber que había alguien cuidando de ella, alguien que la protegía y se preocupaba por ella... Aquello era lo único que había querido. Y aunque no fuera de la manera en que ella esperaba, oír esas palabras hizo que se sintiera mucho mejor de lo que debería.

—Acepto tu oferta —sacó las palabras a la fuerza antes de que pudiera cambiar de opinión—. Enséñame cómo acceder a mis poderes sin la belladonna y sácame de aquí.

Las palabras lo desataron. Las sombras de Muerte envolvieron a Signa, y ella ni se inmutó. Aunque había una pequeña parte de ella avisándola de que aquello estaba mal, de que debería sentir miedo, se dejó caer en su caricia. Entonces pudo sentir sus sombras. Pudo sentirlas a lo largo de la piel, rozándole el cuello y los labios, prendiendo partes de ella que no sabía que podían despertar.

Muerte puso los dedos alrededor de los de Signa. Era una mano de verdad, suave al tacto y pálida como la luna. La atrajo hacia sí. Signa respiró. Muerte de verdad era más que la oscuridad y las sombras entre las que merodeaba. Tenía forma.

—Todos aquellos a los que toco mueren —susurró Muerte. Con la otra mano, de repente apretó la mejilla de Signa y soltó un maravilloso suspiro tan pesado que el cuerpo entero de Signa entró en calor—. Excepto tú, Signa Farrow. Cuando te toco, te siento. La influencia que tengo sobre ti es temporal.

Signa anhelaba adentrarse en aquello. Muerte no parecía él, su voz oscura pasó a ser susurrante y maravillosa. Poco a poco fue dejando caer la mano desde la mejilla de Signa, aunque todavía mantenía los dedos apretados con fuerza alrededor de los de la joven.

—Si rompemos nuestra conexión, volverás a ser corpórea —la advirtió Muerte.

Signa asintió con la cabeza y apretó los dedos de Muerte, no quería volver a pasar por lo de quedarse atascada dentro de algo. Muerte hizo un ruido bajo con la garganta cuando Signa se acercó más.

Cuanto más se tocaban, más sentía Signa que la temperatura le bajaba en picado. El peso de su cuerpo se fue aligerando conforme la gravedad se iba desvaneciendo. El hielo le atravesó el cuerpo y sus pensamientos se oscurecieron en cuanto llegó el poder y le aseguró que podría hacer cualquier cosa, que era invencible.

Signa echó la cabeza hacia atrás saboreando la sensación. Aquel mundo era suyo y podía adueñarse de él.

—¿Cómo te sientes? —preguntó Muerte con un tono astuto.

—Como si de repente el mundo que conocía fuera insuficiente.

Signa no se dio cuenta de aquello hasta que soltó la verdad en voz alta. Había algo sobre Muerte —y sobre cuando Signa estaba así— que la envalentonaba. Le daba una seguridad que de otra manera no se atrevería a sentir.

—Para ti, este mundo es insuficiente. —Muerte la llevó por los túneles. No había paredes que los bloquearan ni puertas que cambiaran su camino. El mundo estaba abierto a sus órdenes.

»Para ti —continuó Muerte—, el mundo podría ser infinito. —Pasaron de un túnel a otro, el mundo se doblaba ante sus caprichos—. Que aceptes o dejes de aceptar este poder es decisión tuya, pero esta sensación, este mundo, podría pertenecerte a ti. Lo único que tienes que hacer es tomarlo.

Signa cerró los ojos. Sentía una presión en la parte trasera de la cabeza, y enseguida se dio cuenta de que provenía de las almas solitarias que la llamaban, deseosas de pasar al otro mundo. Luego llegó otra presión que reconoció como una muerte inminente: una persona que estaba lista para que la recogieran de aquel mundo la estaba llamando.

Cuando Signa volvió a abrir los ojos, los tenía llenos de lágrimas.

—¿Es triste? —preguntó—. Lo que tú haces.

Muerte flexionó los músculos de la mano ante la sorpresa.

—Hay veces en que me gustaría que las cosas fueran diferentes. —No fue una respuesta directa, pero Signa se imaginó que sería lo mejor que iba a conseguir—. Hay veces en que desearía poder advertir a la gente acerca de sus decisiones. Las vidas que debo tomar a una edad muy temprana o cuando están rodeados de gente que no está lista para que se vayan. Me odian y me temen más que a nada o a nadie en este mundo. Por lo que, sí, a veces puede ser triste. Pero esto es lo que soy.

»También hay cosas buenas —continuó—. Soy la primera persona a la que la gente ve cuando exhalan el último aliento. Soy el mensajero que los puede entregar a quienes tanto los han extrañado. Soy quien les asegura que no deben preocuparse o quien les proporciona una muerte rápida a quienes no son bien recibidos en el más allá. Soy muchas cosas, y no me avergüenzo de nada.

—Pero debes sentirte solo —dijo Signa con el corazón un poco encogido por la idea, por la familiaridad.

—Sí —admitió—. He estado solo durante muchos años, forzado a pasarme el día viendo las vidas de los humanos, incapaz de interactuar con ellos.

—Pero puedes interactuar conmigo.

—¡Ah! —dijo Muerte—. O sea que entiendes por qué me lo paso bien tomándote el pelo. Ya no me siento tan solo, pajarito. Para nada.

Signa quería más información, quería saber qué significaba la conexión que había entre ellos y por qué era capaz de verlo. Pero cuando se giró para preguntárselo, Muerte estaba rodeado de orbes azules traslúcidos que danzaban a su alrededor e iluminaban el camino.

—A pesar de lo que creas, mi mundo no es tan oscuro, en absoluto.

Muerte inspeccionó los orbes, y Signa se dio cuenta de que eran almas. Almas impacientes, las que dijo que lo encontrarían. Iluminaban la túnica de Muerte, y Signa vio un atisbo minúsculo de una cara bajo su capucha tenebrosa. No fue más que un mechón de pelo plateado como las estrellas y el destello de una sonrisa al extender Muerte su mano y ofrecérsela a las almas que iban en tropel hacia él. Algunas también acudieron hacia Signa, dieron vueltas alrededor de su vestido y atravesaron sus mechones, pero volvieron a Muerte en cuanto carraspeó.

—Necesitan que los lleven al otro lado —le dijo Muerte—. Como te digo, soy un hombre ocupado.

Muerte condujo a Signa por los túneles de manera apresurada hasta que llegaron a Thorn Grove. Con cada pared que traspasaban, la preocupación de Signa iba disminuyendo. La joven se sentía más cómoda con ese poder, y sabía que podría acostumbrarse a él sin ninguna dificultad. Enseguida subieron por las escaleras y llegaron a su habitación.

De hecho, llegaron demasiado rápido.

«Debo marcharme, pero volveré mañana por la noche. Tengo más cosas que enseñarte». Tardó en retirar la mano.

La gravedad se asentó sobre Signa. Le ardían los pulmones, también los dedos vacíos, mientras la vida volvía a penetrar en sus huesos. Se agarró el cuello, la sensación era peor de lo que recordaba.

—Sal de mi cabeza —se quejó Signa, aunque no lo exigió con demasiada fuerza.

«No hasta que aprendas a hablar conmigo». Muerte se rio, aunque fue una risa efímera, porque las almas se acercaron más y empezaron a duplicarse, a triplicarse, más exigentes que nunca. Muerte las apartó con un siseo.

—Buenas noches, Muerte.

Signa lo vio escaparse a través de la ventana; las almas provocaron que se marchara más rápido de lo que le habría gustado a ella.

«Buenas noches, pajarito».

Signa se recostó sobre la ventana y observó a la figura de Muerte retirarse hasta que desapareció en la negrura. Entonces, y solo entonces, acurrucada en la cama y dándole vueltas a lo que había ocurrido aquella noche, se dio cuenta de que no recordaba haberse sentido menos sola.

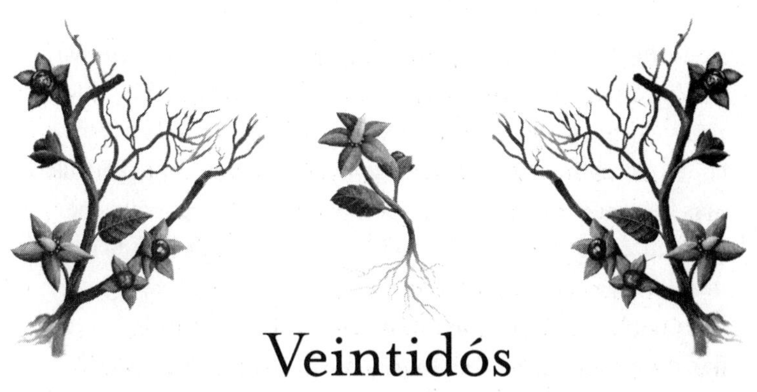

Veintidós

Signa se despertó antes del amanecer, a una hora en la que el cielo aún estaba poco iluminado y su única compañía eran los sirvientes, y fue hasta la cocina para inspeccionarla. Escudriñó las despensas y las existencias de té, y revisó la miel, las mermeladas y la harina con fervor. Mientras tanto, la encargada de la cocina la estaba observando con una expresión seria.

—No vas a encontrar ninguna rata en mi cocina —vociferó la mujer. Era mayor, tenía la cara llena de arrugas y un aspecto suave, aunque su mirada era severa.

Signa le dijo a la mujer que no dudaba de que fuera cierto, pero añadió que no estaba de más asegurarse. Después se inventó una excusa diciendo que quería practicar para cuando regentara su propia finca.

La cocinera gruñó, estaba claro que no le entusiasmaba que Signa hurgara por todas partes con tanto empeño, pero le parecía bien la intención de la joven. Así, Signa se puso a buscar, a comprobar, a probar y a registrarlo todo. Encontró los tarros del té y un frasco pequeño de cristal con lo que suponía que debía ser el medicamento real de Blythe. No había ni rastro de belladonna en ningún lado.

Signa tenía el ceño fruncido cuando llegó el desayuno casi dos horas más tarde, y Marjorie se lo comunicó. Signa no quería que nadie le hiciera preguntas, por lo que ocultó la frustración que sentía hasta después de las clases; entonces tendría más tiempo para pensar detenidamente en los siguientes pasos. Quizá Sylas tuviera alguna idea o hubiera encontrado una pista.

Comió bajo la atenta mirada de Marjorie, con cuidado de dar bocados pequeños cuando la institutriz estaba mirando. Cuando terminó de comer, Signa siguió a Marjorie hasta el salón para empezar con la segunda mitad de la mañana, aquella que seguía teniendo que ver con los vivos y con la vida que iba a llevar en cuanto concluyera su estancia en Thorn Grove.

Y en aquella nueva vida, si Signa estaba destinada a ocupar un lugar en la sociedad, tendría que aprender a bailar.

—Entiendo el motivo por el que tú necesitas esta clase —dijo Percy, que se puso en pie para recibirla y se alisó el cuello de la camisa para que no hubiera ninguna arruga que pudiera estropear la tela—. Pero ¿por qué estoy yo aquí?

Marjorie se sentó en la banqueta del piano que había en la esquina del salón. Llevaba el pelo hacia atrás, recogido en una espiral preciosa de tirabuzones, y Signa nunca la había visto con un aspecto tan elegante y formal, con un vestido de algodón marfil.

—Si queremos que aprenda en condiciones, Signa necesitará tanto música como un compañero. Y si yo voy a ser la música, tú tendrás que ser el compañero.

Signa habría apostado que las directrices de Marjorie también estaban relacionadas con el hecho de que Percy se había puesto a deambular por Thorn Grove entre suspiros e intentos patéticos por encontrar algo que hacer. Aquella misma mañana lo había oído fuera pidiendo que prepararan un carro para que lo llevaran al Grey, pero un mozo de cuadra le informó que Elijah le había prohibido ir hasta ahí y que estaban obligados a cumplir con esas órdenes estrictas. Signa no había visto la reacción de Percy, pero sí que había oído el portazo que dio al cerrar la puerta tras de sí.

A Signa le daba pena su primo. Ya hacía casi un mes que se conocían, el tiempo suficiente como para darse cuenta de que era un Hawthorne hasta la médula. Un Hawthorne orgulloso y con andares caballerosos al que le habían arrebatado su legado de las manos.

Percy miraba a Signa con sus ojos de zorro. Estando así de cerca, ella se dio cuenta de que tenía las cejas bastante pobladas, aunque de un color rojo tan pálido que, a cierta distancia, parecía como si apenas las tuviera. Sus pestañas también eran pálidas como la nieve.

—¿Se te da bien bailar? —preguntó Percy.

—¿Y a ti? —respondió Signa indignada, pero tan bajito que Marjorie no pudo oírlo.

La risa de Percy fue poco más que un soplo de aire.

No era que Signa bailara mal, era que no había tenido práctica. A no ser que contaran las noches que se había pasado sola en su habitación, cuando simulaba estar bailando con un apuesto príncipe que se la llevaría de aquella casucha. Por aquel entonces, Signa no conocía ningún paso de verdad. Los había aprendido durante la última semana; Marjorie se había pasado horas intentando metérselos en la cabeza de Signa, a la que se refirió con cariño como «corta y testaruda». Aquella iba a ser la primera vez que practicara con un compañero real, y no podía negar que Percy fuera la elección perfecta. Estaba hecho para la alta sociedad, era un aristócrata de casta y cuna. Seguro que sería capaz de bailar al revés si se lo pidieran.

Percy le tendió una mano llena de lunares y, mientras Signa la tomaba, el pianoforte empezó a sonar con un vals.

Signa bajó la mirada inmediatamente a los pies y empezó a contar los pasos. Podía recitarlos en silencio en la cabeza, pero se sentía mejor si los susurraba mientras bailaba, para asegurarse de que no se perdería. Con aquella concentración, sus pasos parecían zancos, por lo que eran prácticamente mecánicos.

—Prima, querida —bufó Percy—, bailas como si estuvieras hecha de alambres y engranajes.

Signa lo mandó callar de una manera tan brusca que Percy replegó el cuello como si fuera una tortuga. El joven tropezó con la alfombra, Signa dio un traspié y le pisó con el tacón de la bota, lo que provocó que Percy hiciera una mueca de dolor. Signa no se disculpó cuando Percy echó el pie hacia atrás ahogando un grito —al fin y al cabo, había sido culpa de él por haberla interrumpido— y continuó con el conteo.

—Si vas a intentar cortejar a los hombres con estos movimientos, por lo menos podrías aprender a tener la mirada arriba y no pisotearlos —dijo Percy entre dientes—. La persona con la que bailes esperará encontrarse con una dama, no con una matemática. La mirada, arriba.

Signa perdió el conteo. Miró rápidamente hacia Percy, lista para poner una cara de desprecio cuando se dio cuenta de que su cuerpo todavía seguía los pasos.

En el rostro de Percy se extendió una sonrisa burlona y de victoria.

—¡Eso es! —Agarró con más fuerza la mano de Signa y su zona lumbar para acelerar el paso y hacer que girara por el salón.

—Percy... —advirtió Marjorie, acelerando el tempo mientras él lo sobrepasaba y arrastraba a Signa en sus travesuras.

Su risa era tan ligera y contagiosa que Signa se descubrió uniéndose a ella, pero terminó siendo un ataque de risa propio cuando Percy dio una patada a un diván para apartarlo del medio y dar vueltas a Signa sobre la alfombra. Se tropezaron el uno con la otra y casi se cayeron al suelo en varias ocasiones, pero al final siempre conseguían ponerse derechos con alguna floritura dramática.

—¿Sigo estando llena de alambres y engranajes? —se mofó Signa.

—Uy, pues claro —devolvió Percy—. Si no fuera por mí, estoy seguro de que seguirías arrastrándote por la pista de baile contando del uno al tres.

Signa le pisó los dedos de los pies a propósito.

Se lo estaban pasando tan bien, delirando con sus ocurrencias y risas, que ninguno de los dos se dio cuenta de que Elijah Hawthorne había entrado en el salón hasta que Marjorie se puso en pie y hubo un alto repentino en la música.

Los ojos de Elijah no eran como los de Percy. Él los tenía del color azul de los nomeolvides, hundidos y ensombrecidos, con su chispa oculta. Pero al mirar a su hijo y oír la risa del joven, detrás de aquel velo oscuro brilló una luz. Una pausa en la tormenta.

Elijah abrió la boca para hablar, pero su mayordomo, Warwick, entró corriendo en la sala y lo interrumpió. Detrás de él se oía el eco de los pasos, igual que el golpeteo de algo pesado contra el suelo de caoba del salón. Byron Hawthorne entró detrás de Warwick, con los hombros echados hacia atrás y el morro torcido. Signa dirigió una mirada atrevida a Marjorie, que apretaba la mandíbula y agarraba con fuerza el borde del piano.

—Mis disculpas, señor Hawthorne —empezó Warwick—. Estaba insistiendo...

—¿Dónde están nuestros pedidos, Elijah? —exigió Byron, quitándose los guantes y pasándoselos a Warwick. En su poder tenía el mismo bastón con el que lo vio Signa cuando lo conoció: de palisandro, con una empuñadura de latón con la forma de la calavera de un pájaro. Byron pasó el pulgar por ahí encima al dirigirse a Elijah y arañó la madera con la uña—. Antes de que acabe esta semana, el Grey se quedará sin comida. Si no quieres firmar los cheques, entonces firma la escritura y termina con este juego.

Elijah levantó una mano. Asintió en dirección a Percy y susurró:

—Adelante. Continuad.

Percy se alejó de Signa. Tenía la mirada llena de ansia y la mandíbula tensa por la determinación.

—Deja que haga un pedido —no titubeó—. Tengo contactos que pueden enviarlo. Lo tendremos todo antes del miércoles.

—Quiero que continúes —lo ignoró Elijah.

El hombre posó la mirada sobre Signa con tanta severidad que la joven se vio obligada a obedecer. Alargó la mano hacia Percy para tomarlo por el brazo, con la esperanza de suavizar la situación. Lo último que quería era otro incidente como el de la tarta.

Pero su primo estaba centrado en su objetivo. Percy apretó los puños y dio tres pasos hacia su padre.

—Te prometo que puedo encargarme de esto. Sé qué hay que pedir y dónde conseguirlo. Me encargaré de la entrega yo mismo y haré el control de calidad en cuanto llegue. Si me dejaras intentarlo, verías...

—¡He dicho que continuases, muchacho! —La voz de Elijah cortó el aire como una cuchilla—. ¿O es que tienes la cabeza tan llena de pájaros que no puedes oírme? ¿Te has olvidado de que estabas bailando con tu prima ahora mismo? Tienes una obligación con ella, no con unos errores en los pedidos. No la ignores hablando de trabajo.

Ya habían practicado un poco, y lo que más deseaba Signa era que Percy fuera feliz. Ver lo mucho que significaba el Grey para él hacía que Signa quisiera conseguírselo. El baile podía esperar. Pero antes de que Signa pudiera decir nada, Marjorie intervino:

—Señor, ya casi hemos acabado —dijo—. Deje que Percy se encargue de ese asunto. En comparación con un baile, es más urgente...

Si no supiera la verdad, y por el frío que atravesó la sala, Signa habría podido pensar que Elijah era Muerte. La mirada que le echó a Marjorie dejó a todo el mundo en silencio. Signa no se atrevió ni a respirar hasta que Elijah se sentó en una silla con un tapiz esmeralda y cruzó una pierna sobre la otra.

No volvió a mirar a su hermano, y Byron, en su lugar, echó una mirada de advertencia hacia Marjorie. La institutriz se pasó entonces una mano con cuidado por la mejilla, como acordándose del lugar en el que le había pegado.

—Te arrepentirás de las decisiones que estás tomando, hermano. —La hostilidad de Byron se extendió por toda la sala—. Pensaba que cuando muriera Lillian te pondrías a la altura. Pero mira cómo está tirando de ti incluso ahora, bajo tierra. Esa mujer será tu muerte, recuerda lo que te digo. Esto no merece la pena por ella.

—Si hubiera accedido a ser tuya, pensarías de otra manera. Ahora —Elijah se giró hacia Percy y Signa—, continuad.

Derrotada, Marjorie se dejó caer en el asiento mientras Warwick ponía una mano sobre la espalda de Byron. Él se lo quitó de encima echando pestes acerca de su hermano, pero no forcejeó cuando le hicieron salir de Thorn Grove. Sin espacio para discutir, un Percy con el ceño fruncido tomó a Signa por el brazo. La joven hizo una mueca de dolor cuando él tiró de ella para colocarla en posición, porque le estaba clavando los dedos en la piel.

La música a su alrededor se volvió a intensificar y bailaron. En aquella ocasión, ninguno de los dos perdió el paso.

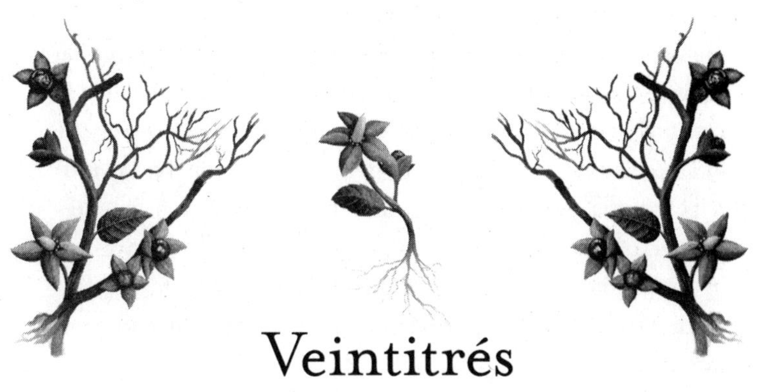

Veintitrés

Aquella misma tarde, más adelante, Signa se escabulló. Marjorie había estado tan tensa que, tras haberse confundido con las teclas del piano tantas veces, dio por terminada la clase de baile antes de tiempo. Elijah no estuvo presente durante todo el rato, sino que desapareció sin decir ni una palabra en medio de uno de los bailes. Warwick lo siguió. Signa pensó que debía ser difícil servir a alguien tan volátil como Elijah.

Signa intentó hablar con Percy después de la clase, pero el joven había recogido los guantes del escritorio y el sombrero de copa del perchero para luego desaparecer por la puerta sin pararse una sola vez a prestarle atención. Lo cierto era que Signa no podía echarle la culpa. Ella era muy pequeña cuando perdió a sus padres y no tenía ni un solo recuerdo de ellos, por lo que no podía echarlos de menos. Percy era mayor y tenía ya muchísimos recuerdos cuando perdió a los suyos. Y lo peor de todo era que uno de sus padres seguía con vida.

Signa no se entrometió ni persiguió a Percy, sino que le dio espacio y subió por las escaleras arrastrando las piernas agotadas hasta la segunda planta y hasta el final del sombrío pasillo. Pasó por delante del retrato con marco dorado de un hombre pelirrojo con un galgo inglés y el de uno en el que salía una Lillian radiante. Ese último estaba colgado frente a la habitación de Blythe. Cuando Signa metió la cabeza ahí, Blythe enarcó las cejas rubias y finas, pero no dijo nada. En las últimas semanas, se había acostumbrado a las visitas frecuentes de Signa.

—Buenas noches —dijo Signa manteniendo una pose estoica para no revelar lo preocupada que estaba por la complexión quebradiza de Blythe.

Su prima no debería haber seguido ingiriendo veneno, sino que debería haber estado mejorando. Aun así, Blythe tenía el mismo aspecto que una hoja seca de arce, como si fuera a desmenuzarse con la primera ráfaga de aire.

En la mesa, a su lado, estaba la cena: pollo asado y patatas con mantequilla. Aunque Signa no podía inspeccionar todas las comidas de Blythe, sí que comprobaba todas las que podía. Le dio un bocado al pollo con sumo cuidado, luego a las patatas, y respiró aliviada. No había belladonna en la comida ni en el té oolong.

—¿Y si la comida está envenenada? —preguntó Blythe con el ceño fruncido—. ¿No te pondrás tan mala como yo?

—No exactamente. —Signa dejó el té sobre el platillo y se lo pasó a Blythe—. Reconozco el sabor, así que lo escupiré antes de que me haga efecto.

Blythe se recostó sintiéndose aliviada por aquella respuesta. Signa, sin embargo, no se sentía igual, para nada, al observar a su prima, tan delgada y débil. Como Blythe sabía que debía andar con cuidado, Signa esperaba que la chica se recuperara rápidamente. Estaba tan acostumbrada a recobrarse con facilidad que no sabía lo mucho que duraría o lo doloroso que sería el proceso de sanación para otras personas. Tal vez fuera normal que la mejora fuera a paso de tortuga.

—He oído música —Blythe hundió la cabeza en la almohada. Tenía los labios tan blancos como la piel; estaban peor que nunca—. ¿Hay otra fiesta?

Signa se sentó a los pies de la cama y le apretó la mano a su prima. Blythe no protestó cuando Signa le puso los dedos alrededor buscando el pulso en su muñeca.

Era lento. Muy muy lento.

—Estaba aprendiendo a bailar —dijo Signa sin mostrar preocupación en el rostro. Si Blythe quería mejorar, tenía que creerse que podía hacerlo—. Espero poder presentarme en sociedad pronto, si puedo convencer a la señorita Hargreaves de que estoy lista. Tú también estarás en esta temporada, ¿no? —Era un incentivo que le estaba dando con la esperanza de que Blythe tuviera algo por lo que animarse.

Pero en la mirada de su prima no hubo ni un destello.

—Se suponía que iba a hacer la presentación este año —admitió Blythe—. Me he pasado años posponiéndola, pero en cuanto cumplí diecinueve años, Marjorie insistió. Puede que el hecho de no tener que participar en esta temporada sea lo único bueno de haberme puesto enferma.

Signa se plantó ante lo que acababa de decir su prima.

—¿Es que no quieres formar parte de la alta sociedad? —Nunca había oído algo así. Nunca pensó que nadie pudiera querer algo diferente. Se esperaba que las jóvenes se presentaran en sociedad, era lo que indicaban los manuales sobre protocolo y para lo que instruía la sociedad a las jóvenes.

Blythe se echó hacia delante ante el desconcierto de Signa.

—Dime que has pensado en lo que conlleva conseguir un marido. —Tomó a Signa por la muñeca, estaba frunciendo el ceño—. Tú eres la dueña de la fortuna de tu familia, Signa. Pero si te casas, ya no será solo tuya. Se lo darás todo: tu riqueza, tus deseos, tu poder, a un hombre que gozará de más influencia y respeto de lo que tú, como mujer, serás capaz de conseguir por ti misma en este mundo. —Los labios de Blythe se convirtieron en una línea fina y dura. Tras un momento soltó a su prima, y aunque su energía había mermado tanto que tuvo que volver a apoyarse contra la almohada, había cierta dureza en su mirada.

Signa no era tan ingenua como para hacer caso omiso de esas ideas, pero nunca le habían parecido tan importantes como sonaron en boca de Blythe. ¿De qué le servía el dinero si se pasaba los días sola? Hasta el momento, ¿qué beneficios había obtenido de la fortuna de su familia? ¿Qué motivos tenía para acapararla?

—Yo no me casaré —anunció Blythe al final, con la voz un poco más débil—. Tengo dinero y estatus suficiente como para hacer lo que me plazca sin necesidad de compartir mi vida con un hombre —dijo más cortante que un cuchillo, y aunque Signa nunca había oído nada por el estilo, creyó a su prima.

Signa cruzó las piernas bajo ella, se acomodó en la cama y preguntó:

—Y entonces, ¿qué harás con todo tu tiempo?

—Lo que me dé la gana. —A Blythe se le iluminaron los ojos brillantes—. Pintaré, viajaré y pasearé por la casa de noche para poder dormir hasta la tarde si así lo deseo. Tendré un sabueso, o tres, y me pasaré las mañanas montando a caballo sin nadie de quien preocuparme excepto de mí. No habrá nada que no pueda hacer, ya que estaré totalmente a cargo.

Signa supuso que sería fantástico poder hacer lo que una quisiera sin tener ninguna responsabilidad. Era una libertad maravillosa, pero aun así se preguntaba...

—¿Y harás todas esas cosas sola? —La idea la desanimaba un poco.

—¡Desde luego que no! —Blythe parecía ofendida—. Tengo amigas, ¿sabes? Las visitaré cuando me aburra. Y a Percy y... a ti, supongo.

Eso último lo dijo en voz baja, como si hasta ella misma se hubiera sorprendido. Apartó la mirada antes de poder ver que Signa se recostaba hacia atrás, asombrada por el peso de aquellas palabras.

Desde el día en que Signa salvó a su prima sin querer, había podido sentir el vínculo que las unía. Cada día se expandía más allá de aquellos confines y se convertía en algo más tangible. Era una llama débil, y Signa no quería más que alimentarla, protegerla y atizarla para entrar en calor mientras veía cómo ardía.

—Me alegra oír eso —susurró Signa, que seguía agarrando la mano de su prima en el regazo—. Aunque debo admitir que he conocido a algunas de tus amigas y, siendo sincera, la idea de que vayas a visitarlas me parece asombrosa.

En aquel momento, Signa oyó a Blythe reírse por primera vez. Fue una risa cálida e intensa, nada que ver con el aspecto frío y duro que aparentaba. Como el tañido de las campanas de boda o el primer acorde de un piano. Era difícil apartar la vista de Blythe, ya que era preciosa y fascinante. Era alguien que, probablemente, llamaría la atención de todo el mundo en una sala. Signa se preguntaba cómo sería su prima antes de estar enferma, cómo habría sido cuando su familia estaba entera y ella gozaba de salud. Viendo la manera en que se rio, Signa tenía muchas ganas de conocer a aquella chica en algún momento.

—Pocas son amigas de verdad —dijo Blythe entre risas—. La mayoría son lamentables conocidas.

—¿Y Eliza y Diana? ¿No eres íntima de ellas?

—Cuando me apetece cotillear, son las primeras a las que acudo. Pero no somos íntimas. Eso es lo que ocurre con la alta sociedad, prima. Hay buitres esperando a que te tropieces en cualquier momento. Y cuando lo hagas, te arrancarán la piel de los huesos para servirse a sí mismos antes que ayudarte a ponerte en pie. Es muy fácil convertirse en una presa.

Signa desvió la atención y se centró en su regazo y en las líneas profundas que había en la palma de la mano de Blythe. Había oído que existía gente que podía adivinar el futuro a partir de esas líneas, y se preguntó qué verían en las de Blythe. ¿Podía una vida como la que ella había mencionado —libre pero sola— ser verdaderamente tan satisfactoria?

—¿Y qué hay de la señorita Killinger? —preguntó al fin Signa—. Yo ya la conocía, ¿sabes? Hace mucho tiempo éramos amigas íntimas. ¿Ella también es un buitre?

Blythe dibujó una sonrisa pequeña pero resplandeciente.

—Charlotte es maravillosa. Es la única que se ha molestado en visitarme desde que me puse enferma y cuando mi madre falleció. Somos íntimas desde hace años, desde que ella y su padre se fueron a vivir a unas tierras al otro lado del bosque, para que pudiera tener mejores oportunidades de encontrar marido. Es buena, inteligente y cocina de maravilla. Prepara mermeladas, confituras y siropes de todo tipo de las cosas que cultiva en el jardín. Y nos los trae de regalo unas cuantas veces al año.

Aquella amabilidad se parecía, sin duda, a la Charlotte que Signa conocía, lo cual la alegraba. Si al final resultaba que la alta sociedad era más como lo que le había advertido Blythe que como lo que se había imaginado ella todo ese tiempo, se alegraba de que aún hubiera algo bueno dentro de ella.

Signa no se había dado cuenta de que llevaba un rato callada hasta que Blythe le dio un golpecito en el muslo.

—¿Y tú, prima? —preguntó—. No era mi intención robarte la ilusión. Dime, ¿le has echado el ojo a alguien?

Signa rebuscó entre sus recuerdos el nombre del soltero codiciado a quien había mencionado Eliza durante el té.

—Parece que lord Wakefield es bastante popular.

Ante aquella respuesta, Blythe frunció los labios.

—Supongo que es bastante guapo. Honorable y con título, lo que lo convierte en un buen partido. Pero nunca habría dicho que era tu tipo. Es muy... correcto y formal.

—¿Crees que yo no puedo ser correcta y formal? —se rio Signa, permitiéndose imaginar por un momento cómo sería lord Wakefield.

Signa pensó que tendría los hombros anchos y un aspecto bastante digno. Pero cuanto más desarrollaba su imagen en la mente, esta más empezaba a cambiar, hasta que vio unos ojos grises y ahumados y a un hombre alto como un pino. Hasta que vio a Sylas. Sus pensamientos se desviaron hacia la sensación de su cuerpo sobre el de ella cuando se escondieron en el armario del Grey. Pero cuanto más ahondaba en ello, más pensaba en la noche anterior que había pasado mano a mano con Muerte y en lo natural que había parecido. Se acordó de la emoción que le quemaba las venas cuando se tocaron y en la curiosidad por la que sus pensamientos volvían a él.

Aquellos hombres ocupaban tanto los pensamientos de Signa que se levantó para abrir la ventana y refrescarse del calor que sentía sobre la piel. ¿Qué le pasaba? Debería estar pensando en lord Wakefield. Si un caballero como él la elegía, Signa podría garantizar su lugar en la alta sociedad y una vida llena de buena compañía y de bailes alegres y de categoría. Sí, era eso en lo que debía pensar. Desde luego. En la seguridad, no en citas a altas horas de la noche con Sylas o en juegos a medianoche con Muerte. Tenía que controlarse.

Signa decidió centrarse entonces en lo que necesitaba: husmear en la represa de los Hawthorne y ver qué información podría liberar de ella; enterarse de algo que pudiera ayudarla a salvar a Blythe.

—Pero en realidad, quien levanta pasiones es Percy. Hoy me estaba ayudando con las clases de baile y vuestro padre ha entrado en la sala. Perdóname si no es de mi incumbencia, pero llevo aquí unas semanas y cada vez está más claro que no se llevan bien.

Blythe enroscó los dedos en las sábanas y Signa contuvo la respiración, preguntándose si se habría excedido. Se acordó de cómo se había sentido cuando Eliza y Diana se pusieron a rebuscar cotilleos sobre su vida para poder contárselos al primero que pasara por delante. Sería tonto por parte de Blythe creer que Signa, una chica a la que apenas conocía, no haría lo mismo. Pero a Signa le daban igual los cotilleos, lo único que quería era salvar a Blythe y que las piezas del rompecabezas que tenía en la mente empezaran a encajar.

Blythe pareció reconocer aquello.

—Durante vente años, mi padre y mi tío criaron a Percy para que se encargara del negocio familiar —empezó—. Cuando mi madre murió, mi padre se convirtió en una persona distinta. Le prohibió a Percy volver a trabajar en el Grey. Mi padre ya no se pasa el día ahí, sino que se encierra en el estudio, como si estuviera intentando que el negocio se echara a perder. Si se incendiara el Grey, creo que ni se inmutaría. Es más que nuestro sustento, es la manera en que nuestra familia mantiene su estatus. Y en cuanto a mi hermano, ese siempre ha sido su futuro. —Con los ojos cerrados, las ojeras que tenía Blythe parecían moratones, como si la conversación le hubiera provocado un grave efecto. Tuvo que esforzarse para continuar, y lo hizo en voz baja—: Mi padre no quiere decirnos por qué le ha quitado el negocio a Percy, pero creo que está claro que la muerte de mi madre le ha deteriorado la cabeza. Ya no piensa con lógica.

Que Blythe dijera que su padre no le había quitado el negocio a Percy hasta después de la muerte de Lillian no encajaba con lo que Signa había descubierto en la carta en el Grey. Había una pieza en el rompecabezas que le faltaba. Quería seguir husmeando, pero el pecho de Blythe subía y bajaba a un ritmo constante. La chica se había quedado dormida, y a Signa no le quedó otra opción que guardarse las preguntas. Ajustó las mantas alrededor de Blythe para proteger a su prima del frío que había en el aire y que se hundía en los huesos. Signa se dio cuenta, demasiado tarde, de que era un frío absolutamente antinatural.

La joven se dio la vuelta y vio que Muerte estaba tras ella. Sus sombras se habían extendido para cubrirle la boca antes de que pudiera hacer ningún ruido. El roce le cortó la respiración y le paró el corazón, por lo que quedó en aquella extraña zona entre la tierra de los vivos y la de los muertos. Aquello duró apenas unos segundos. Luego la soltó y Signa sintió dolor al volver a empezar a latirle el corazón.

«Shhh», susurró Muerte dentro de la mente de Signa. «Vas a despertarla».

Signa deseó morderle, clavarle los colmillos a Muerte y dejar que se expandiera el veneno. Pero con tal de dejar que Blythe descansara, sacudió la mano hacia la sala de estar de Blythe y le indicó que la siguiera. Signa dio pasos lentos, iba con cuidado para evitar los tablones que crujían.

—Vete, ya —dijo en cuanto cruzaron el umbral—. Por Dios, no voy a dejar que te la lleves.

«Tranquila, pajarito», dijo Muerte con suavidad. «No estoy aquí por ella. Aunque me temo que no tardaré mucho en venir a reclamar el alma de esa pobre chica. He venido para advertirte. Si esa chica no se deshace del veneno que hay en su cuerpo, volveré a por ella antes de que termine la semana. Y no será una muerte agradable».

Signa estuvo tentada de pegarle un puñetazo en el pecho y exigirle que dejara en paz a Blythe para siempre. Pero Muerte no estaba mandando sobre ella ni la estaba amenazando con el frío de sus sombras. El aire no se le escapó a Signa de los pulmones estando tan cerca. Era casi como si Muerte estuviera intentando ayudarla.

La joven miró con detenimiento aquellas sombras insondables y se echó hacia delante en un intento por encontrar un rostro. Por encontrar los ojos que debía haber tenido. Pero no vio nada.

—¿Por qué me estás ayudando? —preguntó, abrazándose a sí misma con fuerza—. ¿No es este tu trabajo, recoger a los muertos de esta tierra?

«Entiendo que no me he portado bien contigo», vaciló Muerte, y las sombras alrededor de sus pies cambiaron de forma. «Por mi culpa, tu vida ha sido más dura de lo que pretendía. No pensé en tu futuro, Signa. No pensé en nada que fuera más allá de cómo te estaban tratando en el momento los que se suponía que tenían que cuidar de ti. Y por eso lo... siento». Aquella última palabra sonó extraña en su boca, como si no le gustara.

«No puedo salvarla siempre, pero si podemos ayudarla, puede que no tenga que morir tan pronto. No hay nada que pueda hacer para demostrártelo, pero si mi palabra sirve de algo, debes confiar en mí».

—¿«Podemos»? —Signa jamás pensó que aquel hombre, la muerte personificada, pudiera parecer tan inseguro.

—Yo también me pondré a buscar y te avisaré si descubro algo que pueda para ayudarla —dijo Muerte en voz alta, con un tono de voz acuoso que le provocó escalofríos en la espalda a Signa. Se había olvidado de lo mucho que le gustaba ese sonido.

—Hay una biblioteca en Thorn Grove —soltó de repente Signa, sacando sus pensamientos del lugar al que les gustaba acudir cuando Muerte andaba cerca—. Puede que ahí halle algo sobre algún antídoto.

Muerte asintió.

—A ver qué encuentras esta noche. Y, mientras tanto, yo haré mis propias pesquisas.

—Gracias —susurró Signa, sintiendo escalofríos cuando sus sombras se quedaron quietas y la temperatura del aire a su alrededor bajó de golpe—. Por tu ayuda. Y por contármelo.

—De nada. —De nuevo, las palabras sonaron extrañas, como si le costara incluso formarlas—. Seguiremos con las lecciones en cuanto consigas algo que sirva para expulsar el veneno.

Signa asintió y Muerte desapareció entre las sombras que se extendieron para llamarlo. En cuanto estuvo segura de que se había ido, Signa volvió a mirar por la puerta hacia Blythe y observó el lento subir y bajar de su pecho. Luego se echó las manos al suyo y pudo sentir el latido del corazón como si fuera una bestia enjaulada. También comprobó cómo tenía las mejillas; se puso las palmas sobre ellas y descubrió que estaban muy calientes al tacto.

Y todo eso por Muerte. Por alguien a quien se había pasado la vida odiando.

¿Qué diablos le pasaba?

Veinticuatro

Todo el mundo en Thorn Grove estaba bien dormido cuando Signa se dio cuenta de que no tenía la menor idea de dónde estaba la biblioteca.

Anduvo de un lado para otro en su sala de estar, con el camisón arrastrándole por detrás y enrollándosele en los tobillos mientras avanzaba por la habitación. Consultar en la biblioteca era lo más sencillo que se le ocurría para encontrar un antídoto para Blythe, y aunque Signa prefería realizar la búsqueda apartada de miradas entrometidas, no le convenía que la vieran merodeando por los pasillos después de que Elijah ya la hubiera sorprendido en una ocasión. Para entonces, ya había investigado la segunda planta al completo y la mayor parte de la primera, por lo que solo le quedaba la tercera.

Signa estaba urdiendo su plan —y una excusa, por si acaso la pescaban— cuando oyó un ruido procedente de las puertas de cristal que conducían al balcón. Aunque el pecho se le quedó frío, enseguida se dio cuenta de que un espíritu no tendría la necesidad de llamar a la puerta y de que Muerte no contaba con los modales suficientes para tener la consideración de hacer algo así. Por eso, cuando volvió a oír el ruido unos momentos más tarde y le pareció que era alguien que estaba golpeando el cristal, se imaginó que solo podía ser una persona.

Se puso una bata y le abrió una de las puertas a Sylas. Parecía que el joven había trepado por las ramas de un sauce para llegar hasta ahí; seguía teniendo hojas en el pelo oscuro.

—Buenas noches. —Su sonrisa burlona brillaba a la luz de la luna—. Tú tampoco podías dormir, ¿no?

Signa tuvo ganas de cerrar la puerta y dejar que bajara trepando.

—¿En qué diantres estás pensando? ¡No puedes estar aquí!

A pesar de su tamaño, Sylas era elegante como un felino. No hizo ni un ruido al pasar por delante de ella y entrar en la habitación.

—He visto desde abajo que tenías una vela encendida, y tu sombra no dejaba de pasar por delante del cristal. Quería asegurarme de que estuvieras bien.

Aquel chico iba a suponerle la ruina si no se andaban con cuidado, aunque Signa debía admitir que el pulso se le aceleró un poco con la emoción de una visita nocturna. Ni siquiera le importaba demasiado que llevara solo una bata sobre el camisón; sentía más curiosidad por la opinión de Sylas y su reacción que vergüenza. En efecto, Sylas posó la mirada sobre su cuerpo un instante demasiado largo, cuando pensaba que Signa no estaba mirando, y enseguida carraspeó y desvió la atención hacia el techo cuando se dio la vuelta. Signa intentó disimular una sonrisa, se sentía satisfecha.

—Estoy lo mejor que puedo estar sabiendo que mi prima sigue estando tan enferma como el día en que la conocí. —La joven se cruzó de brazos y volvió a ponerse a caminar de un lado a otro—. Si vas a quedarte, baja la voz y cuéntame si has encontrado algo útil.

—Apenas. —Sylas se sentó en el suelo y apoyó la espalda contra la pared—. He rebuscado en la cocina y en los cuartos de los sirvientes, pero no he visto nada incriminatorio.

Signa se lo temía, pero oírlo en voz alta le resultó mucho más fastidioso. Se pasó las manos por el pelo y se tiró de las puntas.

—Tenemos que dar con algo que pueda ayudarla. He oído que hay una biblioteca en Thorn Grove, y me gustaría ir a ver si puedo conseguir algún antídoto. Alguna hierba para combatir el veneno.

—¿El veneno? —repitió Sylas enarcando las cejas—. Eso es nuevo. Supongo que si existe la posibilidad de que haya algo sobre el tema, desde luego, lo mejor será ir a la biblioteca. Es enorme.

—Entonces, ¿sabes dónde está? —Signa agarró a Sylas del brazo para que se pusiera en pie—. ¿Podrías llevarme hasta ahí?

—¿Ahora mismo? ¿En mitad de la noche? ¿Así vestida? —Como Signa no lo soltó, sonrió abiertamente y dijo—: Qué escandalosa es usted, señorita Farrow. Si insistes, sígueme.

Sylas fue primero por el pasillo. El camino hasta la tercera planta fue tan lento que resultó doloroso. Signa daba cada paso con el máximo cuidado, sujetándose el camisón en un puño para no tropezarse con el largo dobladillo. Siguió la estela de Sylas y le pareció raro que un mozo de cuadra conociera tan bien la casa. Por otra parte, Sylas no siempre había sido un mozo de cuadra. Tal vez el trabajo que tenía cuando Lillian aún estaba con vida le hubiera permitido pasar algo de tiempo en aquella enorme finca. Se apuntó preguntarle por aquello, aunque más tarde, en cuanto hubieran encontrado algo para ayudar a Blythe.

Por el momento, Signa le preguntó:

—¿Vienes mucho por aquí? —La curiosidad pudo con ella.

—Solamente he podido dar una vuelta por la casa unas cuantas veces. —Sylas caminaba con soltura y parecía estar mucho menos preocupado por si los descubrían que Signa—. Pero el personal habla bastante sobre el lugar. No van mucho por aquí si pueden evitarlo, e incluso entonces, solo vienen durante el día.

Elaine había dicho que creían que la biblioteca estaba encantada, y si se tomaban tantas molestias para evitarla, Signa no quería ni imaginarse el espíritu que los estaría esperando ahí dentro. Ella llevaba años evitando los espíritus, aunque si existía la posibilidad de que aquel supiera algo sobre Thorn Grove o acerca del asesinato de Lillian, era una pista demasiado importante como para dejarla pasar. Pero estando Sylas ahí, no tenía ni idea de cómo iba a ser viable aquello.

—Deberías marcharte en cuanto lleguemos —le dijo Signa—. No nos hará ningún bien que nos vean juntos.

Sylas le echó una mirada irritada sobre el hombro.

—Cuatro ojos ven más que dos. Además, aunque me despidan, tú misma dijiste que te encargarías de mí.

Signa intentó no poner los ojos en blanco, ya que aunque él estuviera a salvo, ella, desde luego, no lo estaba. Y lo último que quería era tener que contratar a Sylas en caso de terminar siendo el causante de rumores o alegaciones disparatadas sobre ella. Aun así, el joven estaba en lo cierto. No había que tomarse el aviso de Muerte a la ligera, y si Signa quería salvar a Blythe, contar con la ayuda de Sylas merecía la pena correr el riesgo.

Encontrar la biblioteca fue más fácil de que lo Signa esperaba. Había dos puertas de roble con mangos pesados de latón que conducían a una habitación enorme con estanterías altas de caoba llenas de libros. Había filas y filas así, y en el centro del espacio había escritorios y sillones de lectura tapizados en cuero con una pinta bastante cómoda, como para pasarse el día entero ahí. La habitación estaba iluminada por ventanas que bañaban el lugar con la luz pálida de las estrellas. Aquella luz era lo bastante brillante para ver las formas y la inmensidad de la biblioteca, pero demasiado oscura para leer los títulos de los libros.

Signa inhaló el aroma del pergamino viejo y la tinta.

—Tenemos que poder encender una luz.

En cuanto las palabras salieron de su boca, una vela que había encima de uno de los escritorios se encendió.

Signa no se movió para agarrarla de inmediato, sino que miró a Sylas, nerviosa por si salía corriendo. El joven abrió la boca, pero la volvió a cerrar. No había ninguna explicación para que la llama se hubiera prendido de manera espontánea, y ninguno de los dos intentó darla.

—Bueno... —Signa carraspeó—. Por lo menos sabemos que todas esas habladurías sobre que había un espíritu no eran meros rumores.

Sylas tenía las cejas tan enarcadas que le llegaban hasta el nacimiento del pelo. Sin embargo, teniendo en cuenta todo, estaba llevando aquello increíblemente bien. Signa se imaginaba que, seguramente, lo estaría haciendo por el bien de ella.

—Al menos, sea lo que fuere lo que esté aquí, no parece ser maligno.

Al menos, aún no, pensó Signa echando un vistazo a través de las sombras, preguntándose dónde estaría escondiéndose el espíritu. Le resultaba desconcertante que aún no lo hubiera visto. Se había pasado años ignorándolos, escondiéndose y fingiendo que no los veía, y, sin duda, no le gustaba que le hubieran dado la vuelta a la tortilla.

Sylas tomó la vela.

—Entonces, estamos buscando libros sobre... ¿botánica?

—Sí. Si fuera posible, algo que hable sobre los usos medicinales de las plantas.

Al otro lado de la biblioteca, una sombra cruzó por la oscuridad, y Signa se dio cuenta de que era un libro cuando se tropezó con Sylas y se mordió la lengua para no gritar. Llegó desde un sitio que estaba muchas filas por delante de ellos, y cuando los dos se quedaron ahí pasmados, otro libro salió volando desde la misma estantería.

Sylas colocó una mano sobre la cintura de Signa para que recuperara el equilibrio y puso la vela frente a ellos.

Signa miró con los ojos entrecerrados a través del brillo de la llama.

—¿Crees...?

—Sí —dijo Sylas con una voz apagada.

Sylas empezó a caminar hacia la estantería de la que habían salido los libros volando y se paró para iluminar uno de ellos. Era un volumen grueso, estaba encuadernado en cuero y trataba sobre botánica.

Giraron la esquina hacia otra fila de estanterías, y Signa agarró a Sylas por el brazo. El miedo la estaba dejando sin respiración, porque vio quién los estaba ayudando. El espíritu era un hombre mayor con la piel de un color azul traslúcido, una barba blanca y espesa, y gafas que llevaba bajas sobre una ancha nariz. Al advertir que Signa lo había visto, se puso un poco más recto.

—¿Te encuentras bien? —le preguntó Sylas, que estaba sujetando la vela para que no se moviera. El espíritu vigilaba aquella vela con una gran preocupación y, al parecer que iba a caerse del portavelas, fue a toda prisa a colocar un dedo resplandeciente contra el lado para que no se moviera.

«Cuidado», advirtió el espíritu. «Los libros son frágiles».

—Bastante bien. —Signa se apoyó sobre el borde de una estantería con la esperanza de que sus palabras fueran suficientes para satisfacer tanto a Sylas como al espíritu. Relajó los hombros cuando le quedó claro que el espíritu no era volátil como Lillian. No era maligno. Su muerte tampoco había sido tan espantosa como para alterar su apariencia—. ¿Sabes algo del espíritu que dicen que ronda por la biblioteca? —le preguntó a Sylas.

—No mucho. He oído que era un académico que se casó con alguien de la familia y murió en uno de esos sillones. Se quedó dormido leyendo y murió plácidamente. Hay quienes dicen que estaba intentando leer todos los libros de la biblioteca.

«Bueno, los sillones no son los mismos», apuntó el espíritu. «Y me llamo Thaddeus. Thaddeus Kipling. Ya he leído todos los libros que hay aquí, pero siguen trayendo más».

¡Un espíritu atado a la vida por su deseo de leer! Aquello era tan novedoso que Signa casi se rio.

—Parece bastante servicial. No es tan maligno como me temía —observó Signa.

Thaddeus suspiró y le dio las gracias a la joven, quejándose de que a todo el mundo le daba mucho miedo acudir al sitio, aunque lo único que trataba de hacer era ayudar.

«Aunque supongo que, al tener menos interrupciones, tengo más tiempo para leer».

De nuevo, Signa tuvo que aguantarse las ganas de reír. Llevaba diecinueve años evitando a los espíritus, echándoles la culpa por el hecho de que ella fuera diferente, y echándole la culpa a esa diferencia por mantenerla alejada del resto de la gente. Pero Thaddeus le gustaba, y por primera vez no se sentía ni remotamente asustada en presencia de un espíritu. Si les hubiera dado una oportunidad, ¿le habrían gustado otros también?

—¿De verdad crees que alguno de estos libros hablará sobre veneno? —Sylas acercó la vela a un libro para examinar el lomo, desviando la conversación del espíritu; Signa no podía culparlo por no querer hablar sobre él.

Cada vez que Sylas inclinaba la vela demasiado cerca de un libro, Thaddeus aguantaba la respiración, nervioso, hasta que Sylas volvía a alejar la llama.

—No necesitamos leer más cosas sobre el veneno —Signa echó una ojeada al espíritu para asegurarse de que los estuviera escuchando—, sino sobre el antídoto. Estoy segura de que aquí hay algo que lo menciona.

«¿Arsénico?», aventuró Thaddeus, a quien le chispeaban los ojos por el interés.

Signa comprobó que Sylas estuviera ocupado leyendo, y luego agitó la cabeza con rapidez.

Thaddeus murmuró entre dientes:

«¿Cianuro? ¿Talio? ¿Estricnina? ¿Atropina?». Se detuvo cuando Signa asintió con la cabeza rápidamente. «¡Atropina! Están envenenando a alguien con belladonna, ¿no? Bueno, eso es fácil. El antídoto. Ah, pero no te serviría de nada si simplemente te lo dijera, ¿no? Supongo que te gustaría ver la información por ti misma. Toma». Thaddeus fue flotando hacia la siguiente estantería y se agachó para señalar un libro que había en el estante de abajo. Era algo modesto, algún tipo de publicación académica que Signa seguramente no habría escogido nunca.

«Hace mucho que lo leí», dijo Thaddeus cuando Signa se agachó para recogerlo, «pero creo que encontrarás lo que andas buscando alrededor de la página cien. Es una lectura interesante. Seca pero informativa. Cuídalo, haz el favor».

Signa hojeó el libro hasta la página cien, y luego pasó algunas páginas más hasta que encontró la palabra que andaba buscando: «atropa». *Atropa belladonna.* Se llevó el libro al pecho y lo apretó con tanta fuerza que creyó que iba a llorar.

—Gracias, gracias, gracias —dijo en voz tan alta que Sylas por poco dejó caer el libro que estaba leyendo por encima.

—¿Ya has encontrado algo? —Se rascó la nuca, perplejo—. Qué suerte. Pensaba que íbamos a pasarnos la noche entera aquí.

Signa lanzó una sonrisa hacia Thaddeus, que tenía el pecho un poco henchido.

—Creo que sí, aunque nos han ayudado un poco. Ven.

Signa arrastró a Sylas hacia una de las mesas y abrió el libro delante de ellos. Incluso con la luz de la vela, tuvieron que entornar los ojos para ver la letra pequeña. Leyeron varias páginas llenas de jerga que Signa no entendió, pero luego encontró la mención de los tratamientos utilizados sobre los pacientes.

—¡Aquí está! —Signa puso un dedo sobre la página y se inclinó hacia delante. Sylas hizo lo mismo e intentó ver por encima de su hombro—. «Aunque la planta en sí es tóxica» —leyó Signa en voz alta, las palabras parecían seda en su boca—, «el contenido alcaloideo del haba de Calabar ha mostrado ser un remedio efectivo para la *Atropa belladonna*».

El entusiasmo de Signa iba creciendo con cada palabra. Tiró del brazo de Sylas y lo zarandeó conforme crecía su emoción. Tenían una solución. Signa no tenía la menor idea de dónde podrían encontrar la planta exótica, pero ahora, por lo menos, existía una posibilidad, lo cual era mucho más de lo que habían tenido hasta el momento.

—Si toma demasiado, Blythe podría morir —advirtió Sylas cuando leyó un poco más—. Hay que moler una pequeña dosis y administrarla en un líquido.

El único problema era de dónde podían sacarla. Sin duda, no iban a encontrar una planta así en el jardín de Lillian, aunque Signa recordó que podría haber otra posibilidad.

—¡Hay una botica en el pueblo! La vi la noche en que me llevaste al Grey... ¿Crees que podrían tener ahí?

A Sylas se le posó una amplia sonrisa en el rostro.

—Eres brillante. Seguramente la botica será nuestra mejor opción.

Fue todo cuanto Signa necesitó oír para cerrar el libro y volver a abrazarlo contra su pecho. Se sentía lo bastante ligera como para bailar sobre una nube. Iba a salvarla. Aquella vez, de verdad. Signa iba a salvar a Blythe.

—Gracias —susurró Signa agarrando a Sylas por el hombro y apretándolo con fuerza—. Gracias, gracias, gracias. ¡Y gracias a ti, Thaddeus!

Signa no volvió a mirar al espíritu ni a Sylas cuando el joven apagó la vela de un soplido y murmuró:

—¿Thaddeus?

En vez de eso, Signa agarró el libro con fuerza y salió corriendo por la puerta.

—Iré mañana a primera hora —dijo la joven a nadie en particular mientras Sylas asentía y le pedía que callara con suavidad.

Signa le hizo caso, pero ya no le importaba que la oyeran, porque todo iba a ir bien. No, mejor que bien. Iba a ir de maravilla, porque a primera hora de la mañana conseguiría el antídoto y Blythe por fin volvería a recuperar su vida.

Pronto, todo volvería a estar bien.

Veinticinco

Mientras echaba crema a la taza de té durante el desayuno al día siguiente, Signa oyó a Warwick decirle a Elijah que la lengua de Blythe estaba empezando a llenársele de las mismas llagas que había tenido Lillian en la última etapa de su «enfermedad». Blythe se había pasado la noche vomitando, incapaz de mantener comida ni bebida en el estómago.

Signa agarró el cuchillo con fuerza, intentando que la frustración que sentía no llamara la atención; temía que Elijah entrara en razón de repente y no permitiera que una conversación así tuviera lugar en la mesa de desayuno.

La advertencia de Muerte llegó en el momento adecuado, por suerte, y dado que sabían que existía una cura, lo único que tenía que hacer Signa era conseguirla. Pero no podía evitar preguntarse por qué seguía estando tan enferma Blythe. Signa le había indicado que no bebiera nada más que agua. Le había dicho que tirara el medicamento cuando nadie estuviera mirando. Signa había revisado la habitación de su prima aquella misma mañana mientras dormía. Había inspeccionado el té frío y la pasta que dejaron al lado de la cama; no había nada malo en ellos. Pero dado que su lengua estaba empezando a dar señales de envenenamiento, Signa sabía que, de algún modo, seguía tomando belladonna.

—El médico no cree que sea bueno que tenga visitas hoy —le dijo Warwick a Elijah, que estaba esparciendo mantequilla en una magdalena con enfado... Signa no sabía que alguien con una magdalena en las manos pudiera estar así de enfadado—. Percy y el médico han conseguido que la fiebre remitiera esta mañana, pero ha sufrido delirios.

Signa se alegraba, al menos, de que Percy hubiera estado ahí para supervisar al médico en su ausencia. Intentó llamarle la atención desde el otro lado de la mesa para decírselo, pero Percy tenía la mirada cansada y baja mientras removía las gachas, que no había probado.

—¿Qué ha visto esta vez?

La pregunta de Elijah fue tan descarada como desaliñado era su aspecto: los pelos canosos le salían de la cabeza e iban en todas direcciones. Llevaba las gafas caídas sobre la nariz y todavía iba con una bata de color esmeralda con pantuflas a juego, mientras que Signa ya llevaba puesto el corsé, un vestido de raya diplomática y el cabello recogido en un elegante moño a la altura del cuello. Tendría que cambiarse y ponerse un vestido de visita hecho de lana antes de salir de casa, ya que de no hacerlo empezarían a correr los rumores de inmediato y haría el ridículo. A pesar de que Signa se había pasado tantos años anhelando formar parte de la alta sociedad, descubrió que estaba empezando a cansarse un poco. Y que estaba tremendamente celosa de la falta de cuidado y decoro de Elijah.

—A madre —contestó Percy, que seguía sin levantar la mirada—. Blythe aseguraba estar en el jardín con nuestra madre.

No tenía sentido que, después de meses estando Blythe y Lillian enfermas, nadie sospechara que estuvieran envenenándolas. ¿De verdad era tan incompetente el médico?

—Puede que precisamente sea una visita lo que le haga falta —dijo Signa furiosa. Las señales estaban ahí: el delirio, las llagas, el estómago delicado, toser sangre. Todo estaba ahí. Claro que ella sabía algo más sobre los venenos que una persona corriente, pero aun así.

—Señorita Farrow...

Marjorie, que llevaba más rubor de lo habitual en las mejillas para esconder que todavía tenía una parte de la cara inflamada, parecía estar lista para reprender a Signa, pero Elijah le dijo que no con un gesto de la mano con la que blandía el cuchillo.

—Déjala que hable. Las normas que teníamos en esta casa hace tiempo que se acabaron. —Se comió casi la mitad del bollito de un bocado—. Di lo que piensas, joven.

A pesar de su carácter errático, a Signa le gustaban Elijah y su franqueza. En un mundo que giraba alrededor de la amabilidad forzada y de plegarse ante los caprichos de los demás, era algo refrescante. Aun así, no podía simplemente decirle que conocía un antídoto para la enfermedad de Blythe. Tenía que andar con pies de plomo.

—En ese estado, sería una carga que la dejaran sola con esos pensamientos —dijo Signa—. Si no le importa, señor, me gustaría ir al pueblo a ver si puedo encontrar algo que pueda levantarle el ánimo. Nada, un regalito. Si me deja algo de dinero y me da permiso.

Percy, que había estado mirando sus gachas como si fueran la fuente de todos sus problemas, al fin levantó la vista hacia Signa mostrando interés. Marjorie, no obstante, no quería saber nada de eso.

—Si el médico no recomienda las visitas —dijo Marjorie agarrando con fuerza el tenedor en una mano—, deberíamos seguir su consejo.

Como institutriz, a Marjorie le permitían sentarse y comer con la familia, pero hablaba de manera demasiado franca para cualquier hogar que no hubiera dejado atrás la censura impuesta por la sociedad. Con demasiada libertad y sin nadie que la reprendiera.

—¿Como hicimos con Lillian? —preguntó Elijah de manera tan fría que varios de los que estaban a la mesa se estremecieron—. Muy bien que le fue a mi esposa.

Signa tomó las palabras de Elijah y guardó el recuerdo para añadirlo a su colección. Un día de esos juntaría todas las piezas y colocaría el rompecabezas entero ante ella.

—¡Percy! —La voz de Elijah retumbó con autoridad—. Irás con tu prima. Asegúrate de que esté bien y de que tenga lo que necesita.

Percy se sentó recto.

—Si vamos al pueblo, con tu permiso, me gustaría parar en el Grey y comprobar los pedidos —dijo con una voz apagada y objetiva; no tenía ni siquiera una pizca de emoción que pudiera revelar la desesperación que había mostrado antes por ir al club.

Elijah torció la comisura de los labios.

—Acompañarás a tu prima a hacer el recado y luego volverás —dijo con carácter definitivo.

Pareció que Percy también lo sintió así, ya que a pesar de que estaba claro que quería discutir, se acomodó en la silla y agarró la taza de té con tanta fuerza que los nudillos se le pusieron de color blanco.

—Sí, padre. —Se hundió más en el asiento, y Signa no se atrevió a mirarlo; sentía el peso de la culpa en el pecho—. Por supuesto.

No era nada entretenido estar en compañía de Percy.

Dado que el joven prefería no montar a caballo, prepararon un carro para el camino hacia el pueblo. No fue un trayecto demasiado largo, pero Signa nunca se había sentido más incómoda. Incluso ir con Sylas, un desconocido con el que no estaba emparentada, había sido más fácil de llevar.

Signa echaba de menos la manera en que Percy se había comportado el día anterior, antes de que Byron se hubiera presentado con las noticias sobre el Grey y se cargara el ambiente. Echaba de menos su risa y sus bromas y la sensación de que tenía el ánimo lleno de vida. El Percy con el que se encontraba en ese momento no era el pícaro y guasón que estaba llegando a conocer, sino alguien rígido, formal y cortante. Hacía círculos con el pulgar sobre un monedero de cuero mientras miraba por la ventana del carro, con la barbilla prominente y una expresión seria mientras observaba el paisaje. Signa se mordió la lengua. Creía que era cruel que Elijah no le diera una oportunidad. Que prefiriera ignorar el sufrimiento de su hijo, por muy profundo que fuera.

—He encontrado algo, primo —dijo Signa con la esperanza de levantarle el ánimo—. No hemos venido al pueblo a por unos guantes nuevos y bonitos para Blythe ni para comprarle artículos de papelería. Estamos aquí porque he hallado una cura para ella.

Solo entonces se despertó.

—¿Qué quieres decir con que has hallado una cura? —Entrecerró los ojos—. No ha habido un solo médico que haya podido ayudar a mi hermana.

—Ninguno de ellos sabía que la estaban envenenando. Pero nosotros sí, y he encontrado un antídoto. Hay una botica en el pueblo y...

—¿Una botica? —Levantó las cejas hasta el techo—. Signa, no podemos confiar la vida de mi hermana a un aficionado. Tiene que haber un medicamento que la ayude. Podemos hablar con más médicos...

—Si los médicos aún no se han dado cuenta, o son todos unos necios o alguien les está pagando.

Percy fue incapaz de replicar.

—¿Crees que es posible? —La nuez le subió y le bajó—. Aunque así fuera, no deberíamos jugárnosla con una cura cualquiera de una botica. Hay maneras más seguras de abordar estos temas.

—Entiendo la frustración que sientes, pero no está funcionando nada más, Percy. —Signa le tomó la mano y se la apretó con fuerza—. Pero esto lo hará, te lo prometo. Necesito que confíes en mí.

Percy miró hacia el techo del carruaje como si ahí estuvieran las respuestas y suspiró al ver que no las compartía.

—Está bien. Si existe una posibilidad, desde luego, tenemos que intentarlo. Aunque no podemos dejar que nos vean ahí, todo el mundo hablará de ello.

—Claro.

Signa sonrió, pero no fue correspondida, ya que Percy desvió la atención a las ruidosas calles adoquinadas, que eran mucho más luminosas y abiertas a plena luz del día que cuando había estado ahí con Sylas unas noches antes. Ahora las tiendas que bordeaban la calle estaban llenas de vida. A través de las ventanas inmaculadas, Signa vio a mujeres con guantes y tocados, vestidas con cachemir, tomando el té o entrando en tiendas para pedir ropas abrigadas y decoraciones para el invierno, que iba a llegar pronto.

Cuando pasaron por delante del Grey, Percy se inclinó sobre Signa y cerró las cortinas de golpe. Ella se echó hacia atrás.

Percy no estaba de humor, se le veía en la cara. No había ni rastro de nada excepto seriedad.

Signa no se atrevió a decir una sola palabra.

Percy fue el primero en salir del carruaje cuando se detuvo frente a una tienda verde y pequeña. Las paredes estaban cubiertas de hiedra, y en el escaparate había una serie de plantas vivas que colgaban de un dosel entretejido. Signa estaba tan ocupada observándolo todo que Percy tuvo que carraspear para que se diera cuenta de que había extendido el brazo. Los transeúntes los miraban con curiosidad y se daban la vuelta para cotillear, seguramente sobre la presencia de Signa. Percy se ató el botón pequeño y dorado de uno de los guantes de cuero sin hacerles ni caso. Era prácticamente imposible que alguien hiciera o dijera algo para que diera la impresión, a ojos de los demás, de que Percy no era sino un caballero.

Dentro de la tienda, los recibió una mujer mayor y frágil con el cabello blanco. A Percy le bastó una mirada para arrugar la nariz.

—No te entretengas —susurró el joven—. Compramos lo que necesites y nos vamos.

Por un breve instante, Signa deseó haberle pisado los pies con más fuerza el día anterior, pero se negó a que su negatividad la afectara estando en un lugar tan maravilloso. Había jarras con tónicos y botellas de hierbas sobre estantes llenos de pequeñas bolas de madera. Había contenedores diminutos de musgo vivo, y cestas delicadas con hierbas secas que olían tan bien que Signa quería bañarse en ellas.

El centro de la tienda estaba lleno de macetas con plantas vivas. La mayoría de ellas eran tipos que Signa no había visto nunca, con vides trepadoras o grandes flores bulbosas. Resistió las ganas de acariciar los pétalos, asombrada por el hecho de que pudiera existir un lugar tan maravilloso como aquel.

Si tuviera el dinero suficiente, habría estado tentada de comprar la tienda entera.

—¿Puedo ayudarla con algo, señorita? —preguntó la tendera.

Signa se alegró de ver que no estaba haciendo ni caso del esnobismo de Percy.

El joven lanzó una mirada a Signa. En ella había una advertencia sombría que le indicaba que anduviera con cuidado con lo que decía. En cuanto salieran de la botica, los cotilleos empezarían. Aunque era posible que quien fuera que estuviera haciendo daño a Blythe ya estuviera al tanto de que se habían enterado, no era necesario que Signa y Percy se arriesgaran a añadir más leña al fuego o a que llegara a oídos de Elijah que habrían podido evitar la muerte de su mujer si alguien hubiera prestado más atención a sus extraños síntomas.

—Una amiga ha comido algo en mal estado —le dijo Signa a la tendera—. Estoy buscando habas de Calabar para que libere algunas toxinas del cuerpo. Y también algo para que le calme el estómago después.

La mujer entrecerró los ojos valorando lo que acababa de oír, luego hizo un ruido con la garganta y fue cojeando con Signa hacia un estante en la parte de atrás que estaba lleno de plantitas y viales de cristal. Percy fue tras ellas e hizo ver que no le interesaba nada de aquello cuando la mujer inspeccionó los estantes.

La tendera dijo algo entre dientes mientras buscaba el pedido, cada vez más frustrada con lo que iba encontrando fila tras fila, hasta que dio con lo que estaba buscando y soltó un suave «¡ajá!». Sacó un vial pequeño con una nuez marrón y extraña dentro. Era el haba de Calabar.

Signa fue a por el vial, pero la mujer lo apartó de su alcance. Se inclinó hacia la joven y susurró:

—¿Estás segura de que es lo que andas buscando? Es muy venenosa y no será de ayuda para un estómago delicado.

Signa sabía que el haba de Calabar era un riesgo, pero si no hacía nada —si no se arriesgaba en absoluto—, Blythe moriría y ella se pasaría el resto de su vida preguntándose si podría haberla salvado.

Signa asintió con la cabeza y confió en Muerte.

—Sí, señora. Es exactamente lo que necesito.

La mujer aventuró una rápida mirada a Percy y dijo en voz muy baja:

—¿Estás bien, joven? Si necesitas algo para él, tengo algunas cosas que... pasan más inadvertidas.

Signa palideció y enseguida puso las manos encima de las de la mujer, esperando que aquel gesto fuera lo bastante sincero para que creyera que le estaba diciendo la verdad.

—No es eso, señora. Se lo aseguro. Esto me servirá.

Con reservas, la tendera soltó un murmullo y le dio el vial.

—Machácalo hasta convertirlo en polvo. Luego, pon más o menos la mitad en un vaso con agua para provocar el vómito.

Signa esperaba que el vómito ayudara a que Blythe se liberara del veneno.

La mujer volvió a la parte trasera de la tienda arrastrando los pies, con las faldas rozando el suelo de roble lleno de polvo. Estuvo un largo rato buscando algo y terminó sacando un pequeño tarro lleno de semillas marrones diminutas que le llevó a Signa.

—Semillas de alcaravea —le dijo colocando el tarro en las palmas de Signa—. Para que el estómago de tu amiga se asiente.

La inquietud de Percy iba en aumento con cada persona que paseaba frente a las ventanas de la tienda, empañadas y llenas de suciedad, y se fijaban en que estaban ahí dentro. No dejaba de darse golpecitos con los dedos sobre el muslo y observó a la mujer entregarle las semillas de alcaravea, aguda como un halcón.

—¿Tiene más habas de Calabar?

—No es una planta fácil de encontrar —dijo la tendera—. Es todo cuanto tendré durante un tiempo.

Percy soltó un gruñido, insatisfecho, y sacó el monedero.

—Muy bien. ¿Cuánto le debemos?

La mujer se estremeció de sorpresa ante la severidad del joven, pero dijo con bastante firmeza:

—Tres peniques bastarán.

Percy puso un chelín en la palma de la mujer, que estaba esperando.

—Por su discreción.

La tendera cerró el puño con la moneda dentro y soltó un bufido. Luego se lo metió en un bolsillo de la falda.

—Sal de aquí, joven, antes de que te dé algo por lo que ser discreto.

No fue necesario que se lo dijera dos veces. Signa escondió el vial en el bolsillo mientras Percy la sacaba de la tienda en la que con tanta facilidad podría haberse pasado el día entero, hablando con la tendera sobre todas las cosas preciosas que había allí. Puso los dedos con suavidad alrededor del tarro con las semillas de alcaravea. Signa tenía la vaga impresión de que Percy creía que la boticaria podría contagiarlo de repente con la peste.

El joven miró alrededor para asegurarse de que no hubiera nadie mirando al abrir la puerta.

—Esa mujer está loca —dijo—. No me fío de ella.

—Es una curandera —contestó Signa, resentida.

—Es una bruja —se mofó Percy—. Sigo sin ver cómo puede ayudar a mi hermana una semilla cuando nada más ha podido hacerlo.

«Bruja». Aquella palabra llevó a la mente de Signa de vuelta a la noche en que murió Magda.

—No la llames así. Si una baya tiene el poder suficiente para hacer daño a tu hermana y matar a tu madre, ¿quién dice que una planta no pueda tener el mismo poder para curar?

Percy no tenía respuesta para ello. Signa podía sentir que el miedo le iba y venía a oleadas a Percy. Sabía que, si estuviera en su lugar, tampoco querría dejarse llevar por la esperanza de que aquella semilla diminuta fuera a arreglarlo todo de algún modo. Porque si no lo hacía...

—Vamos a darnos prisa —murmuró Percy—. Tenemos que volver al carruaje antes de que...

—¿Señorita Farrow? —dijo una voz desde el final de la calle—. Señorita Farrow, ¿es usted?

El pavor se apoderó de Signa cuando vio que Eliza Wakefield y Charlotte Killinger se estaban acercando acompañadas de un apuesto caballero de piel ligeramente bronceada y rizos de color trigueño. Llevaba un gabán de color verde oliva a la última moda y un sombrero que inclinó en dirección a ellos con una sonrisa tan encantadora que a Signa le palpitó el corazón.

También se le llenó la frente con gotitas de sudor cuando Charlotte se dio cuenta de la tienda de la que habían salido. Fue una suerte que fuera demasiado educada como para decir algo, aunque no se podía decir lo mismo de Eliza.

—Con que sí eras tú —dijo Eliza mientras se agachaba haciendo una reverencia ante Percy—. Ya decía yo. ¿Venís de la botica?

Percy tomó un aire totalmente nuevo antes de que Signa pudiera pestañear.

—¿Y que nos eche una maldición una bruja? Jamás —dijo en un tono jovial y ligero que provocó que Signa tensara la mandíbula.

Eliza puso la misma sonrisa molesta y se rio como si Percy fuera divertidísimo. Esperó a que Charlotte y el hombre que las acompañaba se hicieran eco la risa, pero ninguno de ellos movió el rostro. Eliza, que por fin pudo apartar los ojos de Percy el tiempo suficiente para acordarse de sí misma, inclinó la cabeza y tomó a Signa por la mano.

—Discúlpame —dijo—. Este es mi primo, lord Everett Wakefield, hijo del duque de Berness —Eliza estiró el brazo con una sonrisa de satisfacción en los labios.

Signa no recordaba haber conocido a un lord en ninguna otra ocasión. Tenía una postura tan orgullosa que se preguntó si sería el primero en línea para heredar o el último. Recordaba por la conversación que habían tenido durante el té de bienvenida que era el soltero más codiciado del lugar junto a Percy, y que era el pretendiente en potencia del que había hablado con Blythe el día anterior.

Aunque no tuviera dinero ni títulos, Everett era un hombre que llamaría la atención por su aspecto y por la manera regia de su porte. Tenía los hombros echados hacia atrás, el pecho henchido y un aspecto juvenil en el rostro. La ropa que llevaba, de importación, indicaba riqueza. Y al observar a Signa hubo un destello en sus ojos. Everett Wakefield era uno de los hombres más apuestos que había visto en su vida, y se quedó sin pensamientos coherentes cuando le sonrió.

—Primo —trinó Eliza—, esta es Signa Farrow, la joven de la que te he estado hablando.

Charlotte observó con la mirada ausente cómo Everett inclinaba la cabeza. Las motas de oro que había en sus ojos color miel deslumbraron cuando los levantó para mirar a Signa bajo aquellas pestañas imposiblemente largas.

—Sé perfectamente quiénes son los Farrow. Conocí a su madre hace mucho tiempo.

Signa sintió un escalofrío en la espalda y pequeñas corrientes eléctricas cuando Everett le besó el dorso enguantado de la mano.

—¿A mi madre?

La sonrisa de Everett resplandeció.

—Nuestros padres eran conocidos, aunque me temo que no recuerdo a su padre. Tengo la memoria un poco borrosa, ya que era pequeño, pero sí que recuerdo que toda la casa se echaba a reír cuando su madre llegaba. Era un terremoto y mi familia la adoraba. Lamento su pérdida, señorita Farrow.

Signa tuvo que recordarse que debía inclinar la cabeza de tan perdida que estaba en sus pensamientos y con un millón de preguntas que le quería hacer al hombre. Nunca se imaginó que pudieran referirse a su madre como un terremoto. Si el manual sobre protocolo que le había dejado y las historias que le había contado su abuela tenían razón, no cabía duda de que lord Wakefield estaba pensando en la mujer equivocada.

—Es un placer volver a verla, señorita Farrow —intervino Charlotte, aunque, para sorpresa de Signa, tenía un aspecto más grave que entusiasmado, con las manos bien plegadas ante ella—. Y a usted también, señor Hawthorne. Me temo que no tenemos mucho tiempo para hablar, ya que nos espera un compromiso en un salón de té...

—¡Ay, señor! ¡Charlotte, gracias por recordármelo! —Eliza dio palmas con las manos—. Perdonadme por ser tan directa, pero nos encantaría que nos acompañaran.

Signa no pasó por alto la manera en que la mirada de Charlotte se oscureció cuando dijo:

—No estoy segura de que podamos llevar a más personas con tan poca antelación...

—Tonterías. Nadie rechazaría a dos de los caballeros más prominentes del pueblo. —Eliza dirigió su esperanza hacia

Percy—. Estoy segura de que harán una excepción si es usted tan amable de acompañarnos.

Percy se golpeó el costado con los dedos y miró de reojo a Signa.

El té, estaba aprendiendo Signa, nunca era solo té, y aceptar una invitación tenía la misma significación que pedir una. Según el protocolo, Eliza no debía hacer aquella petición, pero al tener a su primo del brazo, se sintió atrevida. Tampoco podían rechazar exactamente tomar el té con un lord, y aunque Signa sabía lo que supondría declinar, lo único en lo que podía pensar era en la advertencia de Muerte zumbando en sus oídos y en que necesitaba, de manera desesperada, darle el antídoto a Blythe.

—Es muy amable por su parte, pero tal vez sería mejor dejarlo para otro día. No nos gustaría imponernos.

Eliza hizo como si Signa no hubiese dicho nada.

—Todo el mundo está entusiasmado por este lugar. Créame, señor Hawthorne, será imposible conseguir una reserva cuando el resto del pueblo se entere. Everett y yo insistimos en que vengan con nosotros. ¿Verdad, Everett?

El lord dirigió una sonrisa hacia Signa.

—Nos ofendería si no lo hicieran.

Aunque dijo aquello con un tono burlón, Signa sabía que habían perdido la batalla.

Blythe tendría que esperar un poquito más.

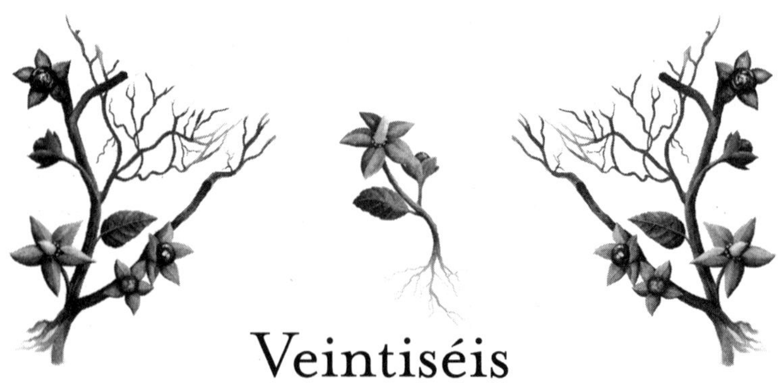

Veintiséis

Si a Signa no le pesaran los bolsillos por el haba de Calabar y todo lo que simbolizaba, habría sido un día precioso para dar un paseo. Eliza pasó un brazo por el de Signa y otro por el de Charlotte, y las tres fueron caminando bien por delante de los hombres.

—Menuda coincidencia encontrarte aquí. ¡Tenía tantas ganas de que tuvieras la oportunidad de conocer a Everett antes de la primavera! Sigues con la idea de participar en la temporada, ¿no?

Aún tenía que hablarlo con Marjorie, sin duda, pero tenía bastante sentido que hiciera su presentación en sociedad en primavera, por lo que Signa asintió con la cabeza.

—Eso espero.

Charlotte dibujó una sonrisa amable pero fina.

—Parece que hasta el apuntador estará esta temporada.

—Qué razón tienes —Eliza se rio—. Qué complicado será conseguir marido, sobre todo ahora que estaremos compitiendo con la señorita Farrow —dijo aquello último en un susurro conspirativo—. Serás el caballo ganador sobre el que todos los hombres apostarán. Es una suerte para nosotras que solo una de vosotras en Thorn Grove vaya a estar presente esta temporada, ya que será igual cuando Blythe haga su presentación en sociedad. Y es una suerte para mí que el hombre a quien le tengo el ojo echado sea pariente tuyo.

Aunque los cotilleos incesantes de Eliza fueran tediosos, era guapa, y su familia era lo bastante rica como para que Signa supiera, sin preguntárselo, que Percy tendría el mismo interés en ella. Pero ¿seguiría estando Eliza igual de interesada si Percy no fuera a heredar el Grey?

—Disculpadme —Eliza se separó de las mujeres—, creo que voy a ir tomando la delantera.

Eliza retrocedió entonces con una rápida zancada y se colocó al lado de Percy; empezó a inclinar la cabeza hacia atrás y a reírse de cualquier cosa que dijera.

A solas con Charlotte, Signa preguntó:

—¿Es cierto lo que dijo la señorita Wakefield? Jamás pensé que mi presentación en sociedad fuera a suponer un problema para nadie.

Desde luego, aquello no podía ser lo que había agriado el ánimo de Charlotte la última vez que hablaron. Sí, Signa tenía dinero, pero habría otras mucho más capacitadas para mantener un hogar. Ella no quería tener hijos en un futuro cercano, y era pésima tocando el piano o con la aguja. Por no mencionar que habría otras mujeres hermosas aquella temporada, como Charlotte; quien la tomara como esposa sería un hombre afortunado.

—No es que sea un problema —dijo Charlotte en voz tan baja que Signa tuvo que esforzarse por oírla—, pero complica más las cosas para quienes, como yo, tenemos que asegurarnos de casarnos bien. Si Blythe no estuviera enferma, la situación sería la misma. Los hombres acudirán en tropel a conquistar a quienes tuvieran las mejores perspectivas primero, y el resto nos quedaremos con las sobras y esperarán que estemos contentas.

—¿Y qué hay de casarse por amor? —preguntó Signa, a quien no le gustaba aquella postura insensible—. Da igual cuántas damas haya cada temporada si te casas por amor, ¿no?

Charlotte bajó la barbilla y escudriñó a Signa como si la estuviera viendo por primera vez.

—Desde que mi madre murió y nos vimos obligados a mudarnos tras el escándalo, mi padre ha estado pasando apuros para mantenernos a flote. No ha tenido ningún hijo, por lo que es mi deber encontrar a alguien que pueda mantener a mi familia. Yo no puedo permitirme el lujo de casarme por amor, señorita Farrow. De hecho, verás que la mayoría de nosotras no podemos hacerlo. Si es eso lo que buscas, te deseo suerte, pero a mí lo único que me importa es asegurarme el futuro. Así que perdóname por no sentirme entusiasmada por el hecho de que salgas al ruedo el mismo año que yo.

Las palabras de Charlotte escocían como una herida abierta. Signa sabía que podía labrarse su propio futuro, pero nunca había pensado que algunas mujeres tendrían que estar con un hombre al que no habrían elegido simplemente para existir. Era lo último que quería, especialmente para su amiga.

Signa quería casarse por amor. Quería alguien con quien bailar y reírse hasta altas horas de la noche. Alguien de cuya compañía no se cansara en unos años. Y también quería lo mismo para su amiga.

Signa quería preguntarle a Charlotte si había alguien que le gustara, pero se quedó callada cuando llegaron a un pequeño salón de té. Tendrían que hablar de eso en otro momento.

Everett aguantó la puerta abierta y el resto fue entrando de uno en uno.

El salón de té era un lugar limpio y peculiar, tenía una mesa grande y circular, de caoba, que ya estaba preparada para ellos. Sobre ella había arreglos preciosos de pastelitos de mazapán dorados, bollitos de melocotón y chocolate, bizcochitos dorados, minitartaletas de fruta glaseada y pequeños sándwiches de pepino. El estómago de Signa la traicionó rugiendo: quería probarlo todo. Era lamentable que las normas sociales se lo pusieran tan difícil a una persona. Qué simple sería la vida si no hubiera que pensar en lo que se esperaba que comiera y el orden en que lo hiciera. Signa prefería, de lejos, la filosofía de Muerte, según la cual si quería algo, lo tomaba.

Everett les ofreció una silla a Signa y a Charlotte, quien se sentó con mucha más elegancia de la que Signa se creía capaz. Percy hizo lo mismo por Eliza, que sacó un abanico negro que utilizó para esconder lo sonrojada que estaba, aunque Signa estaba convencida de que no era así. Parecía que había un lenguaje detrás de esos abanicos. Era un lenguaje que Signa no entendía, pero que tenía a Percy fascinado viendo a Eliza abanicarse con movimientos de muñeca lentos y deliberados. Cuanto más se abanicaba, más quería Signa cruzar la mesa y tirar el dichoso cacharro por la ventana. Ni siquiera hacía calor, y con el viento provocado por el abanico, los pelitos le daban en la cara.

Everett debía sentirse de manera parecida. Arrugó el rostro e intentó no reírse ante la imagen de su prima. Cuando pescó a Signa mirando, sonrió satisfecho. Charlotte apartó los ojos en silencio y echó azúcar al té.

—¿Lleva mucho tiempo en Thorn Grove, señorita Farrow? —preguntó Everett al sentarse, esperando a que las mujeres tomaran las pastas saladas del centro para luego servirse él y colocarlas en un platillo de porcelana.

Percy se puso la servilleta sobre el regazo, y luego sirvió un bollito tanto en el plato de Signa como en el de Eliza. ¿Quién era Signa para rechazar un bollito tan estupendo? Lo untó con crema de limón y nata de la manera más elegante posible, escondiendo las ganas que tenía de comérselo tras una máscara de calmada modestia.

—Llevo un mes ahí, más o menos —dijo Signa esperando que dejara de hacer preguntas el tiempo suficiente para darle un bocado—. Thorn Grove es un lugar precioso. La familia Hawthorne ha sido muy amable conmigo al permitir que me quedara con ellos.

—Tonterías —la reprendió Percy—. Somos familia. Tenerte con nosotros es un placer.

Signa pegó un bocado al bollito para evitarle una réplica. ¿Dónde estaba esa amabilidad antes, cuando le había metido prisa para que saliera de la botica? ¿O cuando había criticado su manera de bailar?

—¿Sabes? El cumpleaños de Signa es en primavera —dijo Eliza—. Hará su presentación en sociedad esta temporada.

—Supongo que eso quiere decir que nos veremos bastante a menudo, ya que mi intención es quedarme en el pueblo durante toda esta temporada también.

La sonrisa de Everett era mucho más encantadora de lo que debería ser. El bollito que había estado masticando Signa se le quedó atascado en la garganta. Tragó un buen sorbo de té humeante para ayudar a que pasara. El líquido le escaldó la lengua y se acordó de una de las normas del *Manual para damas sobre la belleza y el protocolo*: se debe beber el té a sorbos muy pequeños y nunca hay que soplar una bebida, por muy caliente que esté.

—Una coincidencia, sin duda.

Signa no sabría decir si era su corazón palpitando o los nervios jugándole una mala pasada al estómago. En teoría, Everett era todo cuanto Signa había querido en un hombre: apuesto, encantador, amable y, a todas luces, un miembro de la alta sociedad. A ella no le importaba demasiado el estatus que tuviera, pero suponía que sería bueno, teniendo en cuenta la atención suscitada por todas las miradas furtivas e interesadas que recibieron. Pero ¡cielos! Si tomar el té iba a resultar una hazaña tan agotadora cada vez que tuviera que hacerlo, Signa no tenía la menor idea de cómo se las iba a arreglar para llegar a formar parte de la alta sociedad, como siempre había soñado. Deseó vagamente poder preguntarle a su madre cómo lo había hecho.

Signa tomó otro sorbo de té demasiado caliente y probó el sándwich de pepino; luego untó mantequilla sobre un bizcochito y dejó que Percy hablara mientras ella se encargaba de la comida. Cuanto antes se terminara, antes podrían volver a Thorn Grove con Blythe y dejar de darle vueltas al asunto.

Percy hizo alarde de un comportamiento caballeroso elogiando a Eliza y cortejándola de una manera que a la joven le encantó. Parecía todo el galán que decían que su padre había sido, preguntándole a Charlotte y a Eliza por sus aficiones y si habían visto alguna ópera últimamente. Rellenó la taza de Eliza con la máxima de las atenciones, chorreando más encanto del que Signa lo había creído capaz. Charlotte, mientras tanto, hablaba con Everett de sus numerosos viajes.

Signa los escuchaba con gran fascinación hablar de fiestas y eventos deportivos de los que no había estado al tanto, y se unió a la conversación cuando Everett insistió en preguntarle por sus intereses y por lo que andaban haciendo en el pueblo Percy y ella. Por supuesto, Percy se inventó una mentira antes de que Signa fuera capaz de responder. Durante todo aquel tiempo, Signa fue consciente de lo rígida que tenía la espalda y de lo que le dolía el cuello al intentar estar tan tiesa. Estaba segura de que había roto varias normas de protocolo a la hora de comer, como qué comida tomar y en qué orden, cuándo echar el azúcar al té, cuántos dedos utilizar al llevarse la taza a los labios... Pero, por suerte, nadie puso ninguna objeción, aunque sí que vio a Eliza mirándola boquiabierta unas cuantas veces. Las normas estaban incrustadas en alguna parte del cerebro de Signa, pero a la hora de ponerlas en práctica, no las sentía naturales. Al final, dejó de comer y beber por completo para no ofender a todos los que estaban en la sala y la veían al lado de lord Wakefield.

El resto de la tarde fue algo borrosa. Signa hizo algunas preguntas, incapaz de relajarse del todo por temor a decir o hacer algo incorrecto. Tal vez fuera una tontería que se preocupara tanto, ya que Eliza estaba tan entusiasmada con Percy y con el abanico que le debió dar igual la cantidad de bollitos que se hubiera comido Signa. Y Everett y Charlotte se mostraron nada más que cordiales. Aun así, el estrés estaba haciendo que sintiera hormigueos por toda la piel e indisposición en el estómago.

Por fin, el té se quedó frío y la comida desapareció. Percy dejó la servilleta doblada sobre la mesa y se puso en pie. Everett siguió el ejemplo y ayudó primero a Signa y luego a Charlotte a levantarse de las sillas. Estando ya todos en pie, le ofreció la mano a Signa.

Ante ella surgió un momento de pánico cuando tomó la mano y dejó que la acompañara fuera.

—Ha sido un placer conocerla —dijo con una sonrisa radiante; tenía los dientes más blancos y rectos que Signa había visto en su vida—. Tengo ganas de seguir conociéndola más, señorita Farrow, a lo largo de esta temporada.

Signa llevaba años imaginando un momento así. Pero en ese sueño, nunca había conjeturado que el sudor le recorrería la espalda o que su prima moribunda estaría esperando a que llegara y le diera una cura. Aquello era demasiado para Signa, no podía ni pensarlo, así que se separó de Everett y se agarró a Percy, esperando que su sonrisa pareciera convincente.

—Yo también tengo ganas —le dijo a Everett hundiendo los dedos de manera discreta en el brazo de Percy hasta que su primo puso la mano encima de la de ella y sonrió.

La sonrisa de Everett fue tan sincera que a Signa le dio un vuelco el estómago por la culpa. Pero sabía que no había tiempo para aquello, ya que tenían asuntos mucho más urgentes. Con un último adiós, Signa se dio la vuelta y tiró de Percy hacia el carruaje que los esperaba para llevarlos a casa con Blythe.

Veintisiete

Percy cerró las cortinas en cuanto entraron en el carruaje y soltó una exhalación al hundirse en el asiento.

—No me puedo creer que casi nos vieran en la botica. —Apretó los labios, parecía estar mucho más serio que unos minutos antes. La seriedad y la rapidez con que cambió de comportamiento fueron como un latigazo para Signa—. Y, encima, delante del hijo del duque.

Signa deseó que el carruaje fuera más rápido.

—¿De verdad importa que nos vieran? —preguntó—. Espero que cualquiera que tenga algo de compasión entienda nuestra desesperación y que estemos abiertos a considerar remedios alternativos para Blythe.

—Yo también —dijo él—. Pero puede que les haga sospechar.

—¿Cómo que sospechar? —Se estaba poniendo a la defensiva.

—Quiero decir que, cuanto más lo pienso, más raro me parece que justamente sepas lo que está afligiendo a mi hermana, por no hablar de que hayas encontrado un supuesto antídoto. —Entrecerró los ojos—. Quiero confiar en ti, prima, pero debo admitir que tu repentino interés en Blythe me parece bastante extraño. Está peor desde que llegaste, y me cuesta negar que tú seas la razón.

Entonces Signa sintió temor. Un temor frío y helado que estaba infiltrándose en su estómago. Nunca había visto aquella mirada en los ojos de Percy. Era distante y maligna. Pero la entendía, ya que Blythe era su hermana, y Signa no tenía la menor duda de que ella también estaría dispuesta a hacer lo que hiciera falta para proteger a su propia hermana si tuviera una.

Pero no sabía cómo convencerlo de aquello. El haba de Calabar, en sí, era técnicamente veneno. No le haría ningún favor que Percy se enterara.

—Yo misma probaré el antídoto si necesitas una prueba —dijo Signa al fin—. ¿Aliviaría eso tus dudas?

Percy se quedó en silencio ante la declaración de Signa, y se recostó en el asiento de cuero mientras reflexionaba sobre todo aquello. Cuando se recuperó y pudo pensar en lo que le estaba proponiendo, asintió con la cabeza. Que él supiera, podía tratarse de la mejor prueba del mundo.

—Muy bien.

—Pues está hecho —dijo Signa.

La joven colocó las manos sobre el regazo y contó los minutos que iban pasando. No quería preocuparse por la vacilación de Percy. Thorn Grove, por muy extraño que fuera, era el mejor lugar en el que había vivido y empezaba a gustarle la gente que había ahí. Tampoco quería que Percy viera lo mucho que la había afectado su actitud negativa sobre la botica, ya que él era, de pies a cabeza, el símbolo de la alta sociedad. La reacción de su primo, además de lo incómoda que se había sentido durante el té, era una muestra clara de lo mal que encajaba Signa en aquel entorno.

Podía hacer como la arcilla y moldearse a sí misma. Podía ponerse los vestidos, fijarse el cabello y aplicarse rubor en las mejillas. Hasta podía fingir tener intereses si fuera necesario. Desde que era jovencita, aquel había sido siempre el camino que estuvo destinada a tomar. Su abuela así se lo había dicho. Le había contado que se casaría y que asistiría a muchas fiestas; que sería como su madre. Y Signa se lo creyó, porque era lo único que conocía y que quería. Pero ahora había algo más: una curiosidad. Una oscuridad que llevaba gestándose en su interior todos aquellos años y que tal vez ya no fuera tan oscura como creía. Había sentido el poder. Había sentido el calor de su piel bajo el tacto de un hombre. Había sentido lo que era salir a hurtadillas y montar a caballo bajo la luna.

Y le gustaba aquella oscuridad más de lo que desearía admitir.

Se quedó reposando en el silencio de sus pensamientos durante todo el camino, luego también en la cocina, mientras machacaba el haba de Calabar, y subiendo por las escaleras, al atravesar el pasillo y entrar en la habitación de Blythe con Percy a su lado.

En cuanto abrió la puerta, sintió como si alguien le hubiera dado de lleno en el pecho. La muerte flotaba en el aire, como el humo, asfixiante.

El único consuelo era que Muerte aún no estaba presente. No estaba acechando en las sombras, esperándola, y Signa entendió que la sensación de su presencia persistente en la habitación era una advertencia. Si quería salvar a Blythe, tenía que actuar con rapidez. Percy también debió sentir aquella urgencia, ya que apenas vio a su hermana, le fallaron las piernas.

Blythe estaba tumbada sobre la cama, Signa nunca la había visto tan falta de vida. El aliento se escapaba de sus labios en pequeños jadeos. Cuando Blythe los oyó entrar, abrió los ojos de golpe, pero no pudo mantenerlos así mucho tiempo.

Signa se sentó al lado de Blythe sin esperar a que le dieran permiso. Tomó un vaso de agua de la mesilla de al lado y removió el haba de Calabar machacada hasta que el líquido se puso de un color blanco lechoso.

Antes de que pudiera hacer cualquier otro movimiento, Percy la agarró del brazo. Tenía los ojos encendidos:

—Tú primero —dijo.

La mirada de ella chocó con la de él. Signa se llevó el vaso hacia los labios y tragó un sorbo.

Su estómago no tardaría en protestar por la bebida, por lo que Signa se preparó y no malgastó un solo momento más con Percy.

Pasó el brazo por debajo del cuello de Blythe para ayudarla a que se sentara recta. Cuando tuvo la bebida en los labios, Signa dudó. Blythe pesaba tan poco como una pluma y tenía la cabeza recostada sobre el brazo de Signa. No sabían si sería capaz de manejar la sustancia. La vida se le estaba agotando rápidamente, y el haba de Calabar era otro veneno; le provocaría el vómito, aunque también se suponía que contrarrestaría los efectos de la belladonna.

—Esto va a ser duro —la advirtió Signa—, pero tienes que luchar. Si sientes que vas a vomitar, deja que ocurra. Eso ayudará.

Blythe no dijo nada, pero parpadeó; aquello indicó a Signa que lo había entendido.

Percy permanecía junto a ellas con la mirada ansiosa.

—¿Crees que funcionará?

A Signa le entraron ganas de matarlo por preguntar eso, y le lanzó una mirada que se lo comunicó. Blythe estaba enferma, pero aún podía oírlos.

—Esto debería ayudarla muchísimo —dijo Signa sin añadir: «Si su sistema lo tolera».

Incitó a Blythe a que tomara la mitad del vaso y luego recogió una palangana del suelo para cuando la fueran a necesitar.

—Lo siento —susurró sentándose más cerca de Blythe y apartándole los mechones de pelo húmedo y rubio de la frente—. Se me debe haber escapado algo. Pensaba que solo era el medicamento lo que estaba envenenado, pero ya no estoy tan segura.

—O puede que alguien haya cometido un desliz y haya dado demasiada información a la persona incorrecta —susurró Percy con un dejo acusatorio.

Signa se lo había contado a alguien, y había que reconocer que lo había hecho con más facilidad de la que debería. Pero Sylas la había ayudado. Le había enseñado la biblioteca y la había llevado al Grey. Si quería que Blythe muriera, no la habría ayudado tanto, desde luego.

—Nadie ha cometido ningún desliz —dijo Signa con seguridad—. Debo haber cometido un error. Tendremos que vigilar lo que toma con más atención.

—¿Y qué pasa con tu remedio? —Señaló con la barbilla los restos de la bebida de color blanco lechoso—. ¿Tendrás suficiente en caso de que ocurra otra vez?

Signa asintió con la cabeza.

—Para otra dosis más, sí. Aunque esperemos que no la necesite.

—Ojalá tengas razón.

Percy contempló con la mirada seria a Signa mientras trabajaba con la alcaravea. Estaba preparándola para cuando Blythe echara las tripas, algo que no tardó en ocurrir.

—Yo me quedo con ella —dijo Signa, dando las gracias por tener los reflejos rápidos y poder acercarle la palangana a Blythe justo a tiempo. Volvió a retirarle el pelo de la cara. Signa sentía calambres en el estómago, empezó a tener náuseas y un sudor frío en la piel. Se negó a que se le escapara delante de Percy; ya se le pasarían las náuseas—. Vamos a necesitar agua —le dijo con una autoridad severa—. Ve a pedirle a los de la cocina que te den algo de pan. Necesita comer algo que le siente bien al estómago en cuanto pase la peor parte. Y, por favor, sé discreto.

Percy asintió con la cabeza y lanzó una última mirada a su hermana. Signa nunca había visto sus mejillas tan hundidas ni sus ojos tan ausentes. Percy dio media vuelta sin decir ni una sola palabra y el sonido de sus botas fue desapareciendo por el pasillo.

A última hora de la tarde, Blythe empezó a sentirse mejor, aunque Signa no las había tenido todas consigo. Llegó a no estar segura de que su prima fuera a salir de esa, porque se le intensificó la respiración pesada y se le empezó a recalentar la piel. Pero en algún momento durante aquellas largas horas, hubo un punto de inflexión. Las mejillas coloradas de Blythe se enfriaron, y su estómago dejó de tener tantas ganas de vaciarse. Estaba tumbada en la cama, con el pelo recogido en una trenza floja que Signa le había hecho entre que vaciaba la palangana y le daba más agua a su prima.

La respiración de Blythe era profunda y por fin fue capaz de mantener los ojos abiertos.

—¿Estás aquí? —preguntó Signa, y relajó los hombros cuando Blythe asintió con la cabeza. Entonces tomó una rebanada de pan de la bandeja que Percy les había traído, arrancó un pequeño trozo y se lo dio a su prima—. Intenta comer esto. Te vas a sentir débil durante un tiempo, pero creo que te vas a poner bien. Lo único es que tendremos que ir con cuidado con lo que comas o bebas.

A Blythe se le escapó el trozo de pan de los dedos. Estaba demasiado débil como para sostenerlo. Titubeó al darse cuenta de aquello y empezaron a brotarle las lágrimas, pero Signa no lo iba a permitir. Recogió la rebanada de pan, la desmenuzó en bocados aún más pequeños y le puso un trocito en la boca a Blythe. Signa le dio de comer trozo a trozo y dejó que Blythe descansara la cabeza sobre su hombro y que las lágrimas salieran libremente hasta que se sintió demasiado agotada como para comer o para derramar otra lágrima y se quedó dormida.

Mientras Blythe dormía, Signa le pasaba la mano por el pelo y le transmitía fuerza.

—No te preocupes —susurraba Signa—. Encontraré a quien te haya hecho esto. Lo prometo.

Desde el umbral de la puerta se oyó una voz baja:

—¿Cómo has podido ayudarla? —Marjorie las observaba con ojos brillantes.

Signa miró hacia el vaso que había en la mesilla de noche. La evidencia seguía ahí.

—Un viejo remedio que he encontrado en la biblioteca —susurró Signa sin saber qué más decir.

Signa sabía que, si quería, Marjorie podía expulsarla. Podía decir que Signa era una bruja y echarla de Thorn Grove. Pero, en vez de eso, suavizó la mirada.

—Tú también deberías descansar —dijo la institutriz.

A Signa se le erizó la piel ante la mera sugerencia de dejar a Blythe a solas o en manos de otra persona. Pero, por el momento, la presencia de Muerte se había disipado de la habitación y no quedaba rastro de su aviso. De nuevo, le habían perdonado la vida a Blythe.

Solo cabía esperar que Signa hubiera podido salvarla una última vez.

Signa acomodó la cabeza de Blythe sobre la almohada y salió de la cama. En la mesilla de noche había dejado unos trocitos de pan y dos vasos con agua. En uno de los vasos había añadido la semillas de alcaravea machacadas para que le calmara el estómago a Blythe. Por el momento, era todo cuanto podía hacer.

—Lo mejor que podemos hacer por ella es dejar que duerma —le dijo Marjorie, y Signa supo que era algo que no debía rebatir.

Aunque hubiera ayudado a Blythe, Signa seguía siendo poco más que una desconocida para la familia Hawthorne. También era una mujer, y joven. Daba igual lo mucho que quisiera esconderse en la habitación de Blythe para vigilarla a todas horas, jamás permitirían una cosa así sabiendo que la familia tenía contratados a médicos de verdad.

Así que, por el momento, Signa tomó las faldas con la mano y salió por la puerta detrás de Marjorie. Dejó que la institutriz la condujera por un pasillo iluminado por velas y la llevara hasta su habitación.

Marjorie bajó el ritmo, lo cual las obligó a quedarse rezagadas en el pasillo.

—Estás encajando en Thorn Grove mejor de lo que esperaba —dijo. La oscuridad de la noche cubría bien el recuerdo del bofetón de Marjorie. Al tenue resplandor de los apliques de hierro, lo único que podía distinguir Signa era un moratón que estaba perdiendo intensidad en el labio superior.

—Gracias —dijo Signa antes de permitirse revivir el recuerdo de la imagen que le causó ese moretón. Apretó las manos en los costados.

—Ha sido un placer ver lo bien que te llevabas con las otras señoritas de tu edad. —Marjorie golpeteó el suelo de madera con el tacón de las botas—. Quieres hacer tu presentación en sociedad esta temporada, ¿no es así?

Quizá fuera un momento extraño para estar hablando de una cosa así, pero la presencia de Muerte en Thorn Grove había sido larga y aburrida, y Signa había aprendido que, cuando Muerte reclamaba todo tu tiempo, las conversaciones triviales resultaban un alivio. Tal vez Marjorie se sintiera igual.

—No quiero molestar a nadie con eso —dijo Signa—. Me iré de Thorn Grove a mi propia casa más o menos al mismo tiempo. Puedo hacer mi presentación en sociedad cuando me vaya...

—No es necesario que te disculpes, Signa. Estás haciendo un buen trabajo con tus clases, y creo que es una buena idea que hagas la temporada esta primavera. Además, nadie permitirá que te presentes en sociedad sin un acompañante adecuado. Es algo inaudito.

Signa se mordió las mejillas por dentro.

—¿Crees que es una buena idea?

—Sí. Y hablaré con Elijah sobre esto mañana. —Signa no pasó por alto el uso casual de su nombre—. Mientras tanto, vamos a celebrar un baile estas Navidades, y tú vas a ir. Será una buena experiencia para ti.

Signa se ruborizó. Se había pasado todo el día cuidando de Blythe. Le dolía la espalda, los ojos intentaban cerrársele todo el rato y estaba segura de que olía mal. Y a pesar de todo eso, las palabras de Marjorie la tenían zumbando de la emoción. Era su oportunidad para mostrarse tanto a sí misma como a los demás que estaba hecha para llevar una vida fuera de las sombras. Para la vida que siempre había estado destinada a tener. Para ser como su madre o como Lillian: alguien a quien todos adoraban y de quien siempre contaban historias. Alguien cuyo nombre a solas podía suavizar una voz.

—Me... me encantaría.

Marjorie sonrió.

—Entonces me encargaré de todos los detalles. Ya va siendo hora de que Thorn Grove vuelva a organizar fiestas como toca. Puede que sea exactamente eso lo que necesitemos todos.

Veintiocho

Sylas estaba esperando a Signa en su habitación. La joven estuvo a punto de volver a salir al pasillo en cuanto vio que su cabeza aparecía al lado de su cama, y ahogó un grito de sorpresa que le quemó en la garganta.

—¿Cómo se encuentra la señorita Hawthorne? —Aquello fue lo primero que dijo, y bastó para suavizar lo afilada que tenía la lengua Signa.

—El antídoto ha funcionado —contestó Signa echando una mirada por el pasillo para asegurarse de que estuvieran solos. Luego cerró la puerta y echó la llave.

La habitación estaba inundada por el frío cuando Signa entró en ella, y frunció el ceño al darse cuenta de cuál era la razón. Sylas había vuelto a escalar por el sauce y había dejado las puertas del balcón abiertas para poder salir rápidamente.

—Un día de estos te van a atrapar. —No había nada de frialdad en su voz. Por muy cansada que estuviera, habían salvado a Blythe, y había sido gracias a la ayuda de Sylas.

—Aún no nos han encontrado. —Sylas sonrió al sentarse al borde de la cama de Signa.

El vientre de la joven entró en calor al verlo ahí. Se puso el pelo detrás de la oreja y, de repente, se dio cuenta de que olía a vómito y de que necesitaba darse un baño.

—Quiero darte las gracias por tu ayuda —empezó Signa, la piel le abrasaba a pesar del frío—. Sé que te voy a pagar, pero aun así, significa mucho para mí. Es una situación precaria, y mi prima necesita toda la ayuda que le puedan dar.

Signa se sentó en el diván, le daba miedo que sentarse demasiado cerca de él le inspirara ciertas... ideas. Entonces Sylas se puso en pie y fue hacia la silla que había delante de ella.

—He sacado los registros de todos los empleados de Thorn Grove y de cualquiera a quien hubieran despedido durante este último año. —Sylas señaló un montón grueso de papeles que ya había colocado sobre el escritorio de Signa—. No he hallado nada en los que he mirado, pero puede que tú tengas más suerte. Vigila que no los descubran. Me imagino que será difícil intentar explicar cómo los conseguiste.

Signa asintió con la cabeza, y aunque tenía ganas de ponerse a estudiarlos, era una tarea que tendría que esperar hasta después de una noche de descanso. Si se ponía a leerlos en aquel momento, dudaba de que fuera capaz de ver bien. Lo único que quería era darse un baño y quitarse las pesadas ropas antes de la llegada de Muerte a medianoche. Pero previo a eso, mientras Sylas estuviera presente, había algo que se había estado preguntando desde la acusación de Percy.

—Pero ¿por qué accediste a ayudarme? —Las palabras salieron en ráfaga, y Signa no estaba segura de por qué le latía tan fuerte el corazón bajo su mirada—. Aunque tengas dinero, ¿no te preocupa tu reputación? No habrá nada bueno en que te descubran.

No se paró ni un momento a considerar aquello. Enseguida contestó:

—Siendo franco, señorita Farrow, no me queda mucha reputación que mantener. —Observó la mirada de Signa bajando a sus botas, sorprendida ante el cuero pulido de tan buena calidad. Sylas puso los pies a un lado, como si haciendo aquello se fuera a librar de que inspeccionaran su calzado.

»No soy un hombre interesado —admitió a continuación—. No me pondría en esta posición a no ser que hubiera algo más concreto que pudiera ganar. Que sepas que, ayudándote a ti, obtendré los recursos que necesito para ayudar a alguien que me importa mucho.

Signa deseó tener agua para satisfacer la repentina sed que le entró. Había tal fervor en la manera en que hablaba Sylas, una pasión tan salvaje, que, de manera inmediata, Signa sintió celos por la persona que despertara aquel afecto. Se dio una palmadita en la mejilla en un intento por aliviar algo del calor que sentía. De nada le servía permitir que Sylas le provocara esos arrebatos cuando había otra persona que ya tenía su cariño. No podía evitar que le pareciera apuesto o que disfrutara su compañía, pero, simplemente, tendrían que ser amigos. Amigos, nada más.

Además, Sylas no era el único en quien Signa se descubría pensando a menudo. Había otro hombre al que tenía muchas ganas de volver a ver, aunque no tenía en mente que fueran a ser amigos.

—Da igual el motivo que tenga, lo aprecio igualmente, señor Thorly.

Sylas parecía radiar desde dentro por aquel elogio.

—Puedes llamarme Sylas —dijo—. Y, por supuesto, no debes darme las gracias. Estaré atento y me pondré en contacto si me entero de alguna información.

Había más cosas que Signa quería preguntar y más detalles que quería que compartiera con ella. Pero faltando apenas una hora para la medianoche, no había tiempo. Se puso en pie y Sylas hizo lo mismo, captando la indirecta de que su reunión había terminado.

—Que tengas una noche maravillosa, Sylas.

Signa cruzó las manos sobre el regazo y se preguntó si debería intentar parecer más ofendida por el hecho de que Sylas hubiera entrado a hurtadillas por la ventana y menos emocionada por ello.

Sylas fue hacia la ventana y se encaramó al sauce de la manera más respetuosa en que pudo hacerlo. Cuando estuvo seguro, se dio la vuelta hacia ella. Tenía el destello de la luz de la luna en los ojos.

—Que pase una buena noche, señorita Farrow. Estaremos en contacto.

Veintinueve

Cuando llegó la medianoche, Signa estaba lista.

Recorrió el largo de la sala de estar mientras esperaba a que la oscuridad tirara hacia dentro y que Muerte llenara la habitación y trajera consigo el fresco de los últimos días de otoño. Signa se alegró de llevar puestas las pantuflas y de haberse echado una bata sobre el fino camisón. El aviso de que estaba llegando el invierno estaba en el aire; el frío se sentía amargo y cortante sobre la piel.

—Lo has hecho bien. Me alegro de que hayas encontrado una manera de ayudar a Blythe.

Muerte se fijó en que Signa se había peinado los oscuros mechones y en que se había pellizcado las mejillas para que se le ruborizaran. La joven se había pasado la última hora desde que Sylas se había ido dejando que su mente divagara mientras se preparaba, repasando todas las cosas que quería preguntarle, todo sobre lo que quería hablar.

—Solo porque me avisaste. —Signa retorció las manos—. Pero la solución es temporal. Dime... ¿estás seguro de que no tienes ni idea de quién podría estar tras el asesinato de Lillian?

Muerte se sentó en el brazo del diván.

—Esto no es ningún plan malvado. Como ya te he dicho, existen limitaciones en lo que puedo ver. Cuando toco a alguien, reclamo su vida. Al tocar a las personas, puedo ver fragmentos de los años en que vivieron, pero no soy adivino ni omnisciente.

Signa suspiró. Ya se esperaba aquello, pero habría sido mucho más fácil si Muerte supiera algo.

—¿Y qué pasa con tus poderes, Signa? —Se levantó del diván y fue merodeando hacia ella. Cada paso que daba desataba un frenesí en el pecho de Signa, una quemazón fría que le invadía los pulmones—. Hay algo que desde hace un tiempo me genera curiosidad. Cuando tocaste a Magda, ¿viste algo?

Signa había enterrado bien profundo el recuerdo de aquella noche, prefería no volver a pensar en lo que había hecho. Pero reflexionó sobre la pregunta y agitó la cabeza. Tal vez Muerte pudiera ver las vidas de aquellos a quienes reclamaba, pero Signa no vio nada al tocar a Magda.

Muerte soltó un murmullo entre dientes.

—A pesar de que cuentas con mis poderes —empezó—, parece que no puedes usarlos en la misma capacidad. Al menos, no por el momento.

—¿Qué quieres decir con que «no por el momento»?

Muerte se acercó un paso más hacia ella, pero Signa se quedó quieta. Las sombras oscilaban sobre las paredes alrededor de él, era como un baile de acá para allá que dejaba a Signa calmada y con una sensación reconfortante.

—No es más que una idea, pero me pregunto si tendrías mejor acceso a tus habilidades si estuvieras muerta, pajarito.

Por fin, Signa tuvo la sensatez de dar un paso atrás.

—Pero yo no puedo morir. No me quiero morir.

—Exacto —dijo Muerte—. Tienes una vida larga y plena por delante, de eso no hay duda. Es una teoría, nada más, pero creo que cuando tu vida acabe, algo que terminará ocurriendo, estos poderes te estarán esperando.

Signa se abrazó a sí misma.

—Crees que soy como tú. —Sus palabras fueron poco más que un soplo de aire rápido e incrédulo—. Crees que soy... ¿Qué? ¿La muerte?

Las sombras de Muerte cambiaron de forma, y lo convirtieron en alguien un poco más pequeño y menos intimidante.

—Una parca —aclaró con lo que tal vez fuera la voz más suave que Signa había oído. Fue como un lago bajo las estrellas, tranquilo y silencioso—. Sí.

Dijo que era una teoría, como si la idea no fuera suficiente como para que a Signa le diera vueltas la cabeza. Una teoría, sí, pero que tenía más mérito del que ella quería darle.

De repente hizo tanto frío que Signa empezó a tiritar, aunque en esa ocasión no fue por la presencia de Muerte. Agarró el borde de una mesa para no perder el equilibrio, pero aquello no funcionó y volvió hasta la silla dando tumbos mientras la idea le aporreaba las sienes.

—¿Cómo sería eso posible? ¿Tú también fuiste humano antes?

Muerte se arrodilló ante ella.

—No, no creo que lo fuera. Es imposible recordarlo todo siendo tan viejo, pero estoy seguro de que me acordaría de eso.

Aquello no tenía sentido. ¿Por qué, después de tanto tiempo, iba a decidir Destino que tenía que existir otra parca en este mundo? Signa no podía decir con seguridad que lo fuera, pero... era una posibilidad. Una posibilidad maldita que no podía comprender, pero una posibilidad al fin y al cabo.

—Creo que sería sensato probar los límites de tus habilidades.

Muerte hablaba como si Signa fuera una niña, como si fuera algo frágil y pequeño a lo que hubiera que mimar. Aquello no pasó inadvertido, y no fue difícil imaginar dónde habría aprendido a hablar con una suavidad que se parecía tan poco a la muerte que Signa creía que había existido siempre. Durante muchos años, Signa solo lo había visto como la parca, una sombra con un tacto letal que se llevaba a todas y cada una de las personas que había en su vida. Pero cuando Muerte le puso la mano sobre la rodilla, cuando hizo contacto, a Signa se le subió el corazón a la garganta, se dio cuenta de que era algo totalmente distinto.

Muerte era el transportador de almas. No era un demonio ni un monstruo, sino quien guiaba a los espíritus rebeldes. Signa había visto la manera en que se aferraban a él y en la que lo buscaban con ilusión. Y para quienes le tenían miedo... Bueno, en algún lugar tuvo que aprender a ser suave.

La vida de Muerte no era para nada la vida que Signa había imaginado para sí misma. A pesar de ello, Muerte le ofreció la mano y preguntó:

—¿Confías en mí?

Y Signa fue hacia delante sin vacilar. Sin guantes, su piel desnuda entró en contacto con las sombras de Muerte, y Signa entrelazó los dedos con los suyos.

Una sensación helada le atravesó las venas y le paralizó el corazón. No se resistió. Muerte la ayudó a ponerse en pie y Signa sintió el ardor de sus poderes con más fuerza que con las bayas de belladonna. Era tan potente y constante que, al cerrar los ojos, Signa pudo sentir la reverberación de la tierra bajo ella.

Muerte se movió para ponerse tras ella y arrastró la mano hacia arriba para rozarla contra el cuello desnudo de Signa, para mantener la conexión. Signa ahogó un grito cuando sintió el pecho de Muerte contra su espalda; constantemente se olvidaba de que Muerte no hacía sino esconderse tras aquellas sombras. Se olvidaba de que, bajo ellas, era un hombre de verdad, con pecho y todo.

—Considera esto como el inicio de las lecciones de hoy —susurró Muerte calmando a Signa—. ¿Qué sientes?

Signa sabía que podía contestar de muchas maneras. Podía decir que sentía la firmeza de su pecho y un calor en el vientre al imaginarse lo que experimentaría al ser aplastada por ese pecho. O podía decirle que su mente divagaba pensando lo que podría hacer Muerte con sus sombras, pero aquello era, sin duda, más de lo que le gustaría admitir.

Se relajó contra él. Aflojó los hombros y el mundo quedó enfocado alrededor de ella. Podía sentir como si el mundo estuviera respirando: en el calor de las estrellas, en las hojas cayendo de los árboles, en el frescor de la tierra cuando la lluvia amenazaba en el cielo cubierto. También podía sentir los latidos. Los últimos latidos eran demasiados por segundo.

—Siento... la vida —dijo por fin.

Muerte hizo un sonido con la garganta, bajo y de aprobación.

—¿Qué oyes? —Deslizó los dedos desde el cuello hasta cubrirle las orejas.

Signa nunca había oído el mundo tan callado, como si no existiera nada más en él que ellos dos. Pero entonces el mundo fue soltándose trozo a trozo. Pudo escuchar los últimos alientos y palabras dulces; los susurros llenos de amor dedicados a quienes estaban muriendo. Y aunque aquello era triste, también había una ternura por la vida que habían llevado hasta ese momento.

—Oigo despedidas.

Signa tragó saliva cuando Muerte deslizó las manos hasta cubrirle los ojos. Se inclinó hacia ella y le rozó la oreja con los labios. Signa se estremeció, deseaba desesperadamente poder ver el cabello y el rostro que escondía de ella, contemplarlo por fin.

—¿Qué ves? —susurró con una voz que le provocó temblores en las piernas a Signa.

Le vinieron las imágenes: el césped empezando a marchitarse por el frío, una familia alrededor de un hombre mayor al que se le iba a parar el corazón. Les vio las caras, oyó sus voces, y ahí, colgando justo fuera de su alcance, un ronzal que a Signa le dio la sensación de que podía arrancar del aire. Un ronzal que la llevaría hasta cada uno de ellos.

Muerte apartó la mano y Signa se giró hacia él enseguida. Había más cosas que hacer, más pruebas que realizar. Pero en aquel momento, lo único que quería era mirar a aquel hombre que se había pasado la vida viendo y abrazando esas cosas. Era el primero a quien los fallecidos veían cuando cerraban los ojos por última vez, y el peso de todo aquello cayó sobre ella.

—¿Cómo manejas esto día tras día? —preguntó Signa apretando una mano contra el pecho. Sin estar en contacto con él, la vida estaba volviendo a infiltrarse en su piel, el corazón parado le volvía a palpitar y obligaba a la sangre a moverse.

—Te acostumbras a ello —dijo Muerte—. Algunos son pacientes cuando mueren, y sus almas me esperan hasta que llegue y las reclame. Otros son más insistentes, como viste hace unas noches. Si no los encuentro de inmediato, me encuentran ellos a mí. Pero nunca estoy lejos de un alma perdida, pajarito, y no estoy constreñido a un solo lugar cada vez.

Muerte estaba cerca de ella, tanto que Signa podía imaginarse bajándole la capucha y mirándolo por fin. Sentía un calor en la parte baja del vientre; lo que se había imaginado que ocurriría después estaba lejos de considerarse casto. Muerte se acercó un poco más para tomar a Signa por los hombros, como retándola a que hiciera caso a sus impulsos.

Ella también sentía bastante curiosidad por hacerlo. No solo por besarlo, sino por explorar otras maneras en que podría sentirlo. De repente, la bata y el camisón le parecieron cosas finas e inservibles. Podía sentir cada roce de sus manos y jadeó al percibir sus sombras arremolinándose por la bata y deslizándose desde los hombros desnudos hasta llegar a la cintura, cuando Muerte la acercó más hacia él.

Paró al ver que Signa no hacía nada por detenerlo y le pasó el pulgar a lo largo de la cadera.

—¿Puedo?

La pregunta sacó a Signa de su trance. Estaba tan embelesada y tenía tantas ganas que no se había parado a pensar en lo que significaba todo aquello. Aún no había hecho su presentación en sociedad y ya estaba cerquísima de romper la norma social más grande que había para una mujer: acabar con su castidad. Las normas sobre ese tema en su manual de protocolo no tenían límites y, sin embargo, ahí estaba ella. Y con Muerte, nada más y nada menos. Signa lo entendía mejor, pero aquello no lo hacía menos peligroso, aunque le dolía tanto el cuerpo que el peligro le daba bastante igual. Había visto a tanta gente buscando relaciones que sabía que le gustaría experimentar por ella misma lo que era tener una conexión física con un hombre. Y por las señales que estaba dando su cuerpo, también sabía que quería hacerlo.

Además, nadie más que ella podía ver a Muerte. ¿Cómo se iban a enterar?

—¿Cómo... cómo lo haríamos? Por lo de tus sombras, digo —preguntó Signa.

En vez de recibir una respuesta en voz alta, a Signa empezó a arderle la piel al sentir una de las sombras de Muerte filtrándose por debajo de su camisón y rozándole la parte interior del muslo.

—¿Quieres descubrirlo?

Su cuerpo gritaba que sí, ignorando la alarma que estaba sonando en el fondo de su cabeza. Era una vocecita que le decía que entrara en razón y recordara con quién estaba lidiando. Aun así, Signa ahogó aquella voz y la enterró a dos metros bajo tierra. Atendiendo a su parte más primitiva, asintió con la cabeza.

Muerte se desató. Sus sombras se enrollaron alrededor de Signa y la acomodaron en el diván; le levantó el pelo con las manos y le rozó tan cerca con los labios que Signa se arqueó hacia él. Muerte se rio; fue un sonido gutural y crudo que soltó al ir bajando por su cuello. Signa cerró los ojos de golpe cuando lo sintió besándola ahí, desde la oreja hasta la clavícula. Eran besos leves y salpicados, y de vez en cuando le daba un suave lametón en la piel; entonces Signa se retorcía y lo acercaba más a ella. Estaba envuelta por las sombras, que le rozaban el muslo con caricias frías y delicadas, y ella echaba la cabeza hacia atrás y se ofrecía a él.

Signa se dejó llevar por aquella sensación cuando las sombras de Muerte la acariciaron más cerca de donde lo quería a él. Donde lo ansiaba. Muerte tenía los labios en la mandíbula de Signa, iban subiendo poco a poco mientras sus sombras hacían lo mismo. A Signa el corazón le aporreaba y respiraba con un suave chirrido mientras esperaba sus labios. Su tacto.

Pero la alarma volvió a sonar en su cabeza, y en aquella ocasión, más alto: si dejaba que ocurriera aquello con él, ¿qué quería decir? ¿Quería decir que estaba lista para aceptar lo que era? ¿Para abrazarlo?

Muerte se quedó quieto cuando Signa apretó las manos contra su pecho para alejarlo.

Aún no estaba lista. No estaba segura del tipo de vida que quería para sí misma.

Y así, se echó para atrás y, antes de que pudiera cambiar de idea, dijo:

—Dime algo que te guste.

—¿Algo... que me guste? —Se separó de ella—. Supongo que me gustas tú.

Signa casi se ahogó con su propia respiración.

—¿No tienes aficiones? O la comida. ¿Te gusta la comida?

—No como mucho, aunque las cosas que he probado me han gustado. —Muerte se sentó en el borde del diván con una risa y, tal como hizo la noche en que se encontraron en el bosque, se empequeñeció. Signa se dio cuenta de que lo hacía por ella. Estaba intentando estar más presentable por ella.

—No tienes que hacer eso. —Signa se mordió el labio en cuanto lo dijo, deseando poder callarse un momento y pensar en lo que estaba haciendo—. No tienes que empequeñecerte. Preferiría ver a tu verdadero yo y no llevarme ninguna sorpresa.

Signa sintió los ojos de Muerte sobre ella.

—¿Eso quiere decir que ya no me temes?

—Quiere decir que no estoy segura. —No le parecía correcto decir que habían desaparecido sus dudas en cuanto a él o a su poder, pero ya no podía decir que lo temiera tanto como antes. Después de lo que había hecho por ella, de haberla avisado sobre Blythe... sería mentira. Se envolvió con la bata y evitó su mirada. El hechizo se había roto, y aquella vocecita dentro de su cabeza se había liberado y estaba dando gritos sobre la castidad—. Debería irme a dormir. ¿Continuamos mañana con las lecciones?

Muerte asintió con la cabeza.

—Quiero que practiques e intentes hablar conmigo. Con tus pensamientos, no con tus palabras. No deberías necesitar las bayas de belladonna para ponerte en contacto conmigo. —A medio camino de la cama, Signa se detuvo cuando Muerte añadió—: Me gustan los animales más que cualquier otra cosa. —Signa se giró y vio las últimas volutas de sus sombras escabulléndose por la ventana—. Me gusta que puedan verme.

Y entonces se fue y Signa se sintió tan ligera que hubiera podido flotar.

Treinta

Solo había pasado una noche desde que Blythe se tomó el haba de Calabar y ya estaba mejorando de manera milagrosa.

—Nunca he visto nada igual —dijo el médico cuando Blythe se metió una cucharada de gachas en la boca—. ¿Qué milagro es este?

Percy permanecía con los brazos cruzados y una mirada perpleja.

—Un milagro, sin duda.

Blythe no asistiría al baile de Navidad con ellos. Ni siquiera podría dar un paseo alrededor de la mansión en mucho tiempo, pero el antídoto estaba funcionando. Y Signa sabía que, un día de esos, encontraría al responsable del daño infligido. Repitió las palabras de Percy una y otra vez en la cabeza, le proporcionaban tranquilidad: «Un milagro, sin duda».

Signa se escabulló del cuarto de la enferma para prepararse para el desayuno. Esperaba poder comer rápidamente y tener un rato libre para continuar con la búsqueda del origen del veneno de Blythe y con la investigación sobre los registros que Sylas había traído. Hasta el momento, no habían resultado de ayuda, pero ya sabía más cosas sobre el personal y sus movimientos de lo que quería. Excepto sobre Sylas. Signa no había pasado por alto que Sylas hubiera retirado sus registros del montón.

Signa estaba sentada frente al tocador. Aún no había terminado de arreglarse el pelo cuando Marjorie llegó con una carta en la mano.

—Es de parte de lord Everett Wakefield. —Le dio a Signa un pequeño sobre de color blanco. Su nombre estaba escrito en el frente con una letra elegante y cuidada. La joven esperaba que la institutriz mostrara ilusión, pero Marjorie le agarró la mano y se la apretó—. Ten cuidado —dijo solamente, y luego empezó a pasarle el peine por el cabello a Signa.

—¿Con lord Wakefield? —preguntó la joven, incrédula.

—Con todos ellos.

Al entender la firmeza que había en la voz de la mujer, Signa se mantuvo estoica, se acercó la carta al pecho y la abrió sin hacer florituras.

Estimada señorita Farrow:

No podía esperar ni un solo momento más para volver a hablar con usted. Me encantaría verla. Hoy mismo, si fuera posible. Hace un día estupendo para montar a caballo por el páramo.

Atentamente,

Everett Wakefield

Signa levantó la mirada hacia el reflejo de Marjorie en el espejo.

—Desea verme.

Sin reaccionar de ninguna manera, Marjorie empezó a recoger el cabello de Signa. Se lo sujetó en la nuca y lo retorció para que los rizos sueltos le cayeran por uno de los hombros.

—¿Y tú deseas verlo?

Signa pasó el pulgar por encima de su nombre escrito, sorprendida al darse cuenta de que no había pensado en lord Wakefield desde el día en que tomaron el té. Al principio suponía que era porque había estado muy ocupada con Blythe y con todas las otras cosas que tenía en mente, pero se dio cuenta de que aquello no le había impedido pensar en Muerte. O incluso en las ganas que tenía de montar a caballo con Sylas otra vez.

—Pronto cumpliré los veinte, y lord Wakefield es un hombre amable y con éxito —dijo la joven; sus palabras sonaron tensas—. ¿No debería querer una visita suya?

—Es del todo respetable rechazar su petición —dijo Marjorie—. Podemos echar la culpa de tu rechazo a Elijah, si lo deseas, y decirle a lord Wakefield que no lo vas a recibir hasta tu temporada. Te daría más tiempo para estar lista.

Signa se recostó en el asiento intentando ordenar sus ideas.

—¿No crees que debería verlo?

—Quiero que seas prudente —la reprendió Marjorie con rapidez—. Todos los hombres a los que he conocido son unos listos y unos mentirosos. Te soltarán medias verdades o palabras más dulces que el néctar para conseguir lo que quieren. Tú eres dueña de una gran fortuna. Creo que sería más seguro que hicieras tu presentación en sociedad y luego recibieras a pretendientes aquí, en Thorn Grove, después de que haya empezado la temporada. No tienes ningún motivo por el que acudir cuando te requieran, y te convendría saber las opciones con las que cuentas.

No se podían negar las intenciones de Everett. Si hubiera llegado un mes antes, Signa le habría permitido que acudiera a visitarla en un santiamén. Su cara era la que Signa se imaginaba cuando cerraba los ojos y fantaseaba sobre su vida en la alta sociedad. Era apuesto, rico y carismático. Juntos tendrían una gran finca en la que celebrarían fiestas magníficas. Y cuando no les tocara celebrar las fiestas, esperarían de ellos que asistieran a bailes, a la ópera y a tomar el té. Y a Signa no volvería a faltarle la compañía.

Entonces, ¿por qué no podía aceptar aquella invitación?

—¿Por qué no te has llegado a casar? —preguntó Signa de repente. Tal vez no fuera la pregunta más amable y estuviera tentando a la suerte, pero tenía que intentarlo. Necesitaba otro empujoncito para asegurarse de que no estaba condenándose a sí misma para siempre al rechazar a Everett.

Aunque Marjorie no tuviera ni un solo penique, seguro que llamaría la atención de muchos hombres respetables. Era preciosa.

—Te cortejaron, ¿no? —añadió Signa.

—Mi familia no tenía un estatus muy alto, pero tampoco estábamos abajo del todo. Y yo contaba con una buena apariencia, buenos peinados, algo que llama la atención a muchos hombres. —Marjorie se pasó la mano por los mechones ondulados y soltó una risita para sí—. Así que sí, Signa, me cortejaron y mucho. Y a ti también lo harán. No te voy a decir que no te cases, pero no tengas ninguna prisa. Acepta tarjetas de visita si quieres, pero, hagas lo que hagas, ve despacio con los hombres a los que conozcas.

Signa no necesitaba tener experiencia para saber a lo que Marjorie se refería, y pensó en todo lo que había estado a punto de hacer con Muerte la noche anterior. Su manual de protocolo hablaba de las relaciones con los hombres como si fueran una transacción. Como si ella, como mujer, tuviera que mantener intactos todos y cada uno de los aspectos de sí misma —incluida la virginidad—. De lo contrario, pensarían que era impura. Sucia.

El *Manual para damas sobre la belleza y el protocolo* empezaba a parecer menos lo que la iba a salvar y más como un fastidio. Un recordatorio desalentador de que como no podía dominar las reglas —porque la agotaban enormemente—, jamás sería lo bastante buena, perfecta o merecedora. Menuda tontería era que un manual le hiciera detestarse tanto a sí misma. Ella era mejor que eso. Y más que eso.

—¿No te gustó ninguno de los hombres a los que conociste?

No se podía evitar el hecho de que Marjorie era una mujer soltera al servicio de otra gente. Era una buena manera de ganarse la vida, pero, aun así, Signa creía que alguien con su apariencia podría haber sido la señora de una finca como Thorn Grove.

Marjorie se sentó en el sillón de lectura.

—Al contrario, me enamoré de un hombre que nunca tuvo la intención de corresponderme. Y pagué el precio por ello.

Signa se acordó de la manera en que Marjorie se comportaba alrededor de Elijah. La manera en que le tocaba el hombro y en cómo le hablaba con tanta libertad.

—¿Qué pasó con él?

—Yo creía que estaríamos juntos el resto de nuestra vida —continuó Marjorie—. Pero se enamoró de otra mujer, y pronto se comprometieron. Yo me había entregado por completo a él, pero me dejó sin dar explicaciones —dijo con una mirada distante al pasear por las profundidades de sus recuerdos.

—¿No encontraste a nadie más?

Marjorie cruzó las manos sobre el regazo.

—A ojos de la sociedad, yo ya estaba arruinada. Mis padres me rechazaron. Fue una suerte que haya podido conseguir trabajo aquí, en Thorn Grove, cuando podría haber terminado en otros sitios peores.

Marjorie no había hecho nada malo al enamorarse, y aun así la condenaron. La echaron de la sociedad como si estuviera podrida y como si, de algún modo, la podredumbre fuera a esparcirse. Como si el amor o el deseo por alguien fuera contagioso. ¿Le haría la sociedad lo mismo a ella? Si Signa diera un paso en falso, ¿le haría de lado la gente a la que estaba intentando complacer con tanto esfuerzo? Y si la respuesta era que sí... ¿de verdad les importaba ella? Signa podía seguir todas las normas de su manual sobre protocolo hasta quedar con la mente atontada y sin voluntad. Podía fingir a diario, tal y como había estado haciendo, pero ¿por qué motivo? ¿Para gustarles a aquellos que la condenarían en el momento en que desobedeciera las reglas?

Signa dejó el sobre en el tocador.

—Y el señor Hawthorne... ¿Te trata bien?

—Muy bien, señorita Farrow. —Marjorie se puso en pie con una sonrisa—. Pero ya basta de hablar sobre mí. ¿Has tomado una decisión?

Signa devolvió la atención al espejo e inspeccionó el brillo de su cabello y el volumen de sus mejillas. El tiempo que llevaba en Thorn Grove le estaba sentando muy bien, y había cosas más importantes como para arriesgarlo por una cara bonita. Así que sonrió en dirección al reflejo de Marjorie y dijo:

—Dígale a lord Wakefield que lo veré en Nochebuena, en el baile de máscaras.

Treinta y uno

Ir a la biblioteca durante el día era mucho menos espeluznante de lo que había sido su visita con Sylas dos noches antes.

Signa subió los escalones de dos en dos y abrió con cuidado las puertas dobles de roble para no asustar a Thaddeus en caso de que estuviera leyendo.

—¿Thaddeus? —llamó al abrir las puertas—. Perdón por interrumpir. Quería darte las gracias por tu ayuda...

El estómago le dio un vuelco al ver humo. Se agarró las faldas y fue corriendo hacia él. Thaddeus permanecía fuera de las filas de estanterías en las que habían estado rebuscando Sylas y ella. Había montones de libros esparcidos por el suelo quemándose. El fuego era reciente, y si no apagaban las llamas pronto, podría ganar fuerza suficiente para quemar Thorn Grove entero.

—¿Quién ha sido?

Thaddeus no respondió. Observó sus queridos libros quemarse hasta las cenizas. Las llamas se reflejaban en sus ojos hundidos detrás de las gafas.

Signa se puso los brazos alrededor de la cintura, como dándose un abrazo. Aquello era culpa de ella. Hacía justo dos noches que había estado ahí, sonriendo y riendo, contentísima por haber encontrado, por fin, el modo de ayudar a su prima. Y a alguien no le había gustado aquello. Parecía que alguien no quería darle la oportunidad de que encontrara nada más.

Necesitaba ir a buscar agua o conseguir ayuda. Hacer algo. Si apagaban el fuego ya, podrían salvar la mayoría de los libros. Podrían conservar la biblioteca.

Pero en cuanto Signa se dio la vuelta para salir corriendo, las puertas de la biblioteca se cerraron de golpe. El pánico le subió como la bilis por la garganta cuando Thaddeus empezó a dar vueltas en dirección a ella. No había nada cálido en su mirada. No quedaba ninguna de las sonrisas ni amabilidades de antes. Sus movimientos eran bruscos y su mirada parecía un arma. Parecía igual de volátil que Lillian aquella noche en el jardín.

—Thaddeus, ayuda —suplicó Signa con una voz ronca y bruta entre el creciente humo—. Podemos evitar que el fuego se extienda más, pero tienes que dejar que me vaya.

La expresión del espíritu continuó vacía, aquellas palabras no le habían afectado, y se fue acercando hacia ella.

Signa se puso las manos temblorosas en los costados para mantenerse firme.

—Thaddeus...

El espíritu se abalanzó, pero no hacia el cuerpo de Signa, sino dentro de él. Un frío más cortante que cualquier cosa que hubiera sentido le adormeció las extremidades, que se le congelaron de la misma manera que cuando la tocaba Muerte. Aun así, aquello no se pareció lo más mínimo, ya que no había ningún poder esperándola, ninguna conexión con el mundo ni con sus habilidades como parca. No había nada más que hielo.

Intentó parpadear, pero no se le cerraban los ojos. Intentó mover los dedos y los pies, pero no se le doblaban ni podía caminar. No podía ni siquiera temblar, y se dio cuenta de lo que estaba ocurriendo, aunque de manera distante, porque hasta los pensamientos empezaban a difuminarse en los márgenes.

Muerte le había advertido que los espíritus tenían el poder de poseer a una persona, aunque nunca había previsto que le ocurriera a ella.

El espíritu estaba tomando el control de cada centímetro suyo y se estaba apoderando de su cuerpo y hasta de su mente, ya que sus pensamientos empezaron a ser tan salvajes y caóticos como los de él. Los deseos de Thaddeus se convirtieron en los de Signa.

Thaddeus quería echar más libros al fuego y dejar que Thorn Grove se consumiera. Pero también había una parte de él que sabía que podían pedir ayuda, que si apagaban el incendio en aquel momento, no tendrían que perderlo todo. Signa se aferró a aquella vacilación, a aquella idea diminuta que se removía dentro de él. Era la única esperanza, por lo que la joven trató de insistir en esa idea. Se esforzó por trasladarla al frente de la mente que compartían y desenmarañarla tan despacio como pudo para atraerlo.

Signa insistió una y otra vez, y sentía que cada vez la absorbía más la ira del espíritu.

Ya no podía distinguir sus propios pensamientos de los de él cuando las puertas de la biblioteca se abrieron de golpe y en el ambiente empezó a hacer un frío más familiar.

Signa nunca se había puesto tan contenta ante la llegada de Muerte, al ver sus sombras zafándose de la pared y formando un charco ante ella. Vagamente, se dio cuenta de que le estaba ofreciendo la mano.

No. No era a ella, sino a Thaddeus.

—Deja que la chica se vaya. —No había ni una sola pizca de consideración en su voz. Al ver que Thaddeus no respondía de manera automática, Muerte volvió a hablar en voz baja, agresivo y furioso—: Que dejes que se vaya.

Y por fin lo hizo.

Signa cayó de rodillas, temblando y con tanto frío —algo sobrenatural— que tuvo ganas de meterse entre las llamas.

Thaddeus se paseaba frente a Muerte, a su mirada había vuelto una ligera luz.

«Llegaron muy rápido. Llegaron tan rápido que no pude hacer nada para detenerlos».

—¿A quién no pudiste detener? —preguntó Muerte, ya que Signa fue incapaz de formar las palabras.

Thaddeus se estremeció. Recogió un libro de la mesa y luego lo volvió a dejar caer, una y otra vez.

«Estaba leyendo. Estaba leyendo y no lo vi. Llegaron muy rápido. Estaba leyendo. Estaba leyendo y no lo vi».

El incendio se estaba expandiendo. Signa no tenía tiempo para seguir temblando, para sucumbir a la paralización de su cuerpo. Dio un paso trémulo con la ayuda de las sombras. Luego dio otro, y otro, hasta que se retiraron al lado de Muerte; Signa empezó a ir hacia la puerta en cuanto su cuerpo pudo manejarlo.

—¿Qué harás con él? —susurró la joven con labios temblorosos cuando llegó al pasillo, echando la vista hacia atrás por encima del hombro para observar a Muerte. Tenía las sombras esparcidas como una manta en el suelo, como si, de algún modo, fuera a contener las llamas.

—Ya te lo he dicho, no me llevo a los espíritus en contra de su voluntad.

La habitación se sumió en la oscuridad. La voz de Muerte resonó en la cabeza de Signa:

«¡Date prisa, Signa! ¡Consigue ayuda!».

Y así lo hizo. Bajó las escaleras a trompicones, pidiendo ayuda a gritos.

Elijah la encontró. Salió de la habitación de Blythe y el pánico se posó en su mirada cuando Signa le contó lo del incendio. Warwick y él fueron corriendo hacia donde estaba y ordenaron al personal que extinguiera las llamas.

Signa no podía estar segura de si lo habían mandado o si fue él quien había acudido corriendo hacia ella, pero como parte del personal a quienes habían llamado para ayudar, Sylas se presentó ante ella unos momentos más tarde.

—¿Qué ha ocurrido? —preguntó tomando a Signa por los hombros para alejarla de todo aquel alboroto y conducirla a sus dependencias.

Al principio, Signa fue incapaz de contestar. Aunque la mayor parte de la biblioteca continuaba estando intacta, Signa se había perdido en sus pensamientos y en cómo Thaddeus había visto quemarse lo que más le gustaba en el mundo. ¡Se habían echado a perder tantos libros así, sin más! De todos modos, era mejor lamentar la pérdida de algunos libros que la de sus propias vidas. ¿Qué habría ocurrido si no hubiera subido ahí ni se hubiera dado cuenta de que había un incendio? ¿Se habría quedado satisfecho quienquiera que estuviera detrás de aquello al dejar que todo Thorn Grove ardiera? No soportaba pensar en ello.

—Creo —dijo con un castañeteo en los dientes— que hay alguien que quiere mandarnos un aviso.

Sylas la agarró con más fuerza.

—Parece que estás al borde del desmayo —le dijo cuando llegaron a la puerta—. Iré a por alguien para que te atienda, pero tengo que ir a ayudar con el incendio. Mientras tanto, prométeme que intentarás descansar.

—Lo prometo —respondió con resignación.

Tampoco se encontraba lo bastante bien como para hacer cualquier otra cosa que no fuera descansar. Sylas la sostuvo un momento más, pero luego se separó de ella. Signa vio desparecer sus pasos en dirección al incendio, luego abrió la puerta de sus dependencias y se arrastró hacia el interior. Cada paso que dio para atravesar el umbral fue arduo.

Fue una gran suerte que Elaine apareciera pronto con una tetera y una bandeja llena de bollitos. Acercó un sillón hacia la chimenea y ayudó a Signa a sentarse, aunque a Elaine le llevó un tiempo encender el fuego. El yesquero de la cocina había desaparecido, y tuvo que registrar el cuarto de los sirvientes para procurarse otro. Lo último que quería ver Signa en aquel momento era fuego, pero aquello le bastó para apaciguar el frío penetrante que tenía en los huesos.

Estuvo ahí sentada, al lado de la chimenea, hasta el anochecer, intentando no pensar en que había dejado que un espíritu tomara el control de su cuerpo. Fue un alivio que Muerte llegara cuando lo hizo, aunque detestaba haber tenido que depender de él para que la salvara.

Elaine volvió más tarde para ayudar a Signa con el baño, y para cuando la joven estuvo limpia, empezó a sentirse más como ella misma. Tenía la mente más clara y un nuevo plan: aprendería a defenderse sola, daba igual las noches que le llevara entrenar con Muerte o cuánto tuviera que practicar con sus poderes. Merecería la pena aprenderlo todo aunque solo fuera para evitar que la volvieran a poseer.

Así que, más tarde aquella noche, se sentó en la cama con el pelo húmedo y un camisón puesto. Cerró los ojos. La ventana estaba abierta, por lo que el aire fresco entraba en las dependencias y mecía el dosel que había sobre su cama. El frío se metió entre las sábanas cuando Signa se aovilló bajo ellas.

Aquella vez era un frío bueno. Era cortante, como de tormenta, y real.

Su abuela siempre le había advertido que no dejara las ventanas abiertas cuando tenía el pelo mojado, pero era una advertencia de la que Signa prefería no hacer caso nunca. Le gustaba la manera en que podía sentir los últimos retazos del otoño contra la piel, y buscaba la calma entre su agarre frío y el olor de la tierra húmeda. La hacía sentir más cerca del mundo que había a su alrededor, como si fuera humana.

Se dio cuenta de que también le hacía pensar en Muerte. No había sentido su presencia desde lo que había ocurrido en la biblioteca, y cada hora que pasaba, su curiosidad iba en aumento. Muerte había retado a Signa a comunicarse con él mentalmente. Por fin lo iba a intentar.

«Me alegro de que estuvieras ahí antes. No sé lo que habría ocurrido si no hubieras llegado».

Cuando lo único que recibió por respuesta fue el silencio, Signa se echó al centro de la cama con las piernas cruzadas bajo ella.

«¿Qué le ha pasado a Thaddeus?».

No tenía la menor idea de si aquello estaba funcionando. No tenía un manual sobre cómo ser una parca. Cerró los ojos y utilizó el frío de la noche para ayudarla a visualizar a Muerte ante ella. Se imaginó que el frío era su roce contra la piel.

«¿Te has enterado de algo más sobre él?».

Una chispa en su interior le dijo que estaba ahí, escuchando.

«Le encantaban esos libros. Es culpa mía que hayan quedado destrozados».

Por fin llegó su respuesta, y Signa no pudo evitar sentir emoción recorriéndole el cuerpo. Lo había conseguido.

«Tómate un respiro, pajarito. No tienes más culpa por el incendio que yo por el hecho de que la gente muera. Lo has hecho todo bien: tu prima sigue viva por tu esfuerzo. Acuérdate de eso».

Signa se mordisqueó el labio. Sabía que podía haber perfectamente un mínimo de verdad en aquellas palabras, pero le pareció imposible creerlas.

«Thaddeus vuelve a ser él mismo, aunque no creo que dure mucho en este mundo». La voz de Muerte era como una quemadura fría contra la piel. «Signa, lo que has experimentado es raro. Es mucho trabajo para un espíritu poseer a alguien, y la mayoría decide ir al otro lado no mucho tiempo después. Los espíritus no tienen la habilidad para filtrar sus emociones como nosotros y actúan basándose en impulsos. Lamento no haber estado ahí antes, para poder ayudarte».

Signa no quería sus disculpas. Era la última persona a la que echaba la culpa. Durante todo aquel tiempo, le había avisado que practicara con sus habilidades, que probara los límites que tenía como parca. Debería haberle hecho caso.

«Gracias», pensó. «Por ayudarme, y por avisarme de lo de Blythe. Nunca habría sabido la situación tan nefasta en la que estaba si no me hubieras informado tú».

La respuesta de Muerte llegó después de un largo rato.

«Me la habría llevado esta noche si no la hubieras ayudado. Me temo que nos estamos quedando sin tiempo para encontrar al asesino. Puede que por ahora esté a salvo, pero ¿quién sabe cuánto durará?».

Lo que sintió Signa entonces fue vergüenza. Vergüenza por no haber encontrado aún al asesino. Por continuar con las clases y pensando en hombres mientras Blythe estaba enferma y a las puertas de la muerte.

Como si estuviera percibiendo lo que Signa sentía por dentro, Muerte dijo:

«No eres la responsable de su vida. Tampoco serás la responsable cuando llegue el momento —y llegará algún día— de que me la lleve. No debes permitir que te consuma tanto la muerte. No es egoísta vivir».

Signa enroscó los dedos de los pies en las sábanas y se pasó las manos por el pelo mojado. Muerte le había metido el dedo en la llaga, pero bien al fondo, aunque una cosa era lo que le dijera y otra, que lo creyera.

«Qué razón tenías al decirme que sería más fácil si confiaba más en mis habilidades», le dijo Signa. «Creo que... te necesito. Necesito tu ayuda. Pero tengo miedo». Era más sencillo admitirlo desde la seguridad de su cama, sin que estuviera de pie frente a ella. Aun así, se le enrojecieron las mejillas.

El silencio que había entre ellos se hizo más grande y era tan alto que chirriaba.

«Será más fácil con la práctica», le dijo Muerte al fin. «Y yo haré todo lo que esté en mi mano para ayudar. Ya te he enseñado mucho, ¿no? Tienes el poder del mundo en tu interior, Signa Farrow. Lo único que tienes que hacer es abrazarlo».

La verdad de la que no se hablaba se cernía con fuerza entre ellos: Signa iba a hacer algo más que abrazar sus poderes. Iba a abrazarlo a él.

Signa tenía un nudo en la garganta. Pensó en la noche que habían pasado juntos, en lo cerca que había estado de tomar una decisión de la que no había vuelta atrás. Habían parado justo a tiempo, y aquello era bueno... ¿No? Porque, desde luego, ella no debería querer eso. No debería quererlo a él. Y aun así...

«Deja de preocuparte por la sociedad y por entrar en su juego con la esperanza de que seas lo suficientemente buena», la instó Muerte. «No existe la bondad verdadera, solo su percepción, así que ¿por qué no pruebas mi manera de vivir? Creo que te sentaría fenomenal».

No mucho tiempo antes Signa había estado con un cuchillo en la mano intentando clavárselo a Muerte. ¡Llevaba tanto tiempo queriendo deshacerse de él! Pero ya no lo tenía tan claro como antes. Incluso el sonido de su voz dentro de su cabeza hacía que entrara en calor. Sentía una curiosidad inagotable por él. Quería curiosear sobre él, conocer sus más hondas profundidades, lo que le gustaba, lo que quería. Daba igual cuántas cosas aprendiera sobre él, Signa dudaba de que fuera a sentirse satisfecha en algún momento.

Cuanto más pensaba en él, con más fuerza enroscaba los dedos de los pies alrededor de las sábanas. Pero el frío del viento era violento y le recordaba a Signa cómo se había sentido estando en sus brazos. Había un poder infinito en aquellos brazos, y un poder infinito que procedía de su abrazo. Nunca había sentido aquel despertar en su interior, aquellas atrocidades por las que la tía Magda la habría quemado viva.

Porque estaba pensando en Muerte. En ella y Muerte. Y no eran el tipo de pensamientos que tuvieran lugar en la alta sociedad.

«Yo vendría». Muerte bajó más la voz, casi era delicada. «Si me llamas, vendré». Había algo acuciante en la manera en que lo dijo, algo ardiente e inquisitivo.

Signa apretó con fuerza una almohada contra el pecho.

Podía hacerlo. Solo necesitaba una única palabra y estaría delante de ella.

Y luego ¿qué? ¿Dejaría que le curara el dolor de sus labios? ¿Que atendiera el calor de su vientre? ¿Continuarían desde donde lo habían dejado la noche anterior?

Las chicas «buenas» no querían las cosas que se estaba planteando Signa. Llevaba tanto tiempo con sus planes, sus esperanzas, y estaba a punto de tirarlo todo por la borda. Soltó la almohada. Necesitó todas sus fuerzas para no llamarlo y que acudiera a su habitación, para no decir las palabras que amenazaban con salir. En vez de eso, se hizo un ovillo con las sábanas y cerró los ojos para alejar el deseo.

No tenía la menor duda de que soñaría con él. Y, por una vez, tenía ganas de ello.

«Lo tendré en cuenta», le dijo Signa y lo dejó ahí.

Muerte se lo tomó como una promesa.

«Buenas noches, pajarito. Lo has hecho bien», dijo con una voz áspera que le hizo creer que estaba pensando lo mismo que ella. Fue un sonido en el que Signa no dejaría de pensar en un tiempo.

La joven no estaba segura de que Muerte se hubiera ido cuando se llevó la mano debajo del camisón y se pasó el pulgar por el interior del muslo imaginando que era él quien lo estaba haciendo. Recibió el frío de la noche en los huesos, echó la cabeza hacia atrás y lo absorbió en su interior como si fuera el abrazo de él.

Signa estaba segura de que iba a ser otra noche en la que no iba a dormir demasiado.

Treinta y dos

Hacía años que Signa no tenía un motivo para celebrar la Navidad.

La última vez que la había celebrado fue cuando su abuela aún vivía. Comieron pastel de carne y pudín todas las noches de diciembre, y decoraron un árbol con velas, frutas y lazos. Los recuerdos se habían borrado algo, pero Signa recordaba la nieve en polvo que había en las ventanas y un fuego que ardía en la chimenea. Se acordaba del olor de las pastas, del pan de jengibre y de las naranjas, y recordaba a su abuela leyéndole cuentos.

Se aferró a aquellos recuerdos cuando su abuela murió porque sentía nostalgia de la compañía y del calor de los cuentos y los dulces. Su tío decoró el hogar, pero a Signa no le permitieron acercarse al árbol por miedo a que, de algún modo, lo destrozara, y el hombre se pasó las noches de diciembre bebiendo coñac con una amante mientras Signa estaba sola en su dormitorio. Ninguno de los otros tutores había hecho gran cosa por celebrar la Navidad. Alguno cocinó un pavo o puso un árbol, pero nunca sintió una ternura como con su abuela.

Después de varios años, Signa había dejado de anhelar el pasado. Pero en cuanto llegó diciembre a Thorn Grove, aquella nostalgia surgió con venganza. Se sentó en lo alto de las escaleras y observó a las sirvientas colgar coronas y guirnaldas para decorar la mansión para un baile que no se celebraría hasta dentro de unas semanas.

Pasaba el rato en la cocina, donde Percy luchaba contra su aburrimiento saqueando la despensa y molestando a las cocineras para que le dieran dulces que luego compartía con ella y con Blythe, insistiendo en que dejaran que su hermana entrara en carnes. Y luego Signa se ponía a vigilar, a través de las ventanas empañadas, para ver la primera nevada. Cuando llegó, se fue directamente a la habitación de Blythe, la ayudó a que se abrigara y luego condujo a ella y a Percy escaleras abajo para tomar un chocolate caliente e ir fuera.

—No entiendo por qué estás tan emocionada —le dijo Percy a Signa. Intentó que no le castañetearan los dientes por el frío. Se estaba acostumbrando demasiado al calor de la cocina, y tenía la piel tan clara y era tan propenso al enrojecimiento que al cabo de unos minutos de estar fuera ya tenía la punta de la nariz y las orejas coloradas—. ¿Por qué no podíamos tomarnos esto al lado del fuego?

Acurrucada en un vestido de lana y una capa gruesa con la capucha de terciopelo verde puesta alrededor de la cabeza, Blythe se rio. El sonido le recordó a Signa el doblar de las campanas de la iglesia: cálidas, seguras, maravillosas. Incluso Percy se quedó callado al oírla, ya que su risa era algo raro aquellos días. El joven observó con un rostro severo cómo Blythe sorbía el chocolate caliente, como si le preocupara que pudiera desaparecer en cualquier momento.

—¿Hace frío, Percy? —se burló Signa, también riéndose, cuando su primo se puso las manos enguantadas bajo las axilas para conservar el calor.

—No podemos contar con él para hacer muñecos de nieve o ángeles en el suelo —musitó Blythe recostándose sobre las manos para ver la nieve caer sobre el césped que había frente a ellos—. A mi hermano nunca le ha gustado la nieve.

—Es un tiempo espantoso, y la lana pica muchísimo —se quejó—. Preferiría estar al lado del mar durante el verano.

Tal vez se debiera a lo que le gustaba el frío, pero Signa no podía esperar a que la nieve cubriera los campos y bajaran las temperaturas. El otoño y el invierno siempre habían sido sus estaciones favoritas. Eran tranquilas, como si la tierra estuviera descansando y preparándose para los meses cálidos que le esperaban. Suponía que debería aprender a disfrutar también de la primavera, ya que se estaba acercando su presentación en sociedad, pero había algo hermoso en la quietud de aquel momento del año. Algo maravilloso y frágil.

Mirando hacia el páramo y con ensoñaciones sobre lo bonito que estaría cubierto de blanco, Signa atisbó a Sylas en la distancia. Estaba acompañando a una yegua castaña hacia las caballerizas y, como si hubiera sentido la mirada de Signa sobre él, se giró para lanzar un vistazo por encima del hombro. Hizo un gesto pequeñísimo con la mano cuando la pescó mirando, y Signa se dio la vuelta enseguida, muerta de vergüenza.

¿Qué pasaba con sus pensamientos, que la traicionaban yendo de él a Muerte? Sylas y ella eran amigos, nada más. Además, Muerte no era su segundo plato, ni mucho menos. Signa pensaba en él incluso más de lo que pensaba en Sylas, aunque aún no estaba segura de qué decía aquello sobre ella.

—Voy adentro, donde hay café, libros y una chimenea —anunció Percy mirando a su hermana—. No estés fuera mucho más tiempo. El frío no es bueno para tu salud.

Blythe asintió vagamente y le dijo que se fuera con un gesto de la mano. Echó la cabeza hacia atrás para contemplar el cielo. Signa la imitó tumbándose a su lado en el suelo.

Era el día perfecto para que cayera la primera nevada de la temporada, sin duda. El cielo estaba gris, cubierto de nubes, y los últimos retazos del otoño se estaban recogiendo. Pronto los árboles estarían desnudos y todo el suelo se cubriría de blanco.

—No estaba segura de si volvería a ver otras Navidades —dijo Blythe con una voz tan suave como la nevada, aunque a Signa le llegó hasta el fondo, como si alguien le hubiera clavado un cuchillo en el estómago y lo hubiera retorcido. Signa rodó hacia el lado para mirar a su prima, que le devolvió la mirada con una sonrisa pequeñísima en los labios—. Debo darte las gracias, prima. No solo por tu ayuda, sino porque siento que eres la única que no se ha rendido conmigo.

A Signa empezaron a escocerle los ojos por las lágrimas, pero se negó a dejar que cayeran mientras tomaba de la mano a Blythe.

—Nunca he tenido familia. No voy a hacer como si supiera lo que es tener una hermana, pero me lo imagino. Y me imagino que, si tuviera una, sentiría por ella lo mismo que siento por ti.

Blythe volvió a sonreír, había un mínimo atisbo de emoción en su rostro. Luego se irguió y se puso recta, parecía que no tenía deseo alguno por regodearse en sentimientos así.

—Vamos —dijo poniéndose en pie—. Percy tiene razón y deberíamos conservar el calor. Además, hay algo que me gustaría enseñarte.

Signa entró detrás de ella y subió las escaleras. Estaba claro que estar fuera aquella última hora había dejado a Blythe agotada. Caminó agarrada al pasamanos, firme en su determinación por no dejar que se viera lo cansada que estaba. Signa deseaba que lo hiciera, pero su prima era la chica más tozuda que había conocido. Era tan tozuda que había engañado a Muerte casi tantas veces como Signa.

Cuando llegaron a la habitación, Blythe se quitó la capa a toda prisa y se sentó en el sofá; tenía la piel sonrojada, fría y húmeda.

—Tira de la campana por mí, por favor —le pidió indicando la polea que alertaba a los sirvientes—. Necesito que venga Elaine para ayudarme a quitarme este vestido. Se me había olvidado lo pesada que era la lana.

Signa hizo lo que le pidió, y luego se dio cuenta de que había una caja blanca y fina con un lazo dorado sobre el tocador.

—Trae eso —dijo Blythe; el cansancio estaba ahogando la emoción en su voz.

Signa tomó la caja y se sentó junto a su prima en el sofá, con la caja en el regazo. Era increíblemente ligera, pero demasiado grande como para contener algún tipo de joya o guantes, y demasiado pequeña para guardar un vestido. Empezó a agitarla suavemente, pero Blythe le agarró la mano.

—¡Cuidado, es frágil! —gruñó—. Me encantaría acudir al baile de máscaras, pero me temo que va más allá de mis límites. El año que viene, te lo aseguro, el miriñaque que lleve será el más grande de lejos, y mi vestido será el más atrevido. Pero, por ahora, esta es la única manera en que puedo mandar un pedazo de mí contigo. —Señaló la caja con una sonrisa cada vez más grande—. Ábrela.

Incapaz de recordar la última vez que había recibido un regalo, Signa deshizo el lazo con cuidado, como si raerlo fuera a destrozar el regalo que contenía. Dentro de la caja había una máscara que Signa levantó con cautela del papel de seda que la envolvía.

—Venga —la animó Blythe—, pruébatela.

Lo hizo. El lado derecho del rostro de Signa y su ojo de color miel quedaron cubiertos por ramitas doradas que parecían enredaderas; entre ellas habían esculpido pétalos delicados de lilas y hiedra de un color verde intenso que se esparcían más allá de su cabeza y de su ojo de color azul. Era algo precioso y fantástico, y Signa se lo retiró enseguida por miedo a romperlo.

—Es para el baile de máscaras —dijo Blythe un poco apresurada, y continuó examinando el rostro de Signa buscando una reacción—. Pedí que la diseñaran para ti como regalo de Navidad. ¿Te gusta?

Signa sostuvo la máscara sobre el regazo y bajó la mirada hacia una de las obras de arte más hermosas que había visto en su vida. De algún modo, aquello era suyo. Alguien había pensado en ella mientras preparaban su regalo. Aquel era, de lejos, el detalle más cariñoso que había recibido.

—Lo adoro —susurró poniendo la máscara de nuevo en la caja con cuidado—, aunque no estoy segura de cómo llevar una cosa así. A esto habría que enmarcarlo.

—Tonterías. —Blythe chasqueó la lengua—. Si crees que es una obra de arte, póntela y conviértete tú misma en el arte. Sé las ganas que tienes de ir al baile, y si yo no puedo estar ahí para robar toda la atención, debes hacerlo tú por mí.

Signa se rio.

—Supongo que no me queda otra opción. —Aquello la conmovió; hacía mucho que no se sentía así—. Es lo más extraordinario que me han regalado. Gracias.

Blythe hizo un gesto con la mano como para restarle importancia a la cuestión y arrugó un poco la nariz.

—Eres tú quien se merece que le den las gracias, ya que Thorn Grove se ha visto alterado desde que llegaste. He salido de la cama. Padre vuelve a sonreír. No es perfecto, pero es más progreso del que creía que vería. Y tenemos que darte las gracias a ti. Te apreciamos mucho, Signa. Quiero que lo oigas por mí antes de que algún buitre que se haga pasar por hombre empiece a llenarte la cabeza con zalamerías. Me importas, y no porque seas educada y tengas buenos modales, sino por todas las rarezas que tienes y que hacen que seas tú. Y habrá alguien más que también lo hará, te lo aseguro. —Tomó la máscara y se la puso a Signa en la cara; la examinó con una sonrisa y la volvió a colocar en la caja—. Sé que la sociedad nos enseña a ser suaves, sosas y sumisas, pero tú no vas a ser nada de eso, ¿me oyes? No cambies lo que te gusta de ti para que los demás se sientan cómodos. No intentes amoldarte para encajar en los estándares que han establecido otras personas para nosotras. Esas son las normas para llevar esta máscara.

Signa agarró la caja con más fuerza, intentando recordar esas palabras, ya que eran todo cuanto sentía. Todo cuanto temía.

—Es agotador —dijo Signa bajando la mirada hacia el regazo— fingir que eres algo, o alguien, que no eres.

Blythe la tomó de la mano.

—Pues entonces, no te pases la vida agotada.

Signa sintió como si estuviera al borde de un precipicio, tambaleándose con un pie en un mundo al que se sentía llamada, pero que temía conocer, y con el otro en un mundo que se había pasado la vida deseando, pero que descubrió que, tal vez, no fuera para ella. No tenía respuestas, no sabía lo que quería. Pero esperaba averiguarlo pronto, así que asintió con la cabeza, aunque no estaba segura de que fuera en serio.

Blythe entrecerró los ojos, pero antes de que pudiera asegurarse de que el gesto de Signa fuera la aceptación de la promesa, alguien llamó a la puerta.

—¿Señorita Hawthorne?

Era Elaine con una bandeja. Signa acudió hasta ella en el umbral de las dependencias de Blythe y, sin pedir permiso, se llevó la taza de porcelana a los labios. Tomó un sorbo ignorando la protesta de Elaine ante la sorpresa.

—Señorita Farrow...

Signa no esperó a oír el resto de la frase. Dejó la taza sobre la bandeja, segura de que no contenía veneno, y le dijo a Blythe:

—Que disfrutes el té.

—¡Recuerda lo que te he dicho, prima!

La voz de Blythe sonó débil, ya que Signa salió por la puerta y se fue por el pasillo sacando la máscara de la caja para contemplarla durante el camino.

Pronto. Pronto averiguaría lo que quería. Pero antes tenía un baile para el que prepararse.

Treinta y tres

Signa se pasó el día entero con Blythe memorizando los nombres de todas las damas y todos los caballeros de bien que iban a acudir al baile de Navidad. Al terminar, a Signa le daba vueltas la cabeza, pero Blythe parecía estar animada cuando su prima se marchó a primera hora de la tarde. Signa pensó que Blythe iba a estar toda la noche en la ventana viendo a hombres y mujeres entrar en Thorn Grove con vestidos lujosos y máscaras extravagantes.

Signa estaba frente al espejo con la cara cubierta de polvos de maquillaje y rubor, y el cabello peinado y arreglado para que los mechones oscuros quedaran sujetos en la nuca. La chica que le devolvía la mirada era todo cuanto estaba destinada a ser: la imagen de la belleza, recatada y elegante.

Llevaba los labios carnosos pintados de un rojo carmesí, y con el cabello tan brillante como las plumas de un cuervo y la piel pálida y resplandeciente desde las últimas semanas, Signa creía que estaba bastante bonita. La comida en Thorn Grove le había sentado bien. Jamás creyó que podría tener curvas, tampoco se había imaginado teniendo caderas o una suavidad agradable en la tripa. Signa sabía que podía desempeñar muy bien su papel en sociedad aquella noche, pero se preguntaba si conseguiría que su actuación durara. Ya en ese momento sentía el cuerpo muy pesado, como si se encontrara mal en su propia carne. Tampoco se había dado cuenta de lo débil que era. Cuando no estaba usando sus poderes, se sentía como si fuera poco más que una hoja al viento. Como el pajarito que Muerte la llamaba, como si tiraran de ella y la empujaran sin una dirección y a merced de la voluntad de la brisa.

Signa intentó luchar contra los sudores fríos y los pálpitos mientras esperaba a que Elaine le trajera el vestido con el que Marjorie llevaba fastidiándola toda la semana, negándose a enseñarle nada, pero con la promesa de que sería de una bonita tonalidad de lila. Maldijo los nervios que sentía; al fin y al cabo, era humana. Una persona completamente normal que no debería tener ningún problema en un baile. Una chica que debería querer practicar para la temporada, para poder entrar en la siguiente etapa de su vida.

Pero cuanto más pensaba en ello, más se le metían en la cabeza las advertencias de Marjorie y Blythe. ¿Cuál era el propósito de todo aquello? Se casaría y luego... ¿qué? ¿Se tomaría el té los martes y los sábados y cualquier otro maldito día de la semana mientras atendía a los caprichos de su marido y recibía a las visitas? Ella quería algo más que cotilleos y té. Más que llevar una casa y asegurarse de tener un buen respaldo económico y de tocar el piano de manera tolerable.

¿Qué le había hecho Muerte para que se preguntara si una vida así sería suficiente?

—¿Señorita Farrow?

Alguien llamó a la puerta y entró Elaine con un vestido brillante y llamativo como la sangre. A Signa se le cortó la respiración y dio un paso atrás cuando la criada dejó el vestido sobre la cama; no podía desviar la mirada.

La joven nunca se había puesto un color así, nunca se había sentido capaz de ser tan atrevida. Pasó los dedos por encima de aquella tela tan lisa. El vestido era lo más bonito que había visto en su vida, y no era, para nada, el tono lila que le habían prometido.

—¿Esto es para mí?

—Sí, señorita —dijo Elaine con una sonrisita—. Tenemos que vestirla rápido para que no se pierda nada más de la fiesta.

A Signa le costó mucho contenerse para no arrancarse la ropa y que la criada le abrochara el corsé a toda prisa para ayudarle a ponerse el vestido. Era de satén; la falda llevaba polisón y el corpiño se ajustaba con lazos a la espalda. Le quedaba como un guante y se ceñía muy bien al nuevo contorno de su cuerpo. Su piel no estaba acostumbrada a ese color, por lo que Signa se sentía como si acabara de salir de un mar de sangre. Era una tonalidad tan rica y exquisita que no necesitaba de ningún bordado llamativo para llamar la atención.

El vestido quedó más divino aún cuando Elaine ayudó a Signa a colocarse la máscara dorada que le había regalado Blythe.

—Cuando esté lista —dijo la criada echando un vistazo a Signa con una sonrisa—, el señor Hawthorne la acompañará.

Signa no esperaba que se refiriera a Percy, pero él la aguardaba fuera de su habitación vestido de negro, muy elegante, con una máscara plateada que tenía una nariz puntiaguda. Hizo una reverencia al verla y le ofreció una sonrisa sincera.

—Es una lástima que hayas estado encerrada tanto tiempo. —Extendió el brazo—. Venga, prima. Vamos a enseñarle a la alta sociedad a quién se ha estado perdiendo.

Signa sentía un peso en el estómago como si fuera plomo, algo tremendo, pero tomó a Percy del brazo y echó los hombros hacia atrás. Bajaron juntos las escaleras.

Abajo había músicos tocando, y el llanto de los violines y de un piano les dieron la bienvenida a una sala tan hermosa que Signa creyó estar soñando. Desde luego, olía como si fuera un sueño: el aroma de las castañas asadas y de los cuerpos perfumados endulzaba el aire. Las paredes estaban cubiertas con paneles dorados, y el gran salón de baile tenía suelos de mármol y columnas a juego que reflejaban la araña de luces de cristal que había sobre sus cabezas, de manera que la sala quedaba cubierta por una especie de bruma densa. A lo largo de las paredes había guirnaldas de hojas verdes colgadas y las columnas estaban decoradas con coronas de flores.

Había desconocidos bien vestidos dando vueltas con máscaras de encaje y joyas mientras tomaban pudín de ciruela y champán burbujeante de las bandejas de plata que ofrecían los sirvientes, que iban vestidos con trajes negros de corte elegante y guantes blancos y pulcros.

Signa sintió que Percy se ponía tenso cuando su padre se acercó. Elijah Hawthorne estaba prácticamente irreconocible, con los hombros rectos y la barbilla alta. Estaba recién afeitado y exquisitamente guapo con el cabello rubio bien peinado. Llevaba una máscara decorada con acebo pintado para que pareciera que las puntas de las hojas estaban cubiertas de nieve. En una mano llevaba una copa que no burbujeaba, tampoco contenía ninguna de las bebidas alcohólicas de color ámbar que Signa esperaba ver. Parecía estar bebiendo... agua. Estando así, Signa se podía imaginar al soltero que, en su día, les había robado el corazón a tantas. Podía ver al hombre que había detrás del dolor, y era un encanto.

—Es maravilloso, ¿a que sí? —preguntó Elijah.

—Maravilloso —dijo Percy con un toque amargo.

—Qué bien verte arreglado, hijo. Y tú... —Elijah tomó a Signa por la mano y le dio una vuelta—. Absolutamente resplandeciente. Te pareces mucho a tu madre vestida así.

En mitad del giro, Signa se paralizó.

—¿Sí?

—Desde luego. ¡Menuda explosión de mujer! No había nada que odiara más que a la gente, y nada que le gustara más que la atención. Todo un misterio.

Signa se llevó una mano a la garganta buscando las palabras para hacer una pregunta que llevaba rondándole en la punta de la lengua demasiado tiempo.

—¿Qué le parecían a mi madre la alta sociedad y todas sus normas?

En cuanto dijo aquello, sintió el peso de la culpa; le dio la sensación de que al preguntarlo en voz alta estaba negando todas y cada una de las historias que le había contado su abuela.

Desde siempre, Signa se había imaginado a su madre de una manera particular que a ella le costaba imitar. Pero por la forma en que los demás hablaban de Rima, Signa no podía evitar que su mente divagara, que se cuestionara cosas.

—Rima era como el sol —dijo Elijah con gran convicción—. Todos querían estar cerca de ella. Pero quienes se aventuraban a acercarse demasiado se quemaban. Rima hacía lo que quería sin pedir perdón, y aquello era lo que la hacía hermosa. Lamento que no tuvieras la oportunidad de conocerla, Signa. Si te sirve de algo, a veces Blythe me recuerda a ella.

Signa se tragó el sentimiento que la estaba atragantando. Durante diecinueve años se había obsesionado con el manual sobre protocolo, deseando en secreto convertirse en una joven agradable, correcta y formal que haría que su madre se sintiera orgullosa.

Diecinueve años, y Signa ya ni siquiera sabía si a su madre le habrían importado los esfuerzos que había hecho.

Inclinó la cabeza.

—Gracias, Elijah...

Elijah la interrumpió en cuanto empezó a hablar. Bajó la copa y puso las manos alrededor de las de Signa, que llevaba guantes.

—Es a ti a quien hay que darle las gracias. —Le apretó las palmas—. Sentía un dolor tan profundo que me da vergüenza admitir que había empezado a perder toda esperanza. Estoy tremendamente agradecido por todo lo que ha hecho por mi hija, señorita Farrow. Este baile es para ti, el primero de muchos regalos.

Percy se mostró frío a su lado.

—Si me disculpas, prima, te veré luego en la pista de baile. —Se enderezó la corbata, luego los botones de los guantes, y se marchó sin volver a mirar a su padre.

Si aquello molestó a Elijah, no lo mostró. Signa intentó copiar su falta de preocupación y no dejó que lo que sentía Percy por su padre le amargara el ánimo. Era un alivio sentirse bienvenida, ver que Elijah no tenía ninguna prisa por sacarla de la mansión. No recordaba cuándo fue la última vez que se había sentido tan cómoda en un hogar. No recordaba la última vez que no había tenido ganas de marcharse.

—Espero que un día de estos estemos aquí en una fiesta para celebrar a Blythe —dijo Signa.

Elijah aflojó las manos y, aunque Signa no podía estar segura por la iluminación tan pobre, creyó ver que se le anegaban los ojos.

—Desde luego —dijo bajito—, me encantaría. Mucho. —Se irguió y le soltó las manos completamente—. Venga, no pierdas la noche con un viejo como yo. Ve y encuentra a alguien con quien bailar. Encuentra a cincuenta personas, si te apetece.

Así que eso hizo Signa. Se aventuró entre los cuerpos mareantes y bamboleantes, y se quedó lo bastante cerca de ellos como para parecer que le interesaba bailar, pero no tanto como para que la pisotearan con los tacones o la azotaran con el vuelo de las faldas. Observó con ojos de ensueño a dos mujeres bailando entre ellas como si estuvieran flotando sobre una nube, con los vestidos de seda arremolinándose a su alrededor. Observó con un aleteo en el corazón a un hombre apuesto ofreciéndole la mano a una joven, esperando que el siguiente la eligiera a ella.

Pero el siguiente hombre apuesto al que vio Signa no le ofreció la mano, sino que la dejó sin respiración.

En la esquina del salón de baile, Sylas Thorly estaba bebiendo de una copa de champán. A Signa le dio un vuelco el corazón cuando lo vio, ya que en ese momento no parecía que fuera parte del personal o un joven que trabajaba en las caballerizas, sino un caballero correcto y formal vestido con un traje entallado de un intenso color ónice y una máscara que parecía estar hecha de fino metal y elaborada con detalles intrincados. Tuvo que mirar dos veces para asegurarse de que no se hubiera equivocado, pero Signa sabía que reconocería esos ojos grises y ahumados en cualquier parte.

Aunque sabía perfectamente que no debería sentirse tan atraída por él y que, en vez de eso, debería estar intentado averiguar quién le habría pedido prestado un traje tan bueno, Signa no pudo evitar mirarlo fijamente un poco más. ¡Dios, qué guapo era! Pero en el mismo momento en que lo pensó, se obligó a desviar la mirada. Ya tenía que andarse con mucho cuidado por su relación con Muerte, no necesitaba añadir más contemplaciones a la mezcla. Por no mencionar que Sylas le había dejado claro que ya tenía a alguien importante en su vida. Signa tenía que aclararse las ideas.

Aun así, quería saber por qué se iba a arriesgar a acudir ahí, aunque fuera un baile de máscaras. Pero Signa no podía dirigirse a él directamente, por lo que, en vez de eso, se acercó a un despliegue de dulces que había cerca y fingió estar examinándolos. Cuando su mirada se cruzó con la de Sylas por encima de una fantástica tartaleta de frutas glaseada, el joven se terminó el champán y dejó la copa sobre una mesa de camino a los dulces.

—Ese color te pega —dijo con una sonrisa burlona—. Estás preciosa.

Signa se puso firme, no iba a dejar que la tomara por sorpresa y viera cómo se tropezaba. Carraspeó y se corrigió enseguida, aunque no tenía ni idea de cuánto tiempo podría mantener aquella farsa examinando todos y cada uno de los dulces que había. Obviamente, aquella lección no estaba en su manual de protocolo.

—¿Qué haces aquí? —exigió Signa—. ¡Podrían descubrirte!

—Tranquila —dijo Sylas mientras se servía un pastel de carne y le pegaba un bocado—. Así vestido, estoy seguro de que nadie me reconocerá. Además, es precisamente aquí donde tengo que estar. Si alguien está intentando hacer daño a los Hawthorne, el momento perfecto para hacerlo es ahora, con la distracción de la noche. Quiero que se resuelva esto tanto como tú, así que estoy atento.

Signa ya no se molestaba en fingir que estaba seleccionando un dulce, sino que le sostuvo la mirada directamente y preguntó:

—¿Y a qué se debe eso, señor Thorly?

Sin duda, no podía ser solo por el dinero. ¿O sí? ¿O habría algo para lo cual lo necesitaba de manera tan desesperada?

Sylas tensó la mandíbula.

—Ya se lo he dicho, señorita Farrow, y no ha cambiado nada. Hay una mujer que me importa muchísimo, y al ayudarte a ti y aceptar tu oferta, voy a cuidar de ella de la única manera en la que puedo por el momento.

Signa quería insistir para que le contara más, para saber quién era esa chica y de qué modo le ayudaba aquel acuerdo. Pero Sylas se libró de contestar gracias a una voz conocida que sonó de repente desde detrás de la joven.

—¡Una fiesta fantástica!

Quien habló fue Diana Blackwater, que agarró a Signa por el brazo. Eliza Wakefield estaba a su lado, refrescándose con el aire de un abanico con adornos de encaje blanco. Signa imaginó que se suponía que debía parecer caro, pero le recordaba mucho a un tapete.

—Siempre he oído que las fiestas de los Hawthorne son legendarias, pero me atrevería a decir que esta le gana incluso a mi imaginación.

La voz de Diana era tan chirriante que Signa sintió como si de repente los oídos le fueran a sangrar. Se dio la vuelta para lanzar una mirada a Sylas y suspiró al ver que ya se estaba escabullendo: no iba a dejar que lo enredaran con las nuevas llegadas. Signa supuso que tendría que sacarle las respuestas más tarde.

Diana la mantenía secuestrada; no tenía la mirada puesta en Signa, sino perdida entre la multitud, asegurándose de que los demás estuvieran mirando y vieran que, supuestamente, andaban juntas. Signa suponía que así era, dado que prácticamente no conocía a nadie más en aquel baile. Pero Diana soltaba ocurrencias como si fueran cumplidos, y Signa aún no había olvidado lo entusiasmada que se había mostrado al cotillear sobre la familia Hawthorne cuando se vieron por primera vez.

Eliza también iba completamente distinta. Llevaba una máscara excesivamente adornada que se sujetaba frente al rostro con un palo largo y blanco, y su vestido era de un delicado color lila. Era el mismo tono que se suponía que tenía que llevar Signa hasta que la sorprendieron con aquel precioso vestido rojo.

—Pensaba que ibas a ir de verde —dijo Signa, contenta de que la chica, por lo menos, hubiera tenido la decencia de esconder lo ruborizada que estaba con la máscara—. Aunque el lila te sienta bien. ¿Alguna ha visto a la señorita Killinger? —Buscó a su vieja amiga entre los cuerpos y las máscaras que no dejaban de moverse.

—Seguramente estará en algún lugar comiéndose la cabeza por lord Wakefield —se mofó Diana con una voz cargada de risa.

Signa se enderezó la máscara con muchísimo cuidado; la trataba como si fuera el objeto más frágil del mundo.

—¿Y por qué estará comiéndose la cabeza?

Diana enarcó una ceja.

—Todas pensábamos que él y la señorita Hawthorne quedarían emparejados esta temporada. Pero con Blythe fuera de escena, la pobre señorita Killinger cree que tiene una oportunidad con él.

Diana empezó a reírse de manera amarga y fea, pero Signa no se unió a ella. En su lugar, examinó la multitud y sintió alivio al ver que Charlotte se encontraba lejos de andar enfurruñada en las sombras. Su vestido era de un color zafiro intenso, y le quedaba precioso en contraste con su piel bronceada y cálida. Llevaba los rizos recogidos para dejar al descubierto su delicado cuello. La máscara con la que se había ataviado relucía como un copo de nieve brillante.

Charlotte estaba hablando con Percy, que sonreía abiertamente, como si le acabara de contar el chiste más ingenioso del mundo. Charlotte también sonreía satisfecha, y enseguida dejaron las copas de lado para ir a la pista de baile. Diana y Eliza eran unas cotillas de cuidado. A pesar de lo que habían dicho, Charlotte parecía estar pasándoselo en grande.

—Pronto dejará de suspirar —dijo Eliza con un tono muy airado y posó la mirada detrás de Signa—. Mi primo ya le ha echado el ojo a otra.

Signa se giró hacia el hombre que se estaba acercando tras ella. Incluso llevando máscara, sabía por la altura y por el cabello que se trataba de Everett Wakefield. Estaba guapísimo con su traje negro y fino y con la máscara blanca y dorada diseñada para parecer que se estaba resquebrajando. Tan solo le cubría los ojos, y Signa se preguntó si lo habría hecho a propósito para que los demás pudieran seguir viendo lo afilada que tenía la mandíbula y lo suave que era su piel bronceada. De ser así, su estrategia estaba funcionando. Muchas jóvenes acudieron en tropel hacia él. A algunas las presentaron sus madres ansiosas, otras se quedaron cerca de él abanicándose de manera dramática con la esperanza de que se fijara en ellas.

Signa se alegró al ver que Everett era cordial con aquellas madres y que se mostraba felizmente ignorante con las mujeres a su alrededor, aunque no estaba segura de cómo se sentía cuando quedó claro que solo la estaba mirando a ella.

—Volvemos a vernos, señorita Farrow.

Signa imaginó que su voz le armaría un revuelo en el pecho, y frunció el ceño al ver que no pasó.

—Pues sí.

Un sirviente les ofreció una tartaleta glaseada con muy buena pinta; Signa rechazó el ofrecimiento y Everett hizo lo mismo. La joven tenía el estómago tan revuelto por los nervios que no estaba segura de poder comer algo sin vomitarlo.

—Me alegro de que haya podido acudir, lord Wakefield.

¿Cómo sería —se preguntó Signa— tener a un grupo de jóvenes acudiendo en tropel para que les prestaran atención? Si ella entrara a una fiesta del brazo de él, ¿se juntaría la gente para ir a hablar con ella como hacían con él? Signa no podía soportar estar preguntándose aquellas cosas. No podía soportar que le importara aquello. ¿Qué más daba lo que los demás pensaran de ella? Todo empezaba a parecer muy ridículo, y aun así no podía evitar sentir una curiosidad amarga que la irritaba por dentro.

—Le pido disculpas por haberla molestado la última vez que nos vimos —empezó Everett con una voz tan suave como el algodón—. No me había dado cuenta de que aún no recibía visitas.

Signa se sonrojó. Con todo lo que había ocurrido desde entonces, había olvidado por completo su nota y su petición para ir a verla.

—No hay nada que perdonar. Me sentí halagada.

—¿Ah, sí? —Sonrió—. Bueno, pues entonces, señorita Farrow, ¿qué le parecería que me halagara usted concediéndome el primer baile?

Signa se aventuró a mirar antes alrededor de él. No veía a Sylas por ningún lado, y tampoco había nadie esperándola en las sombras, así que carraspeó y levantó la cabeza para decir:

—Con mucho gusto.

La joven se secó el sudor de las manos disimuladamente sobre el vestido y agarró a Everett cuando la condujo hacia el centro de la pista de baile, donde la música jovial del galope iba *in crescendo.*

Everett hizo una inclinación de cabeza y Signa respondió con una reverencia. Luego dio un paso adelante y puso una mano sobre el hombro del joven y la otra en su mano. Tragó saliva cuando Everett colocó la mano sobre su zona lumbar y empezaron. Era un baile rápido con pasos igualmente rápidos en el que todo el mundo iba de lado a lado, pasando de la pareja al siguiente grupo y de vuelta con la pareja. Una risa alegre inundaba el salón de baile. Signa y Everett daban vueltas e iban de un lado a otro, cada vez más sonrojados y sudorosos, pero lo estaban pasando tan bien que les dio igual.

Everett era un buen bailarín. Tenía los pasos de baile tan asimilados que no vaciló cuando Signa falló uno. La agarró con más fuerza para ayudarla a que corrigiera la postura. No reprimiéndola ni avergonzándola, sino con una sonrisa.

—Siendo egoísta, me alegro de que haya venido a Thorn Grove, señorita Farrow.

Everett tenía una sonrisa contagiosa, del tipo que hacía que a una le dolieran las mejillas sin tener ni idea de por qué. Y aun así, por muy alegre que fuera el baile, Signa no se terminaba de sentir bien con los brazos de Everett bajo sus manos. No era con él con quien quería bailar. No era él quien quería que la viera vestida así, atrevida, imponente, preciosa.

Signa se fue quedando sin aire al dar otra vuelta por la sala, con la mano levantada frente a la de él mientras giraban el uno alrededor de la otra. Al ver que Signa no respondía, Everett se acercó más a ella y dijo:

—Tengo muchas ganas de que llegue la primavera.

Dijo aquello en voz bastante baja, pero tenían muchos ojos encima y Signa se enteró de lo que estaban susurrando a su alrededor. Parecían cotilleos. Se preguntó si él también se habría dado cuenta y si le molestaría. Estaba tan distraída que se perdió con los pasos, y Everett la agarró antes de que pudiera tropezar, justo a tiempo de que terminara la canción.

Frunció el ceño, de manera que se le quedaron arrugas marcadas en la frente.

—¿Se encuentra bien?

Signa deseó tener el horroroso tapete que utilizaba Eliza de abanico para poder cubrirse la cara, que le ardía.

—Bastante bien —dijo y siguió el ejemplo de las mujeres a su alrededor que estaban haciendo una reverencia frente a sus parejas—. Gracias, lord Wakefield. Es usted una pareja de baile encantadora.

Everett inclinó la cabeza, y aunque las arrugas que tenía en la frente no desaparecieron por completo, no insistió.

—Usted también. Espero que este no sea nuestro último baile esta noche.

—No, no creo que lo sea.

Fue como si Everett hubiera derribado una barrera invisible con aquel baile. Apenas dio un par de pasos, alguien se disculpó ante Signa y se le presentó. Poco después, su carné de baile ya estaba lleno, a excepción del último. Nadie se atrevía a quitarle el vals final a lord Wakefield. Signa y él se cruzaron las miradas varias veces a lo largo de la noche mientras Signa bailaba, giraba y daba vueltas con más hombres de los que podía contar: mayores y jóvenes, ricos y hambrientos por mejorar su estatus.

A pesar de que Signa esperaba pasar un buen rato y disfrutar de la conversación, cuantas más personas conocía, más agotada se sentía. La mayoría de los hombres se mostraron decentes, pero hubo demasiados que le pusieron los pelos de punta, e incluso hubo uno —un hombre mayor, astuto y enjuto— que colocó la mano en una zona de la espalda mucho más baja de lo que se consideraba apropiado.

Vio a Charlotte dando vueltas en brazos de hombres a los que Signa no conocía. Luego la volvió a ver con Percy. Ambos se reían y se susurraban cosas con un brillo en los ojos. Signa se sintió conmovida al verlos, pero Eliza los estaba observando desde un lado con la mandíbula tensa y abanicándose con una fuerza casi mortal.

Sin duda alguna, el resto parecía estar pasándoselo bien. Como ya habían transcurrido algunas horas —acompañadas por muchas bebidas—, todos se reían con más facilidad y estaban incluso de mejor humor. Era muy divertido observar a la gente, pero Signa no tardó en descubrirse con ganas de escabullirse hacia su dormitorio con grandes esperanzas de encender unas velas y darse un baño en mitad de la noche. Llevaba semanas intentando mantener la compostura. Fingir y decirse a sí misma que encontrar su lugar en los círculos sociales sería cada vez más fácil. Pero las normas eran estresantes e implacables, y Signa sentía que le iba a explotar el pecho si no podía escaparse hacia las sombras para recuperar el aliento.

Pero justo cuando había terminado un baile y Signa empezaba a retirarse, todas las cabezas se giraron para ver llegar al último invitado.

Signa estaba segura de no haber visto a aquel hombre antes. Tenía el pelo plateado como la luz de las estrellas y lo llevaba recogido tras la nuca. Su traje negro estaba hecho con una tela exquisita e importada, y sus botas eran de un cuero oscuro de lo más fino, igual que sus guantes. En la cara llevaba una máscara de oro puro por la que todo el mundo comenzó a cuchichear. Nadie se había atrevido a llevar una máscara tan horripilante; de lo severa que era parecía casi diabólica: tenía dos largos cuernos en forma de espiral que salían de la base de la calavera. El hombre era extraordinariamente alto y fornido, y cuando dio un paso adelante, la gente se apartó. Él no les hizo ni caso al cruzar y ponerse frente a Signa, y tampoco dijo ni una sola palabra cuando le ofreció la mano.

Signa la tomó antes de saber lo que estaba haciendo. La música despareció al contacto, y enseguida supo quién era el que estaba tirando de ella hacia sus brazos.

—Hola, pajarito. ¿Un baile?

Treinta y cuatro

Las luces y las risas del salón de baile se desvanecieron cuando Signa se soltó de la mano de Muerte.

—¿Qué haces aquí? —El corazón le latió con gran fuerza al mirar detrás de él y ver todos esos rostros quietos como estatuas—. ¿Pueden verte?

—Llevo una máscara, Signa. Da igual lo que crean que están viendo, no es más que una ilusión.

La joven no necesitó oír la alegría en su voz para saber que estaba sonriendo abiertamente, porque podía verlo. Unos labios rosados y carnosos formando una sonrisa, y unos pómulos afilados: las únicas partes de su rostro que no cubría la máscara.

Uno a uno, los rostros imperturbables que los observaban se fueron desvaneciendo como el humo mientras el salón de baile desaparecía. De algún modo, ahora estaban en el jardín, bañándose en el pálido resplandor de la luna. La tierra bajo los pies de Signa se estaba volviendo húmeda y el aire era embriagador. La nieve crujía a su paso y el cielo se convirtió en un manto de estrellas.

—Estás incluso más preciosa de lo que imaginaba. —Se acercó más y le pasó un dedo enguantado sobre la cadera para inspeccionar la tela del vestido—. ¿Te gusta mi regalo?

Signa se habría quedado a vivir en esa voz que tenía, más dulce que cualquier néctar. Sentía como si estuviera desnuda ante él, como si estuviera expuesta de una manera que no sabía que fuera posible.

—Es lo más bonito que he visto en mi vida.

Respiraba de manera tensa. Tendría que haberse imaginado que Marjorie jamás le habría regalado un vestido así. Si hubiera podido escarbar en las profundidades de su propia alma, entonces habría sido capaz de escoger un vestido así para sí misma.

Muerte hizo un ruido mostrando que estaba de acuerdo, un chirrido que hizo que Signa se acercara.

—No he podido ser el primero, así que permíteme que sea el último de esta noche. Baila conmigo, pajarito.

Muerte era, quizás, el ser más poderoso que existía, más que cualquier rey. Era temible como la noche e imparable como la lluvia o el viento. A pesar de ello, y aunque fuera sutil, hubo un temblor en sus palabras.

Hasta la última fibra en el cuerpo de Signa le estaba gritando que saliera corriendo, pero cuando Muerte extendió una mano hacia ella —no eran sombras, sino una mano de verdad—, el cuerpo le quemó. ¿Cómo era posible que después de haber pasado tantos años de su vida luchando contra él —y contra esa parte de ella— anhelara su tacto?

Muerte tensó la mano que tenía sobre la cadera de Signa, ella se inclinó y lo dejó que liderara el baile. Sus movimientos eran fluidos y elegantes, y cuanto más bailaban, más sentía Signa desaparecer el peso de su cuerpo. Ella era una pluma y él era el viento que la deslizaba por el aire.

—Eres más que unas sombras —dijo Signa con gran esfuerzo.

Muerte vaciló en un paso, pero enseguida se corrigió.

—Puedo serlo cuando me viene bien.

—Tienes forma. —Signa se acercó más para intentar ver algo debajo de las sombras y de la máscara dorada que lo ocultaban. Muerte no falló ningún paso, pero pudo mantener bien las distancias con Signa—. ¿Qué aspecto tienes bajo la máscara y las sombras?

Muerte chasqueó con la lengua.

—Una pregunta muy directa en un baile de máscaras. Puede que algún día te lo enseñe.

En aquel momento, su voz fue más suave. El muro que había entre ambos estaba desvaneciéndose. Era el momento en que Signa tenía que clavar las uñas en él y terminar de derribarlo.

—¿No te gusta el aspecto que tienes?

Su risa fue como el crujir de las hojas, como el suave graznido de un cuervo al atardecer.

—Confío en que te pareceré guapísimo, es solo que prefiero no utilizar mi verdadero rostro a menudo. Puedo alterar mi aspecto para darle a la gente lo que necesita en sus últimos momentos. Pero la imagen que tengo, la verdadera, me la reservo. No quiero que mi rostro sea lo último que vea todo este mundo antes de morir.

Signa anhelaba ver aquel rostro. Apenas unas horas antes había estado en brazos de Everett contemplando una vida con él en la alta sociedad. Ahora se estaba preguntando cómo se sentirían los labios de Muerte contra los suyos.

Con él, Signa ya no quería hacerse preguntas. Quería saber.

Muerte agachó la cabeza y rozó la oreja de Signa con sus palabras:

—Llevo esperándote mucho tiempo, Signa Farrow.

La joven se quedó sin respiración y no pudo encontrar las palabras para responder a aquello, así que, en su lugar, se puso de puntillas y le besó en los labios.

El mundo desapareció y los segundos se convirtieron en momentos lo bastante largos como para que Signa pudiera rodearle el cuello con las manos, para que el frío le inundara los huesos y para que la sorpresa de Muerte diera paso al deseo. La apoyó contra un árbol y la besó, pero no con cortesía ni conteniéndose, sino con un profundo deseo por liberarse. Muerte tenía las manos en el pelo de Signa y le estaba deshaciendo el recogido para que la melena cayera sobre sus hombros. Luego pasaron a estar sobre su mandíbula, sobre las lumbares, sobre el cuello.

La oscuridad los envolvía y él se apretaba contra Signa, que no hizo ningún movimiento para detenerlo. En cuanto él la besó, Signa se había convertido en su posesión; ni una sola parte de ella estaba dispuesta a apartarse. Ni a detenerse. Estaban envueltos por las sombras, como si Muerte quisiera consumir a Signa por completo, y ella cerró los ojos, lista y dispuesta. Quería que la consumiera.

Las sombras se disiparon cuando Muerte se alejó y el cuerpo entero de Signa se estremeció. Para ella, Muerte era la misma encarnación de la máscara diabólica que llevaba puesta. Lo buscó con la mirada aterrorizada, no quería que aquello terminara. Si la tumbara sobre el suelo en aquel mismo momento, Signa continuaría con lo que habían empezado la otra noche en sus dependencias.

Pero él dijo:

—Ya es casi medianoche. Te esperan en el baile.

Y así terminó todo. Muerte fue bajando con los dedos desde su brazo hasta su mano, y al dar otra vuelta, el mundo a su alrededor empezó a reaparecer. Las estrellas desaparecieron y fueron reemplazadas por las paredes doradas, y ahí donde Signa había estado encima del musgo, estaba caminando sobre mármol. El sonido del estanque se convirtió en las risas bulliciosas de los desconocidos, y Signa se descubrió anhelando que volviera el silencio.

—Podría venir más tarde —le dijo sin mirarla—. Solo tienes que abrir la ventana y vendré.

Muerte le pasó los dedos por el pelo suelto y luego desapareció.

En unos segundos, el salón de baile estaba exactamente como antes, pero la hora era errónea. Ya casi era medianoche.

—¡Ahí estás!

Signa se dio la vuelta y se encontró con Marjorie corriendo hacia ella con alivio.

—Lord Wakefield ha estado preguntando por ti, y no teníamos ni idea de a dónde te habías ido. —Examinó a Signa—. ¿Qué diablos llevas puesto? ¿Y qué has hecho con el pelo? Bueno, da igual. No hay tiempo para arreglarlo. Ven.

Signa estaba demasiado distraída por sus labios hinchados como para que le importara que Marjorie la tomara del brazo y la acompañara fuera del salón de baile. No estaba prestando atención a lo que fuera que la institutriz estuviera cotorreando sobre Everett, estaba demasiado ocupada intentando recordar la sensación de los labios de Muerte sobre los suyos.

La multitud se reunió cuando empezó la cuenta atrás para la medianoche. Había un árbol de Navidad en el centro del vestíbulo decorado con borlas enormes de color rojo y dorado, frutas y velas encendidas. Signa vio a Percy al lado, se estaba riendo con Charlotte mientras ella le pasaba una copa de champán y se servía otra. Eliza también estaba ahí, intentando acercarse más a la pareja. Un hombre con una máscara de cuervo aferró a Percy por el hombro. Signa no lo habría reconocido de no haber sido por el bastón que llevaba en la mano: era Byron. Con cierto alivio, se dio cuenta de que Percy estaba sonriendo. Habló en voz baja con el hombre, se tapó un bostezo con la mano y se marchó con Byron del brazo después de haber dejado el champán.

Everett Wakefield estaba cerca del frente de la multitud. Sonrió ligeramente y con confusión al ver a Signa, ya que se había perdido el último vals con él. Signa desvió su atención detestándose a sí misma. Era un hombre bueno, pero con el roce de Muerte sobre sus labios, daba igual lo bueno que fuera. Muerte era su veneno, y lo único que quería Signa era consumir más.

La joven creyó vislumbrar también a Sylas, y tuvo ganas de ir corriendo hacia él y preguntarle si había visto algo, pero Elijah ya tenía una copa de agua levantada para cuando entró en la sala y vio que estaba terminando un discurso para sus invitados. Tan solo pudo oír la última parte, y se metió entre la multitud entusiasta cuando el anfitrión dijo:

—¡Y que tengan una muy feliz Navidad!

La gente alrededor repitió aquellas palabras cuando dio la medianoche. Alguien puso una copa en la mano de Signa, ella la aceptó con una risa y bebió un sorbo de champán mientras otros brindaban y se deseaban unos a otros unas felices fiestas. No los conocía, pero en aquel momento no importó, ya que su cuerpo rezumaba felicidad.

Si el parloteo hubiera sido un poco más alto, Signa podría haber permanecido en aquella felicidad, ya que tal vez no se habría dado cuenta del sonido del cristal rompiéndose y los gritos ahogados que siguieron. Tal vez el salón de baile no se habría quedado en silencio cuando todas las miradas se desviaron hacia el árbol. Y tal vez no se habría percatado de que, a su lado, Marjorie estaba gritando y Sylas, que había aparecido de repente, la estaba agarrando de la muñeca.

—Cierra los ojos —susurró tan bajo que Signa no estuvo segura de si se lo estaba imaginando todo—. No tienes por qué ver esto, Signa.

Pero no cerró los ojos y tuvo que ver aquello, porque un cuerpo había caído sobre el árbol de Navidad y lo había tirado, y todas las decoraciones se habían roto en pedazos contra el suelo. Era el cuerpo de Percy, cuyos ojos estaban en blanco; estaba inconsciente, tirado entre su propio vómito y su sangre.

Treinta y cinco

Fue una suerte para Percy que a Signa le quedara una dosis del haba de Calabar.

Dejaron a Warwick a cargo de acompañar afuera a todos los que estaban en Thorn Grove. Signa nunca había sentido tanta antipatía por la gente como cuando oyó cuchicheos diciendo que tal vez a Percy le gustara demasiado el alcohol, como a su padre. Se sintió resentida ante la mera idea de aquello. ¡Qué groseros eran al juzgar de esa manera a un hombre que los había invitado tan cortésmente a su hogar! Desde luego, semejantes cotilleos no eran propios de la alta sociedad. Elijah no se había tomado ni una sola copa aquella noche.

Encerrados con ella en la habitación de Elijah, lejos de los invitados fisgones, Marjorie y Elijah dejaron que Signa hiciera su trabajo sin protestar cuando les dijo que podía revertir la enfermedad de Percy de la misma manera en que lo había hecho con Blythe. El enfado que sentía le sirvió para machacar mejor el resto del haba de Calabar hasta convertirlo en un polvo fino, que luego echó en un vaso con agua y se lo administró a un Percy tembloroso, al que le faltaba el aire y que tenía el cuello cubierto de gotas gordas de sudor. Marjorie y Elijah estaban observando todo con una mirada seria, ninguno se atrevía a decir nada.

Percy, por suerte, vomitó rápidamente el veneno, y en menos de una hora ya estaba respirando con más facilidad. Muerte, que estuvo todo aquel tiempo de cuclillas en la cabecera, quieto y esperando, por fin asintió con la cabeza una sola vez y se marchó. Al momento, la tensión que sentía Signa en los hombros desapareció.

—¿Cómo ha ocurrido esto? —Elijah miró hacia Signa y a los restos del antídoto blanco lechoso que había en la mesilla de noche.

Signa no tenía una respuesta para ofrecer. Solo había visto a Sylas unos segundos antes de ir tras Elijah y Marjorie hacia la habitación, aunque en aquel momento él juró no haber notado nada fuera de lo normal. Daba igual lo mucho que se estrujara el cerebro para reordenar las piezas del rompecabezas, aquello no tenía sentido. Uno por uno, los Hawthorne estaban cayendo enfermos por la belladonna, pero ¿por qué? ¿Por su dinero? Signa sospechaba tanto de Byron como de Marjorie desde la noche en que Sylas y ella fueron al Grey. Sí, Byron quería que su hermano dejara de tener el control sobre el club, pero ¿haría daño a Percy para ello? ¿Y qué pintaba Marjorie en todo ese asunto?

Signa se pasó los dedos por el cabello, cada vez estaba más frustrada. Percy estaba bien cuando la acompañó hacia la fiesta, y ella lo había visto sonriendo y bailando. Incluso en los últimos momentos antes de la caída, parecía feliz charlando con Charlotte y con Eliza. Pero Byron también había estado ahí. Y Signa se acordaba de lo que había dicho aquella noche en el Grey: «Si no le quiere traspasar el negocio a Percy, convéncelo para que me lo traspase a mí». Había tanto amargor en aquellas palabras, tanta rabia. «De todos modos, yo cuidaría mejor de él, igual que habría cuidado mejor de ella».

—¿Dónde está Byron? —preguntó Signa—. Percy y él estaban juntos antes de que se desplomara.

Elijah estaba sentado sobre las rodillas en la cabecera de Percy, observando el lento subir y bajar del pecho de su hijo.

—¿Crees que mi hermano es el responsable de esto?

Signa no estaba segura, y sabía que era mejor no responder de manera apresurada. Byron había dejado claro que lo único que quería era que el Grey se quedara en la familia, y aunque se hubiera mostrado partidario de Percy aquella noche, ¿podría haber algo más detrás de aquel interés?

—Puede que él haya visto algo.

Signa tenía la verdad en la punta de la lengua amenazando con salir. Quería, y mucho, contarles a Elijah y a Marjorie la verdad sobre lo que estaba ocurriendo. Pero cuanta más gente lo supiera, más probable era que la información saliera de ahí. También cabía la posibilidad de que supieran más de lo que estaban dejando ver. No fueron pocas las veces que Signa estuvo divagando sobre Marjorie y las situaciones tan extrañas en las que no debería haberse involucrado. Eran situaciones que no tenían sentido, sin importar las veces que Signa hubiera ordenado las piezas del rompecabezas en su mente.

Necesitaba respuestas, y rápido. Antes de que fuera demasiado tarde.

—Me alegro de que el remedio esté funcionando —dijo Signa—. Se supone que es para curar enfermedades del estómago, pero era lo último que me quedaba.

Se sintió frágil al admitir aquello en voz alta y se abrazó a sí misma. Habían estado a punto de perder a Percy. Un incidente más y sería su fin, el de Blythe o el de cualquier otro Hawthorne a por el que fueran después.

—Esto no es ninguna enfermedad, ¿verdad que no? —dijo Elijah—. No se trata de una coincidencia. Alguien va a por mi familia.

Elijah era delicado como el cristal, y Signa no quería darle ningún motivo por el que hacerse añicos, por lo que susurró:

—Todo es posible.

Marjorie no dijo nada cuando remetió las mantas alrededor de Percy y le colocó un paño húmedo sobre la frente. Su rostro mostraba la preocupación que sentía.

Lo único en lo que podía pensar Signa era en la risa de Percy al bailar durante sus lecciones. En la manera en que empezó a llevarle bollitos y pastitas a altas horas de la noche, cuando su primo no podía dormir o se moría de preocupación por el Grey. También había que pensar en Blythe. Signa quería oír su risa más a menudo. Estaba cansada de verla luchar por respirar, por sentirse cómoda, por vivir.

Era hora de acabar con aquello.

—No puedo hacer nada más por él esta noche. —Signa se puso en pie con las faldas en la mano—. Necesita descansar.

Elijah asintió con la cabeza.

—Encontraré la manera de conseguir más medicamentos como este —le prometió a Signa—. Marjorie, ve a ver si puedes encontrar a Byron y tráemelo. Ya que estamos, vamos a ver si sabe algo.

—Por supuesto, señor.

A Marjorie le brillaron los ojos al ver a Elijah inclinándose y poniendo una mano temblorosa sobre la mejilla de su hijo con delicadeza.

Quienquiera que estuviera detrás de los envenenamientos era astuto y siempre iba un paso por delante. Ahora le tocaba a Signa ser más astuta.

Treinta y seis

Las bayas de belladonna deshidratadas parecían ciruelas pasas en las palmas de Signa. La joven seguía con el vestido puesto, estaba sentada con las piernas cruzadas sobre la cama con la ventana abierta a su lado y el frío gélido presionando contra su piel mientras recordaba las lecciones. No bastaba con atravesar simplemente los objetos, necesitaba evitar la atención, hacerse amiga de las sombras y volverse invisible, como hacía Muerte. Respiró de manera uniforme, se centró en la intención que tenía —dejar su forma corpórea y unirse a los fantasmas de Thorn Grove por una noche— y se puso diez bayas en la lengua.

En unos momentos, la habitación a su alrededor empezó a dar vueltas. Le palpitaban las sienes y le pitaban los oídos como si acabaran de disparar una pistola a su lado.

«¿Signa?». La voz preocupada de Muerte abrió un espacio en su mente y la tranquilizó.

«Donde sea que estés, no hace falta que vengas», le dijo Signa. «Estaré bien. Vigila a los demás».

Al abrir los ojos, seguía estando en su cuerpo, pero se sentía más ligera. Extendió la mano hacia las sombras que había en la esquina de la habitación. Obedecieron de inmediato, dieron vueltas alrededor de sus pies y le rodearon los brazos, de manera que quedó oculta en la oscuridad.

Signa se estremeció, el poder le recorrió las venas y el mundo se abrió ante su llamada. Cambió de lugar para examinarse en el espejo. No se encontró con ninguna cara fantasmal, ya que ella no era como los espíritus. Estaba envuelta en sombras, en la oscuridad de la noche misma. Igual que Muerte.

Lo había conseguido.

«No estás respirando». La voz de Muerte era dura y glacial. «¿Por qué no estás respirando, Signa?».

«Te dije que no te preocuparas». Con una nueva convicción, atravesó la puerta hacia sus dependencias sin abrirla. «Voy a poner fin a esto de una vez».

Al principio, Signa no estaba convencida de que nadie la pudiera ver, pero se propuso ser invisible con más fuerza que cualquier otra cosa y apenas tuvo tiempo de quitarse del medio antes de que una criada pasara a través de ella. No llevaba nada que cubriera sus manos ni sus pies, y aunque la protegían las sombras, no era el momento de poner a prueba su tacto mortal.

Signa había estado buscando pistas en todas partes en Thorn Grove excepto en los dormitorios. Fue por las habitaciones una a una tratando de develar secretos y mentiras, cualquier cosa que encajara en su rompecabezas incompleto.

En la habitación de Warwick había libros de contabilidad encuadernados en cuero y con un aspecto aburrido, y llenos de anotaciones sobre las cosas de la casa que había que reponer y detalles sobre cada uno de los sirvientes y su ética de trabajo. Al ir a por ellos, las sombras de Signa obedecieron sus órdenes silenciosas y fueron pasando las páginas por ella. Estuvo a punto de echarse a reír por esa seguridad floreciente con la que invocó sus poderes y se puso a registrar cada habitación. Aquellos libros no eran muy diferentes a los registros que había estado leyendo, y se volvió a sentir decepcionada al no toparse con ninguna anotación sobre Sylas. Había más entre los que rebuscar, pero por el momento no le quedaba otra opción que seguir adelante.

En una de las habitaciones se encontró a una sirvienta diciendo entre dientes algo sobre maldiciones y fantasmas mientras preparaba un baúl de viaje, y en otra había dos que estaban haciendo algo muy distinto a preocuparse por la enfermedad misteriosa que estaba atormentando a los Hawthorne. Con las mejillas encendidas, Signa se apresuró a atravesar una pared sin mirar.

La habitación a la que llegó después era femenina, no cabía duda. Las paredes eran de un tono verde suave y había una cómoda sobre la que descansaban botes de perfume ámbar, un peine y rubor. Supo que era la habitación de Marjorie cuando vio planes de estudio sobre el escritorio con el nombre de Signa en ellos y breves anotaciones sobre su progreso.

En un primer vistazo, las anotaciones eran sencillas, pero algo le decía a Signa que no había nada de sencillo sobre Marjorie. Tenía que haber algo, por lo que hojeó lo que había en su escritorio hasta que se encontró con un diario pequeño de cuero enterrado en el fondo de un cajón.

Se encaramó al borde de la cama de Marjorie y se puso el diario sobre el regazo. Con las manos temblando, lo abrió por la primera página.

22 de octubre de 1852

No estoy segura de que llegue a encajar en Thorn Grove.

¿Cuántos días tendré que barrer la cocina o lavar las sábanas hasta que ella me permita verlo?

Puede que tenga razón y no deba contárselo. Puede que no acepte mi amor después de todo lo que ha ocurrido. De todas formas, que nos separen a la fuerza es algo cruel. Si no fuera por Lillian, todo sería como debería ser. Todo estaría bien.

Signa giró la página siguiente, la fecha indicaba que había pasado algo más de una semana.

1 de noviembre de 1852

Lillian tiene ojos en todas partes. Los siento encima de mí más que nunca, están vigilando todos y cada uno de mis movimientos para asegurarse de que no me acerque demasiado a él.

Pero hoy se ha llevado a Blythe al pueblo para comprar vestidos nuevos para la temporada, y me lo he encontrado en la caballeriza admirando a los animales. Es un jinete excelente. La verdad es que es excelente en todo lo que hace.

Quizá no debería habérselo dicho, pero me he pasado veinte años creyendo que la verdad nos haría libres. Aun así, me temo que Lillian tenía razón al pedirme que callara, pues nadie me ha mirado jamás con tanto desprecio.

Quizá, si hubiera hecho caso, no se me estaría partiendo el corazón.

*

10 de enero de 1853

Nunca imaginé qué sería de Lillian en cuanto la verdad saliera a la luz, pero no me da pena.

Es lo que se merece. Y cuando ya no esté, Elijah será libre. Esta familia será libre.

*

11 de abril de 1853

Lillian ya no está, pero me temo que se ha llevado a Elijah con ella.

Rezo por los niños. Rezo por Lillian, que Dios la tenga en su gloria, y que pronto no sea más que un recuerdo para todos nosotros.

Rezo para que, por fin, podamos ser una familia.

Signa no tardó nada en hojear todo el diario. Había páginas y páginas con detalles sobre el cariño que Marjorie le tenía a Elijah y a los niños, y sobre lo diferente que sería su vida de haber sido ella quien hubiera criado a Percy y a Blythe. Marjorie quería a Lillian fuera de sus vidas, y por cómo sonaba todo aquello, Lillian tenía las mismas ganas de que desapareciera

Marjorie. Pero si ese era el caso, ¿por qué Elijah no había echado a Marjorie y ya?

Signa pasó las páginas buscando cualquier mención a la belladonna o a cualquier otro tipo de veneno, pero si Marjorie sabía algo sobre el tema, también sabía que no le convenía escribirlo en el diario.

Aquellas entradas no eran ninguna prueba de que Marjorie hubiera hecho daño a Lillian, pero sí que eran un indicio. Puede que, después de todo, Byron no fuera el envenenador. En cualquier caso, Signa necesitaba algo más.

Cerró el diario y dejó que las sombras lo envolvieran bien. Si alguien se lo quería quitar, se lo tendrían que arrebatar de sus propios dedos fríos y muertos.

Repasó la habitación de arriba abajo en busca de cualquier cosa que confirmara sus sospechas. Gruñó y, de pura frustración por no encontrar nada más que el diario, las sombras tiraron de un cajón que había en el armario de Marjorie y lo lanzaron al otro lado de la habitación.

Se puso otras dos bayas encima de la lengua. Se estaba quedando sin raciones, la última vez que se reabasteció fue la noche en que había visitado el jardín. Tenía que haber algo más concreto en alguna parte de Thorn Grove, y Signa necesitaba más tiempo para descifrarlo. Fue a la caza de respuestas habitación por habitación. Cuanto más tiempo pasaba bajo la influencia de la belladonna, más natural le parecía moverse a través de las paredes y pasar por delante de personas que no le echaban ni un vistazo.

Al final, Signa llegó a la habitación que había frente a la de Blythe, en la que el retrato de Lillian la miraba fijamente y con expectación, alentándola a que diera el siguiente paso hacia adelante. Hizo caso de la llamada.

La sala de estar era incluso más grande que la suya. Estaba amueblada con piezas de caoba y las paredes eran de un delicado color azul y crema. Y todo estaba cubierto por una gruesa capa de polvo. Estaba claro que hacía mucho tiempo que nadie iba de visita por ahí. Seguramente —pensó Signa—, desde la muerte de Lillian.

Pero la habitación no estaba tan vacía como creyó en un principio.

Signa se sobresaltó al oír pasos en el dormitorio contiguo, pero luego recordó que no la podían ver. Reunió a sus sombras y fue flotando a través de la pared hasta que se encontró a Marjorie ahí dentro. Estaba sentada sobre la cama llena de polvo y le costaba respirar. Tenía una fotografía de pequeño tamaño en blanco y negro. Signa rodeó a Marjorie para echar un vistazo por encima de su hombro.

La fotografía era de Percy con su madre y su padre. Dado lo pequeño que era, Signa supuso que la habían tomado antes de que Blythe hubiera nacido.

Signa no se esperaba que a Marjorie se le anegaran los ojos en lágrimas, tampoco supo qué hacer cuando la vio romper la fotografía por la mitad. La institutriz abrió de golpe la ventana que tenía cerca y lanzó los pedazos de la foto, que se esparcieron por la nieve mientras se aguantaba los sollozos.

Signa tuvo ganas de dejar de fisgonear y de recoger los pedazos para Percy, ya que sabía que jamás tendría la oportunidad de tener otro retrato como aquel, pero se quedó quieta al ver las manos de Marjorie. Tenía los dedos al descubierto, y las puntas estaban manchadas de un color ciruela intenso.

Signa bajó la mirada hacia sus propias manos. Tenía las puntas igual: manchadas del color de la belladonna.

Signa dio un paso atrás y se tropezó con el pilar de la cama. Para su consternación, no atravesó la cama al caerse, sino que la golpeó con fuerza y la cama crujió. Marjorie se volvió rápidamente y Signa empleó toda su atención en controlar su habilidad para esconderse en las sombras una vez más.

—¿Quién anda ahí? —Marjorie lanzó una mirada a través de la habitación en busca de un cuerpo que no encontraba. Signa se empequeñeció y rezó por que la belladonna durara lo suficiente como para que pudiera salir de ahí sin que la vieran. Ya estaba lista para huir en silencio cuando Marjorie dijo—: ¿Eres tú, Lillian? —Hubo frialdad en esas palabras, más fría que la propia presencia de Muerte. Marjorie se giró para registrar la habitación; su rostro era de un ámbar reluciente a la luz de la única vela que sostenía ante ella—. ¿Tan insignificante soy para ti que no te ha bastado con una vida entera de tormentos? ¿También tienes que hacerlo en el más allá? ¡Por Dios, lo que daría para que te fueras sin más! —Marjorie escuchó el silencio un momento más y luego cayó de rodillas, dejó la vela a un lado y se llevó las manos a la cara—. Lo siento —susurró Marjorie, que parecía estar rezando—. Lo siento mucho.

Poco a poco, las piezas del rompecabezas fueron encajando. El encaprichamiento de Marjorie con Elijah no era nada nuevo. Elijah era el joven del que le había hablado, el que la había dejado. Ella lo amaba y creía que él también.

Tal vez Marjorie quisiera una segunda oportunidad. Tal vez quisiera probar la vida que habría podido tener de no haber sido por Lillian.

A Signa empezó a quemarle el pecho por el dolor que suponía volver a respirar. Se rodeó la garganta con la mano, tenía la cabeza llena de preguntas para las que quería respuestas, pero no quedaba tiempo para conseguirlas.

No quería arriesgarse a que la atraparan con el diario en las manos, así que atravesó la pared sin volver a mirar a Marjorie. Sentía que el peso de su cuerpo se estaba apoderando de ella otra vez y apenas consiguió llegar a trompicones hasta el pasillo antes de que la belladonna se desvaneciera de su sistema. El corazón volvió a latirle y las sombras se escaparon de ella. Con las faldas en la mano, Signa fue corriendo tan rápido como pudo por el pasillo y dejó atrás los retratos que la seguían con la mirada hasta que llegó a su habitación.

Cerró la puerta de golpe y se dejó caer contra ella, sin respirar. No tuvo oportunidad de descansar, porque Muerte estaba esperando frente a la ventana que se había olvidado de cerrar. Volvía a tener la forma de sus sombras. Pero no estaba ahí para cumplir con lo que le había prometido después del baile. El mundo a su alrededor se volvió hermético por el enfado que sentía Signa emanando de él en oleadas, como si estuviera privando de oxígeno al aire.

—¿Qué es esto? ¿Qué ocurre? —preguntó Signa.

Aquello se rompió como el hielo entre ellos y Muerte se dio la vuelta.

—Es Blythe.

Treinta y siete

Blythe estaba a cuatro patas sobre la cama y le salía bilis amarilla por la boca. Se estaba atragantando con ella, le costaba respirar entre las arcadas.

Elijah la agarraba por los hombros.

—¡Ayúdala, por favor!

Signa se puso los brazos alrededor de sí misma, no había nada que pudiera hacer. Habían utilizado los últimos restos del haba de Calabar para salvar a Percy. Signa estaba aterrorizada porque sentía el hormigueo familiar de la presencia de Muerte en la nuca. Estaba ahí, en la esquina, observándolos, esperando. Una parca lista para atacar.

«Es la hora, Signa».

La joven se dio la vuelta, se negaba a admitir su presencia.

Blythe tuvo otra arcada y vomitó en la esquina de la cama. Elijah le sostuvo el cabello a su hija con ternura.

La puerta se abrió de golpe y Marjorie entró corriendo. Llevaba guantes puestos y respiraba con dificultad. No había dado ni dos pasos dentro cuando Signa le bloqueó el camino.

—Quédate donde estás. —Signa intentó imitar la furia que tan bien se le daba a Blythe, pero no pudo evitar que le temblara la voz—. Aléjate de ella. —Con Blythe muriendo y Percy siguiéndole los pasos, no había más tiempo para andarse con rodeos. Con el diario de Marjorie bien agarrado en la mano, Signa dijo—: Quítate los guantes.

A Marjorie se le quedó la cara tan pálida como la luna.

—¿De dónde has sacado eso? —Extendió el brazo para intentar arrebatarle el diario con manos temblorosas, pero Signa lo apartó fuera de su alcance.

Signa no estaba segura de cómo administraba el veneno Marjorie, pero tenía tanto acceso a la casa que las posibilidades eran infinitas. Marjorie quería una familia. Quería estar con Elijah. Quizás aquello implicara que cualquier recuerdo de Lillian tenía que desaparecer.

—Tienes veneno en la punta de los dedos —le dijo Signa al fin, deseando arrancarle los guantes de cuero.

La institutriz con quien tanto tiempo había pasado, cuya compañía había disfrutado y quien había intentado aconsejarla y guiarla. Signa recordó el cariño con el que miraba a los niños, la ternura con la que había acariciado a Percy en el pelo y con la que le había colocado un paño húmedo sobre la frente. Hubo tanto amor en aquellos gestos, pero Signa había leído el diario con sus propios ojos y había visto la mancha de belladonna.

—¿Crees que esto es cosa mía? —Marjorie tenía los puños cerrados con tanta fuerza que le temblaban a los lados.

—Mírale la mano derecha —le dijo Signa a Elijah. Dios, ¡qué tonta había sido por haber tardado tanto en darse cuenta de lo que estaba ocurriendo! Ojalá hubiera comprobado los dormitorios antes—. Verás que la tiene manchada de belladonna. Es con lo que envenenaron a Blythe y con lo que mataron a Lillian. No quería decir nada hasta que supiera quién andaba detrás de ello.

Elijah parecía estar vacío por dentro, como si apenas reconociera lo que estaban diciendo mientras miraba a su hija con los ojos hundidos. Lo único que indicó que había oído a Signa fue el temblor en su labio inferior y en sus manos, pero no había tiempo para que se crispara.

A Blythe ya no le quedaba nada dentro para provocarle arcadas. Empezó a convulsionar y a tragar bocanadas desesperadas de aire.

En la esquina, la parca dio un paso adelante.

Signa se giró hacia él.

—Ni te atrevas.

Jamás había deseado algo con tantas ganas como la seguridad de Blythe en aquel momento. Quería decirle a Muerte que se lo debía por todo el dolor que le había obligado a soportar. Pero aquello no terminaba de ser cierto. Muerte no le debía nada por existir, y Blythe ya había vivido más tiempo del que le tocaba. Aun así, no era suficiente.

—Dale una oportunidad más —susurró Signa en su lugar, sin importarle si la estaban mirando o si pensaban que se había vuelto loca—. Voy a detener esto. Dame una oportunidad más.

En aquel momento solo estaba ella, la parca y una habitación tan fría como la escarcha. La temperatura la dejó sin movimiento en las piernas y cayó de rodillas.

«No se puede controlar a la muerte. Tienes que asumirlo, Signa. Tienes que entenderlo».

—Sé que puedes hacerlo. —Signa estaba rogando y le daba igual—. La salvamos una vez y podemos volver a hacerlo. Solo una vez más, por favor.

«¿Hay alguien que merezca más la muerte?».

Aquellas palabras fueron una prueba. Si Signa quería salvar una vida, tenía que llevarse otra a cambio. Tal vez fuera una aleatoria. Tal vez fuera una elegida por ella misma. Fuera quien fuere, no iba a permitir que Blythe muriera aquella noche. Se volvió a poner en pie, se abrió paso entre el frío abrasador y las sombras que la alentaban a volver atrás, y se colocó entre Muerte y su prima.

«No seas necia. Es cruel hacer que aguante estando como está». Aquello era cierto. Blythe era un cadáver andante con la piel fantasmal aferrada de manera desesperada a los huesos, que se le salían. Ni siquiera podía inclinar la cabeza para mirar a Signa; su cuerpo estaba demasiado agotado como para continuar aquella lucha.

—No pasa nada —susurró Blythe, una y otra vez, como una cancioncilla suave y cansada—. No pasa nada. No pasa nada si me voy.

El sudor le recorría el cuello y bajaba hasta la espalda. Tenía la ropa húmeda y pegada contra la piel. No tenía por qué ser así. Como ya sabían que Marjorie era la envenenadora, Blythe por fin podría curarse.

Tan solo necesitaba una palabra. Una sola orden y Blythe tendría otra oportunidad.

—Hazlo —dijo Signa con una voz firme. No se dirigió a su prima, sino a la parca que estaba observando—. Hoy no se va a morir.

«¿Entiendes lo que implica esto?». No lo preguntó con un tono juicioso, sino con determinación, para asegurarse de que Signa entendiera la gravedad de su decisión. «Estás jugando con Destino, Signa. Estás jugando a ser Dios».

—Me da igual —dijo, e iba en serio—. Haz lo que tengas que hacer. Pero si te importo lo más mínimo, ayúdala.

Muerte echó una larga ojeada a Blythe, y las sombras que había a su alrededor fueron mermando al inclinar la cabeza.

«Muy bien».

Blythe empezó a respirar de manera regular enseguida.

La parca desapareció, y a su paso dejó a una chica durmiendo, a un hombre desconcertado, a una mujer ruborizada y a una chica que acababa de condenar a un alma sin pensárselo dos veces. Una chica que permanecía ante todos ellos con el poder corriéndole por las venas.

Signa sería capaz de embriagarse con ese poder, de ahogarse en él. Así de bien le sentaba.

—¿Eres una bruja, jovencita? —preguntó Marjorie con la voz rota como una taza de té caída al suelo—. ¿Qué has hecho?

Signa no tuvo que decir una sola palabra. Elijah se puso a su lado, tenía la mirada desquiciada y la cara enrojecida, estaba temblando a causa del enfado.

—Enséñame las manos —ordenó el hombre.

Él debió ser quien había enseñado a Blythe a manejar las palabras, ya que si la finca hubiera sido más pequeña, con su voz la habría hecho pedazos.

Marjorie dio un paso atrás.

—Elijah, yo nunca...

—¡Que te quites los guantes y me enseñes las manos!

Elijah cruzó la habitación con pasos cada vez más furiosos y sin contener apenas su ira. Marjorie retrocedió varios pasos tímidos y Signa enseguida se pegó a la pared. Elijah tomó a Marjorie por la muñeca y le quitó el guante de un tirón. Echó un vistazo a sus dedos y le soltó la mano. En su rostro quedaron reflejados la indignación y el dolor.

—Jamás te ha importado Blythe —dijo Elijah con veneno en sus palabras inclinándose hacia la institutriz; se quedó tan cerca de ella que la rozó con el pecho—. Jamás te importó, del mismo modo que jamás te importó Lillian. Era una buena mujer, Marjorie. Y estos niños son inocentes. ¿Cómo te atreves a ponerles la mano encima? ¿¡A Percy!?

El ruido que salió del fondo de la garganta de Marjorie fue extraño, algo a medio camino entre un grito ahogado y un resoplido.

—El hecho de que creas que les he hecho algo es ridículo y lo sabes. ¡Jamás les pondría una mano encima!

Elijah apretó la mandíbula y señaló la puerta con el dedo.

—Quiero que te marches.

Marjorie se agarró al marco de la puerta como si así fuera a afianzar su derecho a estar en aquella habitación.

—No puedes hacer eso.

—Puedo hacer lo que me plazca. —El parpadeo de la lámpara de aceite ensombrecía la cara de Elijah y parecía que tenía las mejillas huecas—. No quiero verte cerca de Thorn Grove. Vete ahora o llamaré al guardia.

A Marjorie se le hundió el pecho como si le hubieran arrebatado el aliento a golpes y miró a Elijah con el ceño fruncido, como si se tratase del mismísimo diablo.

—Estás cometiendo un error. —Marjorie se giró hacia Signa, a quien se le heló la sangre—. Y tú. No tienes ni idea de lo que estás haciendo, niña. No sabes nada. En absoluto.

Una joven a quien seguía Muerte no sentía miedo fácilmente, pero en aquel momento la sensación penetró en lo más profundo de Signa, y se le puso la piel de gallina por todo el cuerpo, como un sarpullido.

Por suerte, Marjorie ya se había ido cuando Signa volvió a parpadear.

En cuanto la puerta se cerró tras ella, a Elijah se le doblaron las rodillas. Lo atravesó un sonido distorsionado y roto que bastó para hacerle pedazos el corazón a Signa, que ansiaba extender las manos hacia él y decirle que todo saldría bien. Blythe había sobrevivido al último envenenamiento, y pronto estaría fuera de su sistema. Pero el alcance de ese sufrimiento era algo que jamás había experimentado y que nunca sería capaz de describir. El hombre ante ella se había hecho añicos y era imposible recoger los pedazos.

Treinta y ocho

Elijah no pidió ninguna explicación, tan solo solicitó que lo dejaran a solas con su hija, que estaba durmiendo. Signa estaba encantada de obedecer.

El velo sobre lo que había hecho estaba empezando a desvanecerse y la claridad estaba penetrando. Percy se recuperaría y Blythe viviría un día más. Habían encontrado a la asesina, y pronto todo volvería a estar bien en Thorn Grove. Pero, para conseguirlo, Signa había condenado a muerte a otra alma. Había sacrificado otra vida en lugar de la de Blythe.

Se mordió las uñas hasta dejárselas en carne viva yendo de un lado a otro por el pasillo, la cabeza le daba vueltas. Sabía que debería importarle más, que debería tener remordimientos. Pero volvería a tomar la misma decisión si tuviera que hacerlo.

Dios, ¿en qué se estaba convirtiendo?

Cuando llegó hasta sus dependencias, el frío le advirtió que Muerte estaba esperando dentro. Signa abrió la puerta y lo vio andando de un lado para otro en la sala, con las sombras arrastrándose tras él como si fueran un manto. En cuanto él la vio, las sombras de la habitación se apresuraron hacia delante y se quedaron a apenas unos centímetros de ella.

—Ven conmigo. —No fue una pregunta, pero la orden estaba teñida de vacilación.

—¿A dónde? —Fue todo cuanto se le ocurrió decir a Signa.

—Es hora de que veas lo que hago. —Le extendió la mano para que se acercara—. Es hora de que veas que hay más cosas sobre la muerte de las que crees.

La mano que le había extendido era mucho más que una simple mano. Signa sabía que tomarla implicaría abrirse a él y a su mundo. Implicaría aceptar lo que había hecho y abrazar aquella parte suya de una vez por todas.

No era Muerte, el asesino, quien permanecía frente a ella. No era el demonio que se había imaginado en la cabeza y al que se había pasado demasiados años odiando. Era el hombre que llevaba a las almas inocentes al más allá. Era Muerte, cuyos poderes compartía, quien la entendía mejor de lo que nadie podría hacerlo jamás. Estaba cansada de huir de él.

Signa entrelazó los dedos con los de él y echó la cabeza hacia atrás para observar a las almas que flotaban a su alrededor. Cuanto más las miraba, más podía distinguir destellos de rostros entre ellas.

—¿Por qué no tienen el típico aspecto de los espíritus?

Signa se sujetó a Muerte como un tornillo. Estaba doblando el espacio a su alrededor mientras se movían y desplazaban a algún lugar nuevo. Era como caer en un estanque y salir estando seca.

—Tendrían esa forma si los hubiera alcanzado antes —dijo—. Tienen muchas ganas de ir al otro lado, y viajar es más sencillo siendo un alma. A los espíritus les pesan las emociones y los recuerdos a los que se aferran. Los espíritus permanecen, las almas pasan al otro lado.

—Al otro lado... ¿Aquí?

Donde fuera que estuvieran, no era en Thorn Grove. Habían cruzado a un lugar en el que el tiempo estaba quieto. Signa se alegraba de no tener que respirar, ya que el aire ahí era demasiado denso. Se postraba sobre la base de su garganta, de manera que le resultaba imposible tragar. Muerte le hizo adelantar y Signa se tropezó con la tierra. Cuanto más lejos avanzaban, más inquietas se ponían las almas a su alrededor. Ya no se cernían tan cerca de Muerte, sino que se abalanzaban hacia delante y luego retrocedían unos centímetros por miedo a perderse en la neblina que se estaba formando.

Llegaron hasta un puente esplendoroso de color blanco y azul construido sobre un lago interminable. Aunque estaba cubierto por la niebla, el gran número de almas que estaban cruzando iluminaban ligeramente todo aquello.

Algunas iban flotando en esferas pequeñas, mientras que otras cambiaban de forma y volvían a ser como cuando eran espíritus y atravesaron a toda prisa la multitud hacia la llamada de algo maravilloso que los estaba esperando al otro lado. Era algo que Signa sentía en lo más profundo de su ser, algo cálido, rico e intenso.

Empezó a seguirlos porque necesitaba saber qué era, pero Muerte la agarró con fuerza.

—Si cruzas ese puente, ya no pertenecerás a este mundo —le advirtió—. No es tu hora.

Se sentaron a la orilla del lago y observaron a las almas desde la distancia.

Había pasado mucho tiempo desde la última vez que estuvo en una iglesia y no se acordaba de ninguna lección sobre la vida después de la muerte. Siempre había creído que era un lugar oscuro y solitario, pero fuera lo que fuere que hubiera al otro lado del puente, no daba la sensación de que fuera el final, sino que parecía un principio. Como un viaje que invitaba a que se realizara.

—¿Qué pasa una vez que lo cruzas?

—Existen muchas posibilidades. —La soltó y se reclinó para observarla. Tal vez fuera para evitar asustar a los espíritus, pero Muerte se mostraba más suave ahí—. Algunas almas eligen renunciar a sus recuerdos del tiempo que pasaron en la Tierra y volver a nacer como alguien nuevo. Otras se quedan con sus recuerdos y permanecen en el más allá, esperando a los que dejaron atrás.

—¿Y qué pasa con los que no llevan una vida justa? —preguntó Signa—. ¿Existe algún castigo?

—El más allá es mi terreno, pajarito, y yo cuido de los míos. No es una decisión fácil, pero no acojo a quienes puedan mancillar mi hogar. Reclamo esas almas para mí y me deshago de ellas. Para ellas no habrá vida después de la muerte. No habrá nada —dijo Muerte con una voz oscura.

Era un destino frío, pero Signa ya sentía una intensa actitud protectora hacia aquel lugar, y sabía, sin siquiera verlo, que ella también haría lo que hiciera falta para proteger todo lo que esperaba al otro lado del puente.

—¿Conoces a todos los que hay aquí? —preguntó Signa al ver a una de las almas menearse al cruzar el puente.

—He conocido a todos los residentes del más allá —dijo con orgullo—. Aunque debo reconocer que algunos destacan más que otros. Tu madre es una de las muchas razones por las que no voy a menudo a ese lugar. No hace más que molestarme con preguntas sobre ti.

Signa pasó los dedos por la hierba y en sus labios se dibujó una cálida sonrisa.

—Últimamente, todos insisten en hacerla parecer muy intensa. Supongo que siempre la he imaginado un poco como Marjorie.

—¿Como una asesina?

Signa le dio un golpe en el pecho.

—¡Claro que no! Me refiero a alguien que siempre parece muy correcta y formal.

Muerte asintió con la cabeza, reflexionando sobre aquello.

—Tiene más modales que tú, desde luego, pero eso no dice nada. —En esa ocasión, cuando Signa fue a darle otro golpe, las sombras de Muerte interceptaron su mano y se la devolvieron con una risa—. Tu padre es un hombre tierno y amable, y tiene una voz muy suave. Rima se parece más a ti. Dice lo que piensa y siempre está interrumpiendo. Sabía muy bien cuál era su lugar en la sociedad y lo utilizó en su propio beneficio. Con todo el dinero y la influencia que tenía tu familia, nadie se atrevía a criticarlos por miedo a perder la oportunidad de contar con una inversión por parte de los Farrow.

Signa se recostó contra las sombras de Muerte, que se habían quedado quietas para ella y eran tan blandas como se imaginaba que serían las nubes.

—Parece que sabes mucho sobre ellos.

—Pues claro —dijo Muerte con tanta seriedad que Signa se quedó muda—. Son tus padres. Quería saber todo cuanto pudiera sobre ellos. Y tú eres tan descarada como Rima, ¿lo sabes? En todos estos años, nadie me ha hablado con tanta hostilidad como tú, pero ella anda muy cerca.

Quizá su madre no se sintiera tan decepcionada con ella, después de todo. Todos los años que Signa se había pasado obsesionada por encajar en un molde particular —en lo que creía que todo el mundo esperaba que hiciera— quizás habían sido en balde.

Muerte no sabía lo agradecida que se sentía Signa con él en aquel momento. No sabía que, por muy contenta que Signa estuviera al oírlo hablar sobre sus padres, aquello le hizo recordar profundamente su propia soledad. Pero al lado de Muerte, con su mano encima de la suya, se dio cuenta de que no tenía que aguantar todo eso sola. No tenía que fingir. No tenía que mentir sobre lo que quería ni tenía que amoldarse para ser alguien más. Con Muerte, Signa podía ser enteramente ella.

Con él no se sentía tan sola.

Bajó la cabeza hacia el hombro y sonrió; Muerte se tensó por la sorpresa.

—Cuéntame cómo es lo que hay al otro lado del puente.

Muerte descansó la barbilla sobre la cabeza de Signa.

—Si de verdad lo quieres saber, con mucho gusto te invitaría ahí y me quedaría contigo por toda la eternidad. —Cuando Signa le dio un golpecito en el hombro, Muerte se rio—: Es un lugar más amable que el mundo de los vivos. No hay necesidades, deseos ni miedos.

—Entonces, ¿por qué no pasas más tiempo ahí?

Muerte deslizó el pulgar por el dorso de la mano de Signa, a quien le ardió la piel con el deseo.

—Haré lo que haga falta para proteger ese lugar y a esa gente. Pero estar ahí demasiado tiempo es agotador. No puedo compartir sus placeres, pajarito. No hay ninguna familia esperándome, y puede que algunos de mis deseos no se resuelvan nunca, da igual dónde esté. Verlos a ellos y estar en ese lugar me recuerda todo eso. Además, me parece que el mundo de los vivos es mucho más entretenido.

Signa, como persona que aún no había encontrado su lugar, se sentía identificada. Muerte era el hombre más odiado del mundo, y ni siquiera ahí, en el más allá, encajaba. No era de extrañar que diera la impresión de ser tan quisquilloso. Signa seguramente debía dar la misma impresión.

—Elegí a un hombre de más de ochenta años. —Signa supo enseguida a qué se estaba refiriendo, y le sentó como un golpe en la cabeza—. Le quedaban diez años más, pero llenos de dolor en los huesos. Está ahí, sobre el puente. —Muerte señaló hacia delante con la cabeza.

Signa no quería ver al hombre al que había condenado para salvar a Blythe, pero era lo mínimo que se merecía. Se puso los brazos alrededor de la tripa y se obligó a reconocer la presencia del hombre bajo y robusto cuya vida había arrebatado. Diez años era mucho tiempo. Incluso con dolor, ¿qué cosas podría haber hecho ese hombre con su vida? ¿Qué recuerdos podría haber creado? ¿De cuánta dicha podría haber gozado?

—No me gusta hacer esto, Signa. —Las sombras los envolvieron como si fuera una cortina que los protegía de la vista—. Estamos jugando con Destino, alguien con quien no se debe jugar. No me vuelvas a pedir que le quite la vida a alguien que aún no está listo para que se lo lleven.

Aquellas palabras le llegaron y quedaron enterradas en el fondo de su alma. Signa se encogió y se acurrucó sobre sí misma.

—Perdón por habértelo pedido —dijo, temblando—. Pero si tanto detestabas la idea... ¿por qué lo hiciste? ¿Por qué me hiciste caso?

Cuando Muerte se giró hacia ella, la luz de la luna se reflejó sobre él de un modo que a Signa le recordó a una pintura, como si los mechones de las sombras fueran pinceladas sobre un lienzo.

—Porque he esperado una eternidad para conocerte, Signa Farrow. —Aquellas palabras fueron un bálsamo al que Signa se aferró con deleite—. Para mí, eres una canción para un alma que no ha conocido la música. Luz para alguien que solo ha visto la oscuridad. Sacas lo peor de mí y me vuelvo vengativo hacia esas personas que te tratan de una manera que no me gusta. Pero también sacas lo mejor de mí: quiero ser mejor por ti. Mejor para ti.

»Durante toda mi existencia, lo único que he pedido ha sido una cosa: una persona que me entienda y a quien pueda permitirme tocar. Cuando toco a alguien, veo la vida que ha tenido en destellos de recuerdos mientras muere. Pero la primera vez que te toqué, lo que vi fue tu futuro. Un destello de ti en mis brazos, bailando con un vestido rojo precioso bajo la luz de la luna. —Muerte le levantó la barbilla a Signa y ella se estremeció y saboreó el tacto.

»Eres lo que quiero. —Apartó la mano—. Sé que no puedo obligarte a que me quieras a cambio, pero dime que lo haces y te prometo que soy entera e inequívocamente tuyo. Dime que lo haces y haré que este mundo lo sea todo para ti, Signa.

Aquellas palabras le impactaron. Llevaba mucho tiempo queriendo ser simplemente una chica normal, sin que Muerte permaneciera en las sombras de su vida. Soñaba con lo dulce que sería aquello, pero descubrió que a ella el sabor le resultaba amargo. Se podía pasar la vida al lado de Everett, con una oreja puesta para los cotilleos y sintiéndose atrapada, débil y ahogada. Y mientras tanto recordaría que había algo —alguien— que en un momento la había hecho sentir muy viva.

Una chica normal no sería capaz de salvar el alma de su prima.

Una chica normal no sería capaz de sentarse en esa orilla y mirar fijamente el puente que conducía al más allá.

Signa llevaba mucho tiempo luchando contra quien era a favor de quien los demás querían que fuera. Ya había tenido suficiente.

Tenía la respuesta ahí. Siempre había estado ahí. Giró la cabeza en dirección a él, con los labios a una respiración de distancia de los suyos.

—Creo que siempre he sido tuya, Muerte. A ti te hicieron para mí, así que quizás a mí me hayan hecho para ti. Quiero sentirme como me siento cuando estoy a tu lado, siempre. Quiero sentirme como me siento cuando me tocas.

Muerte dejó escapar una respiración de lo más suave mientras la oscuridad dentro de él se encendía y se convertía en la misma noche.

Era el fuego de las estrellas, el deslumbrar de la luna; la oscuridad de las sombras y la caricia del viento contra la piel de Signa mientras la oscuridad la tomaba como si fuera el mejor vino.

Signa sabía antes de pasarle un brazo alrededor del cuello —antes de presionar el pecho contra el suyo— que no habría vuelta atrás. Al besarse, su roce rompió algo dentro de ella. Algo pequeño y tímido. Algo que llevaba reteniéndola demasiado tiempo.

Daba igual lo que los demás creyeran que era. Lo que pensaran de ella. Ella era eso, y estaba lista para aceptarlo.

—No eres una cosa suave a la que haya que mimar. —La voz de Muerte era tan tranquilizadora como la primera lluvia de la temporada, y Signa se estremeció por la manera en que se deslizaba sobre su piel—. Eres más intensa que el sol, Signa Farrow, y ya es hora de que ardas.

Muerte la atrajo hacia el bosque y la tumbó en el frío suelo. Le besó el cuello y fue bajando hasta llegar a la parte de arriba del corsé. Signa intentó echarle una mirada furtiva, pero lo ocultaban la neblina y las sombras. Podría haberle puesto más empeño, pero en realidad le daba igual el aspecto que tuviera Muerte. Lo que sentía por él —lo mucho que lo deseaba— era profundo y doloroso.

En sus casi veinte años, Signa nunca se había sentido tan viva. Se estaba dejando llevar, deslizando las manos entre las sombras para enroscarlas en el pelo y en los hombros de él, con los labios sobre su boca, sobre su cuello; tenía tantas ganas de él como él de ella.

Cordón a cordón, Signa fue desatándose el vestido y la seda resbaló por su piel. Muerte se recostó para admirarla tendida sin ropa bajo las estrellas, con el pelo oscuro suelto y cayendo por sus pálidos hombros.

Signa nunca había estado tan expuesta, y aun así no se escondió de él ni rehuyó las sombras que envolvieron sus muslos desnudos. Fue guiando las manos de Muerte por su cintura, por sus pechos y sus caderas. Y luego, más abajo; se estremecía por el placer bajo su tacto.

—¿Estás segura de que es lo que quieres? —preguntó, casi como si no pudiera creérselo, como si esperara que Signa entrara en razón y lo obligara a parar.

Pero Signa ya no veía a Muerte como a alguien peligroso. Era emocionante y liberador, y Signa lo deseaba más de lo que jamás había deseado nada.

—Nunca he estado más segura de nada en toda mi vida.

Signa le puso la mano alrededor de la cara e hizo que bajara para que su cuerpo cubriera el de ella. Lo besó con ternura pero con firmeza en cuanto a su deseo, con la esperanza de que aquello aliviara su preocupación. Quería mostrarle que deseaba eso tanto como él.

Daba igual si fue el beso o aquellas palabras lo que lo desataron, Muerte gimió y la besó de lleno en la boca. Y después, ya no vaciló. Enseguida puso los labios sobre el muslo de Signa y le besó la piel desnuda hasta que ella ahogó un grito y echó la cabeza hacia atrás mientras su cuerpo se derretía bajo su roce.

Las sombras de Muerte trazaron los huesos de la cadera de Signa y se deslizaron hasta la zona sensible en la que habían estado sus labios. Signa soltó una suave exhalación y, con ella, cualquier tensión que hubiera sentido. Cada roce era como fuego sobre su piel, la quemaba por dentro y se ganaba su atención. Por una vez, nada más importó. Ni la herencia, ni los espíritus. Solo el cuerpo de Muerte cubriendo el de ella y el profundo dolor del deseo que la llenaba.

Muerte gimió al presionar dentro de ella, y Signa no tardó en sentir que se estaba soltando. Ahora ella era la oscuridad de las sombras, la que estaba haciendo que él se doblara, estirara y retorciera; la que estaba tomando todo lo que él ofrecía, todo lo que ella deseaba.

Signa puso las piernas alrededor de él cuando el anhelo se fue haciendo más grande y lo mantuvo cerca al sentir que algo dentro de ella iba en aumento. No solo lo sentía a él, sino a la propia noche; las sombras, la oscuridad y las estrellas que explotaron dentro de ella cuando se deshizo.

Signa se arqueó bajo él y a Muerte se le escapó un gruñido y la agarró del pelo con una mano. Se le tensaron los músculos al tirar Signa de él para que estuviera más cerca y besarle el cuello, los labios y todo cuanto pudo hasta que él gruñó su nombre y se perdió dentro de ella; Muerte se echó a un lado y las sombras envolvieron a Signa.

La joven desenvolvió su abrazo de él con satisfacción en los labios. Ella era la que había conseguido que Muerte se retorciera a su antojo. Ella era la que lo había hecho suspirar su nombre al inclinar la cabeza hacia el cielo, y aquello le gustaba bastante.

Signa entrelazó los dedos con los suyos, y él le pasó el pulgar por el dorso de la mano con caricias largas y satisfechas.

—Llevo esperándote un milenio, Signa Farrow —dijo con un dejo sedoso en la voz; estaba demasiado satisfecho para su propio bien—. Desde el amanecer de esta tierra he esperado. Eres mía y yo soy tuyo. Y juntos, este mundo es nuestro.

Treinta y nueve

Tanto Signa como Elijah estaban sentados ante la mesa de desayuno mucho antes de que saliera el sol, estudiando teorías y motivos; ninguno de ellos estaba dispuesto a decir la verdad en voz alta: que Marjorie no podía haber estado actuando sola. Que había tenido una reacción demasiado sorprendida. Que su amor por los niños de la familia Hawthorne era demasiado sincero.

Pero las manchas de belladonna en las puntas de sus dedos y las entradas de su diario no engañaban. Quería que Lillian desapareciera, pero aquello no bastaba. Las manos se podían lavar y las tazas envenenadas también, por lo que necesitaban pruebas. Necesitaban respuestas. De modo que se habían reunido para intentar encontrarlas.

Signa se sintió aliviada al ver que Elijah era honesto con ella y que escuchaba las sospechas que tenía con la mayor de las atenciones. Cuando sugirió que Byron podía ser el cómplice de Marjorie, Elijah no se opuso ni le dijo que había perdido el juicio. Reposó la barbilla sobre los dedos entrelazados y dijo:

—Estoy seguro de que tendremos la oportunidad de hablar con mi hermano pronto.

No le faltaba razón, aunque Signa no preguntó cómo sabía que Byron iba a aparecer. Apenas había salido el sol cuando aporreó la aldaba lo bastante alto como para levantar a los muertos.

—Que entre, Warwick —gritó Elijah al mayordomo. Tenía la voz áspera, estaba en las últimas. Parecía que había pasado mucho tiempo desde que fuera aquel rayo de luz en el salón de baile, sonriendo, sobrio y feliz. Ahora, ante ella, Elijah tenía los pies sobre una silla, con pantuflas y todo, y bebía té negro con demasiada leche. Tenía las ojeras más marcadas que Signa había visto, y no hizo nada por domar el cabello despeinado que le cubría la frente y se le metía en los ojos. Le había vuelto a crecer el vello facial, y una sombra le cruzaba el rostro.

Les acababan de servir el desayuno, y Signa estaba comiendo las gachas a cucharadas mientras escuchaba los golpes del bastón de Byron contra el suelo de madera. Byron no esperó a que le dieran permiso ni a que Warwick lo acompañara hasta el comedor, sino que abrió la puerta de golpe. Tenía la cara tan enrojecida que parecía a punto de estallar. Echó un vistazo a Signa y gruñó:

—¡Fuera de aquí, niña!

Elijah levantó una mano en su defensa.

—Signa se queda. —Indicó una silla frente a ella—. Siéntate, Byron.

—Si crees que voy a...

—He dicho que te sentaras.

Signa miró hacia la esquina de la sala, en las sombras más oscuras, medio esperando que Elijah, de algún modo, hubiera invocado a Muerte con ese tono.

Byron se echó el frac a un lado y se sentó. Con los puños bien cerrados colocó las manos sobre el mantel de encaje blanco.

—¿Qué has hecho, Elijah? Esta mañana ha venido un corredor de bolsa al Grey diciendo sandeces sobre la venta del negocio.

Elijah tomó una cucharada de gachas, arrugó la nariz y luego añadió leche y un terrón de azúcar.

—Claro que hay un corredor de bolsa. ¿Creías que iba a dejar que mi familia pasara hambre?

Pobre de Byron y su corazón. El hombre pasó del color rojo al morado; estaba tan enfadado que se había olvidado de respirar. Signa creyó que se iba a desmayar o, por lo menos, que iba a chillar, pero tomó aire y asentó su enfado creciente.

—Si quieres vender el negocio —empezó con un nivel de calma admirable—, deja que lo compre. Podemos idear un plan de pagos o un porcentaje del dinero para que lo cobres tú. No tendrás que volver a tocar un libro de contabilidad.

Elijah pidió a Warwick que avisara al personal de cocina que necesitaban más té. El silencio pesaba a su alrededor. Signa sintió como si en cualquier momento fueran a arrancarle la piel de los huesos. Estar ahí sentada en medio de esos dos hombres discutiendo era una forma de tortura bastante particular.

Byron parecía pensar lo mismo.

—Elijah. —Aquel nombre sonó como un martillo sobre un clavo—. ¿Estás conforme con esa oferta? Sabes que jamás permitiría que tu familia sufriera.

Elijah apretó la mandíbula.

—Yo tampoco pretendía que mi familia sufriera. Por eso te lo voy a preguntar una sola vez: Byron, ¿estabas compinchado con Marjorie para hacerle daño a mi familia?

Signa no se atrevió a pestañear, temía que al hacerlo pudiera perderse la reacción de Byron. Aun así, solo se le ocurrió interpretar que el hombre replegara el cuello y arrugara el ceño como sorpresa.

—¿Has vuelto a darle a la bebida o es que has perdido el juicio? —preguntó Byron—. ¿Qué estás diciendo?

Elijah se llevó la taza de porcelana a los labios y, a través del vapor que salía, observó a su hermano con un nivel de tranquilidad asombroso.

—¿Sabes lo que le ha ocurrido a mi hijo?

Byron dejó la taza sobre el platillo de golpe, lo que provocó que se derramaran algunas gotas de té sobre el mantel de color marfil.

—Basta de juegos, Elijah. ¿Qué le ha ocurrido a Percy?

Signa quería que Byron fuera culpable. Quería respuestas, o incluso utilizar sus nuevas habilidades para seguirlo hasta su casa y confirmar por sí misma cuál era su implicación. Pero la preocupación que mostró pareció sincera, y aunque había una parte de Signa que se sentía aliviada, no pudo evitar apretar los dientes ante la creciente frustración por la falta de información.

Elijah endureció el rostro.

—Se puso enfermo unos instantes después de que te fueras de la fiesta anoche. Encontramos a Marjorie con veneno, y tengo motivos para sospechar que tal vez os hayáis puesto de acuerdo.

—¿Veneno? —Como si tuviera la intención de ponerse en pie, Byron se empujó de la mesa con el bastón en la mano. En el último momento pareció pensárselo mejor y se volvió a sentar. Con una voz suave y fría dijo—: Tenemos nuestras diferencias, Elijah. Pero, ¡por Dios!, ¿por qué iba a querer hacer daño a alguien de tu familia?

—Seguramente tengas más razones para hacerme daño de las que puedo contar —empezó Elijah, enumerándolas con los dedos—. No es ningún secreto que quieres el Grey, pero puede que esto vaya más allá. Puede que sea por lo que Lillian significó para ti. Puede que la hayas matado porque estabas harto de verla conmigo. O puede que quisieras que sintiera el mismo dolor que tú cuando ella me eligió a mí. O puede...

—¡Basta! —Byron agarró el canto de la mesa, los nudillos se le quedaron blancos como los huesos. Signa se hundió en la silla, deseaba desaparecer. Las discusiones familiares eran una nueva experiencia y, desde luego, no eran su fuerte.

»El hecho de que sugieras siquiera... —Las palabras de Byron se fueron apagando con las sacudidas de cabeza que dio—. Es cierto que yo amaba a Lillian y que quiero el Grey, pero eso es porque lo estás llevando a la ruina, Elijah. ¿Sabías que Percy vino a casa el verano pasado rogando que hablara contigo? Que creas que yo podría hacerle daño a tu familia es ridículo. Quiero mucho a esos niños, estúpido. —No mostró la misma pasión ni el mismo fervor que Elijah, pero Signa se descubrió creyendo cada una de sus palabras.

»Es probable que nunca me case ni tenga hijos —continuó Byron—. Para mí, Percy y Blythe son lo más cerca que voy a estar de eso. Especialmente Percy, con quien he establecido un fuerte vínculo, algo que verías si abrieras los ojos. Cuando lo apartaste, fue en mí en quien confió. Quiero que tenga éxito. Quiero verlo hacerse cargo del Grey, casarse, ser feliz. Jamás le pondría la mano encima.

—Pero sí a una mujer. —Signa quiso pellizcarse por hablar.

La atención de Byron pasó enseguida a ella, como si se acabara de dar cuenta de que estaba ahí.

—¿Fuiste tú el que lastimó a Marjorie? —preguntó Elijah con un tic en la mandíbula. Signa no se había dado cuenta de que Elijah se hubiera fijado—. ¿Por qué?

Byron dejó el bastón a un lado.

—Llevas demasiado tiempo estando solo, Elijah. Sé que, en su momento, sentiste algo por esa mujer. Pensé que quizá seguías haciéndolo.

Elijah soltó una risa amarga.

—¿Que pensaste qué? ¿Que si me la llevaba a la cama tal vez me olvidaría de la muerte de mi mujer? ¿Que tal vez volvería a mis viejas conductas y empezaría a trabajar en el Grey otra vez? Tú sí que eres estúpido, hermano.

—Hay una señorita en la mesa, Elijah...

—Pues que se tape los delicados oídos si la ofendo. Eres demasiado anticuado, Byron. No me extraña que Lillian nunca te quisie...

—Termina la frase —siseó Byron, inclinándose hacia delante para sacudir un dedo ante Elijah— y lo lamentarás.

—¿Ah, sí? Cielos, me echo a temblar pensando...

—¡Por el amor de Dios! ¡Ya basta! —Signa echó la silla para atrás de golpe y se puso en pie, incapaz de soportarlos chillando como cerdos un momento más—. Os estáis comportando como niños. Si no podéis mantener una conversación civilizada, bebeos el té y yo haré las preguntas.

Qué similares eran aquellos dos hombres, con el rostro pálido y los ojos de búho. Signa podía ver su parecido de un modo que hasta entonces no había sido capaz. Tenían el mismo ceño severo e idéntico corte de mandíbula. La piel tostada, la de Elijah un par de tonos más oscura. Byron era más serio, como Percy; tenía la nariz más larga y los rasgos más afilados, aunque ambos se parecían muchísimo.

—No sabemos si Marjorie estaba actuando sola y necesitamos pruebas de su implicación —empezó Signa, con palabras concisas y exactas—. Que tuviera veneno en los dedos no es suficiente. Byron, si conoces el motivo por el que envenenaría a la familia, debes decírnoslo.

Byron soltó una risa como si fuera un ladrido; era lo último que esperaba Signa.

—¿De verdad crees que Marjorie haría que se pusieran enfermos? Eres una necia, niña. Esa mujer jamás haría daño a Percy.

Elijah se pasó dos dedos por la comisura de los labios, alisándose la barba incipiente.

—Háblame del diario que encontraste, Signa. El diario con el que la confrontaste —pidió Elijah.

—Escribió algo sobre una vez que se topó contigo en las caballerizas —respondió Signa—. Escribió que te habló de lo que sentías y que tú la rechazaste...

—Eso de lo que estás hablando no ocurrió. —Elijah fue firme—. ¿Estás segura de que se refería a mí?

—¡Claro que sí! Decía que quería tener la familia que siempre había estado destinada a tener. Decía... Decía... —Entonces, Signa se dio cuenta de que no, Marjorie no se había referido una sola vez a Elijah por su nombre como la persona a la que amaba. Pero había visto la manera en que lo tocaba y la libertad con la que hablaba estando en su presencia. Así que si no era él...

»¿Había alguien más? ¿Alguien más a quien quisiera y a quien sintiera que debía decirle la verdad?

Elijah se quedó tan pálido que Signa temió que su alma ya hubiera abandonado su cuerpo antes de obtener una respuesta. A Byron le ocurrió lo mismo, y ambos compartieron una mirada que Signa no pudo interpretar, por más que le fuera la vida en ello.

La noche anterior estuvo segurísima de lo que había leído. Tenía clarísimo que había empezado a juntar las piezas del rompecabezas. Pero por la expresión que mostraban los hermanos en el rostro, Signa tenía más dudas que nunca.

—Hay alguien más a quien se podría estar refiriendo —respondió Elijah al fin.

—Elijah... —Era la primera vez, que Signa recordara, que oía un dejo protector en la voz de Byron al observar a su hermano.

—No pasa nada, Byron. No estoy seguro de si esta chica es un ángel o el diablo mismo, pero ha salvado a mis hijos más veces de las que puedo contar. Además, si lo que dice es cierto, no es que no lo sepa ya.

—¿Que no sepa el qué? —Signa se apretó las sienes con los dedos. Creía que le iba a explotar la cabeza si no obtenía respuestas rápidamente. Por suerte, los hermanos Hawthorne se apiadaron de ella.

—Marjorie no se quedó en Thorn Grove porque me amara. —A pesar de que estaban solos en la sala, Elijah habló en voz tan baja que a Signa le costó oírlo—. Se quedó porque tuvo un hijo.

El rompecabezas encajó.

«A ojos de la sociedad, yo ya estaba arruinada». Marjorie advirtió a Signa que tuviera cuidado con los hombres. Había tenido un hijo fuera del matrimonio y, por ello, la sociedad no quiso saber nada de ella.

Blythe se parecía mucho a Lillian. Tenían el mismo cabello de rayos dorados, los mismos rasgos. Pero con dos padres rubios, el cabello pelirrojo de Percy y su piel llena de pecas siempre parecieron estar fuera de lugar. ¿Por qué no lo había visto antes?

—Percy es hijo tuyo y de Marjorie —dijo Signa con la cabeza en las manos—, ¿no?

Elijah no titubeó.

—Lo mantuvimos en secreto, tanto por el bien de Marjorie como por el de Percy. Acababa de comprometerme cuando ella se enteró, y yo no tenía ni idea de que estaba embarazada. Hasta que un día apareció en el umbral de nuestra puerta con él. A Marjorie su familia la desheredó y la dejó sin nada: sin dinero, sin perspectivas de futuro y sin nadie que la mirara dos veces si se enteraba de que había tenido un hijo fuera del matrimonio. Por eso nos pidió a Lillian y a mí que criáramos a Percy como si fuera nuestro propio hijo, y yo dije que sí. Por supuesto que dije que sí. Es mi hijo, y quería que tuviera el mundo, no una vida en la calle.

—¿Y a Lillian aquello le pareció bien?

—Lillian siempre trató a Percy como si fuera su propio hijo —dijo Byron con una convicción sorprendente.

Elijah asintió con la cabeza.

—Tuvimos problemas para tener un hijo durante un tiempo, y aunque explicarle a mi esposa recién casada que tenía un hijo del que no había sabido nada es una experiencia por la que no deseo volver a pasar, creo que vio a Percy como una bendición. Desde el momento en que lo vio, sintió amor por él.

Fue como si alguien hubiera tirado un rompecabezas completamente nuevo sobre la mesa. Signa volvió a presionarse las sienes con las manos intentando ordenar las piezas.

—¿Y Marjorie? —preguntó la joven—. ¿A ella le pareció bien el arreglo?

—Tan bien como le fue posible, supongo. —Elijah revolvió la cucharilla en el té mientras rememoraba los recuerdos—. Le di un trabajo respetable, un hogar en el que vivir y la oportunidad de ver crecer a su hijo. Pero Percy no podía conocer la verdad de su linaje. Yo quería tantas cosas para él, tantas cosas que no podría conseguir si se descubriera que era un bastardo... Y Marjorie y Lillian habrían sido la comidilla allá donde fueran.

—No lo ridiculizarían más de lo que ya lo hacen ahora —interrumpió Byron con el ceño fruncido—. Lo estás poniendo en ridículo a él y a toda la familia Hawthorne al arruinar sus perspectivas de futuro.

Signa nunca había visto un gruñido como el que Elijah le soltó a su hermano.

—No es mi intención dejar en ridículo a mi hijo. Estoy intentando protegerlo. Igual que estoy intentando protegerte a ti, estúpido. Durante años nos hemos entregado a nuestros trabajos, hemos perdido horas de sueño, cumpleaños, recuerdos... ¿Y para qué? ¿Para perderme los últimos días de mi mujer para que hombres que se creen muy superiores se pasen el día bebiendo y apostando? ¿Para que el dinero me permita tener una casa solitaria que cada día que pasa se vuelve más silenciosa? Mi hijo se merece ser mejor de lo que yo fui.

»Byron, tú no estás casado porque te entregas demasiado a un trabajo que no significa nada, como hice yo. Tuve que aprender la lección a las malas, hermano. Creía que los médicos conseguirían que mi mujer mejorara, así que seguí pasando día tras día en el club. Podría haber estado ahí para ayudar. Podría haberle puesto más fáciles las cosas, y aun así elegí mi trabajo. No dejaré que mi hijo haga lo mismo. No va a heredar el Grey ni te lo voy a vender a ti para que condenes el resto de tu existencia. Deja que se lo lleve otra pobre alma. Nos quedaremos con un porcentaje y no nos faltará de nada.

Signa deseó que Percy estuviera despierto para oír a su padre. Esperaba que lo aliviara saber que no era el odio de Elijah o que no se fiara de él lo que lo estaba alejando del negocio familiar. Era el amor. Y tal vez, si Percy supiera aquello, podrían empezar a reparar las costuras deshilachadas que había entre los dos.

Sin embargo, viendo a Byron, había muchas más cosas que reparar.

—¿No entiendes lo que supondrá para tu reputación? —preguntó Byron—. En cuanto firmes esos papeles, desaparecerá.

—Pues mira, seré un mago —Elijah restó importancia a aquella preocupación con un gesto de la mano—. Tengo todo lo que necesito. El resto es un juego al que ya no quiero seguir jugando.

Byron se pasó los lánguidos dedos por el cabello y tiró de las puntas.

—Puede que tú no quieras seguir jugando, pero no es una decisión que puedas tomar por todos nosotros. Tengo mi vida bastante establecida como para saber lo que quiero, y es el Grey.

Sin lugar a dudas, iban a seguir defendiendo sus posturas hasta que ambos se hartaran, pero Signa se distrajo con los recuerdos que tenía del cariño de Marjorie hacia Percy. De la adoración y el afecto que había en sus ojos y en lo fácil que sucumbía ante él.

Podía entender que Marjorie quisiera que Lillian desapareciera de sus vidas. También podía entender el envenenamiento de Blythe, ya que seguramente la joven no encajaba en la idea de la familia que Marjorie estaba destinada a tener. Pero ¿por qué se había puesto enfermo Percy?

Seguía faltando una pieza. Una última pieza, y por fin podría resolver el rompecabezas.

«Signa». El roce del frío contra su piel fue tan repentino que la joven soltó un grito ahogado, aunque durante la riña que estaban teniendo los hermanos Hawthorne, ninguno de ellos se dio cuenta. «Rápido, ven. Pasa algo con Percy».

Signa se levantó de la silla sin vacilar y fue corriendo hacia la puerta. Los hermanos Hawthorne dejaron de discutir de manera abrupta y Elijah gritó:

—¿A dónde vas?

—¡A la habitación de Percy! —gritó Signa. No se dio la vuelta, pero oyó las patas de las sillas chirriando contra el suelo y supo que la estaban siguiendo.

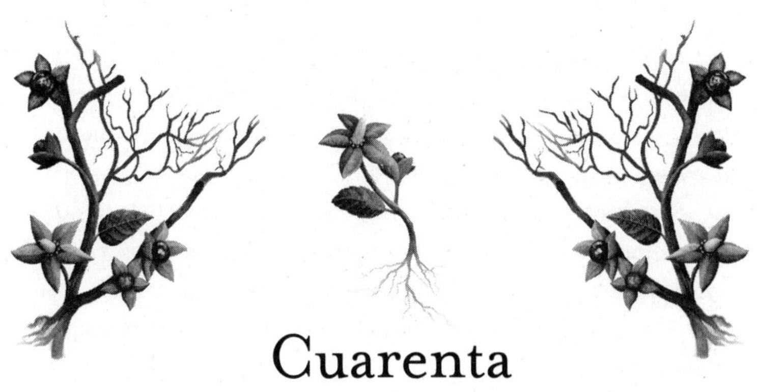

Cuarenta

Percy estaba de pie junto a la ventana cuando Signa irrumpió en su habitación, tenía los ojos inyectados en sangre y se aferraba al alféizar. Era un milagro que tuviera fuerza para estar en pie, aunque a Signa le dio la impresión de que lo que lo estaba propulsando no era la voluntad, sino la adrenalina.

La joven se puso los brazos alrededor porque el clamor del viento entraba en la habitación por la ventana abierta. Muerte amenazaba tras él, estaba observando la escena con una curiosidad silenciosa.

—¿Percy? —llamó Byron, jadeando por haber subido corriendo por las escaleras. Descansó el peso sobre el bastón y maldijo la artrosis de su rodilla.

Percy miró con los ojos vacíos a cada uno de ellos como si fueran fantasmas. El rostro le brillaba por el sudor; tenía la piel amarillenta y demacrada.

—Hijo, ¿qué ocurre? —preguntó Elijah—. ¿Qué ha pasado?

—¿Qué demonios está mirando? —preguntó Byron.

Signa no miró a Percy en busca de una respuesta, sino a Muerte.

«No he visto lo que ha ocurrido», le dijo. «Sentí que había un espíritu aquí y, cuando he vuelto para comprobar cómo estaba, lo he visto abrir la ventana. Lleva mirando hacia fuera desde entonces».

Signa cruzó la habitación hasta llegar a su primo y lo tomó de los hombros para alejarlo de la ventana con suavidad y llevarlo hacia la cama.

—Deberíamos llamar a un médico inmediatamente —empezó Byron, que ya empezaba a salir por la puerta cuando Elijah le hizo retroceder.

—Ningún médico podría arreglar esto. Está alucinando. ¡Warwick! —llamó al mayordomo, que lo había seguido corriendo, aunque Signa no se había dado cuenta—. Trae té y algo para comer...

—¡Nada de té! —A Percy le falló el cuerpo con una violenta sacudida. Volvió a caer en la cama, con los labios agrietados y temblando.

Signa le puso las sábanas de lino por encima en un intento por desviar su atención de la ventana.

—Sea lo que fuere lo que hayas visto, debería haberse marchado por la mañana. ¿Te vendría bien que me quedara un rato contigo? —le preguntó la joven.

La mirada turbada de Percy revoloteó por la habitación, incapaz de descansar en ningún lugar por mucho tiempo.

—La he visto —dijo Percy sin tartamudear, y aunque seguía temblando, hubo una claridad en aquellas palabras que a Signa le chocó—. Madre. Estaba aquí.

El joven cerró los ojos de golpe, y Signa supo que estaba experimentando el mismo agotamiento que se posaba en sus huesos cuando tenía un encontronazo con un espíritu. Fue suficiente para confirmar sus sospechas, de las que Elijah se hizo eco en un suspiro maravillado.

—Era Lillian. Es lo que llevo pensando todo este tiempo: está aquí, velando por los niños. —Estaba temblando como un junco al viento.

—Lillian está muerta, Elijah —dijo Byron, a quien le palpitaba una vena en el cuello—. Esto es una tontería. No es más que un arrebato de delirio.

—No es ningún delirio —contestó Elijah sin nada de severidad en la voz. Creía que Lillian estaba ahí, y aquello era lo único que importaba—. Mi mujer sigue en este mundo.

A Signa le habría causado alivio decirle lo acertado que estaba, pero había un velo entre el mundo de los vivos y el de los muertos que era mejor no cruzar. Por eso dijo:

—Puede.

Pero Elijah estaba demasiado perdido en el valle de sus propios pensamientos como para prestarle atención. Le echó una breve mirada a su hijo para asegurarse de que todavía respirara y luego se marchó a toda prisa de la habitación, diciendo algo entre dientes sobre su mujer.

Quizá pensaba ir en su búsqueda. O quizá pensaba volver a darle a la bebida con la esperanza de encontrar consuelo en el fondo de una copa.

Signa se alegró cuando Byron, después de lanzar otra dura mirada a Percy, decidió seguir a su hermano, tal vez para evitar que hiciera nada temerario.

La joven se acomodó al frío que sentía en la piel cuando Muerte se fue acercando.

—Puede que te hayas llevado a Lillian, pero el que verdaderamente murió se ha quedado aquí en la Tierra. —Signa se compadecía de Elijah. Se compadecía tanto de él que sintió como si el corazón se le estuviera agujereando y le quemara.

—Signa —dijo Muerte de la misma manera en que lo haría alguien intentando no ahuyentar a un animal salvaje—. Todos los que viven deben morir. Así funciona el mundo.

Ay, pero cómo deseaba que no fuera así. Qué frágil le parecía una vida al ver una tras otra rompiéndose en pedazos ante sus ojos.

—No puedo soportar verlo. —El agujero en su corazón era demasiado grande, la carcomía con cada segundo que pasaba—. Todas estas personas... ¿Cómo lo haces? ¿Cómo vives dejando a personas rotas a tu paso?

Signa se cubrió la boca enseguida, detestaba haber soltado aquella pregunta en voz alta, pero Muerte simplemente se echó sobre Signa y descansó la barbilla sobre su cabeza.

—La vida humana es algo precioso —dijo—. Vosotros, los humanos... Vosotros sentís. Sentís las cosas con tanta intensidad que eso os consume. Hubo algunos humanos por quienes velé, pero parpadeaba y tenían cincuenta, sesenta años. Y entonces llegaba la hora de que nos encontráramos. Durante mucho tiempo me compadecí de ellos por lo cortas que eran sus vidas. Y debo admitir, Signa, que me he vuelto más insensible con la edad. Pero también he llegado a admirar a los humanos. Tienen tan poco tiempo para experimentar sus vidas que deben sentir las cosas con esa intensidad. Deben experimentar en una sola vida cosas que a mí me han llevado una eternidad. Cuando veo a hombres como Elijah, en vez de sentir culpa por lo que he hecho, recuerdo que siente pesar porque amó con pasión. Y si yo no fuera real, pajarito, si no fuera Muerte, él nunca habría experimentado ese amor. Así que ¿qué es mejor? ¿Vivir para siempre o vivir y amar? —Muerte deslizó las manos por los brazos de Signa y la tomó por las manos.

»No me temas. —Rozó las orejas de la joven con su tierna voz—. No te sientas molesta conmigo ahora que acabamos de estar juntos, por favor. Yo soy lo que hace que este mundo sea precioso.

Por mucho que lo intentara, Signa no odiaba a Muerte. No podía hacerlo. Suponía que tenía razón, en cierto modo, pero aquello no cambiaba el hecho de que Signa no seguía siendo más que una humana. Si era como él decía, si los humanos sentían con tanta intensidad y amaban tanto, ¿por eso le partía el alma aquella familia y todo en lo que se había convertido ella? ¿Era porque los amaba?

De la mano de Muerte, Signa dejó que aquel pensamiento la consumiera. Dejó que le aligerara el corazón y que endureciera su resolución.

Sí, los amaba. Y por ese amor haría cualquier cosa para salvarlos y que la familia volviera a sentirse completa.

Cuarenta y uno

Los días en Thorn Grove dejaron de ser estructurados. Desaparecieron las clases y cualquier resto de protocolo, y todo aquello fue reemplazado por un pesimismo que cayó sobre la casa como un velo de luto. Por su parte, Thorn Grove en conjunto tenía ganas de volver a algo parecido a la normalidad. Era evidente por la manera en que los sirvientes mantenían la cabeza gacha y porque nadie se atrevía a hablar de lo que había ocurrido durante el baile o de la desaparición repentina de Marjorie tres noches antes.

Sin una institutriz que supervisara sus clases y con todos los miembros de la familia Hawthorne consternados, Signa se quedó con poca supervisión y tiempo de sobra. Se pasaba la mayor parte del día indagando en Thorn Grove y leyendo atentamente los registros que quedaban sobre el personal, con Sylas a la luz de las velas, investigando a los moradores de la finca mientras intentaba encontrar un camino por el que tirar. Trató de dar con algún tipo de pista que le mostrara dónde mirar a continuación.

Elijah había vuelto a beber. Se pasaba los días con sus hijos enfermos y las noches yendo de un lado a otro por los pasillos buscando a su esposa, a la que nunca encontraba.

Blythe se estaba recuperando sola en su dormitorio. Seguía estando tan enferma que la única compañía que no rechazaba era la de su padre. Y aunque Signa se moría de ganas de hacerle una visita, sabía que si a Blythe no le apetecía recibirlas, no le estaba yendo tan mal; por lo menos era coherente y consciente de sí misma.

Percy por fin empezó a caminar sin ayuda, pero seguía agitado por la aparición de su madre. Había recuperado algo de color en la piel y la luz había vuelto a sus ojos, pero comía y bebía tan poco que tenía la piel pegada a los huesos y su rostro parecía esquelético de tan demacrado. Se pasaba los días como su padre se pasaba las noches: de un lado para otro por los pasillos y diciendo cosas para sí mismo, tan perdido en sus pensamientos que Signa no se atrevía a hablarle, solo lo miraba. Suponía que su comportamiento era bastante normal. Percy creía que lo había visitado el fantasma de su madre. ¿Cómo se esperaba que alguien lidiara con eso?

Lo que Signa no se esperaba era que Percy empezara a desaparecer durante largas horas en la noche, cuando creía que nadie estaba mirando. Desde el balcón abierto, la joven lo oía marcharse y lo veía ir hacia las caballerizas y luego, unos minutos después, hacia el bosque, a lomos de un caballo. Volvía a última hora de la noche y con las manos tan sucias que Sylas envió un aviso la noche anterior detallando el aspecto del joven.

—Deberías tomarte un descanso —le dijo Sylas a Signa cuando se reunió con él en las caballerizas después de que Percy desapareciera una noche; la joven estaba decidida a descubrir exactamente a dónde se aventuraba su primo. Tenía mal aspecto, los pelos de punta en ángulos extraños y unas intensas ojeras moradas—. Ya has hecho mucho por la familia Hawthorne. Mira lo que te está haciendo.

Signa se recostó sobre un muro y se pellizcó el puente de la nariz mientras esperaba a que Sylas preparara a los caballos.

—Me da igual lo que me esté haciendo. —Tuvo que morderse la lengua para evitar escupir las palabras; no estaba enfadada con él, sino frustrada con toda la situación.

Había algo más sobre el rompecabezas que Signa no veía, y no se iba a poder relajar hasta que descubriera toda la verdad. Los Hawthorne eran lo más cerca que había estado de tener una familia. Si le iba a llevar otras mil noches sin dormir poder asegurarse de que estuvieran a salvo, que así fuera.

—¿Podrías, por favor, preparar a los caballos?

—¿Qué crees que vas a encontrar esta noche que no puedas encontrar mañana? —insistió Sylas, esa vez más serio—. Tienes que cuidarte...

Signa lo empujó a un lado y se dirigió al monturero para sacar la silla de montar ella misma. El cuerpo le falló de lo que pesaba, y aunque Sylas estaba ahí mismo, con los brazos cruzados mientras la fulminaba con la mirada, no levantó ni un dedo siquiera para ayudarla. Cuando Signa apretó los labios y entrecerró los ojos, Sylas apenas se encogió de hombros.

—Apáñatelas tú misma si tan bien te está yendo.

A Signa le entraron ganas de dejar caer la silla de montar sobre su pie. Era tan bruto que se lo merecía, pero Signa no podía negar que era un bruto al que era agradable mirar, incluso con el dolor de cabeza que tenía. A pesar de todo lo que sentía por Muerte, había momentos con Sylas —con su amplia sonrisa, sus músculos molestos y su melena despeinada— en los que le entraban dudas. Una curiosidad mínima y exasperante sobre lo que podría haber pasado con Sylas.

Pero aquello no quería decir nada, evidentemente. Ya le había dicho a Signa que había alguien en su vida que le importaba mucho, y ahora ella también tenía a alguien. Lo único que le habría gustado era saber quién era exactamente la que le había robado el corazón. Por el momento, se trataba de una curiosidad banal, había asuntos mucho más apremiantes que requerían su atención.

—¿Vienes conmigo o no? —preguntó Signa al fin, dejando de lado aquellos pensamientos al entrar en la cuadra de Mitra y ponerle la silla de montar sobre el lomo. El caballo dio un empujoncito con la nariz en la mano de la joven.

Entonces, y solo entonces, Sylas soltó un suspiro al darse cuenta de que era una pelea que no iba a ganar.

—Claro que sí. Hazte a un lado. —Tomó una brida y terminó de preparar a Mitra; estaba exasperado. Signa intentó no sonreír.

Se marcharon poco después, con Gundry pisándoles los talones. Sylas se encargó de llevarlos por los páramos cubiertos de nieve en dirección al bosque que se extendía frente a ellos con ramas esperando a engancharlos.

—Seguramente habrá ido al jardín —dijo Signa escudriñando las huellas que había en la nieve con forma de cascos y que iban en línea recta hacia los árboles—. ¿Alguna vez te ha dicho algo mientras esperaba a que le prepararas un caballo?

—Tu primo no es de los que hablan con el servicio —rumió Sylas—. Demasiado caballeroso, el joven.

Signa siguió las huellas a través de los árboles que la arañaban y se adentró en el bosque, donde se encontraron con algo por lo que Signa se detuvo: un par de huellas nuevas en la nieve con forma de botas demasiado pequeñas para que fueran de Percy.

Sylas bajó de la montura y se inclinó para inspeccionarlas.

—Puede que la persona a quien pertenezcan estas huellas siga estando por aquí —dijo en apenas un susurro—. Los bordes están claramente definidos, lo que significa que son frescas.

Signa volvió a echar un vistazo a las huellas de Percy. No estaba en sus cabales desde que lo habían envenenado, y por su propia seguridad, no podían ignorar aquellas nuevas huellas.

—Sigue a Percy —dijo Signa—. A ver si puedes averiguar en qué anda metido, y asegúrate de que no haga ninguna estupidez. Yo seguiré estas huellas. Puede que me lleven hasta Marjorie.

Estaba claro, por la tensión en sus hombros, lo poco que le gustaba aquella decisión a Sylas. Se arrastró una mano por la mandíbula, suspiró y se volvió a subir a la silla de montar.

—Nos reuniremos en las caballerizas dentro de una hora —avisó Sylas con firmeza—. Si no estás ahí, iré a por ti.

—Una hora —prometió Signa echándole una mirada severa mientras tomaba las riendas—. Te veo entonces.

Con un suave golpe en el costado de Mitra, Signa se marchó siguiendo las huellas hacia un camino que aún no había explorado.

Se adentró cada vez más en el bosque, hasta que las huellas desaparecieron bajo la tierra, las zarzas y todo lo que cubría el suelo. El bosque era más denso ahí. Era una zona menos transitada en la que la vegetación estaría floreciendo si no fuera por la nieve. Signa se bajó de Mitra, las ramitas crujieron bajo sus botas mientras sostenía las riendas con fuerza.

Había algo pacífico sobre el invierno, una quietud en la que Signa solía caer a menudo. Pero estando tan adentrada en el bosque, con la cabeza aún retumbándole, aquello era inquietante. La piel se le puso de gallina al apretarse contra el cálido costado de Mitra, sin tener la certeza de hasta dónde podrían aventurarse de manera segura. Se había inclinado para ver si podía apartar a un lado algunas de las zarzas para despejar un camino cuando una voz la llamó desde atrás, suave y conocida:

—Cuidado. La corteza es venenosa.

Signa se giró y se encontró con Charlotte, a quien le salía vaho de la boca. Iba vestida con una capa gruesa de color esmeralda y llevaba una cesta de mimbre en las manos.

—Se llama «hiedra venenosa» —le dijo Charlotte, haciéndole una señal a Signa para que se alejara—. Te saldrá un sarpullido muy feo con solo rozarlo tú o tu caballo. —Y con una sonrisa, añadió—: Yo lo aprendí por las malas hace unos años, cuando estaba descubriendo estos bosques.

Pues claro, las huellas eran de Charlotte. Signa recordó que Blythe le había dicho que Charlotte vivía en la otra parte del bosque, aunque no podía imaginar por qué iba a estar fuera con el tiempo que hacía. Los ojos de Signa se fueron hacia la cesta que cargaba. Al entrecerrarlos, sintió una pulsación en la cabeza y empezó a ver pequeños haces de luz en la nieve que había bajo sus pies. Signa debió balancearse, porque Charlotte extendió los brazos para que recuperara el equilibrio.

—¿Estás enferma? Lo último que deberías hacer ahora mismo es montar a caballo a solas —la reprendió Charlotte—. Venga, siéntate aquí, sobre esta roca.

Signa cerró los ojos un momento, el mundo le daba vueltas. Luego dejó que Charlotte la ayudara a sentarse.

—No es más que un dolor de cabeza. Se pasará pronto.

Cuando abrió los ojos, Charlotte tenía el ceño fruncido. Abrió la tapa de la cesta y reveló todo un surtido de comida que había recogido. Castañas, piñas, setas diminutas de colores raros y un trozo de corteza que le dio a Signa.

—Corteza de sauce —dijo a modo de explicación—. Es mejor tomarlo en un té, pero si lo muerdes, debería ayudar con el dolor de cabeza.

Signa se metió la corteza en la boca sin cuestionar y empezó a masticar. Haría cualquier cosa con tal de librarse de ese halo punzante que le anegaba la vista.

—¿Qué haces aquí? —preguntó Signa mientras masticaba, arrugando la nariz por lo amargo que estaba el sauce.

—Yo podría hacerte la misma pregunta —dijo Charlotte—. Después del baile de Navidad, no esperaba veros por ahí ni a ti ni a nadie de la familia Hawthorne en algún tiempo. Y desde luego, no aquí.

—Pero si casi no nos vemos. —Signa se sorprendió a sí misma con lo directa que había sido—. Me habría gustado verte aquella noche. O en cualquier momento, la verdad. Parece que hubiera un muro entre nosotras.

—Sí que lo parece —admitió Charlotte—. Aunque no es para nada tu culpa. Ya has visto los buitres que nos rodean, Signa. Si alguien conociera mi pasado, si supieran lo que ocurrió entre mi madre y tu tío, no dejarían de hablar sobre ello nunca. Hemos venido hasta tan lejos para librarnos del escándalo, así que imagínate cuál fue mi sorpresa cuando apareciste apenas unos meses antes de mi temporada. —Se sentó en la roca, su mirada de color miel se encontró con la de Signa—. Ha pasado mucho tiempo, y no sabía en qué tipo de persona te habrías convertido. Yo solo quiero casarme bien y cuidar de mi padre.

Tal vez fuera el sauce, tal vez fuera la conversación, pero Signa ya empezaba a sentirse un poco mejor. Por muy frustrante que fuera, se alegraba de saber que Charlotte y ella se sentían de manera parecida.

—Lo entiendo —dijo Signa, e iba en serio, porque había tenido preocupaciones parecidas en cuanto vio a Charlotte en Thorn Grove.

—Pensaba que habrías dejado de salir a buscar cosas comestibles en el bosque, con lo poco que queda para tu presentación en sociedad —le tomó el pelo Signa, que estaba tocando el musgo con los dedos—. Podrían acusarte de bruja por este maravillo remedio que me has dado.

—Mira quién fue a hablar —se mofó Charlotte—. ¿Crees que no te vi saliendo de la botica? Siempre te han gustado las plantas tanto como a mí descubrir lo que pueden ofrecer los bosques en cualquier momento. —Cerró de golpe la cesta y levantó la barbilla—. Es agradable tener algo que hacer que no implique emperifollarse o lucirse por ahí, pero lo sigo haciendo sobre todo porque la corteza de sauce le va bien a mi padre para la artritis.

—Muy amable por tu parte —dijo Signa con la esperanza de que, si suavizaba el tono, Charlotte se daría cuenta de que lo decía en serio.

Al final, Charlotte se relajó un poco.

—¿Y tú? —preguntó—. Me sorprende que te dejaran montar a caballo a solas por la noche. ¿Qué haces aquí?

—Voy acompañada —le dijo Signa; le dolían los dientes de tanto masticar. Se quitó con delicadeza una astilla de corteza de la lengua—. Pero al final nos hemos separado. Últimamente Percy ha estado viniendo por aquí, y yo he estado preocupada por él. ¿Lo has visto?

Charlotte tardó en escoger las palabras.

—Blythe y él solían ayudarme a buscar alimentos en el bosque, y yo les decía lo que se podía comer y lo que no. Pero conforme nos fuimos haciendo mayores, se fue volviendo indecoroso que pasáramos tiempo a solas. A veces lo veo, como esta noche, pero solo de pasada. Parecía ir con prisa. Creo que iba a visitar a su madre.

Lo dijo de manera muy casual. Signa nunca estuvo al tanto de que Percy fuera de visita al jardín, y Sylas no mencionó que había ido a las caballerizas para pedir un caballo hasta unos días antes.

—¿Lo hace a menudo?

—A ver, era su madre —respondió Charlotte, que hablaba con más libertad estando en el bosque. Más como la vieja amiga a la que había conocido Signa—. Claro que viene a menudo. Blythe también solía venir, antes de que cerraran el jardín y se pusiera enferma.

Signa escupió el resto de la corteza mientras reflexionaba sobre esas palabras.

—¿Viene más gente de visita? —Signa no estaba segura de qué necesitaba saber, pero había una curiosidad que satisfacer. Se puso en pie a la vez que Charlotte y la siguió en dirección al jardín.

—Lillian no recibía invitados ahí —admitió Charlotte, rascándole el cuello a Mitra mientras caminaban—. Pero el señor Hawthorne prefería que hubiera alguien que la acompañara hasta ahí. Normalmente era un sirviente o un mozo de cuadra.

Signa sintió una descarga eléctrica en la columna vertebral. Por mucho que disfrutara de la compañía de Sylas, la curiosidad la carcomía y no podía sacudirse las preguntas que se iban acumulando una tras otra. ¿Cómo era posible que un mozo de cuadra tuviera unas botas y unos guantes tan buenos? ¿Por qué el día en que se suponía que debía acompañarla al jardín había elegido montar el caballo más rebelde y perderse en el bosque? ¿Quería evitar que Signa entrara?

También supo lo de la biblioteca. Supo cómo llegar a pesar de ser un mozo de cuadra. También había sido el que le mostró los pasadizos secretos.

Y antes de eso, después de que Signa encontrara el jardín, fue muy rápido a la hora de aceptar su oferta de dinero y un puesto de trabajo si vacilaba en cuanto a su lealtad hacia los Hawthorne. Él afirmó que era para ayudar a alguien que le importaba, pero Signa, por más que le fuera la vida en ello, era incapaz de averiguar de quién podía tratarse.

A ella le gustaba Sylas. De hecho, más de lo que le gustaba la mayoría de la gente. Se sentía cómoda estando con él. Lo había elegido para que fuera su confidente en su misión para resolver el misterio de la muerte de Lillian.

Pero ¿y si se había equivocado al elegirlo?

—Debería volver —decidió en voz alta, y la urgencia que había en su voz fue suficiente para que Charlotte pegara un salto.

—Claro —dijo Charlotte, un poco inquieta al sentir el pánico de Signa—. ¿Sabes cómo...? Signa, ¿ves eso?

El cielo que tenían delante estaba cubierto por una columna de humo gris.

La invadió el terror. En pleno invierno, aquello no podía ser ningún accidente.

—Ve corriendo a Thorn Grove a por Elijah —le indicó a Charlotte, luego fue a toda prisa con Mitra hacia la roca y la utilizó para hacer palanca y subirse a la silla de montar—. Dile que se dé prisa.

—Signa...

—¡Percy podría estar ahí! —Sylas también, aunque Signa no se atrevía a admitir sus sospechas en voz alta. No se atrevía a admitir aquella posibilidad—. ¡Por favor, ve! —No se quedó para ver si Charlotte seguía sus órdenes.

Agarrando bien a Mitra, Signa cabalgó directa hacia el humo. Hacia el jardín y las respuestas que aguardaban.

Cuarenta y dos

Mitra echó a correr a través de la nieve y de las ramas retorcidas que las arañaban. El bosque tenía ojos, estaban escondidos entre las zarzas y las sombras. Eran ojos que siempre estaban mirando y esperando a ver qué ocurría. Lillian andaba cerca, atrayendo a Signa para que se acercara. El viento le mecía el cabello, se le metía en las orejas y le sacudía el cerebro. Los muertos podían estar amargados. Podían estar deprimidos o inquietos. Pero el espíritu que tiraba de Signa hacia el jardín estaba haciendo espirales de una manera mucho más incontrolada de lo que había sentido jamás.

Unos metros más adelante, el suelo estaba cubierto de hiedra hecha trizas que se había desgarrado de las verjas de hierro —completamente abiertas— que hacían de barricada en el jardín. El caballo de Sylas estaba esperando fuera, con las orejas planas y arañando el suelo con los cascos. Signa se había bajado de Mitra y atravesó a toda prisa el jardín antes de que pudiera dudar de sí misma.

El incendio seguía contenido en el jardín, pero a cada segundo se iba haciendo más grande. Las llamas devoraban toda la vegetación que se iban encontrando en la nieve derretida. Se estaban extendiendo, y las brasas de golpe alcanzaron a un arbusto que estalló en llamas al lado de Signa.

Sylas la empujó a un lado antes de que el fuego pudiera chamuscarle la ropa. Ella ni siquiera se había dado cuenta de que se estaba acercando.

—¡Es demasiado! —gritó Sylas. Sus palabras quedaron prácticamente ahogadas por el rugido de las llamas y el croar de las ranas que huían entre sus pies—. ¡Sal de ahí!

Signa lo ignoró.

—¿Dónde está Percy?

—El incendio ya había empezado cuando llegué. No lo he visto...

Signa lo agarró por el abrigo y consiguió que se callara.

—Pero ¿quién eres, Sylas Thorly? ¿Fuiste tú quien inició el incendio en la biblioteca? —Dios, qué molesta se sintió cuando se le quebró la voz, aunque no tanto como cuando se le hundieron los hombros.

—Por supuesto que no... —La agarró de las muñecas intentando sacarla del jardín, pero Signa se liberó.

—¡No me toques! —La carcomía la ira. Una ira candente y sin sentido a la que le daba igual el humo o el jardín o cualquier otra cosa que no fuera saber si Sylas había traicionado a Signa, si estaba destruyendo a los Hawthorne.

Si Sylas era el culpable, su rostro no reveló nada.

—Yo no tengo nada que ver con esto, Signa. ¡Lo juro! ¡Deja de ser tan tozuda y sal de aquí!

Gundry estaba jadeando al lado de Signa, golpeando con las patas y dando vueltas, con ganas de salir huyendo. Pero aunque Signa quisiera correr, su cuerpo no se lo iba a permitir. Estaba intentando discernir si creía que la preocupación de Sylas era sincera cuando el frío se apoderó de ella: el espíritu de Lillian la estaba encallando en el jardín.

—Me quiere aquí —le dijo a Sylas, sin aliento—. No me puedo ir.

Sylas la agarró por las manos, pero en aquella ocasión ella no trató de apartarse. No había ninguna duda obvia en el rostro de Sylas ni ninguna señal de que pensara que Signa estaba loca. La joven quería, con todo su ser, confiar en él.

—Toma los caballos y sal de aquí —susurró Signa.

Las llamas se reflejaron en los ojos penetrantes de Sylas.

—Signa Farrow, eres una necia si crees que voy a irme y a dejar que te pase cualquier cosa.

El calor le rozaba la piel a Signa, el humo se estaba duplicando por segundos. Aún no era suficiente como para ahogarlos o detenerlos, pero sí como para que la sombra de Lillian se volviera fantasmal sobre su tumba ardiendo, donde estaba flotando. Desvió la mirada de ojos negros hacia donde permanecía otra figura oculta por el humo.

—¿Quién anda ahí? —gritó la figura, y Signa casi se cayó del alivio por el sonido de aquella voz.

—¡Percy! —Signa fue corriendo hacia su primo, que tenía la mirada aterrorizada y poseída. Tenía el cabello despeinado y lleno de hojas, y todavía llevaba puesta la camisa de dormir—. Vimos el humo y... —Algo centelleaba en sus palmas—. Eso... Percy, ¿eso es un yesquero?

Percy pasó el pulgar por el canto y se metió el pequeño yesquero de color plateado en el bolsillo de los pantalones.

—Tenía que encargarme del problema.

El viento se levantó y las ascuas azotaron a Signa en las mangas. Desde su tumba, Lillian gruñó.

—Pero es el jardín de tu madre —le recordó Signa. Percy andaba muy perdido en sus pensamientos como para prestarle atención, pero Signa no pudo evitar decírselo. No con Lillian mirando—. Es donde ella... —Se dio cuenta de algo—. ¿Qué era eso de lo que te tenías que encargar, Percy? —Signa se tragó su creciente pavor y alargó la mano hacia Sylas, porque ya sabía la respuesta.

Algo se resquebrajó en la expresión de Percy.

—No me deja en paz —explicó Percy con una voz que no delató tristeza ni miedo. Tampoco remordimiento—. Tú también la ves, ¿no? ¿Por eso estás aquí? ¿Te ha enviado ella a Thorn Grove para atormentarme?

—Signa... —empezó Sylas con una voz que, aunque fuera baja, cortaba como un cuchillo—. No deberíamos estar aquí.

No, él no debería estar ahí. Pero Signa Farrow no estaba hecha de la misma carne ni del mismo hueso. Estaba hecha de la noche, por lo que no se acobardó.

—Te envenenaron, primo —dijo Signa poniendo las manos en alto, como si estuviera calmando a un bebé—. Es normal que tengas alucinaciones. Tu madre te quiso muchísimo, pero ya no está...

—¡No es mi madre! —El grito estalló de su interior como una tempestad—. Nunca fue mi madre porque mi madre es una institutriz. Es una zorra que se fue de casa porque era una vergüenza para su familia. Mi padre fue un necio por permitirle poner un pie en nuestra casa...

—Lo único que quería era lo mejor para ti —discutió Signa, recordando las páginas y más páginas que se había encontrado en el diario de Marjorie, todas sobre Percy. Se acordó de la manera en que la mujer había cuidado de él, siempre con una sonrisa en los labios. Siempre con cariño.

—Si quería lo mejor para mí, ¡debería haberse quedado al margen de mi vida! —Libre de los ojos de la sociedad, Percy hablaba de manera desenfrenada—. Si alguien se enterara, sería mi ruina. Tampoco es que sea difícil ver que estamos emparentados. Míranos. Cualquiera que nos viera lado a lado se daría cuenta tarde o temprano.

Signa habría dado cualquier cosa para que Percy le permitiera llevarlo a casa y terminar con todo aquello. Sentía un pesar tan malo que no sabía qué hacer, porque, a pesar de todos sus fallos, Signa había empezado a ver a Percy como creía que se veía a un hermano: con una irritación incomparable, desde luego, pero también con amor. Quiso que Elijah entrara en razón y le dejara heredar el negocio. Quiso que Percy fuera feliz como cuando habían bailado, riéndose y bromeando entre ellos con cada paso.

Pero al mirarlo entonces vio con una claridad repentina lo que era: un asesino.

—Te envenenaste a ti mismo —susurró Signa, pensando en voz alta mientras iba encajando las piezas del rompecabezas—. Sabías que te salvaría.

—Lo que sabía era que todavía te quedaba una dosis del antídoto. —Signa jamás había oído una voz tan amarga—. La busqué por todas partes, pero no pude encontrarla. Necesitaba que desapareciera.

—¿Y el incendio en la biblioteca? —Se le resquebrajó la voz—. ¿De verdad habrías incendiado Thorn Grove hasta las cenizas?

—Claro que no —respondió Percy echando humo—. Lo habría salvado después de que se quemaran algunos libros. Habría sido el héroe. Pero tuviste que ir y arruinar eso también.

Signa tenía el cuerpo tan entumecido que apenas se dio cuenta de que Sylas estaba apretándole la mano, hasta que se ladeó y le soltó un susurro que casi se perdió por el crepitar de las llamas:

—No tienes que hacer esto. Yo me encargaré de él. Cuando te suelte de la mano, sal corriendo.

Sylas le liberó la mano, pero Signa no podía correr. Lillian se cernía detrás de su hijo, tenía los ojos húmedos por las lágrimas llenas de sangre. La rabia había endurecido su tristeza. Con cada centímetro de espacio que cerraba entre ellos dos, la nieve se derretía y la tierra bajo ella se marchitaba.

La fuerza de su ira provocó que Signa cayera de rodillas. Lillian se inclinó ante ella, tenía la mirada colmada de una disculpa que no podía poner en palabras. El espíritu extendió la mano adelante, imponente pero no contundente, y con una súplica en su mirada. Una súplica que Signa entendió enseguida.

Lillian iba a poseerla, pero solo si Signa se lo permitía.

Quería decirle que no. Quería olvidarse del recuerdo de aquel frío horrible y profundo que la quemó por dentro. Pero ¿quién, si no, iba a darle a Lillian esa oportunidad? ¿Quién más podría hacerlo?

Signa se armó de valor y tomó a Lillian de la mano.

Lillian dio un paso dentro de ella. Signa puso los ojos en blanco cuando el espíritu tomó el control. Sentía su cuerpo como si alguien hubiera agarrado una cuchara y la hubiera vaciado con ella. Como si no fuera más que un cascarón de sí misma, como si estuviera viviendo un terror nocturno, incapaz de moverse o dominar su propio cuerpo.

«¿Por qué?».

No fue un pensamiento propio, sino de Lillian, y se transformó en una presión continua en su cabeza. Signa no podía moverse. No podía gritar.

«¿POR QUÉ?».

Signa solo había experimentado un dolor así una vez anteriormente, cuando vio a su abuela morir. Un dolor que le llegaba hasta los huesos y que le partía el alma. Por más que lo intentara, Signa no podía alejarse de aquello. Era un barco, y Lillian, la timonel.

—¿Por qué lo hiciste? —gritó. Las palabras borboteaban de su garganta. Cada vez que intentaba cerrar la boca, los labios le quemaban con un dolor ardiente.

—No es asunto... —empezó Percy.

—¡No lo está preguntando Signa! —Aunque las palabras salieron de su boca, fue Lillian quien las soltó. El cuerpo de la joven se estremecía con escalofríos tan implacables que quería lanzarse a las llamas—. Soy tu madre.

Percy se quedó rígido, con el rostro pálido y la garganta ahogada como si estuviera aguantando la respiración.

—Dime la verdad. —Si Percy no se hubiera encogido, Signa no habría estado segura de haber dicho aquellas palabras en voz alta—. Dime por qué. Dime qué te he hecho para que me odiases.

Levantando la barbilla para mirarla directamente a los ojos, Percy dijo:

—Tú no eras quien se suponía que tenía que morir.

Cuarenta y tres

—Se suponía que tenía que ser Marjorie —explicó Percy sin vacilación en sus palabras; tampoco culpa ni negación—. ¿Creías que nadie se iba a dar cuenta de la verdad? El pueblo entero ya cuchichea sobre que padre seguramente tiene bastardos por ahí. ¿Cuánto crees que tardarían en averiguar que soy hijo de la institutriz?

—Marjorie solo quería lo mejor para ti —dijo Lillian a través de los labios de Signa, con la esperanza de que su hijo dijera algo para redimirse; con la esperanza de encontrar amor en alguna parte bien honda de él. Pero lo único que vio Signa fue a un joven insensible que creía que Sylas y ella arderían aquella noche. Ese era el motivo por el que hablaba con tanta libertad.

Por muchas veces que hubieran desdeñado a Signa, darse cuenta de aquello le sentó como un navajazo. Ella confiaba en él. Bailó con él. Se apoyó en él. Y todo eso, ¿para qué?

—Si Marjorie quería lo mejor para mí, jamás me habría contado la verdad —continuó Percy. No había manera de aplacar su ira, de apaciguar la furia abrasadora de su voz—. Ella no quería lo mejor. Quería una relación. Y si yo lo permitía, ¿cuánto tardaría en querer que los demás lo supieran? ¿Cuánto tardaría en correrse la voz de que soy un bastardo? ¿En arruinarse mi futuro? ¿Es que no lo ves? Tenía que protegerme a mí y a esta familia de la vergüenza.

No había nada que Lillian quisiera más que perdonar a su hijo, y Signa tuvo que reunir hasta la última gota de energía que tenía para hacer presión contra ella y recordarle la verdad. Aunque el espíritu se resistió al principio, Signa pudo sentir que lo entendía por la manera en que se le debilitó el cuerpo y se le echaron hacia delante los hombros cuando Lillian preguntó:

—Entonces, ¿por qué fui yo quien acabó muerta?

—¡Tú sabrás! —dijo Percy, furioso—. Puse belladonna en una tetera que se suponía que era para Marjorie. Pero te bebiste tú el té, ¿a que sí? No me di cuenta hasta que te pusiste mala, y para entonces ya era demasiado tarde. Te estabas muriendo, y tan lentamente que toda la casa se estaba sumiendo en el caos. Así que te di más bayas, siempre en el té, para ayudarte a que fallecieras y que todos pudiéramos acabar con el sufrimiento. Pero nunca era suficiente. Te las estaba dando con demasiada lentitud y tu cuerpo estaba desarrollando una tolerancia demasiado rápido.

Signa se dio cuenta entonces de que Percy estaba temblando por el frío que suponía comunicarse con los muertos. Deseó que fuera suficiente para congelarlo. Era un pensamiento amargo, pero en aquel momento odiaba tanto a Percy que habría tomado la guadaña de Muerte y lo habría partido en dos ella misma. Percy no tenía remordimientos. No tenía compasión. Hablaba de la misma manera en que lo hizo aquel día en la botica: con el frío cálculo de alguien a quien solo le preocupaba cómo lo percibían los demás. Qué rápido podía caer una persona en aquella trampa y dejarse cazar.

—¿Y qué hay de Blythe? —Signa se sorprendió cuando sus propias palabras salieron en voz alta. El agarre de Lillian sobre ella se estaba debilitando. Detectó el humo acercándose y las sombras de Sylas sobre el duro suelo a su lado. Dios, no tendría que haberlo metido en aquel lío.

Percy giró el rostro hacia las llamas.

—Tenía que hacer algo para que padre entrara en razón. Él quería arruinar a la familia y yo necesitaba acercarlo más a mí. Creí que podríamos estrechar nuestra relación a través del sufrimiento. Pero desde tu llegada —lanzó una mirada llena de veneno a Signa—, la única relación que ha estrechado ha sido con ella.

—Por lo que tú también te pusiste enfermo —añadió Signa—. No solo para librarte del antídoto, sino porque creías que podrías... ¿qué? ¿Meterle miedo para que se quedara con el Grey? ¿Hacer que te lo ofreciera a ti por compasión? —Las piezas del rompecabezas por fin estaban encajando.

—No espero que lo entiendas —dijo Percy con demasiada facilidad, con demasiada confianza para la situación, volviendo al papel que tantas veces desempeñaba en la alta sociedad—. Mi padre me quitó todo por lo que me he pasado la vida entera trabajando, y todo porque estaba demasiado sumido en el duelo como para entender las cosas. Hice lo que tenía que hacer. No me dejó opción.

—Tenías un montón de opciones —volvió a decir Lillian con un temblor de agotamiento en la voz—. Tu padre no te ha quitado el negocio porque te odia. Lo ha hecho porque te quiere, Percy. Porque se arrepiente de haberse pasado la vida trabajando y sin ver a su familia. No quería lo mismo para ti, ¿no lo ves?

Una sombra cruzó el rostro de Percy, y por un momento Signa se preguntó si habría acertado con sus palabras, si quedaría algo de luz en su alma. Pero el joven sacudió la cabeza para intentar librarse de aquella idea y la oscuridad volvió a cubrirle la mirada al rechazarla.

No había tiempo para discusiones ni peleas. Tenían el fuego en los talones.

—Nada de eso importa ya —dijo fijando la mirada en Lillian. En Signa—. Este fuego consumirá tu cuerpo y me libraré de ti al fin. Y esta vez no tendrás la oportunidad de salvar a nadie, Signa.

Las llamas revelaron el resplandor de algo de acero en la palma de Percy: una navaja. Era pequeña, afilada y estaba lista para hacer sangre. Percy apuntó a la garganta de Signa, pero no acertó, porque Sylas la apartó a un lado, con la suficiente fuerza como para que se quedara sin respiración, y le clavó la navaja en el hombro.

Signa sintió cada una de las sensaciones de Lillian incluso con más fuerza que la puñalada: el pesar, el dolor y, sobre todo, el darse cuenta de que no había vuelta atrás para Percy. Levantó la cabeza para mirar por última vez a su hijo, para recordarlo para siempre como el bebé que dejaron en sus brazos veinte años antes, y luego Lillian se giró hacia Sylas:

—Es tuyo. Haz con él lo que quieras. Yo ya no puedo protegerlo.

Eso fue todo cuanto dijo, cada palabra rota y resquebrajada, y entonces soltó el cuerpo de Signa.

Signa cayó y se quedó a cuatro patas. Se llevó la mano al pecho y empezó a jadear porque volvía a poder respirar. Percy bajó otra vez la navaja, pero antes de que pudiera alcanzar a Signa, Sylas se puso delante de ella e interceptó el arma en su palma. Percy soltó un grito ahogado y, con los ojos desorbitados, intentó bajar la mano. Hizo fuerza hacia abajo sin éxito tratando de que la navaja cediera, que diera un corte, que hiciera algo.

—¿Qué es esto? —preguntó Percy con el labio temblándole y el rostro pálido—. ¿Qué estás haciendo? —Percy miró a Signa buscando una explicación y temblando como una hoja atrapada en una tormenta.

Sylas no flaqueó, mientras tenía la navaja agarrada. Signa se imaginaba que llegaría la sangre, que se estremecería del dolor; pero no hubo ni un rasguño en su guante. Entonces sintió como si le hubieran quitado todo el aire de los pulmones, ya que Sylas susurró:

—No era así como quería hacer esto. Lo siento, pajarito.

A Sylas empezaron a desdibujársele los hombros y a diluirse en la noche. Signa entendió el pesar en su voz cuando las sombras se congregaron alrededor de sus pies y se lo tragaron hasta que dejó de ser Sylas y pasó a ser el segador de la noche. El portador de muerte. Una a una, las estrellas fueron dejando de parpadear hasta que la noche se tornó negra y la única luz que había provenía de las furiosas llamas que relucían sobre la nieve y se inclinaban a sus pies. La noche se adentró en él. Tomó la luna por guadaña y apuntó con ella hacia la garganta de Percy.

Muerte estaba ante ella, y Signa se quedó sin respiración.

Sylas fue quien la había llevado a Thorn Grove. Quien la había ayudado, paso a paso. La había llevado al Grey, al jardín, a la biblioteca. Con él había cabalgado a la luz de la luna. Él le hizo cuestionarse lo que sentía por Muerte.

Muerte y Sylas eran el mismo.

Signa no podía preguntar por qué. Al menos, no aún, ya que tenía a Gundry en los talones. El sabueso ya no pertenecía a aquel mundo. Así como las sombras se congregaron alrededor de Sylas, rodearon también a Gundry; sus fauces se alargaron y sus incisivos se afilaron. Triplicó su tamaño hasta que quedó a la altura de los hombros de Muerte. Sus patas eran más grandes que la cabeza de Signa y sus ojos, de un color carmesí como la sangre. Con cada jadeo babeaba sombras.

«Tiene hambre». Signa se dio cuenta de que estaba hambriento.

—Aquí tienes que tomar una decisión —anunció Muerte; sus palabras eran como un néctar, como un vino dulce en el que Signa se ahogaría sin problemas—. Aquí decides para qué mundo estás hecha. No hay más que dos opciones: dejar que se escape y esperar que se convierta en un hombre renovado, porque si lo mandas a juicio, no hay duda de que lo colgarán; o...

—¿O?

Muerte le tocó el hombro, donde la herida por el navajazo ya se había cerrado sola. La puso de pie para que su espalda quedara apretada contra el pecho de él, de modo que Signa podía ver a Percy de frente y las llamas que estaban chamuscando la tumba de Lillian.

—O reclamar su vida y darle el tiempo que le queda a Blythe. No estás maldita, eres una parca. Eres la noche en persona, la portadora de almas. Eres el puente entre los vivos y los muertos, un pájaro enjaulado que está listo para salir volando. Así que despliega tus alas, Signa Farrow, porque no tienes límites. Despliega tus alas y verás cómo volaremos.

Qué bien sonaba aquello. Qué sencillo. Como si algo profundo y palpitante en su interior supiera que aquella era la respuesta. Que estaba bien.

«No eres una cosa suave a la que haya que mimar». Las palabras que Muerte le había dicho en una ocasión se repetían en su cabeza una y otra vez. «Eres más intensa que el sol, Signa Farrow, y ya es hora de que ardas».

Tenía razón. A Signa ya no le daba miedo lo que se estaba cociendo en su interior, y ya estaba harta de pedir disculpas por quién era. Signa no solo ardería, sino que prendería fuego. Resplandecería con más fuerza que una estrella al lado de

Muerte y por fin podría reclamar todo lo que era ella. Todo lo que era suyo.

Se inclinó sobre él y dejó que aquel estruendo de poder la recorriera. Era como hielo en sus venas y fuego en su corazón. Sus preocupaciones habían desaparecido, sus miedos también, ya que, al dejar que el poder la consumiera, entendió que aquellos miedos no querían decir nada. Ya no se los atribuía. Ella iba a ser la soberana de la noche. La portadora de muerte. Una parca. Y empezaría su reinado en ese momento.

—¿Estás segura? —La voz de Muerte fue como una caricia en medio del caos.

Signa nunca había estado tan segura de nada en su vida. Percy llegó a importarle, había empezado a quererlo. Pero ahora entendía el motivo por el que Muerte había hecho las cosas que hizo, el motivo por el que había otorgado un final temprano a la gente. Todo fue porque había sido un egoísta. Porque había querido protegerla.

Y ella haría lo mismo por Blythe. Se comportaría de manera egoísta por Elijah, por Thorn Grove. Percy había tomado su decisión, y era hora de que ella tomara la suya.

Si Percy no sentía arrepentimiento por sus pecados, Signa se iba a asegurar de que los lamentara.

Cuando la joven se puso frente a su primo, lo hizo con la propia noche en sus ojos y el cabello plateado como la luz de las estrellas. No le hizo falta decir nada. Simplemente pensó en el deseo que tenía de elevar el jardín muerto bajo él como una jaula, y el mundo se dobló a su voluntad. Las zarzas muertas atravesaron la nieve y las llamas, y las raíces atraparon a Percy, que las desgarró con las uñas en un intento desesperado por liberarse de ellas.

—¡Suéltame! —Miró a Signa con la boca abierta a través de la trampa de púas, espinas y vides que serpenteaban alrededor de sus muñecas y lo sujetaban bien al suelo—. ¿Qué demonios eres?

Por una vez, Signa tenía una respuesta:

—Soy libre.

Entonces se volvió hacia Gundry y dejó que el sabueso del infierno se diera un festín.

Cuarenta y cuatro

Signa no esperó a ver el destino del espíritu de Percy. No deseaba saber si elegía ir al más allá o quedarse, o si Muerte reclamaba el alma de Percy para sí. Se sentó con la espalda pegada a un árbol justo a la salida del jardín, y apenas notó el frío de la nieve calándole la ropa ni el humo que aún le quedaba en los pulmones, a pesar de que el incendio del jardín se había extinguido.

Se acabó. Tras todo ese tiempo, concluiría el tormento de la familia Hawthorne. O, por lo menos, de los miembros que quedaban de la familia, aunque Signa no quería pensar en ello. Cruzó los brazos alrededor de las rodillas intentando procesar todo lo que había visto y hecho, y solo levantó la vista cuando dos pies pálidos y traslúcidos aparecieron ante ella.

Lillian se sentó a su lado, ya no parecía tan aterradora. Las heridas que tenía alrededor de la boca se estaban curando, y ya no tenía los ojos tan hundidos. Era más una mujer que un espíritu. Una mujer joven y afligida con unos ojos empañados con los que miraba el humo disiparse en el cielo.

—Gracias —dijo Lillian en voz baja y un poco áspera por la falta de práctica, como si le costara recordar cómo se formaban las palabras. Signa se dio la vuelta para mirar al espíritu, que le había puesto una mano sobre el brazo.

Signa sintió aquel gesto vacilante como se podría sentir el roce del viento contra la piel: amable y un poco frío.

—No tienes nada que agradecerme. —Su voz sonó más dura de lo que pretendía—. No podía salvarlos a los dos.

El sonido de la risa de Percy al bailar y darle vueltas a Signa por el salón resonaba en la cabeza de la joven. A pesar de ello, no se arrepentía de la decisión que había tomado. Los años que le quedaban a Percy pasarían a Blythe. Era lo menos que podía hacer. Pero la insensibilidad con la que tomó la decisión la sorprendió. Supo lo que tenía que hacer tan rápidamente, tan fácilmente. Y no dudó una sola vez.

Signa era realmente una parca. Y aunque no sabía lo que significaba para ella o su futuro, no había vuelta atrás.

Muerte salió por las verjas del jardín, sus sombras fueron deslizándose hasta revelar la forma de Sylas, pero con el cabello plateado en vez de negro. Signa se fijó en lo seria que tenía la mirada y apartó los ojos. Pronto hablaría con él, pero estando Lillian ahí, no era el momento. Muerte se rascó la nuca, no le costó entenderlo. No había nada en su expresión que revelara el destino de Percy. Tal vez Signa también le preguntara por aquello algún día, pero aún no.

Muerte extendió una mano en dirección al espíritu de Lillian y le preguntó con una voz suave y penetrante:

—¿Estás lista?

Lillian arrugó las cejas y empezó a levantar la mano hasta que desvió la atención hacia el sonido de unos cascos de caballos acercándose rápidamente. Giró la cabeza a un lado y dejó salir un grito ahogado cuando Elijah apareció apurado y con los ojos desorbitados sobre la montura. La mirada del hombre se cruzó con la de Signa enseguida, ya que era la única a la que pudo ver antes de dirigirse hacia el humo.

—El jardín.

El sonido que emitió Elijah al ver el lugar fue algo a medio camino entre el llanto y el atragantamiento. Se bajó del caballo y fue a trompicones hacia la verja.

Lillian se dirigió a su marido y se llevó las manos al pecho, a la boca. Con un temblor en el labio inferior se acercó a él, a paso muy lento, y le puso una mano sobre la espalda.

Al tacto, Elijah respiró. Con la espalda tiesa y los ojos húmedos se dirigió hacia Signa y susurró:

—¿Está aquí? —Cada palabra frágil, cada respiración amenazando con romperlo—. ¿Mi esposa está aquí?

Signa llevaba diecinueve años evitando la verdad. Evitando todo lo que la hacía diferente. Pero ya no le parecía que aquellos poderes suyos fueran algo tan malo. Le parecía que también podía haber belleza en ellos.

—Sí —le dijo cuando Lillian puso la frente contra la espalda de su marido y lo rodeó con los brazos—. Está aquí.

Elijah extendió una mano dubitativa hacia donde lo rodeaban los brazos de Lillian; le temblaba el cuerpo.

—Lo sabía. Todo este tiempo he sabido que seguías conmigo.

—Sí, amor mío —dijo Lillian con claridad. La única vacilación que hubo en sus palabras provenía de un temblor por la emoción que apenas podía contener—. He estado contigo todo este tiempo.

Aunque él no la podía ver, aunque probablemente no la pudiera ni oír, apoyó la cabeza contra la verja del jardín y cerró los ojos. Estaba llorando.

—Debería haber cuidado mejor este lugar —dijo—. Nunca debí cerrarlo.

Se levantó una brisa que abrió la verja por completo. No había ni rastro de Percy allá dentro. Ni rastro de nada que no fuera nieve, árboles chamuscados e hilos de humo que se perdían en la noche.

—Pues ábrelo ahora —susurró Lillian contra su nuca. Su cuerpo empezaba a desaparecer por los bordes. Signa sabía que se quedaría para siempre si pudiera, pero no había tiempo. Su espíritu se estaba deshaciendo como el mismo viento—. Ábrelo y disfruta de mi jardín. Visita el lugar y piensa en mí.

Muerte dio un paso adelante.

—No queda mucho tiempo si quieres ir al otro lado —dijo, no con severidad, sino con firmeza. Tanto si Lillian elegía ir como si no, a su espíritu no le restaba mucho tiempo en ese mundo.

Lillian apretó a su marido con más fuerza.

—Sigo estando contigo, amor mío, y siempre lo estaré. Cuando desees verme, mira al fruto de nuestro amor y ahí estaré. Cuida de ella del mismo modo en que yo cuidaré de nuestro hijo —dijo y se alejó hasta que dejó caer las manos a su lado.

Como si fuera capaz de notar su ausencia, Elijah se volvió rápidamente.

—Quédate. Seré mejor por ti, lo juro. Pero quédate, Lillian. Quédate. No sé cómo estar sin ti.

A través de las lágrimas, Lillian sonreía.

—Aprenderás a hacerlo.

Lillian echó un último y largo vistazo a su marido y luego se volvió para acariciar la crin de Mitra y plantarle un último beso a la yegua. Mitra puso las orejas planas.

—Fui feliz en esta vida —le dijo Lillian a Signa—. Fui más feliz que nunca aquí, con él, y no cambiaría nada de todo eso. Díselo por mí, por favor.

Signa inclinó la cabeza, le escocían los ojos. Aquellos dos tenían el tipo de amor con el que se había pasado la vida soñando. Tal vez no fuera perfecto, pero había sido verdadero. Miró hacia las sombras al lado de Lillian, donde Muerte aguardaba, y se preguntó cómo sería una eternidad con ese amor.

—Lo haré —le prometió Signa, lo cual llamó la atención de Elijah justo en el momento en que Lillian tomaba la mano de la parca.

Muerte echó una última mirada a Signa conforme Lillian daba sus postreros pasos en este mundo.

«Volveré pronto. Y te lo explicaré todo».

Signa tenía ganas de aquello, estaba cansada del rompecabezas. Pero, por el momento, se giró hacia Elijah y le dijo amablemente y con la voz más suave posible:

—Se ha ido, Elijah. Por fin está en paz.

Elijah cayó de rodillas y se deshizo en llanto mientras Signa lo abrazaba a la entrada del jardín.

Cuarenta y cinco

Para cuando Signa y Elijah volvieron a las caballerizas, el amanecer se había posado en el cielo.

Signa se sentía aliviada de que Elijah no hubiera insistido en lo del jardín. Que no le hubiera preguntado aún por Percy o por cómo supo que Lillian se había ido de verdad. Se alegraba del momento de paz que su silencio le había otorgado. La oportunidad de hundirse en la cama justo antes de que despuntara el sol.

Sintió a Muerte antes de verlo. Aquel frío familiar colándose por sus huesos. Aquel frío helador que había llegado a anticipar provocó que se le abrieran los ojos y centrara su atención.

No acudió en su forma tenebrosa, sino con la forma del mozo de cuadra que Signa conocía y un sabueso a su lado. Gundry le echó un vistazo a Signa, saltó sobre su cama y dio un par de vueltas hasta que se acurrucó a sus pies.

—Entiendo que no quieras hablar conmigo —dijo Muerte. ¿O se suponía que debía llamarlo Sylas?—. Pero te prometo que responderé a tus dudas con nada más que honestidad si estás lista para hacer las preguntas.

Por supuesto que estaba lista para hacer las preguntas. Tenía un millón de cosas que quería preguntarle rondándole la cabeza.

—¿Cuánto tiempo llevas en Thorn Grove? —empezó—. ¿Cuánto tiempo llevas con esta farsa?

Mantuvo la cabeza gacha.

—Nunca llegué a estar en Thorn Grove —admitió, haciendo muecas cuando Signa se frotó las sienes—. Hasta donde la gente de aquí sabe, Sylas Thorly nunca ha existido. Yo era invisible para todos excepto para ti. —Se sentó en el borde de la cama, al lado de Gundry, pero se puso en pie de pronto cuando Signa le dio una patada con la punta del pie. No tenía ninguna intención de dejar que se relajara ni por un momento.

Signa se tomó su tiempo para responder y dejó que Sylas reposara mientras ella pensaba en todo lo que había ocurrido en las últimas semanas. Cuando Elijah mandó a alguien a casa de la tía Magda para que la recogiera, a Signa le pareció raro que la dejara viajar con un joven con quien no tenía relación de parentesco, desde luego. Después, en la estación de tren, Sylas se adelantó a ella sin decirle nada a nadie, y dejó que Signa lo alcanzara. Pero todo era raro en Thorn Grove, y simplemente pensó que Sylas era grosero.

—Los dulces que había en el tren —dijo Signa en voz alta recordando la manera en que Sylas los había devorado, seguramente probándolos por primera vez—. Elijah no parece el tipo de persona que me los habría regalado.

Sylas dejó que sus sombras formaran una silla bajo él. Se sentó sobre ella de forma tan cómoda que Signa le lanzó una mirada feroz hasta que se puso recto.

—No pude resistirme. ¡Estaba tan enfadado cuando te recogí aquel día, Signa! Parecías estar medio muerta de hambre.

Efectivamente, pero eso no quería decir que tuviera que darle las gracias por todas sus mentiras. Después de aquello, la había llevado al jardín... donde se había perdido simplemente para que pudiera aparecer como Muerte y ayudarla a entrar. También fue quien la había ayudado en el Grey y a llegar a la biblioteca. Con cada paso, ya fuera en aquella forma o hecho de sombras, había estado ahí para ayudar. Pero...

—¿De verdad me estabas ayudando? —susurró—. ¿O durante todo este tiempo has sabido la verdad?

Bajo el resplandor de la luna, sus ojos ya no eran oscuros y ahumados, sino del tono de la luz de las estrellas, como su cabello. Pero seguía habiendo algo oscuro en ellos, como si las galaxias arremolinadas se hubieran trasladado a esos ojos. Signa comprendió entonces que aquella era su verdadera forma, el rostro que nunca revelaba a nadie. Estaba más hermoso que nunca.

—Si en algún momento hubiera sabido la verdad, te lo habría dicho. —Fue una respuesta firme y severa—. Nunca quise que perdieras a Blythe. Nunca quise que perdieras a nadie. Cuando Lillian murió, ella no sabía quién la había matado, por lo que yo tampoco lo supe. Te tocaba a ti averiguarlo. E hiciste un trabajo fantástico, Signa. Salvaste una vida.

—Sí, pero tuve que tomar otra para hacerlo. —Aunque Signa dijo esas palabras en voz alta, no consiguió que salieran con la fuerza que quería. Se suponía que iba a reparar a la familia Hawthorne, y a pesar de ello le había arrebatado otro hijo a Elijah. Aun así, no sentía nada de culpa. La muerte de Percy, en cuanto a ella, había sido justa. Y a cambio, Blythe podría tener una vida larga y saludable.

Era quitar una vida para ganar otra, y sin un cuerpo... Tal vez los Hawthorne no necesitaran saber qué había pasado con Percy.

—Quiero saber por qué lo hiciste —dijo Signa de repente—. ¿Por qué has utilizado esta forma si no fue para engañarme?

Muerte parecía una escultura; con la luz tenue, al flexionar la mandíbula, se le marcaban unos huecos profundos en las mejillas.

—Sé que no eres ninguna necia, pajarito. No tenía intención de burlarme de ti. Tampoco me di cuenta de en qué me estaba metiendo o el ardid que estaba creando hasta que fue demasiado tarde. Te pido perdón por ello. Pero en cuanto a mis motivos, admito que fue por un deseo egoísta de descubrir quién eras. Como ya te he dicho, me he pasado toda la existencia esperándote. Esperando a alguien con quien pudiera hablar. Alguien a quien pudiera sentir. Cuando me di cuenta de que eras tú.... Necesitaba saber quién eras.

»Entonces me pediste ayuda —continuó—, y yo quería estar ahí para ti. Pero sabía que no podía ayudarte con la forma a la que estabas acostumbrada, porque me tenías miedo. Una vez dijiste que me odiabas, así que me quedé como Sylas. No solo para que fueras a Thorn Grove, sino para pasar tiempo contigo y ayudarte, sin el estigma. Sin el miedo. Si me hubiera acercado a ti en las sombras, nunca habrías confiado en mi ayuda.

Tenía razón, y aunque Signa estaba enfadada por la mentira, también había una parte de ella que se sentía aliviada. Aliviada por el hecho de que se hubiera quedado con ella, sin importar en qué forma, porque Blythe seguía con vida. Y al final, aquello era lo único que importaba.

Se puso en pie y tomó a Signa de la mano.

—No voy a hacer como que entiendo por lo que estás pasando, porque no soy como tú y nunca he sido humano. Pero voy a estar aquí en cada paso del camino, siempre y cuando...

—Siempre y cuando ¿qué?

Las estrellas eran un lienzo tras ellos y brillaban con tanta fuerza como aquellos ojos plateados suyos. Hasta la luna parecía tirar de Signa para acercarla más a él cuando preguntó:

—¿ ... me permitas estar contigo?

En una ocasión, Muerte le dijo que los destinos de las personas estaban predeterminados, y Signa se preguntó si tal vez por fin estaría mirando al suyo a la cara. Llevaba tanto tiempo resistiéndose, tanto tiempo luchando contra esa parte suya... Y estaba agotadísima. Estaba cansada de fingir. De hacerse pasar por otra que no era mientras huía de todo lo que la hacía sentir bien y completa. Estaba cansada de las preguntas, los rompecabezas y las suposiciones.

Quería, simplemente, existir.

Ahora sabía quién era, y ya no se iba a esconder. Era una parca, era Muerte, y aquella oscuridad era su hogar. Él era su hogar.

Así, entrelazó los dedos con los suyos.

—Ninguno de los dos volverá a estar solo.

Cuarenta y seis

Fue un proceso lento conseguir que Blythe sanara.

Era una suerte que Signa no le deseaba a nadie. Blythe se pasó días agonizando acurrucada en la cama con la respiración débil y la visión borrosa. Se pasaba las noches debilitada, con la piel tirante sobre los huesos frágiles e incapaz de mantener la comida en el estómago. Signa y Elijah se turnaban para estar a su lado en la cama, a veces le contaban historias. A veces charlaban, en los días en que Blythe se sentía mejor. Y a veces Signa simplemente se quedaba ahí sentada y callada, observando la esquina de la habitación mientras Blythe dormía, confiando en que solo necesitaban tener paciencia.

Al final llegó la mejora. En dos semanas, Blythe dejó de vomitar. Y una mañana a finales de invierno, consiguió levantarse de la cama por su cuenta para ir a ver la nevada desde la ventana. Como un potro recién nacido, apenas podía mantenerse erguida. Pero Signa había aprendido algo durante su vida de soledad: a ser paciente. Y mientras esperaba a que el viejo hogar de sus padres, Foxglove, estuviera listo para su llegada, le sobraba el tiempo.

A Blythe no le sentó bien necesitar ayuda durante los primeros meses, y muchas veces insistía en que Signa se marchara corriendo ya que había cumplido los veinte años y había heredado su fortuna. Insistía en que no quería su ayuda ni la necesitaba. Pero Signa ya sabía para entonces que lo de Blythe no eran más que habladurías, y como se había pasado la mayor parte de su vida deseando que alguien hubiera estado junto a ella, Signa se negaba a dejar a Blythe de lado. Hicieron falta muchos y largos días para que Blythe ganara algo de peso y recuperara su fuerza, pero para principios de primavera, la joven ya volvía a caminar por su propio pie.

Elijah no podía estar más contento por su hija, a quien observaba con gran deleite. Las fiestas en Thorn Grove se terminaron por completo y fueron reemplazadas por pasar tiempo juntos en el jardín. Signa jamás se habría imaginado que padre e hija fueran tan parecidos si no hubiera visto la prueba de ello cada mañana a la hora del desayuno, ambos con pantuflas, sentados a la mesa y haciendo solemnes declaraciones sobre el motivo por el que el sabor del bollito que estuvieran comiendo en el momento era el mejor. Una mañana, Blythe le pidió a Warwick que trajera a la cocinera, que se rio, sonrosada, al escuchar a Elijah y a Blythe parlotear sobre la imperiosa necesidad de que en el próximo té hubiera bollitos de limón, rosa o chocolate.

Estaban tan animados que a Signa le llevó un tiempo acostumbrarse a ello. Era como si alguien hubiera traído una escoba a Thorn Grove y estuviera barriendo las telarañas y la oscuridad, como si hubiera abierto las cortinas para dejar entrar la luz.

No hubo un solo día en el que no se acordaran de Lillian, al igual que no hubo un solo día en el que Signa no pensara en Percy y en su destino. Se guardó el peso de la verdad para sí misma, no quería volver a partirles el corazón a Blythe y a Elijah, ahora que acababan de reconstruirlo. Tanto Percy como Lillian habían desaparecido de Thorn Grove y nunca volverían.

La vida en Thorn Grove estaba cambiando a mejor, pero todavía quedaba algo de lo que Signa se tenía que ocupar.

Marjorie regresó una tarde. La habían buscado en vano, pero al conocer las noticias sobre la desaparición de su hijo, ella misma acudió procurando respuestas. Se encerró con Elijah en su despacho, y aunque Signa intentó con todo su empeño escuchar a escondidas, Warwick la ahuyentó. Después de aquello, se quedó esperando de manera impaciente. Estaba yendo de un lado a otro por los pasillos cuando Marjorie desapareció en su antiguo dormitorio. Signa se quedó cerca de ahí, balanceándose sobre las puntillas, hasta que se entreabrió la puerta y apareció Marjorie con un baúl de viaje en los brazos.

Marjorie le echó un vistazo a Signa y apretó los labios.

—Hola, señorita Farrow.

—Buenos días, señorita Hargreaves. —Todo cuanto Signa había planeado decirle se le escapó de la cabeza a la vez. Se quedó ahí de pie en un silencio incómodo, con las manos juntas en un gesto de preocupación frente a ella—. Esperaba que pudiéramos hablar.

Marjorie ya no era la institutriz formal y estirada que Signa había conocido. En vez de eso, era una mujer con las ojeras marcadas que, seguramente, habría dado cualquier cosa con tal de librarse de aquella conversación. Signa no la culpaba, pero se sintió aliviada cuando Marjorie suspiró, dejó el baúl en el suelo y le dijo que entrara. Su habitación estaba vacía. La institutriz le indicó con un gesto que se sentara en una silla con respaldo recto y motivos florales amarillos, y luego se sentó frente a ella.

—Me alegra ver que estás bien —dijo Signa sacando las palabras a regañadientes—. Te estuvimos buscando durante bastante tiempo.

—Lo sé —respondió Marjorie con un tono de voz frío, pero Signa sintió alivio al ver que no había nada de dureza. Tampoco había demasiado afecto, pero lo aceptó—. Solo he venido para saber acerca de Percy y recoger mis cosas. Si tienes algo que decir, será mejor que lo hagas rápido.

Signa tomó una respiración honda para decir lo que debía.

—Te debo una disculpa. Quería mantener a Blythe a salvo, pero no tenía las pruebas necesarias antes de acusarte. Lo siento.

Marjorie aceptó su disculpa con una inclinación de la cabeza, aunque no suavizó nada el rostro.

—No pasa nada. Admiro el cariño que le tienes a la familia Hawthorne, y ambas sabemos que no era una acusación infundada.

Signa se mordió el labio inferior. Marjorie tenía razón: aunque la mujer era inocente, habían hallado manchas de belladonna en sus dedos.

—Encontré las bayas justo antes de que me acusaras —dijo la institutriz.

Signa percibió la última pieza del rompecabezas colgando frente a ella. No le había contado a nadie la verdad sobre Percy. En su lugar, siempre que le preguntaban, decía que no lo había visto en el jardín aquella noche y que tampoco sabía quién le había prendido fuego. Decía que Percy había salido huyendo, temeroso de que alguien lo estuviera intentando matar y alentado por el enfado que sentía con su padre y el plan para vender el Grey. Muerte ayudó a Signa pasando las noches en Thorn Grove y susurrando aquella historia de manera subliminal mientras todos dormían, de modo que todo el mundo terminó asumiendo aquella nueva realidad.

Echaron a una gran parte del personal con la esperanza de que con ello se librarían de la persona que estuviera envenenando la comida, y aunque Signa se sintió culpable por los despidos, Muerte vigiló al personal para asegurarse de que todos terminaran en puestos adecuados.

Cuando Blythe empezó a recuperarse, Signa dejó que Elijah creyera que se había librado del responsable de una vez por todas. El hombre había alertado a las autoridades, que empezaron una investigación, pero sin ninguna prueba ni confesiones, el caso se fue quedando poco a poco en nada. Aunque no estaba satisfecho por la falta de una conclusión definitiva, Elijah dejó claro que le importaba más pasar tiempo con Blythe que seguir insistiendo en el tema.

—Entonces, ¿sabías que las bayas de belladonna eran de Percy? —le preguntó Signa a Marjorie; no tenía ningunas ganas de andarse con rodeos.

La institutriz llevaba la melena pelirroja recogida en la nuca y tenía el rostro lleno de pequitas bajo los ojos cansados. Se parecía tanto a su hijo en aquel momento que Signa sintió un retortijón en el estómago.

—No he dicho dónde las encontré.

—No hace falta. —Signa se apartó, incapaz de seguir mirando su parecido un momento más—. Sé que fue él. Soy la única que lo sabe, y tengo la intención de que siga siendo así. No hay por qué volver a partirles el corazón a los Hawthorne.

Marjorie mostró su alivio tragando saliva y soltando una rápida respiración.

—Por favor, entiende que no tuve ni un momento para ordenar mis ideas ni para decidir qué era lo mejor que podía hacer cuando me di cuenta de lo que estaba ocurriendo. Quería hablar con él. Ver si podía salvarlo. Es mi hijo, y necesitaba tiempo para pensar.

—El tiempo era un lujo que Blythe no tenía. —Signa retorció las faldas en sus manos—. Estaba equivocada, pero cuando vacilaste, tomé acción. Y esa acción fue lo que le salvó la vida a Blythe. Siento haberte acusado, de verdad. Pero, por favor, entiende que también pensé que estaba haciendo lo mejor que podía con las opciones que tenía frente a mí.

A Marjorie le latía una vena en la frente y se alisó el vestido.

—Elijah dice que Percy se ha ido. —Había más cosas que quería decir, se intuía que estaba al borde de preguntar algo—. ¿Alguna vez volverá mi hijo, señorita Farrow?

Signa se mostró segura cuando reclamó los años que le quedaban a Percy para Blythe y se mostró también segura al levantar la barbilla y mirar a Marjorie a los ojos.

—No volverá nunca a Thorn Grove. Estoy segura de ello.

Marjorie no esperó ni un momento y se puso en pie. Tenía los ojos húmedos y se mostró resuelta.

—Entonces, es hora de que me vaya. Tengo que tomar un tren al campo. Es hora de que empiece una nueva vida lejos de este lugar.

Signa prometió guardarse lo que Percy sentía por Marjorie para sí misma. Era mejor mentir, ¿no? Dejar que Marjorie creyera que la quería. Que no la quería muerta.

—Entonces, te deseo lo mejor —dijo Signa con una pequeña inclinación de la cabeza—. Espero que acabes en algún lugar espléndido.

Marjorie asintió con la cabeza, se inclinó ante Signa y desapareció por el pasillo hasta salir por las puertas de Thorn Grove.

Signa echó un último vistazo a la habitación vacía y luego fue hacia el pasillo y cerró la puerta tras ella. Con la última pieza del rompecabezas encajada, lo cierto era que ya le tocaba pasar página.

«Lo has hecho bien».

Un frío familiar le subió por los brazos y le bajó por la espalda. Muerte apareció tras ella y le rodeó la cintura con los brazos. Signa se apoyó en su abrazo y quedó arrullada por su comodidad.

—¿Estabas mirando?

—No para espiar —contestó en voz alta, inclinándose para rozarle la oreja con sus palabras. La agarró con más fuerza y le salpicó el cuello con besitos. Signa se preguntó vagamente qué aspecto tendría para cualquiera que apareciera por el pasillo, pero en realidad le dio igual. Fue Muerte quien la sacó de aquello con una risa gutural.

—¿Y si vamos a tu habitación?

—¿Por eso has venido? —se burló ella, tomándole de la mano. No hacía falta que se lo preguntaran dos veces. Llevaba toda la semana con la ventana abierta al meterse bajo las sábanas esperando que él viniera. Y cada noche él había ignorado la invitación.

Llevó a Muerte hasta su habitación, donde las sombras cayeron a su alrededor y no fue más que un joven con el cabello plateado y los ojos llenos de galaxias. Suspiró de lo contento que estaba cuando Signa le fue besando por el cuello, a lo largo de la mandíbula...

Muerte se apartó antes de que Signa pudiera alcanzar sus labios. Signa se echó hacia atrás.

—¿No quieres? Puedo parar si...

—Signa Farrow, lo último que quiero es que esto pare. Pero hay algo de lo que tenemos que hablar. —Se sentó al borde de la cama y susurró, como si diciéndolo con ternura lo fuera a mejorar—: A partir de ahora nos resultará más difícil vernos.

Signa se sentó a su lado de piernas cruzadas.

—¿Qué quieres decir?

—Quiero decir que Blythe está mejorando —dijo—. Has resuelto el asesinato, y Thorn Grove está bien. Solo puedes verme cuando se levanta el velo que hay entre nuestros mundos y la muerte está esperando cerca.

—Pero tengo las bayas de belladonna —argumentó Signa—. Puedo verte siempre que quiera.

Muerte levantó una mano del regazo de Signa y la puso entre las suyas.

—Puede que a veces, pero no seré otra jaula en la que te pases la vida, pajarito. No quiero que dependas de cosas así solo para verme.

—Pero yo quiero verte. —El pavor se hundió más en su estómago—. ¿Qué estás sugiriendo?

La preocupación de Signa era tan palpable que Muerte se acercó más a ella y le dio un empujoncito con el hombro.

—Un día estaremos juntos sin ninguna barrera —prometió Muerte—. Y seguiremos viéndonos hasta entonces. Nuestros caminos se cruzarán, como han hecho siempre. Pero quiero que vivas. No quiero que llegues a arrepentirte de los días que pases en este mundo, sino que los recuerdes con cariño.

Signa acababa de asentarse en aquella vida, sabiendo que su destino era diferente al que tanto tiempo se había pasado intentando construir. Acababa de abrazar las partes más oscuras de sí misma, a él, y ahora Muerte estaba... ¿intentando advertirle que se mantuviera lejos de él?

—Si eso es lo que quieres para mí, entonces no me volverás a dejar —le dijo Signa con severidad.

—No es por elección. —Muerte le apretó la mano con fuerza—. No podré verte cada día, y quiero ser realista sobre ello. No haré que comas esas bayas solo para que podamos estar cinco minutos juntos.

Signa apartó la mano, quería echar pestes sobre él. Pero se tragó esa sensación creciente, ya tendría tiempo para hacerlo más adelante.

—Ya te he elegido a ti —dijo con una voz afilada—. No te atrevas a ser diplomático ahora. El mundo es grande, y estoy segura de que habrá maneras de que nos encontremos.

—Las habrá —estuvo de acuerdo—. Pero cuando todos los que conozcas se hayan ido, yo seguiré estando aquí, Signa. Esto tampoco es fácil para mí. No hay nada que haya querido más que estar contigo. Que tú me quisieras. Pero no quiero que estés tan centrada en el mundo de los muertos como para que te olvides de disfrutar del de los vivos. ¿Lo entiendes?

Signa lo entendía perfectamente, pero no tenía ninguna intención de renunciar a otra persona a la que había llegado a querer.

—Voy a vivir mi vida —le dijo a Muerte— y te encontraré en esos momentos robados. Yo tomo mis propias decisiones, y ahora decido que nos las apañaremos. Lo intentaremos. Y mientras tanto, me gustaría aprovechar el tiempo que nos queda.

Muerte tragó saliva cuando Signa cambió de postura en la cama. Era una suerte que aún llevara el vestido para tomar el té —sin corsé—, que podía desabrocharse ella misma. Signa miró rápidamente a los ojos de Muerte con una pregunta silenciosa, y él respondió retorciéndose para ponerla sobre él de manera que Signa estuviera montada en su regazo.

—¿Estás segura? —le preguntó—. ¿Incluso sabiendo que puede que pase un tiempo hasta que nos volvamos a ver?

—Eres lo único de lo que estoy segura. —Signa llevó las manos de Muerte a los cordones de su vestido y guio sus dedos entre ellos—. Encontraremos la manera.

Cuando los dedos de Muerte se deslizaron entre los cordones de seda para desatarlos, Signa cerró los ojos y dejó que el vestido le resbalara desde el cuello hasta las caderas. Un momento después, sintió el pecho de Muerte contra el de ella. Su pulgar haciendo círculos suaves en el interior de su muslo.

Daba igual cuánto tiempo les llevara, Signa lo esperaría. Y cuando dudara, o cuando lo echara de menos, se acordaría del momento en que la tumbó sobre las sábanas y de la manera en que la noche misma la consumió.

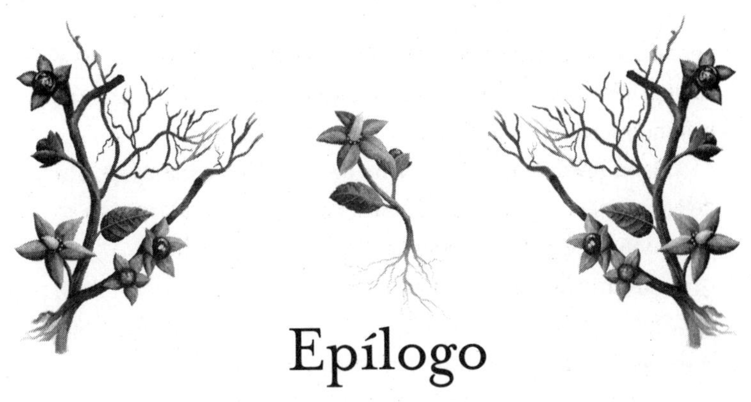

Epílogo

Signa buscaba a Muerte por todas partes en aquellos días. Ya no venía a visitarla por la noche. Tampoco acudió a ella cuando Signa visitó a Mitra en la caballeriza, donde otro mozo de cuadra lo había reemplazado, como si Sylas no hubiera existido. Muerte no acudía a ella ni siquiera cuando sus pensamientos se desviaban a la sensación de presión del cuerpo de él contra el de ella, o cuando ansiaba el poder que acompañaba a esos pensamientos y que le retumbaba en la sangre. Tampoco se encontraba ahí en aquel momento, entre quienes bailaban y cuchicheaban en Thorn Grove. Buscó su traje negro contra las paredes doradas. Su máscara diabólica y con cuernos abriéndose paso entre los invitados. Igual que había hecho desde su presentación en sociedad, lo buscó por encima del borde de la copa de champán, intranquila al ver que no se le erizaba el pelo de la nuca ni se le estremecía la espalda.

«Quiero verte». Al menos, se alegraba de que pudiera seguir comunicándose con él. Por muy frustrante que fuera, no dejaba de ser una parca, y allá donde se aventurara, la muerte lo seguiría sin duda. Y Signa debía admitir que había llegado a sentirse muy cómoda con su vida en Thorn Grove y con quienes formaban parte del lugar. Ya era hora de que su mundo se asentara.

Su respuesta llegó con una voz melosa:

«¿Debería traer una plaga? Entonces nos veríamos bastante a menudo».

Signa bufó y tomó otro sorbo de champán. Estaba a punto de advertirle que no la amenazara con pasarlo bien cuando le llegó una voz grave desde atrás.

—Es un placer volver a verla, señorita Farrow.

Signa llevaba sin saber nada de lord Wakefield desde el baile de Navidad, cuatro meses antes, cuando se perdió el último vals que le había prometido. Esperaba que hubiera perdido el interés, pero el destello en sus ojos señalaba que Signa se había equivocado. Pero, igual que todos los pretendientes, cuanto antes pudiera ahuyentarlo, antes podría empezar su nueva vida como una solterona propiamente dicha cuya única compañía fuera la noche misma.

Aquella noche, sin embargo, a ella y a Everett no les quedaba otra que volver a ponerse al día.

—Permítame que le presente a mi padre —dijo él—, su excelencia el duque de Berness, Julius Wakefield.

Al lado de Everett había un hombre de pie con un parecido sin igual. Le sacaba una cabeza entera a Signa, tenía una mirada intensa y los hombros anchos. Tenía un cierto aire que hacía que a Signa se le erizara la piel, ya que la manera en que la miraba le recordaba a la forma en que inspeccionaban a los caballos antes de hacer una apuesta.

La idea de hacer una reverencia ante alguien que la mirara así fue suficiente para que se le pusiera la carne de gallina en protesta. A pesar de ello, la hizo, ya que aquel hombre era el nuevo propietario del Grey. Iba a tomar el control el mes siguiente en un acuerdo por el que iba a dividir los beneficios con la familia Hawthorne. Elijah había estado bailando por los pasillos desde que llegaron al acuerdo. Hasta Byron se lo tomó mejor de lo esperado y no se mostró tan gruñón como cabía suponer sobre la decisión. Seguirían pagándole y a su familia nunca le faltaría de nada; además, seguirían manteniendo su estatus acomodado. Y viendo cómo andaba cortejando a todo el salón de baile, parecía que planeaba tener esa familia.

Dado que aquel acontecimiento con Everett y su padre era una celebración por el traspaso, Signa se mordió la lengua y bajó la cabeza hacia lord Julius por Elijah.

—Es un placer conocerle, su excelencia —dijo con una voz petulante. Signa tuvo que poner todo su empeño en mantener la sonrisa mientras el duque la inspeccionaba, ya que estuvo así un momento demasiado largo, hasta que agarró a Everett por un hombro.

Entonces, cuando consideró que Signa era, aparentemente, lo bastante respetable, sonrió el duque.

—El placer es mío, señorita Farrow. Mi hijo me ha contado muchas cosas sobre usted. Se parece mucho a su madre, ¿lo sabía? —dijo con cierta dureza en sus palabras—. Aunque sus ojos son de lo más peculiares.

Signa tomó un sorbo de la copa de champán.

—Desde luego que son peculiares, su excelencia, ya que con ellos puedo ver espíritus.

Signa dejó que sus labios se estiraran hasta formar una tímida sonrisa, y entonces Julius soltó una risa ruidosa que provenía de lo más profundo de su ser.

—¿Me estoy perdiendo toda la diversión? —Elijah apareció tras él, atraído por las risas. Prácticamente relucía desde dentro—. ¿Mostrándole todo tu encanto al duque, Signa?

—Tu sobrina parece una joven excelente —dijo Julius—. Aunque no esperaba lo contrario. A mi Everett le gusta mucho.

Everett estuvo a punto de derretirse en un charco y desaparecer en la tierra. Signa, con las mejillas enrojecidas y el cuello lleno de sudor frío, parecía a punto de unirse a él. Ambos miraron hacia las paredes doradas y a las lámparas de araña, hacia el suelo y hacia quienes estaban bailando, a cualquier parte menos el uno a la otra.

«¿Podrás visitarme esta noche si me muero de la vergüenza?», preguntó Signa a Muerte, que había elegido quedarse callado en aquel momento y no en otro.

Elijah, bendito sea, se dio cuenta rápidamente de lo que estaba ocurriendo y desvió la atención de Julius respecto de Everett y Signa.

—Creo que es hora de que preparemos nuestro discurso. Ven conmigo, vamos primero a por otra copa —dijo Elijah y se llevó a Julius entre la multitud para dejar a Everett y a Signa a solas.

Ambos estaban mirando al suelo e intentando encontrar palabras que no les fueran a avergonzar aún más.

—Una conversación fascinante —dijo Everett, carraspeando y rascándose la nuca. Su timidez era tan encantadora que Signa sonrió.

—¿Cómo le ha ido, lord Wakefield? Ha pasado un tiempo desde la última vez que hablamos.

Signa esperaba que Everett se riera y coqueteara un poco con ella, pero el joven contestó con una honda confusión:

—Desde luego. Aunque, y perdone por ser tan directo, al ver que no volvía para bailar otra vez conmigo la noche del baile de Navidad, asumí que el interés que yo tenía no estaba siendo... correspondido.

Tenía razón. Aunque bailar con Everett fue bonito, no podía compararse con bailar en brazos de Muerte. Aun así, Everett era un hombre bueno, y Signa no quería hacerle daño.

—Lo lamento. La emoción de la noche se llevó lo mejor de mí y perdí la noción del tiempo.

Por desgracia, Everett no consiguió captar la indirecta, ya que se le iluminó el rostro.

—Pues baile conmigo esta noche.

Signa no estaba segura de cómo decir que no. Aturdida y con la culpa aumentando en su estómago, le ofreció el carné de baile y Everett lo rellenó inmediatamente no para uno sino para dos bailes. Más tarde, Signa tendría que encontrar la manera de declinarlo amablemente. Pero, durante aquella noche, esperaba que Muerte no estuviera prestando atención.

Eliza Wakefield, no obstante, sí que estaba prestando atención. Cuando Signa se dio cuenta, Eliza apartó los ojos rápidamente y desvió su atención a reírse ante lo que fuera que quienes había a su alrededor estuvieran diciendo. Signa sintió vergüenza. Esperaba no tener que hablar con Eliza o con su apocada amiga, Diana. Ya había declinado tomar el té con ambas en dos ocasiones. Pero le resultó imposible no verla, dado el abanico abominable que parecía un tapete y que agitaba Eliza.

Everett la sorprendió mirando y frunció el ceño, ya que Signa estaba poniendo una expresión más bien de disgusto sobre la que tenía poco control.

—¿Ocurre algo?

Signa sacudió la cabeza.

—Estaba admirando el vestido de Eliza, eso es todo. Es tan bonito, tan brillante y... amarillo.

—Padre creyó que sería acertado que luciera algo atrevido. Creo que tiene ganas de verla casada. Lleva toda la semana atendiendo llamadas de caballeros. Puede que pronto se prometa con sir Bennet.

Elijah inclinó la cabeza de manera discreta ante un hombre que había al otro lado del salón de baile. Signa tuvo que morderse la lengua para no decir nada. No era que sir Bennet no fuera un hombre atractivo, pero sí que era bastante mayor. Tenía la cabeza llena de canas y muchas arrugas alrededor de los ojos. Caminaba un poco encorvado, con los hombros redondeados.

—No es el hombre más juvenil —dijo Everett, adivinando lo que Signa estaba pensando sin que tuviera que decir nada—, pero sí es muy respetable. Le podría dar una buena vida.

Desde luego que sí, siempre y cuando Eliza tuviera por objetivo convertirse en una viuda rica en los próximos años. A pesar de todo, Signa puso todo su empeño en asentir. Estaba a punto de preguntar qué prisa había siendo Eliza tan joven cuando le llamó la atención un vestido precioso de seda; era de color azul invernal, resplandeciente, y llevaba un corsé ajustado. Blythe parecía toda una princesa al entrar en el salón de baile. Disfrutó de las miradas y los cuchicheos sobre su nombre como si los hubiera anhelado. Volvía a haber jovialidad en su piel bronceada. Un destello en sus ojos alegres.

Cuando vio que Signa la estaba mirando, Blythe sonrió satisfecha y acudió donde estaba su prima para tomarla de la mano.

—Esto es espléndido —canturreó lanzando miradas a las bandejas llenas de dulces y champán. No le importaba lo más mínimo que estuviera robando a Signa de Everett.

Everett carraspeó.

—Buenas noches, señorita Hawthorne.

—Oh, hola, Everett.

Blythe no lo miró el rato suficiente como para darse cuenta de la sorpresa que sintió el joven al ver que se dirigían a él de manera tan informal, sino que admiró a todas las mujeres con sus preciosos vestidos yendo y viniendo por el salón de baile. Era como si hubieran echado un velo reluciente por encima de la fiesta cuando Signa vio a Blythe observar a las otras mujeres. Todo parecía ser mil veces más bonito. No había palabras para describir lo que Signa había hecho para proteger a su prima, pero todo había merecido la pena, profunda e irrevocablemente.

Blythe escudriñó a la multitud con los ojos hambrientos, y se le iluminaron cuando se posaron sobre una mujer que venía en su camino: Charlotte.

Signa sintió tensión en el pecho. Se había pasado los últimos meses evitándola a ella y a su mirada inquisitiva. Ella había estado en el bosque la noche del incendio, y si había alguien que pudiera no creer su historia sobre Percy, esa era Charlotte.

—Blythe, me alegra verte bien —dijo Charlotte con una sonrisa satisfecha; estaba preciosa, como siempre, con su vestido de seda rosa como una peonía. Tomó a Blythe de las manos, con una sonrisa leve pero sincera—. ¿Ha podido venir tu hermano esta noche? —Aunque la pregunta estaba dirigida a Blythe, Charlotte deslizó la mirada hacia Signa.

—Aún no hemos sabido nada de él —contestó Blythe, que ya no resplandecía tanto—. Aunque estoy segura de que nos dirá algo en cuanto se asiente.

—Por supuesto que sí. —Charlotte le apretó las manos a Blythe, aunque Signa podía ver la duda en su rostro.

Fue un alivio que Elijah golpeara una copa de cristal para llamar la atención de la multitud. Los invitados se fueron callando, incluso Eliza, cuya risa se detuvo cuando Julius le lanzó una mirada furiosa por la que bajó el abanico enseguida.

—Queremos darles las gracias a todos por haber venido esta noche —empezó Elijah. Byron permanecía a su derecha, con Julius justo detrás de él—. El Grey lleva en mi familia cuatro generaciones. Nosotros, los Hawthorne, lo hemos regentado con orgullo, y tenemos un enorme respeto por la institución. Le tenemos tanto respeto que, al habernos sobrepasado, no hemos sido tan necios como para creer que podíamos seguir con él nosotros solos. A partir de hoy, nos gustaría dar la bienvenida al Grey a su excelencia Julius Wakefield y anunciar nuestra alianza oficial con la familia Wakefield. También nos gustaría que todos ustedes fueran testigos de este momento en el que nos embarcamos en un nuevo legado que esperamos que continúe durante muchos años.

Elijah sostuvo un contrato en alto con tanta floritura que varios invitados comenzaron a aplaudir. Se lo presentó a Julius, que dio un paso al frente con una pluma en la mano para firmar el documento. Después de añadir su nombre, se dirigió a la multitud, que seguía aplaudiendo, con una sonrisa abierta y que parecía ensayada.

—Me hace mucha ilusión esta nueva empresa —dijo Julius— ¡y esta nueva alianza!

La sonrisa de Elijah no podía ser más radiante. Y aunque menos entusiasmado, Byron levantó la copa para hacer un brindis.

—¡Por nuestra alianza! —dijo Byron—. ¡Y por muchos años más!

Signa levantó la copa con ellos, igual que lo hizo el resto de los juerguistas, y todos hicieron chin-chin con una euforia radiante que prendió el salón de baile.

Julius montó el espectáculo terminándose la copa de un solo trago. Y entonces ocurrieron tres cosas. La primera fue que a Julius se le entrecortó la respiración; se llevó las manos al pecho y se agarró el cuello con los ojos saltados.

La segunda fue que Eliza soltó un grito cuando el hombre cayó al suelo con la boca encharcada en sangre. Everett fue corriendo hacia él con un llanto desesperado y Signa lo siguió.

La tercera fue que llegó un frío que le arrebató la respiración a Signa y provocó que cayera de rodillas al lado de Julius, donde Muerte se cernía sobre él.

Muerte bajó la mirada hacia la joven con un suspiro.

—Cuidado con lo que deseas, pajarito. —Y sacó el espíritu de Julius directamente de su cuerpo.

El espíritu miró a Signa.

«Vaya», dijo Julius con la cabeza ladeada y observándola. «O sea que no mentía sobre sus ojos».

Qué ganas le entraron a Signa de matar a Muerte. Pero no tenía ninguna posibilidad de hacerlo, porque los cuerpos a su alrededor empezaron a ralentizarse hasta que se quedaron helados. Muerte acudió al lado de Signa enseguida, que estaba tensa al ver una figura de la que no se había percatado inclinada al lado de ellos. Era un joven hombre con la piel intensamente bronceada y los ojos del color del oro fundido.

El joven inspeccionó la copa hecha añicos que se había caído de la mano de Julius, recogió un fragmento y lo sostuvo a la luz. Había unas cuantas gotas de líquido pegadas a él, y a Signa se le cortó la respiración al darse cuenta de que eran de un color con un matiz demasiado azulado. También había algo raro en el olor. Había algo amargo bajo el alcohol. Algo que olía como las almendras amargas.

No era belladonna, pero Signa podía reconocer el veneno.

—Qué gracioso es el destino, ¿a que sí?

La voz del hombre sonó tan antigua como la tierra misma. Las palabras sonaron como un ruido sordo tan bajito que las copas de champán temblaron. Signa se recostó en Muerte cuando aquellos ojos dorados se dirigieron a ella, incapaz de desviar la mirada. Inmediatamente se dio cuenta de a quién pertenecían.

—Es un gran placer conocerte por fin, Signa Farrow —susurró Destino—. Parece que tienes otro asesinato por resolver.

Agradecimientos

El viaje para sacar un libro de una idea que tienes en la cabeza y convertirlo en una historia tangible que los lectores puedan sostener en las manos es una hazaña que requiere un pequeño ejército de gente que se merece todas las gracias.

Así que gracias a Pete Knapp, el mejor agente que podría pedir. A veces parece que eres, literalmente, la otra mitad de mi cerebro de tipo A, y ni siquiera puedo explicar con palabras lo maravilloso que es eso. Esta industria es como estar en un tren que se ha desviado de camino para terminar en la trayectoria de una montaña rusa que nunca se acaba. Con esto quiero decir que supone todo un desafío intentar navegarla, y por eso estoy más que agradecida por poder confiar plenamente en mi compañero de negocios para todo esto, y saber que siempre me vas a apoyar. Eres un agente maravilloso. Por favor, no dejes nunca esta industria. Me tienes malcriada, y sin ti me moriré.

A Little, Brown Young Readers, gracias a mi editora Hallie Tibbets por darle a la historia de Signa y Muerte un nuevo hogar fabuloso. Eres una maestra de la corrección, y esta historia tiene mucha más fuerza y concisión gracias a ti.

Deirdre Jones, gracias por zambullirte en esto y dar amparo a esta historia. Estoy muy emocionada por trabajar contigo en la secuela.

Alvina Ling, Megan Tingley, Jackie Engel, Marisa Finkelstein y Virginia Lawther, muchas gracias por echar una mano para sacar adelante este libro y ayudar a que hiciera su debut en el mundo.

A Robin Cruise, por tu genio a la hora de corregir y por enseñarme que no todas las cosas necesitan llevar coma. Intentaré con todo mi empeño internalizar esa lección de ahora en adelante, aunque no prometo que no se me vuelvan a escapar las comas por ahí.

A las correctoras de pruebas Chandra Wohleber y Kerry Johnson, por vuestra mirada aguda y vuestra ayuda a la hora de cazar los detalles más minúsculos.

A la diseñadora Jenny Kimura, a la directora de arte Karina Granda y a la ilustradora Elena Masci por darle a este libro la cubierta más hermosa e impresionante que hubiera podido imaginar. Era todo cuanto había esperado y más.

En la parte de marketing y ventas, gracias, Stefanie Hoffman, Shanese Mullins, Savannah Kennelly, Christie Michel, Shawn Foster y Danielle Cantarella por apoyar y dar bombo a este libro, y por todo vuestro trabajo haciendo que lo miraran cuantos más ojos pudieran.

Al equipo del Reino Unido en Hodder & Stoughton, gracias, Holly Powell, por estar ahí desde el principio con tu brillante ojo editorial para darle vida a esta historia. A Lydia Blageden y Teagan White, por ofrecerle una cara tan bonita a esta historia en el Reino Unido con un diseño tan espectacular. Me siento muy mimada al tener dos de las cubiertas más preciosas que hay. Natasha Quereshi, Callie Robertson, Kate Keehan, Sarah Clay, Matthew Everett, me encanta trabajar con este equipo y os tengo un gran aprecio por abogar por este libro.

En mi agencia, Park & Fine Literary and Media, gracias a Abigail Koons y a Ema Barnes por trabajar con tanta diligencia para que *Belladonna* llegara a todas las manos posibles en todo el mundo. Stuti Telidevara, muchas gracias por toda tu ayuda planificando, organizando y, en general, por ser maravillosa. A Emily Sweet y a Andrea Mai, por vuestras mentes estratégicas y vuestro trabajo meticuloso.

Abby Ranger, tu opinión durante las primeras fases de la historia fue decisiva y la aprecio mucho.

Debbie Deuble Hill, una agente de cine sin igual, gracias por tu fe inquebrantable y por tu confianza en la historia, y por tu dedicación para encontrar un hogar perfecto en la pantalla.

Nicole Otto, un ser humano magnífico, gracias por ser la primera en sacarme del lodo y dejar que te enviara todos mis mensajes de pánico sobre la publicación. Eres una joya y me muero de ganas de volver a verte.

A los amigos que fueron decisivos para la creación de esta historia y sin quienes jamás sobreviviría a la publicación del libro: Rachel Griffin, Adrienne Young, Kristin Dwyer, Shelby Mahurin, Diya Mishra y Haley Marshall. Soy plenamente consciente de que tengo lo mío. Gracias por aguantar mis tonterías. Sois algunas de mis personas favoritas en este mundo, y me siento muy agradecida por teneros.

A Bri Renae, gracias por ser una de las primeras lectoras y por hacerme creer que esta historia era algo especial. También por presentarme la idea de Shadow Daddies and Scones. Algún día haremos algo con ello.

A Jordan Gray, gracias por tu amabilidad, tu entusiasmo y tu gran ojo editorial. El vestido de fustán al principio del libro es cosa tuya.

A Shea Standefer y a Tomi Adeyemi, por vuestra fe en mí y por la barbacoa coreana. Siempre por la barbacoa coreana.

A todos los escritores y críticos que se tomaron el tiempo para leer y hacer propaganda de *Belladonna* al principio, os estoy eternamente agradecida. Adoro este libro y significa mucho para mí que vosotros también lo hagáis.

Al equipo de la calle: no os puedo dar las gracias a cada uno en particular, pero debéis saber que os aprecio de corazón a cada uno de vosotros. Toda vuestra emoción, vuestro entusiasmo, vuestras preciosas fotos. Habéis hecho que este viaje fuera increíblemente especial.

Peter Gundry, me sentiría mal si no te diera las gracias. Escuché tu música todos los días durante los años en los que trabajé en este libro. Lamento que el único al que pudiera dar tu nombre fuera al perro, pero debes admitir que mola bastante.

Josh, decir que ha sido todo un viaje llegar hasta aquí es quedarse cortos. Gracias por estar a mi lado a través de todo el estrés, las altas horas de la noche y los largos fines de semana, y por ser un compañero genial.

Mamá y papá, ojalá no leyerais este libro, de verdad. Pero sé que lo haréis y lo apreciaréis. Gracias por creer y apoyar siempre cualquier cosa absurda que decida hacer.

Pookie y Rowdy, este ha sido nuestro último libro juntos, y echaré de menos que me pongáis las narices húmedas en la cara y me intentéis distraer de escribir cada día. No os preocupéis, Mooka y Meadow están haciendo un gran trabajo retomándolo desde donde lo dejasteis.

A Dios, por darme la historia y las palabras, y por poner este libro en las manos correctas a lo largo del camino.

Y, por último, a todos los lectores que han llegado hasta aquí. Sois la razón por la que puedo hacer esto. Gracias, gracias, gracias.

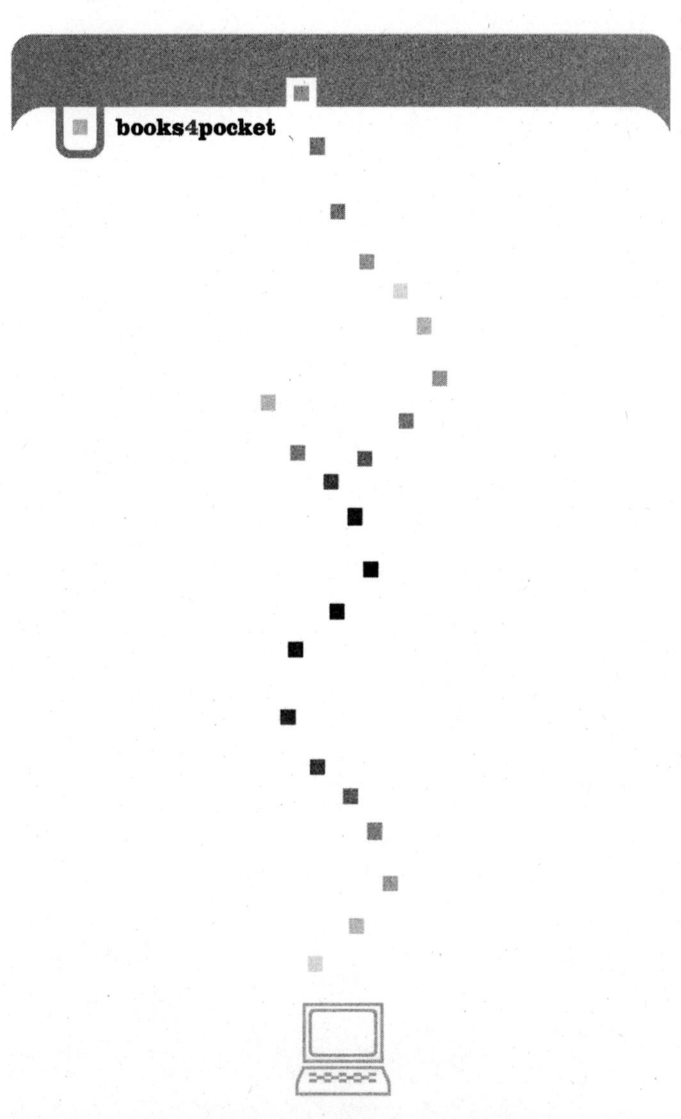

books4pocket
www.books4pocket.com